by

Helen Hoang

HEART
STORY

ROMAN

Aus dem Englischen
von Anita Nirschl

Die Originalausgabe erschien 2021 unter dem Titel
«The Heart Principle» als Jove Book bei Berkley/
Penguin Publishing Group/Penguin Random House LLC, New York.

Deutsche Erstausgabe
Veröffentlicht im Rowohlt Taschenbuch Verlag,
Hamburg, Februar 2022
Copyright © 2022 by Rowohlt Verlag GmbH, Hamburg
«The Heart Principle» Copyright © 2021 by Helen Hoang
Redaktion Antonia Zauner
Covergestaltung ZERO Werbeagentur, München
Coverabbildung Shutterstock
Satz aus der Thesis Antiqua
Gesamtherstellung CPI books GmbH, Leck, Germany
ISBN 978-3-499-00286-1

FSC
www.fsc.org

MIX
Papier aus verantwor-
tungsvollen Quellen
FSC® C083411

Gewidmet all den Pflegenden da draußen:
denjenigen, die pflegen, weil sie es wollen,
denjenigen, die pflegen, weil sie keine andere Wahl haben,
und besonders den medizinischen Fachkräften
während der COVID-19-Pandemie,
jeder einzelnen von ihnen.

TEIL EINS

VORHER

KAPITEL 1

Anna

Das ist das letzte Mal, dass ich von vorne anfange. Zumindest rede ich mir das ein. Ich meine es jedes Mal ernst. Aber dann, jedes Mal, passiert irgendetwas – ich mache einen Fehler, ich weiß, dass ich es besser kann, oder ich höre in meinem Kopf, was die Leute sagen werden.

Also stoppe ich und fange wieder von vorne an, um es diesmal richtig hinzubekommen. Und diesmal ist es *wirklich* das letzte Mal.

Nur ist es das nicht.

Ich habe die letzten sechs Monate damit verbracht, immer wieder dieselben Takte durchzuspielen, wie ein Nashorn im Tierpark, das endlos hin und her läuft. Diese Noten ergeben nicht einmal mehr einen Sinn für mich. Aber ich versuche es weiter. Bis mir die Finger wehtun und mein Rücken schmerzt und mein Handgelenk bei jedem Streichen des Bogens über die Saiten pocht. Ich ignoriere es und gebe der Musik alles, was ich habe. Erst als der Alarm sich meldet, nehme ich meine Violine vom Kinn.

Mir schwirrt der Kopf, und ich bin vor Durst völlig ausgetrocknet. Ich muss meine Erinnerung fürs Mittagessen ausgeschaltet und deshalb das Essen vergessen haben. Das kommt viel öfter vor, als ich zugeben will. Wenn die zigtausend Alarme auf meinem Handy nicht wären, hätte ich

9

mich womöglich aus Versehen schon umgebracht. Respekt vor dem Leben ist der Grund, warum ich keine Topfpflanzen habe. Allerdings habe ich ein Haustier. Es ist ein Stein. Sein Name ist – sehr kreativ – Stein.

Die Benachrichtigung auf meinem Handy lautet THERAPIE, und ich verziehe das Gesicht, als ich den Alarm abstelle. Manche Leute gehen gern zur Therapie. Sie gibt ihnen Bestätigung und ein Ventil. Für mich ist sie anstrengende Arbeit. Es macht die Sache auch nicht besser, dass ich glaube, meine Therapeutin kann mich insgeheim nicht leiden.

Trotzdem schleppe ich mich ins Schlafzimmer, um mich umzuziehen. Mich allein durchzuwursteln hat nicht funktioniert, also bin ich fest entschlossen, es mit dieser Therapie zu versuchen. Wenn meine Eltern davon wüssten, wären sie empört über die Geldverschwendung, aber ich bin verzweifelt, und sie können nicht um ausgegebene Dollars trauern, von denen sie nichts wissen. Ich ziehe den Pyjama aus, den ich immer noch trage, und schlüpfe in Sportklamotten, in denen ich nicht vorhabe, Sport zu machen. Aus irgendeinem Grund sind die in der Öffentlichkeit akzeptabler als mein Pyjama, obwohl sie freizügiger sind. Ich hinterfrage nicht, warum die Leute etwas tun. Ich beobachte nur und kopiere. So kommt man in dieser Welt zurecht.

Draußen riecht die Luft nach Autoabgasen und Essen aus Restaurants, und überall sind Leute unterwegs, fahren Rad, gehen shoppen, genehmigen sich in den Cafés ein spätes Mittagessen. Ich gehe durch die steilen Straßen und schlängle mich zwischen den Fußgängern hindurch, dabei frage ich mich, ob irgendjemand von diesen Leuten heute Abend ins Konzert geht. Sie spielen Vivaldi, meinen Lieblingskomponisten. Ohne mich.

Ich habe mich freistellen lassen, weil ich nicht auftreten kann, wenn ich beim Spielen ständig in Dauerschleifen feststecke. Das habe ich meiner Familie nicht erzählt, weil ich weiß, dass sie es nicht verstehen würden. Sie würden mir sagen, ich solle mich nicht so anstellen und mich zusammenreißen. Bei uns löst man Probleme mit liebevoller Härte.

Aber hart zu mir zu sein funktioniert nicht. Ich kann mich nicht noch mehr anstrengen, als ich es schon tue.

Als ich das bescheidene kleine Gebäude erreiche, in dem neben meiner Therapeutin auch noch andere Ärzte ihre Praxen haben, tippe ich den Code 222 ein, öffne die Tür und gehe durch das muffige Treppenhaus hoch in den ersten Stock. Es gibt keine Rezeption oder ein Wartezimmer, deshalb gehe ich direkt zu Zimmer 2A. Ich hebe die Faust zur Tür, zögere jedoch, bevor ich klopfe. Ein rascher Blick auf mein Handy zeigt, es ist 13:58 Uhr. Ja, ich bin zwei Minuten zu früh dran.

Unsicher, was ich tun soll, trete ich von einem Fuß auf den andern. Jeder weiß, dass Zuspätkommen nicht gut ist, aber zu früh ist auch nicht toll. Einmal, als ich zu früh zu einer Party gekommen bin, habe ich den Gastgeber buchstäblich mit heruntergelassener Hose erwischt. Und dem Gesicht seiner Freundin in seinem Schritt. Das war für keinen von uns lustig.

Natürlich ist die beste Zeit, irgendwo anzukommen, *genau pünktlich*.

Also stehe ich hier, von Unentschlossenheit geplagt. Soll ich klopfen, oder soll ich warten? Was, wenn ich zu früh klopfe und ihr irgendwie Unannehmlichkeiten mache und sie sich über mich ärgert? Andererseits, wenn ich warte und sie aufsteht, um zum Beispiel zum Klo zu gehen, erwischt sie mich, wie ich hier draußen gruselig grinsend vor ihrer Tür stehe. Ich habe nicht genug Informationen, aber ich versuche, mir vorzustellen, was sie denken wird, und mein Handeln entsprechend abzustimmen. Ich möchte die «korrekte» Entscheidung treffen.

Immer wieder sehe ich auf mein Handy, und als das Display 14:00 Uhr anzeigt, atme ich erleichtert aus und klopfe. Dreimal kräftig, als wäre ich entschlossen.

Meine Therapeutin öffnet die Tür und begrüßt mich mit einem Lächeln und ohne Händeschütteln. Es gibt nie ein Händeschütteln. Das hat mich anfangs verwirrt, aber jetzt, wo ich weiß, was ich zu erwarten habe, gefällt es mir.

«Es ist so schön, Sie zu sehen, Anna. Kommen Sie herein. Machen Sie es sich bequem.» Sie bedeutet mir einzutreten und zeigt dann auf die Tassen und den Wasserkocher auf dem Tresen. «Tee? Wasser?»

Ich hole mir einen Tee, weil es das zu sein scheint, was sie möchte, und stelle ihn zum Ziehen auf den Beistelltisch, bevor ich mich in die Mitte des Sofas setze, das ihrem Armsessel gegenübersteht. Ihr Name ist übrigens Jennifer Aniston. Nein, sie ist nicht *die* Jennifer Aniston. Ich glaube nicht, dass sie je im Fernsehen oder mit Brad Pitt zusammen war, aber sie ist groß und, wie ich finde, attraktiv. Sie ist meiner Schätzung nach Mitte fünfzig, eher dünn und trägt immer Mokassins und handgemachten Schmuck. Ihr langes Haar ist sandbraun, von Grau durchzogen, und ihre Augen ... Ich kann mich nicht erinnern, welche Farbe sie haben, obwohl ich sie gerade angesehen habe. Das kommt daher, dass ich den Blick zwischen die Augen der Leute richte. Blickkontakt bringt mein Hirn so durcheinander, dass ich nicht mehr denken kann, und das ist ein praktischer Trick, um es so aussehen zu lassen, als würde ich das tun, was ich tun sollte. Wie ihre Mokassins aussehen, weiß ich genau.

«Danke, dass Sie sich Zeit für mich nehmen», sage ich, weil ich mich dankbar verhalten soll. Die Tatsache, dass ich tatsächlich dankbar *bin*, tut nichts zur Sache, trotzdem ist es die Wahrheit. Um es noch zusätzlich zu betonen, lächle ich mein wärmstes Lächeln, wobei ich darauf achte, dass sich Fältchen um meine Augenwinkel bilden. Das habe ich im Spiegel oft genug geübt, um sicher zu sein, dass es richtig aussieht. Ihr Lächeln als Antwort bestätigt das.

«Natürlich», sagt sie, dabei legt sie eine Hand auf ihr Herz, um zu zeigen, wie gerührt sie ist.

Ich frage mich, ob sie genauso schauspielert wie ich. Wie viel von dem, was die Leute sagen, ist ehrlich, und wie viel ist Höflichkeit? Lebt irgendjemand wirklich sein Leben, oder lesen wir alle nur Text aus einem gewaltigen Drehbuch ab, das andere Leute geschrieben haben?

Dann geht es los mit der Zusammenfassung meiner Woche, wie es mir ging, ob ich irgendeinen Durchbruch bei meiner Arbeit hatte. Ich erkläre in neutralen Begriffen, dass sich nichts geändert hat. In dieser Woche war alles wie in der Woche zuvor, genau wie in der Woche zuvor alles wie in der Woche davor war. Meine Tage sind im Wesentlichen identisch. Ich wache auf, frühstücke Kaffee und einen halben Bagel und übe Violine, bis die verschiedenen Alarme auf meinem Handy mir sagen, dass ich aufhören soll. Eine Stunde für Tonleitern und vier für Musik. Jeden Tag. Aber ich mache keine Fortschritte. Ich komme bis zur vierten Seite dieses Stücks von Max Richter – wenn ich Glück habe –

und fange wieder von vorne an. Und wieder. Und wieder. Immer und immer wieder.

Es ist eine Herausforderung für mich, mit Jennifer über diese Dinge zu sprechen, besonders ohne meine Frustration durchsickern zu lassen. Sie ist meine Therapeutin, was meiner Meinung nach bedeutet, dass sie mir helfen soll. Und das konnte sie bisher nicht, soweit ich das sagen kann. Aber ich möchte nicht, dass sie sich schlecht fühlt. Die Leute mögen mich mehr, wenn ich dafür sorge, dass sie sich gut fühlen. Also schätze ich ständig Jennifers Reaktion ein und wähle meine Worte so, dass sie ihr gefallen.

Als der glanzlose Bericht meiner vergangenen Woche ein tiefes Stirnrunzeln auf ihrem Gesicht entstehen lässt, gerate ich in Panik und sage: «Ich glaube, ich bin kurz davor, mich besser zu fühlen.» Das ist glatt gelogen, aber für einen guten Zweck, denn ihre Miene hellt sich augenblicklich auf.

«Freut mich, das zu hören», sagt Jennifer.

Ich lächle sie an, fühle mich aber ein wenig mulmig dabei. Ich lüge nicht gern. Aber ich tue es andauernd. Die harmlosen kleinen Notlügen, die dafür sorgen, dass Leute sich gut fühlen. Sie sind essenziell, um in der Gesellschaft zurechtzukommen.

«Können Sie versuchen, zur Mitte des Stücks zu springen, mit dem Sie Probleme haben?», fragt sie.

Der Vorschlag lässt mich körperlich zurückschrecken. «Ich muss am Anfang anfangen. So gehört sich das einfach. Wenn das Lied dafür gedacht wäre, von der Mitte weg gespielt zu werden, dann würde es mit diesem Teil anfangen.»

«Ich verstehe, aber das würde Ihnen helfen, Ihre geistige Blockade zu überwinden», betont sie.

Alles, was ich tun kann, ist, den Kopf zu schütteln, obwohl ich dabei innerlich zusammenzucke. Ich weiß, dass ich mich nicht so verhalte, wie sie will, und das fühlt sich falsch an.

Sie seufzt. «Immer wieder dasselbe zu tun, konnte das Problem nicht lösen, also ist es vielleicht an der Zeit, etwas anderes zu probieren.»

«Aber ich kann den Anfang nicht überspringen. Wenn ich den nicht richtig hinbekomme, dann verdiene ich es nicht, den nächsten Teil zu spielen, und ich verdiene es nicht, das Ende zu spielen», sage ich mit Überzeugung in jedem Wort.

«Was hat das mit verdienen zu tun? Es ist ein Lied. Es kann in jeder Reihenfolge gespielt werden, in der Sie wollen. Es verurteilt Sie nicht.»

«Aber die Leute werden es tun», flüstere ich.

Und da wären wir. Wir kommen immer zu diesem einen Knackpunkt. Ich sehe hinunter auf meine geballten Hände und stelle fest, dass die Fingerknöchel weiß hervortreten, als würde ich mich gleichzeitig runterdrücken und hochstemmen.

«Sie sind eine Künstlerin, und Kunst ist subjektiv», sagt Jennifer. «Sie müssen lernen, nicht mehr auf das zu hören, was die Leute sagen.»

«Ich weiß.»

«Wie konnten Sie vorher spielen? Wie haben Sie sich da gefühlt?», fragt sie, und mit «vorher» meint sie, bevor ich durch Zufall eine Internet-Berühmtheit wurde und meine Karriere durchstartete und ich auf Welttournee ging und einen Albumvertrag bekam und der moderne Komponist Max Richter ein Stück nur für mich schrieb, eine Ehre, die auf der ganzen Welt ihresgleichen sucht.

Jedes Mal, wenn ich versuche, diese Komposition so gut

zu spielen, wie sie es verdient – so gut, wie alle es von mir erwarten, weil ich jetzt eine Art musikalisches Wunder bin, obwohl man mich früher gerade mal für gut genug gehalten hat –, versage ich. *Jedes Mal.*

«Vorher habe ich einfach nur gespielt, weil ich es geliebt habe», antworte ich schließlich. «Niemand hat sich für mich interessiert. Niemand wusste überhaupt, dass es mich gibt. Abgesehen von meiner Familie und meinem Freund und meinen Kollegen und so. Und das war okay für mich. Das *gefiel* mir. Jetzt ... haben die Leute Erwartungen, und ich ertrage den Gedanken nicht, dass ich sie womöglich enttäuschen könnte.»

«Sie werden *unweigerlich* manche Leute enttäuschen», sagt Jennifer mit fester, doch nicht unfreundlicher Stimme. «Aber Sie werden andere auch völlig begeistern. So funktioniert das einfach.»

«Ich weiß», antworte ich. Und ich verstehe es wirklich, logisch betrachtet. Aber emotional ist es eine andere Sache. Ich habe schreckliche Angst, dass, falls ich einen Fehler mache, falls ich versage, alle aufhören werden, mich zu mögen, und was wird dann aus mir?

«Ich denke, Sie haben vergessen, warum Sie spielen», sagt sie sanft. «Oder genauer gesagt, für *wen* Sie spielen.»

Ich atme tief ein und aus und öffne die verkrampften Hände, um meinen steifen Fingern eine Pause zu gönnen. «Sie haben recht. Zum Spaß habe ich schon lange nicht mehr gespielt. Ich werde versuchen, das zu tun», sage ich, während ich ihr ein optimistisches Lächeln schenke. In meinem Herzen weiß ich allerdings, was passieren wird, wenn ich es versuche. Ich werde mich in Endlosschleifen verlieren. Denn jetzt ist nichts mehr gut genug. Nein, «gut genug» ist nicht richtig. Ich muss *mehr* sein als «gut genug». Ich muss *überwältigend* sein. Ich wünschte, ich wüsste, wie man absichtlich überwältigend ist.

Eine Sekunde lang sieht es so aus, als wollte sie etwas sagen, aber dann legt sie stattdessen einen Finger an ihr Kinn und sieht mich mit zur Seite geneigtem Kopf an. «Warum tun Sie das?» Sie zeigt auf ihre eigenen Augen. «Diese Sache mit Ihren Augen?»

Mein Gesicht wird blass. Ich kann spüren, wie meine Haut erst heiß und dann kalt und steif wird, während jegliche Mimik sich verflüchtigt. «Welche Sache?»

«Dieses Kräuseln der Augenwinkel», sagt sie.

Ich wurde ertappt.

Ich weiß nicht, wie ich reagieren soll. Das ist mir noch nie passiert. Ich wünschte, ich könnte im Boden versinken oder mich in eine ihrer Kommoden quetschen und die Tür zuhalten. «Ein Lächeln ist echt, wenn es die Augen erreicht. So steht es in Büchern», gestehe ich.

«Gibt es viele Dinge, die Sie deshalb machen? Dinge, die Sie in Büchern gelesen oder bei anderen gesehen haben und darum kopieren?», fragt sie.

Ich schlucke unbehaglich. «Kann sein.»

Ihre Miene wird nachdenklich, und sie kritzelt etwas auf ihren Notizblock. Verstohlen versuche ich, einen Blick darauf zu erhaschen, aber ich kann nichts entziffern.

«Warum ist das wichtig?», frage ich.

Sie betrachtet mich einen Moment lang, bevor sie antwortet. «Das ist eine Form von Masking.»

«Was ist Masking?»

Langsam, als wählte sie ihre Worte sorgfältig, sagt sie: «Das ist, wenn jemand Verhaltensweisen annimmt, die ihm nicht selbstverständlich sind, um sich besser in die Gesellschaft einfügen zu können. Kommt Ihnen das bekannt vor?»

«Wäre es schlecht, wenn es so wäre?», frage ich, ohne das Unbehagen aus meiner Stimme heraushalten zu können. Mir gefällt nicht, in welche Richtung das geht.

«Das ist weder gut noch schlecht. Es ist einfach, wie es ist. Ich werde Ihnen besser helfen können, wenn ich ein klareres Verständnis davon habe, wie Ihr Verstand funktioniert.» Dann verstummt sie kurz und legt ihren Stift weg, bevor sie weiter vorstößt. «Oft habe ich den Eindruck, dass Sie mir Dinge erzählen, von denen Sie glauben, dass es das ist, was ich hören will. Ich hoffe, Sie können verstehen, wie kontraproduktiv das für die Therapie wäre.»

Mein Verlangen, in ihre Kommode zu kriechen, verstärkt sich. Als ich noch klein war, habe ich mich oft an solchen beengten Orten versteckt. Ich habe nur damit aufgehört, weil meine Eltern mich immer gefunden und hinaus zu ihren chaotischen Veranstaltungen gezerrt haben: Partys, Abendessen mit unserem riesigen Familienkreis, Schulkonzerte, Dinge, bei denen ich kratzige Strumpfhosen und ein kratziges Kleid tragen und stumm leidend still sitzen musste.

Jennifer legt ihren Notizblock weg und faltet die Hände im Schoß. «Unsere Zeit ist um, aber für diese Woche hätte ich gern, dass Sie etwas Neues ausprobieren.»

«Zur Mitte springen und etwas zum Spaß spielen», erwidere ich. Ich merke mir immer ihre To-do-Punkte, selbst wenn ich weiß, dass ich sie nicht wirklich machen werde.

«Es wäre toll, wenn Sie diese Dinge tun könnten», sagt sie mit einem aufrichtigen Lächeln. «Aber da ist noch etwas.» Sie lehnt sich nach vorne und mustert mich aufmerksam, ehe sie hinzufügt: «Ich hätte gern, dass Sie darauf achten, was Sie sagen und tun, und wenn es etwas ist, das sich nicht richtig und Ihrem wahren Wesen entsprechend anfühlt, wenn es etwas ist, das Sie erschöpft oder unglücklich macht, dann möchte ich, dass Sie sich überlegen, *warum* Sie es tun. Und wenn es keinen guten Grund dafür gibt ... versuchen Sie, es nicht zu tun.»

«Wozu soll das gut sein?» Das fühlt sich wie ein Rückschritt an, und es hat nichts mit meiner Musik zu tun, die alles ist, was mich interessiert.

«Denken Sie, es besteht die Möglichkeit, dass sich Ihr Masking eventuell auf Ihr Violinspiel ausgeweitet hat?», fragt sie.

Ich öffne den Mund, doch es dauert eine Weile, bis ich antworte. «Das verstehe ich nicht.» Etwas sagt mir, dass mir das hier nicht gefallen wird, und ich fange an zu schwitzen.

«Ich denke, dass Sie herausgefunden haben, wie Sie sich verändern müssen, um andere zufriedenzustellen. Ich habe gesehen, wie Sie Ihre Mimik, Ihr Handeln, sogar was Sie sagen, genau auf das zuschneiden, wovon Sie glauben, dass es mir am liebsten ist. Und jetzt versuchen Sie meiner Vermutung nach, vielleicht unbewusst, Ihre Musik zu dem zu verändern, was den Leuten gefällt. Aber das ist unmöglich, Anna. Weil es Kunst ist. Sie *können* es nicht jedem recht machen. In der Sekunde, in der Sie Ihre Musik verändern, damit sie einer Person gefällt, werden Sie jemanden verlieren, dem sie so gefiel, wie sie vorher war. Ist es nicht das, was Sie tun, wenn Sie immer wieder von vorn anfangen? Sie müssen lernen, wieder auf sich selbst zu hören, Sie selbst zu *sein*.»

Ihre Worte überwältigen mich. Ein Teil von mir will sie

anschreien, keinen solchen Unsinn zu erzählen, will wütend werden. Ein anderer Teil von mir will weinen, denn wie erbärmlich höre ich mich an? Ich habe Angst, dass sie mich völlig durchschaut hat. Am Ende schreie ich weder, noch weine ich. Ich sitze da wie ein Reh im Scheinwerferlicht, was meine Standardreaktion auf die meisten Dinge ist – Untätigkeit. Ich habe keinen Kampf-oder-Flucht-Instinkt. Ich habe einen Erstarr-Instinkt. Wenn es wirklich schlimm wird, kann ich nicht mal mehr sprechen. Ich werde stumm.

«Was, wenn ich nicht weiß, wie ich damit aufhören soll?», frage ich schließlich.

«Fangen Sie mit kleinen Dingen an, und versuchen Sie es in einer sicheren Umgebung. Wie wäre es zum Beispiel mit Ihrer Familie?», schlägt sie hilfsbereit vor.

Ich nicke, aber das bedeutet nicht wirklich Zustimmung. Ich bin immer noch dabei, ihre Worte zu verarbeiten. Mein Kopf ist wie benebelt, als wir die Sitzung beenden, und ich nehme meine Umgebung gar nicht richtig wahr, bis ich mich draußen auf dem Gehweg wiederfinde.

Mein Handy vibriert hartnäckig in meiner Handtasche, und als ich es herauskrame, sehe ich drei verpasste Anrufe von meinem Freund Julian – keine Sprachnachrichten, er hasst es, Sprachnachrichten zu hinterlassen. Ich seufze. So ruft er nur an, wenn er ausnahmsweise mal nicht auf Geschäftsreise ist und mit mir ausgehen will. Ich bin erschöpft von der Therapie. Im Moment will ich mich einfach nur in meinem hässlichen flauschigen Bademantel auf der Couch zusammenrollen und mir von David Attenborough gesprochene BBC-Dokumentationen ansehen.

Ich will ihn nicht zurückrufen.

Aber ich tue es.

«Hey, Babe», antwortet Julian.

Ich bin allein auf dem Gehweg, trotzdem zwinge ich ein Lächeln auf mein Gesicht und Begeisterung in meine Stimme. «Hi, Jules.»

«Ich hab gehört, dieser neue Burgerladen am Market Square soll gut sein, also hab ich für sieben dort für uns reserviert. Ich will vorher noch ins Fitnessstudio, also muss ich los. Du fehlst mir. Bis später», sagt er schnell.

«Welcher neue Burgerla–», fange ich an zu fragen, doch dann wird mir bewusst, dass er bereits aufgelegt hat. Ich rede mit mir selbst.

Schätze, ich gehe heute Abend aus.

KAPITEL 2

Anna

*G*eständnis: Ich gebe nicht gern Blowjobs.

Das ist wahrscheinlich kein Gedanke, den ich haben sollte, während ich gerade den Schwanz meines Freundes im Mund habe, aber so ist es nun mal.

Manche Frauen genießen diesen Akt, und ich kann mir vorstellen, dass sie das dazu antreibt, in dieser Disziplin zu brillieren. Für mich allerdings ist es ermüdende, monotone Arbeit, und ich bezweifle, dass ich gut darin bin. Meine Gedanken gehen oft auf Wanderschaft, während ich da unten zugange bin.

Jetzt gerade zum Beispiel gehe ich noch einmal durch, was Jennifer heute bei der Therapie zu mir gesagt hat. *Ich hätte gern, dass Sie darauf achten, was Sie sagen und tun, und wenn es etwas ist, das sich nicht richtig und Ihrem wahren Wesen entsprechend anfühlt, wenn es etwas ist, das Sie erschöpft oder unglücklich macht, dann möchte ich, dass Sie sich überlegen, warum Sie es tun. Und wenn es keinen guten Grund dafür gibt ... versuchen Sie, es nicht zu tun.*

Während Julian meinen Kopf auf und ab führt, denke ich darüber nach, dass mir der Kiefer schmerzt und ich es leid bin – ist er überhaupt bei der Sache? Es war ein langer Tag, und nachdem ich während des ganzen Abendessens für ihn gelächelt und mich munter gegeben habe, ist mein Durchhaltevermögen erschöpft. Aber ich mache weiter. Sein Vergnügen soll schließlich mein Vergnügen sein. Es sollte keine Rolle spielen, ob es ewig dauert.

Bitte lass es nicht ewig dauern.

Natürlich führt dieser Gedankengang dazu, dass ich mich an diesen Spruch erinnere, den jeder irgendwann in seiner Kindheit von seiner Mutter zu hören bekommt: *Mach kein solches Gesicht, sonst bleibt es ewig so.* Wenn ich für den Rest meines Lebens mit diesem Blowjob-Gesicht geschlagen bin, kann ich mir genauso gut gleich die Kugel geben.

Endlich kommt er, und ich setze mich zurück auf die Fersen, dabei reibe ich über die Falten um meinen Mund. Sie haben sich tief in meine Haut eingegraben, und ich weiß aus Erfahrung, dass es mehrere Minuten dauern wird, bis sie wieder weggehen. Mein Mund ist voll, und ich zwinge mich zu schlucken, obwohl es mich dabei schüttelt. Am Anfang unserer Beziehung hat Julian mir gesagt, dass es seine Gefühle verletzt, wenn Frauen nicht schlucken, dass er sich dadurch zurückgewiesen fühlt. Folglich habe ich zum Schutz seines emotionalen Wohlbefindens wahrscheinlich schon zig Liter seines Spermas geschluckt.

Er küsst meine Schläfe – nicht meinen Mund. Er weigert sich, mich auf den Mund zu küssen, nachdem ich ihm einen geblasen habe, und heute Abend macht mir das nichts aus. Als er mich vorhin geküsst hat, hat er nach Hamburger geschmeckt. Während er seinen Penis wieder in die Hose stopft und den Reißverschluss hochzieht, wirft er mir ein Lächeln zu, dann schnappt er sich die Fernbedienung und lehnt sich zurück ans Kopfteil des Bettes. Er ist der Inbegriff von Entspannung und Zufriedenheit.

Ich gehe ins Bad, um mir die Zähne zu putzen, wobei ich

darauf achte, gründlich Zahnseide und Mundwasser zu benutzen. Mir gefällt die Vorstellung nicht, dass mir Spermien zwischen den Zähnen stecken oder auf meiner Zunge herumzappeln.

Als ich zurück aufs Bett krieche, um meinen üblichen Platz neben ihm einzunehmen, wo ich für gewöhnlich auf meinem Handy in den sozialen Medien surfe, während er Sitcoms schaut, pausiert er den Fernseher und sieht mich nachdenklich an.

«Ich finde, wir sollten über die Zukunft reden», sagt er. «Darüber, wie unsere nächsten Schritte aussehen.»

Mein Herz macht einen Satz, und die feinen Härchen auf meiner Haut sträuben sich. Ist das ... ein Antrag? Welche Begeisterung ich bei dieser Aussicht auch empfinden mag, sie wird von blankem Entsetzen überwogen. Ich bin nicht bereit für eine Heirat. Ich bin nicht bereit für die Veränderungen, die das mit sich bringen würde. Ich komme kaum mit dem Status quo zurecht.

«Was meinst du damit?», frage ich, wobei ich darauf achte, neutral zu klingen, damit er mir meine Zwiegespaltenheit nicht anmerkt.

Er nimmt meine Hand und drückt sie zärtlich. «Du weißt, was ich für dich empfinde, Babe. Wir passen großartig zusammen.»

Ich setze mein bestes Lächeln auf. «Das finde ich auch.»

Meine Eltern lieben ihn. Seine Eltern lieben mich. Wir passen zusammen.

Er streichelt meinen Handrücken, dann entdeckt er einen Fussel auf meinem T-Shirt, zupft ihn fort und wirft ihn auf den Teppich. «Ich glaube, du bist die Richtige für mich, die, die ich heiraten und mit der ich Kinder und ein Haus haben will, all das. Aber bevor wir diesen letzten Schritt gehen und uns für immer binden, möchte ich sicher sein.»

Ich weiß nicht, worauf er damit hinauswill, aber trotzdem lächle ich und sage: «Natürlich.»

«Ich finde, wir sollten uns für eine Weile mit anderen treffen. Nur um sicherzugehen, dass wir andere Möglichkeiten ausgeschlossen haben», sagt er.

Ich blinzle mehrmals verständnislos, während mein Gehirn sich bemüht, den Schock abzuschütteln. «Machst du ... Schluss mit mir?» Schon allein diese Worte auszusprechen, lässt mein Herz hämmern. Ich mag zwar noch nicht bereit für die Ehe sein, aber ich will definitiv nicht, dass unsere Beziehung endet. Ich habe viel Zeit und Energie investiert, damit sie funktioniert.

«Nein, wir legen nur eine Pause ein, während wir andere Möglichkeiten in Betracht ziehen. Wir sind zusammengekommen, als ich noch an der Uni war. Sollte man gleich das erste Auto kaufen, das man Probe fährt? Oder sollte man nicht lieber noch ein paar andere ausprobieren, um sicherzugehen, dass das erste Auto wirklich so toll ist, wie man denkt?»

Ziemlich entsetzt darüber, dass er mich zu heiraten mit einem Autokauf vergleicht, schüttle ich den Kopf. Ich bin ein *Mensch*.

Seufzend drückt Julian mein Bein. «Ich finde, wir sollten uns wirklich für eine Weile trennen, Anna. Nicht Schluss machen, nur ... auch noch andere Leute treffen.»

«Für wie lange? Und wie sind die Regeln?», frage ich – in der Hoffnung, dass es mit zusätzlichen Informationen mehr Sinn ergibt.

Er konzentriert sich auf das angehaltene Fernsehbild,

während er antwortet. «Ein paar Monate sollten reichen, findest du nicht? Was Regeln betrifft ...» Er zuckt mit den Schultern und wirft mir kurz einen Blick zu. «Lassen wir es einfach mal laufen und sehen, wie es sich entwickelt.»

«Du wirst mit anderen Sex haben?» Bei dem Gedanken braut sich ein unangenehmes Gefühl in meinem Bauch zusammen.

«Abgesehen von dir war ich nur mit einer anderen zusammen. Wenn wir heiraten, möchte ich das ohne Bedauern tun. Ich möchte nicht das Gefühl haben, etwas verpasst zu haben. Ergibt das einen Sinn?», fragt er.

«Es würde dir nichts ausmachen, wenn *ich* mit jemand anderem schlafe?», frage ich verletzt und bin mir nicht mal sicher, warum. Er lässt es so vernünftig klingen.

Er schmunzelt leicht. «Ich glaube nicht, dass du mit jemand anderem schlafen wirst. Ich kenne dich, Anna.»

Er klingt so überzeugt, dass ich eine finstere Miene ziehe.

«Was denn? Du magst Sex doch gar nicht», sagt er mit einem Lachen.

«Das ist nicht wahr.» Nicht ganz. Ich hatte zweimal einen Orgasmus mit ihm. (Zweimal in fünf Jahren.) Und selbst wenn ich den Sex an sich nicht mag, gefällt es mir, ihm nahe zu sein, mich mit ihm verbunden zu fühlen.

Es gibt mir das Gefühl, weniger allein zu sein. Manchmal.

Lächelnd nimmt er meine Hand und drückt sie. «Ich muss nur wissen, was es sonst noch da draußen gibt», kehrt er wieder zum Hauptthema dieser Unterhaltung zurück. «Denn wenn wir heiraten, möchte ich, dass es für immer ist. Ich will mich nicht zwei Jahre später wieder scheiden lassen, weißt du? Verstehst du, was ich meine?»

Ich blicke hinunter auf unsere verschränkten Hände.

Ich weiß, dass ich Ja sagen oder nicken sollte, aber ich kann mich nicht ganz dazu durchringen. Sein Vorschlag macht mich unerklärlich traurig.

«Ich werde jetzt gehen», sage ich, während ich seine Hand wegschiebe und aus dem Bett steige.

«Ach, komm schon, Anna. Bleib hier», protestiert er. «Sei nicht so.»

Ich reibe an den Falten um meinen Mund, die immer noch nicht ganz verschwunden sind. «Ich brauche ein bisschen Zeit, bevor –» Ich verstumme, als mir bewusst wird, dass er nicht warten wird, bis ich bereit bin, diesen Plan von ihm durchzuziehen. Er hat mich nicht um Erlaubnis gefragt. Er hat es bereits beschlossen. Ich kann mitmachen, oder ich kann ihn verlieren. «Ich muss darüber nachdenken.»

Obwohl er weiter protestiert, gehe ich. Im Aufzug sacke ich überwältigt und den Tränen nahe gegen die Wand. Ich hole mein Handy raus und tippe eine Nachricht an meine engsten Freundinnen, Rose und Suzie. **Julian hat mir gerade gesagt, er möchte, dass wir uns für eine Weile mit anderen treffen. Er denkt, dass ich die bin, die er heiraten will, aber bevor er sich festlegt, will er sicher sein. Er will nichts bereuen müssen.**

Es ist schon spät, deshalb rechne ich nicht damit, dass sie sofort antworten, besonders nicht Rose, die in einer anderen Zeitzone lebt. Ich brauche einfach nur das Gefühl, jemanden zu haben, an den ich mich wenden kann, wenn rings um mich herum alles zusammenbricht. Zu meiner Überraschung leuchten sofort Nachrichten auf meinem Display auf.

OMG WTF?! *ICH WERD IHM DEN ARSCH AUFREISSEN,* schreibt Rose.

WAS FÜR EIN ARSCHLOCH!!!!!, schreibt Suzie.

Dass sie in meinem Namen sofort so empört sind, lässt mich verblüfft auflachen, und innig drücke ich mein Handy an die Brust. Die beiden sind die besten Freundinnen, die ich habe. Das ist ein bisschen seltsam, weil wir uns noch nie persönlich begegnet sind. Wir haben uns über Social-Media-Gruppen für klassische Musiker kennengelernt. Rose spielt Violine für das Toronto Symphony Orchestra. Suzie Cello für das Los Angeles Philharmonic.

Ich bin froh, dass ihr beide euch darüber aufregt, sage ich ihnen. Er hat so getan, als wäre er unglaublich vernünftig, und dadurch habe ich schon an mir selbst gezweifelt.

DAS IST NICHT VERNÜNFTIG, schreibt Rose.

Das ist es nicht!, pflichtet Suzie bei. Ich kann nicht glauben, dass er das gesagt hat!!!

Die Aufzugstür öffnet sich, und ich haste durch die noble Eingangshalle von Julians Apartmentgebäude (seine Eltern haben ihm die Eigentumswohnung zu seinem MBA-Abschluss an der Stanford geschenkt). Während ich zu Fuß nach Hause gehe, schreibe ich weiter. Ich habe ihn gefragt, ob er mit anderen schlafen will, und er ist der Frage ausgewichen. Ziemlich sicher bedeutet das, dass Sex zur Option steht. Ist es engstirnig von mir, dass ich das gar nicht gut finde?

Also ich würde das absolut nicht gut finden, schreibt Rose.

Suzie antwortet: Ich auch nicht!!!!

Ich weiß nicht, was ich jetzt tun soll. Außer, ihr wisst schon, auszugehen und Rachesex mit einem Haufen beliebiger Typen zu haben, schreibe ich.

Ich erwarte, dass sie mit Lachen darauf reagieren, aber stattdessen wird es im Gruppenchat einige Momente lang unheimlich still. Autos fahren vorbei, und ihre Motoren klingen in der Stille der Nacht besonders laut. Stirnrunzelnd sehe ich nach, ob ich vielleicht keinen Empfang mehr habe – da ist nur ein einziger winziger Strich. Ich halte mein Handy höher, nur für den Fall, dass ich dadurch einen zusätzlichen Mini-Netzbalken bekomme.

Suzie schreibt als Erste. Vielleicht solltest du diese Gelegenheit nutzen, dich mit anderen zu treffen.

Ich bin derselben Meinung wie Suz. Würde ihm recht geschehen, fügt Rose hinzu.

Ich sage nicht, du musst mit irgendjemandem schlafen, aber du könntest den Spieß umdrehen. Sehen, ob ER der Richtige für DICH ist. Jemand anderes könnte vielleicht besser zu dir passen, schreibt Suzie.

Das macht so viel Sinn, Suz. Denk drüber nach, Anna, schreibt Rose.

Ich kann mir eine Grimasse nicht verkneifen, als ich mit den Daumen meine Antwort tippe. Neue Leute kennenzulernen ist nicht meine Lieblingsbeschäftigung. Ich hatte seit fünf Jahren keine Dates mehr. Ich glaube, ich hab vergessen, wie das geht. Um ehrlich zu sein, hab ich Angst.

Hab keine Angst!, befiehlt mir Rose.

Dating kann Spaß machen und irgendwie entspannend sein, sagt Suzie. Das ist kein Vorspielen für ein Orchester oder so was. Du schaust einfach nur, ob du und diese andere Person zusammenpasst. Wenn du denjenigen nicht magst oder etwas Peinliches passiert, brauchst du ihn nie wieder zu sehen. Da ist kein Druck. Bei jeder Verabredung habe ich ein bisschen mehr über mich selbst herausgefunden. Man muss nicht ständig versuchen, jemand anderes zu sein, weißt du, was ich meine?

Außerdem, als guter Rat von einer, die das schon oft gemacht hat: One-Night-Stands können das Selbstbewusstsein stärken. So habe ich gelernt, einzufordern, was ich im Bett will, und mich nicht dafür zu schämen. 100%ige Empfehlung, schreibt Rose und fügt noch einen zwinkernden Smiley hinzu.

Du bringst mich fast dazu, es zu bereuen, verheiratet zu sein, schreibt Suzie.

Rose' Ratschlag schlägt eine Saite in mir an, obwohl ich nicht ganz sicher bin, was genau da bei mir Anklang findet. Ich weiß, das hier ist eine dieser Unterhaltungen, die ich im Geiste tagelang immer wieder abspielen und aus unterschiedlichen Blickwinkeln analysieren werde.

Mein altmodisches Apartmentgebäude kommt in Sicht, viktorianische Dächer und winzige schmiedeeiserne Balkone mit gepflegten Blumenkästen. Zu Hause. Plötzlich wird mir bewusst, wie ausgelaugt ich in jeder Hinsicht bin. Sogar meine Daumen sind müde, als ich eine letzte Reihe von Nachrichten tippe. Ich muss darüber nachdenken. Bin gerade nach Hause gekommen. Werde gleich ins Bett gehen. Danke, dass ihr mit mir darüber geredet habt. Ich fühle mich schon besser. Tut mir leid, dass ich euch so spät gestört habe. Hab euch lieb, Leute.

Du störst nicht. Wir lieben dich!, schreibt Suzie.

Jederzeit! HAB DICH LIEB! Gute Nacht!, schreibt Rose.

KAPITEL 3

Quan

*I*ch bin möglicherweise süchtig.

Süchtig nach Laufen. Wenn meine Mom mich beim Drogennehmen ertappen würde, wäre sie mit dem Kochlöffel hinter mir her – aber sie würde mich nicht erwischen. Gestern bin ich drei Stunden gelaufen, und heute tu ich es schon wieder, obwohl mein linkes Knie Zicken macht. Ich kann anscheinend einfach nicht aufhören. In letzter Zeit ist es das Einzige, was mich ablenkt.

Als ich in meine Straße einbiege, herrscht Ruhe in meinem Kopf, und ich will nur noch ein kaltes Glas Wasser und Eis für mein Knie, doch vor meinem Apartmentgebäude wartet Michael. Er trägt eine Sonnenbrille, seine Haare sind perfekt, und er sieht aus, als wäre er bereit für ein Mode-Shooting. Es ist irgendwie ekelhaft.

«Hey», sage ich, während ich mir mit der Vorderseite meines Shirts den Schweiß vom Gesicht wische. «Was ist los?» Es ist Samstag, und da hat er immer irgendwas mit seiner Frau Stella vor. Es ist ungewöhnlich, dass er hier ist.

Michael schiebt sich die Sonnenbrille auf die Stirn und sieht mir direkt in die Augen. «Du bist nicht rangegangen, also hab ich angefangen, mir Sorgen zu machen.»

«Ich hab wohl wieder vergessen, den Nicht-stören-Modus auszuschalten.» Ich nehme mein Handy aus dem Handyhalter an meinen Arm, und tatsächlich, da ist eine Reihe verpasster Anrufe. «Tut mir leid.»

«Das sieht dir nicht ähnlich», sagt Michael.

«Ich hab's vergessen», erwidere ich mit einem Schulterzucken und gehe dabei absichtlich dem eigentlichen Thema aus dem Weg. Ich weiß, worauf er hinauswill. Ich will nur nicht darüber reden.

Aber er lässt mich damit nicht durchkommen. «Also, hast du vom Arzt schon was gehört? Was hat er gesagt?» Falten haben sich in sein Gesicht gegraben, und jetzt erst bemerke ich, dass er dunkle Ringe unter den Augen hat.

Ich schätze, das ist meinetwegen, und das tut mir leid. Er hat in den letzten zwei Jahren wirklich versucht, für mich da zu sein. Aber manche Dinge muss ich einfach allein tun. Ich drücke seinen Arm und lächle beruhigend. «Es ist offiziell, mir geht es gut. Vollständig genesen.»

Seine Augen werden schmal. «Lügst du, weil du glaubst, dass ich mit der Wahrheit nicht umgehen kann?»

«Nein, es geht mir wirklich wieder gut», erwidere ich mit einem Lachen. «Ich würde es dir sagen, wenn es nicht so wäre.» Von meinem beeinträchtigten Knie mal abgesehen war ich noch nie gesünder. Es hätte viel schlimmer kommen können, und ich weiß, wie viel Glück ich habe. Ich bin dankbarer, als es mit Worten zu beschreiben ist.

Aber große Ereignisse im Leben verändern einen, und ich bin nicht mehr der, der ich einmal war. Ich muss mich erst wieder zurechtfinden.

Michael überrascht mich mit einer erdrückenden Umarmung. «Du Wichser! Ich hatte solche Angst wegen dir!» Er lässt mich wieder los, lacht zwischen tiefen Atemzügen und wischt sich die Augen, die verdächtig rot sind. Bei dem Anblick fangen meine eigenen Augen an zu brennen, und wir sind kurz vor einem emotionalen Männermoment, doch dann verzieht er das Gesicht und wischt sich die Hände an der Hose ab. «Du bist voll nass und eklig.»

Erleichtert darüber, dass der intensive Augenblick vorbei ist, schmunzle ich und kann kaum dem Impuls widerstehen, ihn mit meiner schweißnassen Achsel in den Schwitzkasten zu nehmen. Vor zwei Jahren hätte ich es ohne zu zögern getan. Na bitte! Ich bin verändert.

Er will wahrscheinlich reden, also setze ich mich auf die Stufen vor dem Gebäude und bedeute ihm, neben mir Platz zu nehmen, was er auch tut. Eine Weile sitzen wir Seite an Seite und genießen den Nachmittag, die kühle Luft, das Rascheln der Blätter an den Bäumen entlang der Straße, die gelegentlich vorbeifahrenden Autos. Es ist irgendwie so wie damals, als wir noch Kinder waren und bei mir zu Hause auf der Veranda gesessen und dem Obdachlosen zugesehen haben, der in nichts als einem T-Shirt vorbeilief. Ernsthaft, warum zieht man ein Shirt an, wenn man seinen Schwanz raushängen lässt?

«Ich würde dich ja reinbitten, aber bei mir stinkt's. Ich glaube, es ist das Geschirr.» Ich habe nicht mehr abgespült, seit ... Keine Ahnung, wie lang. Ziemlich sicher wächst da schon Schimmel drauf. In letzter Zeit habe ich oft auswärts gegessen, aus purer Faulheit und um Geschirr zu vermeiden.

Michael lacht und schüttelt den Kopf. «Vielleicht solltest du eine Reinigungskraft einstellen.»

«Pff.» Ich weiß nicht, wie ich erklären soll, dass mir nicht danach ist, mich mit einer fremden Person in meiner Wohnung auseinanderzusetzen. Ich bin ein geselliger Mensch. Fremde stören mich normalerweise nicht.

«Was sagt dein Arzt in Bezug aufs Daten ... und andere Sachen? Hast du dafür schon wieder grünes Licht?», fragt Michael, wobei er einen sorgfältig neutralen Blick in meine Richtung wirft.

Ich reibe mir den Nacken, während ich antworte. «Dafür hab ich schon lange grünes Licht. Manche tun es schon wenige Wochen nach der Operation wieder, aber das ist irgendwie extrem. Das würde wehtun, weißt du?»

«Aber jetzt bist du wieder okay, richtig?»

«Ja.» Mehr oder weniger.

«Also triffst du dich schon wieder mit Frauen?», lässt Michael nicht locker.

«Nicht wirklich.» Seinem Gesichtsausdruck nach zu schließen, versteht er, dass ich eigentlich «überhaupt nicht» meine. Mein Körper fühlt sich auf eine Weise persönlich an, wie es vorher nie der Fall war. Sich vor jemandem auszuziehen war in der Vergangenheit nie eine große Sache. *Sex* war nie eine große Sache. Außerdem war ich gut darin, und das war immer ein Push fürs Selbstvertrauen. Aber jetzt bin ich von Narben gezeichnet und ein bisschen kaputt. Ich bin nicht mehr, wer ich war.

Michael sieht mich lange an, bevor er nach ein paar Steinen auf dem Asphalt tritt. «Ich habe darüber nachgedacht, wie du dich vielleicht fühlst. Ich kann nicht behaupten, dass ich es wirklich weiß, weil ich nicht betroffen bin. Aber hast du mal daran gedacht, das Pflaster einfach mit einem Ruck abzureißen?»

«Du meinst, mich auszuziehen und am Naked Bike Day nackt durch San Francisco zu radeln?», frage ich.

Michael verzieht das Gesicht, als hätte er Schmerzen. «Kannst du überhaupt noch Rad fahren nach allem?»

Ich werfe ihm einen entnervten Blick zu. «Wenn du dabei auf deinen Eiern sitzt, dann machst du was falsch.»

Er lacht und reibt sich müde mit einer Hand übers Gesicht. «Tut mir leid, du hast ja recht. Und nein, der Naked Bike Day war nicht, was ich gemeint habe. Ich dachte, wenn du dich unwohl dabei fühlst, wieder mit jemandem zusammen zu sein, dann würde es vielleicht helfen, einfach etwas Unverbindliches zu machen, bei dem es keine Rolle spielt. Wie einen One-Night-Stand, weißt du? Einfach das erste Mal hinter dich bringen. Und du weißt, was ich mit ‹erstem Mal› meine.»

«Ja, das weiß ich. Ich habe auch schon darüber nachgedacht.» Es ist nur so, dass die Vorstellung ein leeres Gefühl bei mir hinterlässt, was mir nicht ähnlichsieht. Unverbindlicher Sex war immer mein Ding. Keine Verpflichtungen. Keine Erwartungen. Keine Versprechungen. Nur einvernehmlicher Spaß zwischen zwei Erwachsenen.

«Ich habe eine gute Bekannte, die –»

Mein ganzer Körper erschaudert, und ich warte nicht, bis er zu Ende gesprochen hat, bevor ich erwidere: «Danke, aber *nein* danke. Ich will nicht mit irgendjemandem verkuppelt werden.» Am allerwenigsten mit einer von Michaels weiblichen Bekannten. Sie versuchen es zu verbergen, weil er vergeben ist, aber sie sind alle verliebt in ihn. Ich will nicht irgendeine komische Art Trostpreis sein. Und was für ein Preis wäre ich überhaupt, so, wie ich bin? «Ich weiß, wie man Leute trifft.»

«Aber wirst du auch tatsächlich rausgehen und es tun?», fragt Michael. «Soweit ich sehen kann, ist alles, was du momentan machst, arbeiten und laufen.»

Ich zucke mit den Schultern. «Ich werde meine Dating-

Apps wieder installieren. Das ist einfach.» Und irgendwie langweilig. Es ist immer das Gleiche – heiße Frauen anschreiben, dieselben witzigen Sprüche recyceln, Zeit und Ort vereinbaren, sich treffen und flirten und alles, der Sex, und dann hinterher allein nach Hause gehen.

Michael wirft mir einen skeptischen Blick zu, und ich gebe ein Schnauben von mir und entsperre mein Handy.

«Hier, ich mach es jetzt gleich. Du kannst zusehen.» Ich lade eine Reihe von Apps herunter, einige, die ich schon mal benutzt habe, einige, die ich noch nicht benutzt habe.

Michael zeigt auf eine der Apps und zieht die Augenbrauen hoch. «Ziemlich sicher, dass die inzwischen nur noch Prostituierte und Drogendealer verwenden.»

«Du verarschst mich.» Es ist eine bekannte App, die vor zwei Jahren jeder genutzt hat.

Nachdrücklich schüttelt er den Kopf. «Es gibt einen regelrechten Code, in dem sie sprechen, um Cops und Kriminalbeamte und so zu umgehen. Ich würde dir diese App wirklich nicht empfehlen. Sonst wird es schnell peinlich. Brauchst du Tipps in Sachen Anmachsprüche oder so? Du machst mir irgendwie Angst.»

Ich lösche die App und werfe ihm einen beleidigten Blick zu. «Ich hatte Krebs, keinen Gedächtnisverlust. Ich weiß noch, wie man Frauen klarmacht. Woher weißt du das mit dieser App überhaupt? Du hast mit dem Daten noch vor mir aufgehört.»

Michael zuckt gelassen mit den Schultern. «Die Leute erzählen mir alles Mögliche. *Du* kannst mir alles Mögliche erzählen. Jederzeit. Egal, was. Das weißt du doch, oder?»

«Ja, das weiß ich.» Ich stoße einen angespannten Seufzer aus. «Und ich bin froh, dass du vorbeigeschaut hast. Ich muss vorwärtskommen. Das wird mir guttun. Also ... Danke.»

Er lächelt leicht. «Dann werde ich mal wieder gehen. Stellas Eltern kommen zum Abendessen, und ich hab noch nichts eingekauft. Es sei denn, du willst auch kommen?»

«Nein, danke», antworte ich schnell. Stellas Eltern sind nett und alles, aber sie sind so anständig und korrekt, dass ich mich in ihrer Gegenwart immer so fühle, als wäre ich ins Büro des Schulleiters zitiert worden. Ich habe schon zu viel Zeit in den Büros von Schulleitern verbracht.

«Sag mir Bescheid, wie es läuft, okay?», bittet Michael.

Ich komme mir dumm dabei vor, aber ich zeige ihm einen Daumen nach oben.

Mit einem Winken zum Abschied macht er sich auf den Weg. Erst als er um die Ecke verschwindet, bemerke ich den hohlen Schmerz in meiner Brust. Er fehlt mir. Es ist Wochenende, der Abend rollt heran, und ich bin mir überdeutlich bewusst, dass ich ganz allein bin.

Ich rufe eine meiner alten Apps auf und fange an, mein Profil zu bearbeiten.

KAPITEL 4

Anna

Am nächsten Morgen wache ich auf meinem Sofa in genau derselben Position auf, in der ich am Abend zuvor darauf zusammengebrochen bin, zu müde, um mich das zusätzliche Stück zu meinem Schlafzimmer zu schleppen. Ich habe geschlafen wie tot, und im Wesentlichen fühle ich mich heute auch so. Mein Kopf hämmert, und meine Muskeln schmerzen. Es ist, als wäre ich verkatert, ohne den Spaß gehabt zu haben, mich tatsächlich zu betrinken. Gestern war einfach zu viel. Die sich endlos wiederholende Hölle des Violineübens. Die Therapie. Das Abendessen mit Julian. Der Blowjob. Unsere Diskussion.

Argh, ich bin jetzt in einer offenen Beziehung. Ich muss mich entscheiden, ob ich wieder zu daten anfangen möchte. Stöhnend drücke ich mir ein Sofakissen aufs Gesicht. Ich sollte aufstehen und in meinen Tag starten, aber ich habe null Lust, irgendetwas zu tun.

Meine Handtasche vibriert an meinem Oberschenkel, und ich stecke schlapp die Hand hinein, um halbherzig nach meinem Handy zu kramen. Falls meine Mom mich wegen irgendetwas anbrüllen will, werde ich sie bis Mittag ignorieren. Ich kann mich mit ihr im Moment einfach noch nicht auseinandersetzen.

Wie sich herausstellt, ist es keine Textnachricht von meiner Mom. Es ist ein Foto von Rose' flauschiger weißer Perserkatze in einem pinkfarbenen Tutu. Sie hat das Foto nur an mich geschickt, weil Suz eine Spätaufsteherin ist.

Wie findest du's?, fragt sie.

Ich lache leise in mich hinein, während ich zurückschreibe. Du setzt jedes Mal dein Leben aufs Spiel, wenn du so was mit ihr machst.

Ich weiß. Ich kann froh sein, dass ich noch alle Finger habe. Aber sie sieht so hübsch aus!, antwortet sie.

Sie sieht aus, als würde sie deine Ermordung planen, sage ich ihr.

Aber dann ermordet sie mich MIT STIL, antwortet sie, dann macht sie eine kurze Pause, bevor sie mir erneut schreibt. Wie geht's dir heute?

Ich habe keine Energie, genauer darauf einzugehen, also halte ich es schlicht. Ganz okay. Bin noch am Verarbeiten. Danke, dass du fragst.

Ich glaube wirklich, dass du es mit Daten versuchen solltest. Das hab ich ernst gemeint, dass es mir dabei geholfen hat, mein Selbstbewusstsein zu stärken, sagt sie.

Ich werd drüber nachdenken, antworte ich, und weil ich nicht will, dass sich alles nur um mich dreht, frage ich: Bist du müde heute? Als du mir geschrieben hast, war es bei dir schon nach Mitternacht.

Ja, so müde. Konnte letzte Nacht nicht schlafen. Ich sollte diese Woche eine Rückmeldung von den Produzenten dieser Sondersendung im Fernsehen bekommen.

Ich bin sicher, du kriegst eine Zusage. Du bist genau das, was sie brauchen, sage ich.

Das hoffe ich! Ich liebe, liebe, liebe dieses Stück einfach.

Bei ihrer Bemerkung flackert Neid in meiner Brust auf,

und ich verabscheue mich selbst dafür. Ich wünschte, ich würde Musik immer noch so lieben wie sie und dass die Musik mir Freude machen würde statt dieses erstickenden Drucks. Aber ich werde mich für sie freuen, falls sich diese Gelegenheit für sie ergibt. Ich bin kein komplettes Monster.

Wie geht es dir mit dem Richter-Stück? Irgendwelche Fortschritte?, fragt sie.

Ich hasse es, über meine Fortschritte bei dem Richter-Stück zu sprechen – weil es nie welche gibt –, also halte ich meine Antwort kurz. **Nein. Aber ich werde es trotzdem weiter versuchen. Ich sollte mich an die Arbeit machen.**

Viel Glück!, sagt sie. **Eines Tages wird alles nur so aus dir herausströmen. Du bist im Moment einfach nur kreativ blockiert.**

Ich glaube ihr nicht, aber ich antworte leichthin, damit sie das hier nicht zu einem langen Motivationsgespräch ausweitet. **Hoffentlich. Wünsch dir einen schönen Tag!**

Ich will nicht, aber meine Blase zwingt mich dazu, aufzustehen und ins Bad zu tappen. Schlechten Instantkaffee und einen halben Bagel später schleppe ich mich zu meinem Sekretär in der Ecke des Wohnzimmers, wo mein schwarzer Geigenkasten residiert. Stein liegt neben dem Kasten, das aufgemalte Lächeln zu mir hochgerichtet, und ich streichle ihn zur Begrüßung.

«Du bist so ein braver Junge», sage ich. «Der süßeste Stein, den ich je gesehen habe.»

Sein Lächeln bewegt sich nicht, natürlich tut es das nicht, aber ich sehe ihm an, dass er sich über die Aufmerksamkeit freut. Wenn er einen Schwanz hätte, würde er unkontrolliert damit wedeln. Mir ist klar, dass es wahrscheinlich ein schlechtes Zeichen ist, einen Stein zu behandeln wie ein lebendiges Wesen, aber seine schief aufgemalten Züge haben etwas an sich, das ihm zusätzlichen Charakter verleiht. Ich kann sehen, dass er will, dass ich mich an die Arbeit mache, und seufzend richte ich meine Aufmerksamkeit auf den Geigenkasten.

Mein Leben ist in diesem Kasten. Der beste Teil davon. Und auch der schlechteste. Die höchsten Höhepunkte und die tiefsten Tiefpunkte. Überwältigende Freude, Sehnsucht, Ehrgeiz, Hingabe, Verzweiflung, Seelenqual. Alles genau hier.

Das ist das Ritual: Ich streiche mit den Fingerspitzen über den Deckel des Kastens, öffne die Schnappverschlüsse und klappe ihn auf. Ich nehme meinen Bogen heraus und spanne die Rosshaare, trage Kolophonium auf. Ich schließe die Augen, während ich den Kiefernduft einatme. So riecht Musik für mich, nach Kiefern und Staub und Holz. Ich nehme meine Violine heraus und stimme die Saiten, angefangen beim A. Die Misstöne entspannen mich. Die Spannung der Saiten zu justieren entspannt mich. Die Töne richtig klingen zu lassen entspannt mich, die Vertrautheit, die Alltäglichkeit, die Illusion von Kontrolle.

Ich fange mit Tonleitern an. Künstlerisch können die Kritiker über mich sagen, was sie wollen, aber was meine technischen Fähigkeiten betrifft, war ich schon immer eine starke Violinistin. Das kommt von diesen Tonleitern, von der Tatsache, dass ich sie jeden Tag eine Stunde lang übe, bei Regen oder Sonnenschein, ob ich krank oder gesund bin. Ich stelle mir meinen Alarm und gehe meine Lieblingstonarten durch, Kreuz- und b-Tonleitern, Dur und Moll, Arpeggios, Naturtonreihen. Die Noten erklingen mühelos aus meiner Violine, fließend, so langsam oder schnell, wie ich sie haben will.

Letzten Endes sind Tonleitern allerdings nur Muster. Sie sind keine Kunst. Sie haben keine Seele. Ein Roboter kann Tonleitern spielen. Aber Musik ...

Als der Alarm meines Handys klingelt, stelle ich ihn aus und gehe hinüber zum Notenständer neben den Türen meines kleinen Balkons, der auf die Straße darunter blickt. Dort liegen die Notenblätter für mich bereit, aber ich brauche sie nicht wirklich. Ich habe die Noten schon lange auswendig gelernt. Meistens sehe ich sie im Schlaf vor mir.

Oben auf Seite eins steht: «Ohne Titel für Anna Sun, von Max Richter», und schon allein diese Überschrift lässt mich beinahe hyperventilieren. Es gibt wahrscheinlich Violinisten, die einen Mord begehen würden, wenn das Max dazu inspirieren würde, etwas für sie zu schreiben, und dennoch lasse ich diese Seiten hier in meinem Wohnzimmer Staub ansetzen.

Ich werfe einen Blick hinüber zu Stein, und sein Lächeln sieht jetzt ein bisschen angespannt, ein bisschen ungeduldig aus. Er will, dass ich in die Gänge komme.

«Okay, okay», sage ich. Ich hole tief Luft, straffe den Rücken, lege meine Violine unters Kinn und setze den Bogen auf den Saiten an.

Das ist das letzte Mal, dass ich von vorne anfange.

Nur klingt nichts richtig, und als ich zum sechzehnten Takt komme, weiß ich, dass alles Mist war. Ich spiele es nicht mit der richtigen Menge Gefühl. Das kann ich hören, und wenn ich es kann, dann können andere es auch. Ich breche ab und gehe zurück zum Anfang.

Das ist jetzt das letzte Mal, dass ich von vorne anfange.

Aber nun klinge ich, als würde ich mir zu viel Mühe geben. So eine Kritik zu bekommen ist schrecklich. Zurück zum Anfang.

Das ist jetzt *wirklich* das letzte Mal, dass ich von vorne anfange.

Aber das ist es nicht. Ich bin eine Lügnerin. Ich fange so oft von vorne an, dass ich, als mein Alarm klingelt, um mir zu sagen, dass es Zeit zum Mittagessen ist, völlig den Überblick verloren habe, wie viele Neuanfänge ich hatte. Ich weiß nur, dass ich erschöpft und hungrig und den Tränen nahe bin.

Ich lege meine Violine weg, aber anstatt in die Küche zu gehen, um die Reste der Reste von gestern aufzuwärmen, sacke ich auf dem Boden zusammen und vergrabe das Gesicht in den Händen.

Ich kann so nicht weitermachen.

Irgendetwas stimmt nicht mit meinem Verstand. Ich kann es sehen, wenn ich einen Schritt zurücktrete und mein Handeln analysiere, aber wenn ich übe, merke ich es nie. Mein verzweifelter Wunsch, andere zufriedenzustellen, macht mich taub, sodass ich die Musik nicht mehr so hören kann wie früher. Ich höre nur, was falsch ist. Und der Zwang, von vorne anzufangen, ist unwiderstehlich.

Denn das ist der einzige Ort, wo wahre Perfektion existiert – die leere Seite. Nichts von dem, was ich tatsächlich tue, kann mit dem grenzenlosen Potenzial dessen konkurrieren, was ich tun *könnte*. Aber wenn ich mich durch die Angst vor Imperfektion in unaufhörlichen Anfängen gefangen halten lasse, werde ich nie wieder irgendetwas erschaffen. Bin ich dann überhaupt eine Künstlerin? Welchen Sinn habe ich dann?

Ich muss etwas ändern. Ich muss etwas *tun* und die Kontrolle über diese Situation übernehmen, sonst bleibe ich für immer in dieser Hölle gefangen.

Jennifer sagte, dass ich aufhören muss, eine Maske zu tragen und es allen recht machen zu wollen, und dass ich mit kleinen Dingen anfangen soll, in einer sicheren Umgebung. Ihr Vorschlag, es in der Familie zu versuchen, ist allerdings lächerlich. Die Familie ist *nicht* sicher. Nicht für mich. Liebevolle Strenge ist brutal ehrlich und tut dir weh, um dir zu helfen. Liebevolle Strenge schlitzt dich auf, wenn du bereits blaue Flecken hast, und schimpft dich aus, wenn du nicht schnell genug wieder heilst.

Wenn ich damit aufhören will, es den Leuten recht zu machen, dann muss ich es beim genauen Gegenteil von Familie versuchen, nämlich ... völlig Fremden.

Eines nach dem anderen fügen sich die Teile in meinem Kopf an ihren Platz, wie Stifte in einem Schließzylinder, wenn der passende Schlüssel eingesteckt wird. Aufhören mit diesem Masking. Aufhören, es den Leuten recht zu machen. Rache an Julian. Erfahren, wer ich bin. Selbstbewusstsein stärken.

Entschlossenheit erfasst mich, und ich raffe mich vom Fußboden auf und marschiere in mein Schlafzimmer, um die Schranktür aufzureißen. Ich habe fünfzehn verschiedene schwarze Kleider da drin, ohne tiefe Ausschnitte, ohne kurze Säume, vollkommen sittsame Kleider für die Konzertbühne. Ich schiebe sie beiseite und suche nach etwas, das mein Dekolleté und meine Beine zeigt.

Als ich das rote Kleid sehe, erstarre ich. Ich habe es mir für einen Valentinstag gekauft, an dem Julian nicht hier war, um ihn mit mir zu feiern. Wie es aussieht, werde ich wahrscheinlich nie die Gelegenheit bekommen, es für ihn zu tragen. Ich bin mir nicht mehr sicher, ob ich das überhaupt noch will.

Aber ich kann es für mich tragen.

Ich ziehe meine Sportklamotten von gestern aus, in denen ich nie wirklich Sport gemacht habe, und schlüpfe in das Kleid. Es ist enger als beim letzten Mal, als ich es anprobiert habe, aber es passt noch. Als ich mich umdrehe, reiße ich staunend die Augen darüber auf, wie mein Hintern aussieht. Ein Jammer. Julian wäre begeistert, obwohl er meine Methoden nicht gutheißen würde. Ich habe keine Protein-Shakes getrunken und Stunden im Fitnessstudio mit Squats und Donkey Kicks verbracht. Diese Kurven wurden durch Cheetos geformt.

Ich greife unter meinen Arm und zerre am Preisschild, bis das Plastik reißt. Ich *werde* in diesem Kleid ausgehen. Vielleicht nicht heute. Aber bald.

Nachdem ich mir mein Handy geschnappt habe, suche ich im App-Store nach «Dating-Apps» und installiere die Top drei.

KAPITEL 5

Quan

$\mathcal{E}$s ist Freitagabend, und ich komme nach einer langen Woche langsam runter, mit einer ganzen Pizza für mich allein, einem kalten Bier und dieser Dokumentation über einen Tintenfisch. Ich hatte seit zwei Jahren kein Sozialleben mehr, also habe ich Netflix inzwischen praktisch leer geschaut, sogar diese Serie über einen Samurai, der angeheuert wird, eine Katze zu töten. Zu meinem Glück bin ich fasziniert vom Ozean und finde Tintenfische cool.

Aber als sich der ausgebrannte Filmemacher mit dem Kraken anfreundet und sie sich Hand und Tentakel schütteln, bin ich, keine Ahnung ... traurig. Ich ertappe mich dabei, dass ich die Dating-Apps durchscrolle, die ich die ganze Woche vernachlässigt habe. Ich wurde mit einem Haufen Leuten gematcht.

Tammy. Helles Haar, dunkle Augen, tolles Lächeln, toller Körper. Sie möchte eine große Familie haben, liebt Craftbier und macht eine Ausbildung zur Sonderpädagogin. Ich seufze. Sie ist perfekt – wenn ich nach einer festen Freundin suchen würde. Was ich nicht tue. Passe.

Naomi. Umwerfende braune Augen, geheimnisvolles Lächeln, Wahnsinnskurven. Eine Geschäftsführerin, die davon träumt, mit einem besonderen Menschen die Welt zu bereisen. Das schreit geradezu nach ernster Beziehung. Passe.

Sara sieht aus wie eine leibhaftige Barbiepuppe und will einfach nur Spaß haben. Mein Interesse ist definitiv geweckt. Bis ich weiterlese und sehe, dass sie darüber nachdenkt, ihren Harem um einen siebten Mann zu erweitern. Ich habe in meiner Zeit schon ziemlich wildes Zeug ausprobiert, aber eine Orgie mit acht Personen ist nicht das, was ich mir für mein erstes Mal zurück im Sattel vorgestellt hatte, oder überhaupt je, um ehrlich zu sein. Passe.

Savannah, passe. Ingrid, passe. Jenny, passe. Murphy? Wow, okay, also Murphy ist zum Niederknien schön, arbeitet ehrenamtlich in Pflegeheimen und – jetzt kommt's – hebt sich ihre Jungfräulichkeit für die wahre Liebe auf. Passe.

Naya. Fran. Penelope. Passe. Passe. Passe.

Ich glaube schon, dass ich die App wechseln oder meine Suchkriterien einschränken muss, als ich über Anna stolpere. Ihr Foto ist so süß, dass ich beinahe aus Prinzip weiterwische, doch dann betrachte ich es genauer, weil ich nicht anders kann. Sie hat ein verlegenes Lächeln und dunkle Augen, die es schaffen, sanft und eindringlich zugleich zu sein. Sie ziehen mich in ihren Bann.

In ihrem Profil sagt sie: «Suche unkomplizierten Abend mit einem netten Menschen. Bitte nur eine einzige Nacht.» Unter Beruf und Hobbys steht: «keine Angabe».

Ihr Foto und ihr Profil wirken so unstimmig, dass ich mehrmals zwischen ihnen hin und her schaue, während ich zu begreifen versuche, wie beides zu derselben Person gehören kann. Ihrem Foto nach würde ich sagen, sie ist von der monogamen Sorte, die nach Blumen und ewiger Liebe sucht, nicht nach einer schnellen Nummer.

Vielleicht macht sie in ihrem Leben gerade irgendeinen Mist durch und will einfach nur Dampf ablassen. Das kann ich nachvollziehen. Es unterscheidet sich nicht so sehr von dem, was ich will.

Ich schüttle über mich selbst den Kopf, während ich auf den Button tippe, um ihr eine private Nachricht zu schreiben. Bei so einem Profil hat sie wahrscheinlich schon Hunderte Nachrichten in ihrer Mailbox. Aber ich bin nicht der Typ, der aufgibt, ohne es überhaupt versucht zu haben, also gebe ich mir einen Moment, um nachzudenken, entscheide, dass Ehrlichkeit am besten ist, und fange an zu tippen.

Hey Anna,
mir gefällt, wie direkt du bist. Ich esse gerade Pizza und schaue auf Netflix das Letzte, was ich noch nicht gesehen habe. Hätte Zeit zu quatschen, wenn du willst.
Q

Ich schicke die Nachricht ab, schalte das Display meines Handys aus und werfe es neben mir aufs Sofa. Ich werde nicht rumsitzen und mit angehaltenem Atem darauf warten, dass sie mir antwortet. Stattdessen beiße ich in ein frisches Stück Pizza mit allem und richte meine Aufmerksamkeit wieder auf den Fernseher, wo das Oktopus-Weibchen von einem kleinen gestreiften Hai verfolgt wird. Es springt aus dem Wasser, kriecht über Land – wie krass ist das denn? – und springt wieder rein, nur damit der Hai genau da weitermachen kann, wo er aufgehört hat. Ich bin so gefesselt von der Szene, dass ich die Benachrichtigung auf meinem Handy erst bemerke, als ich nach meinem Bier greife.

Beiläufig wische ich mir Hände und Mund an einem abgerissenen Stück Küchenpapier ab und nehme mein Handy. Ich habe eine Nachricht in der App.

Hi Q,

was siehst du dir denn an?

A

Ich schaue genau in dem Moment zum Bildschirm hoch, in dem der Hai den Tintenfisch schnappt und hin und her schüttelt, und ich muss lachen, obwohl mir der Tintenfisch schrecklich leidtut. Eine Dokumentation über einen Typ und einen Oktopus, lol, sage ich, und ja, vielleicht wird mein Gesicht dabei ein wenig heiß. Es wäre cooler, wenn ich *Star Wars* oder *Deadpool* oder so was schauen würde.

Die fand ich super! Ich hab sie schon zweimal gesehen, gesteht sie, und ich kann mir ein Grinsen nicht verkneifen. Das war das Letzte, was ich von ihr zu lesen erwartet hätte.

Diese Krake ist der Hammer, aber ich glaube, diesmal wird der Hai mehr fressen als nur ihren Arm.

Schau weiter, schreibt sie.

Also tu ich es, und dann antworte ich: Jetzt bin ich so was von beeindruckt.

Ja, nicht wahr? Sie ist unglaublich. Vielleicht muss ich es mir ein drittes Mal ansehen.

Ich zögere ein paar Sekunden, bevor ich das Video anhalte und vorschlage: Ich bin bei 1:05, falls du dir das Ende mit mir gemeinsam ansehen willst.

Sie überrascht mich, indem sie antwortet: Okay. Sie fügt sogar einen Smiley hinzu.

Wir synchronisieren unsere Videos miteinander, und bald darauf schauen wir gemeinsam, jeder für sich. Das ist eine merkwürdige Erfahrung für mich. Irgendwie bekloppt – nein, definitiv *sehr* bekloppt. Wir wollen doch nicht vergessen, was wir uns hier gerade ansehen. Normalerweise würden Leute in unserer Situation jetzt miteinander flirten. Da gäbe es sexuelle Anspielungen, vielleicht sogar schmutzige Fotos. Aber ich glaube, mir gefällt das hier.

Oh, die Stelle liebe ich, schreibt sie.

Als ich sehe, wovon sie spricht, stimme ich ihr zu. Sie spielt mit den Fischen, ohne überhaupt zu versuchen, sie zu fressen. Ich hatte keine Ahnung, dass ein Tintenfisch so süß sein kann.

Haha! Ich auch nicht, antwortet sie, und ich grinse schon wieder.

Wir setzen dieses Hin und Her fort, und schon bald ist die Dokumentation vorbei, und ich wünsche mir irgendwie, sie wäre es nicht.

Das ist so ein bittersüßes Ende, oder?, fragt sie.

Ja, aber es ist ein gutes Ende, antworte ich.

Dann verstummen wir beide, und ich hole tief Luft, bevor ich frage: Möchtest du Nummern austauschen und das außerhalb der App fortsetzen?

Sie antwortet nicht sofort, und ich zapple unruhig herum, während ich warte. Mir wird bewusst, dass ich nervös bin. Ich mag dieses seltsame tintenfischliebende Mädchen.

Ja, gerne. Diese Benutzeroberfläche ist so verwirrend. Ich habe aus Versehen Tintenfisch-Kommentare an andere Leute geschickt, während wir geschaut haben, schreibt sie.

Mein Lachen schallt laut durch die Wohnung, obwohl mich gleichzeitig ein unbehagliches Gefühl bei dem Gedanken beschleicht, dass sie auch mit anderen Typen schreibt. Ihre Antworten waren wahrscheinlich herrlich.

Das waren sie. Einer meinte, so hätte er sich das nicht vorgestellt. Der andere hat geschrieben: «Baby, ich habe nur zwei Hände, aber wenn du willst, werde ich auch meine Füße benutzen.» Ich habe so heftig gelacht, dass draußen ein Hund zu bellen angefangen hat.

Eine Sekunde später schickt sie mir ihre Nummer, und ich fühle mich, als hätte ich im Lotto gewonnen. Ich glaube nicht, dass sie diesem anderen Kerl ihre Nummer gegeben hat, auch wenn er bereit ist, verrückte Sachen mit seinen Füßen zu machen.

Außerhalb der App texte ich ihr die Frage: Möchtest du lieber schreiben oder telefonieren?

Es folgt eine Pause, bevor sie antwortet. Was ist dir lieber?

Ich möchte deine Stimme hören, antworte ich.

Okay, schreibt sie.

Aber als ich sie anrufe, klingelt ihr Telefon nur ein paarmal, bevor der Anruf abbricht.

Tut mir leid, ich bin nervös, schreibt sie.

Texten ist okay für mich. Keine Sorge, Anna. Irgendwo im Hinterkopf frage ich mich, ob sie möglicherweise in Wirklichkeit ein Mann mittleren Alters ist, der in Unterwäsche im Keller seiner Mom sitzt und mich reinlegen will. Aber mein Bauchgefühl sagt mir, dass sie echt ist.

Danke. Ich habe das hier noch nie gemacht, schreibt sie.

Es ist ziemlich lange her, seit ich Dates und so hatte, also fühle ich mich auch ein bisschen unbeholfen, gestehe ich.

Warst du auch in einer ernsten Beziehung?, fragt sie.

Das ist es also. Sie kommt gerade aus einer ernsten Beziehung und sucht Sex als Trostpflaster. Das kann ich absolut verstehen.

Nein, ich hatte gesundheitliche Probleme, brauchte eine Operation. Keine Sorge, jetzt geht es mir wieder gut, sage ich ihr in der Hoffnung, dass sie glaubt, «gesundheitliche Probleme» und «Operation» bedeuten einen Kreuzbandriss oder so was.

Freut mich, dass es dir wieder gut geht. Sie hängt noch einen Smiley dran, und es ist dumm von mir, aber das macht mich glücklich.

Danke, sage ich.

Also, was machen wir jetzt?, fragt sie.

Was immer du willst, aber normalerweise bedeutet Nummern zu tauschen, dass wir vorhaben, uns bald zu treffen.

Möchtest du dich heute Abend mit mir treffen?, fragt sie.

Bei ihrer Nachricht weiten sich meine Augen. Es ist erst kurz nach neun Uhr, aber es fühlt sich gleichzeitig zu spät und zu früh an. Zu spät, weil wir nur eine einzige Nacht haben, und der Abend ist schon halb vorbei. Zu früh, weil ich sie gerade erst kennengelernt habe und es fast schon endgültig auf Wiedersehen hieße. **Wie wär's mit morgen Abend?**

Sicher, das passt für mich, antwortet sie.

Ich schicke ihr einen Link zu einer Bar in der Nähe. **Hier um 7?**

Klingt gut!

Super, antworte ich, und nach ein paar Sekunden schicke ich ihr einen Smiley.

Dann verstummen wir beide. Ich möchte mich weiter mit ihr unterhalten, noch einen Film ansehen, selbst wenn es noch mal diese komische Dokumentation ist, aber ich will sie nicht nerven. Und ich will mich nicht so verhalten, als wäre das hier mehr, als es ist. Das ist das Schöne daran – dass es nichts ist.

Es kostet mich Zurückhaltung, aber ich schreibe ihr den ganzen Abend keine Nachricht mehr.

KAPITEL 6

Anna

Als ich am Samstagmorgen aufwache, sehe ich sofort auf meinem Handy nach, ob da Nachrichten von ihm sind.

Da sind keine. Natürlich sind da keine. Ich bin nicht überrascht darüber. Wirklich, ich bin erleichtert. Aber ich bin auch ein bisschen enttäuscht. Nur ein klitzekleines bisschen.

Immer noch im Bett liegend, lese ich mir unsere Unterhaltung von letzter Nacht noch einmal durch. Dieselbe schwindelige Aufregung erfüllt meine Brust, und ich beiße mir lächelnd auf die Lippe.

Ich habe es getan. Ich habe online jemanden kennengelernt, wir haben uns unterhalten, und dann haben wir uns miteinander verabredet. Wenn ich ehrlich zu mir bin, war es irgendwie schön. Er mag Tintenfische! Noch besser als das, ich konnte ich selbst sein. Ich habe nichts vorgespielt. Ausnahmsweise mal habe ich das Gefühl, die Kontrolle über mein Leben zu haben. Das ist eine berauschende Erfahrung.

Ich habe letzte Nacht ewig gebraucht, um einzuschlafen, weil mein Verstand einfach keine Ruhe geben wollte. Eigentlich sollte ich heute schlapp und müde sein, aber stattdessen vibriere ich vor nervöser Energie. Die Stunden fliegen nur so dahin.

Mitten während meiner Übungszeit, als ich mich dabei

ertappe, wie üblich immer wieder von vorn anzufangen, lege ich spontan das Richter-Stück beiseite und beschließe, es mit etwas anderem zu versuchen, wie Jennifer vorgeschlagen hat. Ich atme ein paarmal tief durch, um meinen Kopf frei zu machen, dann lege ich den Bogen auf die Saiten und lasse die ersten Noten von Vaughan Williams' «The Lark Ascending» erklingen.

Das ist das Lieblingslied meines Dads. Er wünscht sich, dass ich es an jedem Geburtstag spiele und wann immer wir ein Familienfest haben oder seine Freunde zu Besuch sind, also haben sich die Noten tief in mein motorisches Gedächtnis eingebrannt. Ich bin mir nicht sicher, was ihm besser gefällt – die Musik selbst oder vor den Leuten mit mir anzugeben. Das spielt nicht wirklich eine Rolle für mich. Es gefällt mir einfach, ihn glücklich zu machen.

Langsam strömt die Musik aus meiner Violine, schwingt sich ungleichmäßig flatternd auf sich verändernden Luftströmungen empor. Sie verzückt mich, so lieblich leidenschaftlich, dass ich mich einen Augenblick lang in ihr verliere. Ich vergesse die Zeit, ich vergesse mich. Da ist nur dieses wunderschöne Gefühl des Dahinsegelns über weite Felder offenen Grüns. Und mir wird bewusst, dass ich spiele, wirklich spiele.

Das hier ist der Grund, warum ich atme.

Dann höre ich es. Mein Timing ist nur haarscharf daneben. Es ist so lange her, seit ich dieses Lied gespielt habe, dass meine Bogenarbeit ein wenig schlampig ist. Ich kann es besser.

Also fange ich von vorne an. Das ist so ein bekanntes Stück, dass die Kritiker brutal sein können, wenn es nicht genau richtig ist. Ich werde ihnen keinen Grund dafür liefern. Ich kann sie austricksen. Ich kann *brutaler* zu mir selbst sein als sie, und dadurch werde ich siegen.

Kunst ist Krieg.

Es ist immer noch nicht genau richtig, also fange ich noch einmal von vorn an. Ich bemühe mich angestrengter, das richtige Timing hinzubekommen. Und ich treffe es. Die trällernden Noten schrauben sich wie kleine flatternde Flügel im Aufwind empor. Nur um hängenzubleiben. Nicht genug Nachdruck in diesem Teil.

Ich fange von vorn an.

Und fange von vorn an.

Und fange von vorn an.

Bis mich der Alarm meines Handys rausreißt und ich ihn abstelle und mich mit leerem Blick im Zimmer umsehe. Ich bin wieder da, wo ich angefangen habe. Am Anfang. Mein Hals tut weh, aber ich schlucke den Kloß hinunter.

Da war dieser kurze Moment, in dem die Musik für mich sang und ich vergaß, auf die Stimmen in meinem Kopf zu hören. Das ist doch schon was.

Ich bin so nah dran, das hier zu besiegen. Ich kann es spüren. Die Lösung ist direkt vor mir. Ich kann sie *sehen*. Ich muss sie einfach nur zu fassen bekommen, dann löst sich die Blockade in meinem Kopf, und alles wird wieder wie früher.

Entschlossen packe ich meine Violine weg und bereite mich darauf vor, auf eine andere Weise zu kämpfen. Ich werde heute Abend ein Date haben. Ich werde flirten. Ich werde Spaß haben. Ich werde mich nicht selbst quälen, indem ich seine Reaktionen beobachte und versuche, das zu sein, was er will. Weil ich nun mal ich bin, werde ich mich unweigerlich blamieren. Und ich werde mir die größte Mühe geben, mich nicht darum zu scheren. Ich habe keinen Grund, mich darum zu scheren – jedenfalls nicht über den grundlegenden menschlichen Anstand hinaus. Dieser Mann ist völlig falsch für mich. Ich habe nicht die Absicht, ihn jemals wiederzusehen. Ich brauche seinen Respekt nicht. Ich brauche seine Anerkennung nicht. Ich brauche seine Liebe nicht.

Und das macht ihn perfekt. Bei ihm werde ich damit experimentieren, mutig zu sein.

Ich dusche und rasiere mir die Beine, putze mir die Zähne, mache all das Hygienezeug, lege Make-up auf und frisiere mir die Haare, als würde ich mich auf ein wichtiges Konzert vorbereiten. Ich schätze, der heutige Abend wird eine Art Konzert sein, eines, bei dem meine Darbietung gänzlich auf Improvisation basiert. Nachdem ich das rote Kleid angezogen habe und in meine schönsten High Heels geschlüpft bin, mache ich ein Foto von mir im Spiegel und schicke es an Rose und Suzie, zusammen mit der Nachricht: **Gehe auf ein Date. Wünscht mir Glück.**

Diesmal antwortet Suzie als Erste. **OMG, du siehst toll aus! Viel Spaß!**

WAS?! WER IST ER? WIE SIEHT ER AUS? ERZÄHL UNS ALLES!!!!!, verlangt Rose.

Ich lächle mit trockenen Lippen, während ich tippe: **Muss jetzt los. Bin so nervös, dass ich kotzen könnte. Ich erzähl euch später alles.**

Und damit lasse ich das Handy in meine Handtasche fallen und wage mich aus der Sicherheit meiner Wohnung. Ich mache einen Umweg über die Drogerie, wo das, was ich kaufen will, verwirrenderweise zwischen Ovulationstests und Männerwindeln einsortiert und der Highschool-Schüler an der Kasse zu verlegen ist, um mich anzusehen, als er meinen Einkauf abkassiert. Trotzdem komme ich früh genug in der Bar an, um die letzte freie Sitznische mit Blick auf die Straße zu ergattern.

Ich schreibe ihm: **Bin in der Bar. Letzte Nische rechts,** dann mache ich es mir bequem und warte. Die Bar hat ein rustikales Flair, mit alten Fässern und Fotos von Farmen an den Wänden. Es ist ziemlich voll, aber die Musik ist nicht zu laut und die Beleuchtung angenehm. Es ist ziemlich leicht, Selbstbewusstsein vorzutäuschen und meine Nervosität zu ignorieren.

Durchs Fenster sehe ich ein Motorrad am Bordstein halten. Der Fahrer steigt ab, zieht seine Handschuhe aus und nimmt den Helm ab. Darunter kommt glatt rasierte Kopfhaut zum Vorschein, was nur wenigen Männern steht. Aber bei ihm sieht es gut aus. Mit seiner eng anliegenden Motorradjacke, der schwarzen Hose, den Stiefeln und der sportlichen Figur sieht er aus wie ein Marvel-Actionheld – oder -Bösewicht. Er hat etwas unbestreitbar Kantiges an sich, etwas ein klein bisschen Gefährliches. Vielleicht sogar sehr Gefährliches. Es liegt in der geschmeidigen Art, mit der er sich bewegt, den kräftigen und doch eleganten Konturen seines Körpers, der Aura von Beharrlichkeit, die ihn umgibt.

Mein ganzes Sein erstarrt, als mich die Erkenntnis trifft. Das ist er. Er ist nicht einfach nur ein Profil auf einer Webseite. Dieser harte, tätowierte Typ auf dem Foto, der, den ich sofort ablehnen wollte, weil er so gar nicht zu mir passt. Er ist ein echter Mensch mit einem Leben und einer Vergangenheit und Gefühlen. Und er ist hier.

Während ich zusehe, klipst er seinen Helm hinten an seinem Motorrad fest. Neben einem weiteren Helm, der ans hintere Ende des Sitzes geschnallt ist. Zwei Helme. Es sieht aus, als hätte er einen für mich mitgebracht.

Aus welchem Grund auch immer versetzt mir das einen Stich nackter Panik in die Brust. Meine Nervosität wächst, als er sein Handy aus der Tasche kramt, rasch eine Nachricht eintippt und auf meinem eigenen Handy, das mit dem Display nach oben auf dem Tisch liegt, die Worte **Bin grad angekommen** aufleuchten.

Meine Muskeln spannen sich an, und ein heftiges Prickeln überzieht meine Haut. Ich sage mir, das hier ist nur ein bedeutungsloses Date, ein One-Night-Stand. Die Leute machen das ständig.

Das Problem ist, ich weiß nicht, ob *ich* das kann. Was, wenn ich bei dem Versuch, mir selbst treu zu sein, ihm gegenüber herzlos bin? Er sieht hart aus, aber das bedeutet nicht, dass er aus Stein ist. Was, wenn ich ihm wehtue?

Als er in Richtung der Eingangstür der Bar geht und aus meinem Blickfeld verschwindet, verstärkt sich das Gefühl, dass das hier falsch ist. Es bläht sich unverhältnismäßig auf. Es explodiert.

Ich kann mich nicht beherrschen. Ich raffe meine Sachen zusammen. Und ich renne weg. Vor der Toilette ist keine Schlange, deshalb muss ich nicht warten, um mich in einer der Kabinen einschließen zu können. Auf der Kloschüssel sitzend, Handy und Handtasche an die Brust gedrückt, wiege ich mich vor und zurück und beiße die Zähne leise klackend aufeinander, und das Gefühl beruhigt mich. Mein Gesicht brennt. In meinen Ohren dröhnt es.

Auf meinem Handy vibrieren Nachrichten, aber ich schaue nicht nach. Ich will sie nicht sehen. Ich will einfach nur, dass er weggeht, damit ich nach Hause und so tun kann, als wäre das hier nie passiert. Ich muss eine andere Möglichkeit finden, mein Problem zu lösen, aber das werde ich später tun, wenn ich nachdenken kann.

Wartend zähle ich im Kopf die Sekunden. Eine Minute vergeht. Noch eine. Dann verliere ich den Überblick – ich war noch nie gut darin, mir Zahlen zu merken –, also fange ich wieder bei eins an und konzentriere mich einfach darauf, immer wieder bis sechzig zu zählen.

Als eine gute Menge Zeit vergangen ist und ich eine weitere Nachricht bekomme, bin ich ruhig genug, um auf mein Handy zu sehen.

Hey, ich glaube, ich bin am Tisch, ist seine erste Nachricht.

Dann: Alles okay?

Gefolgt von: Schätze, es ist was dazwischengekommen.

Seine letzte Nachricht lautet: Ich werde jetzt wieder gehen. Mache mir Sorgen um dich.

Ich lege eine Hand über meine Augen. Warum muss er so nett sein? Das hier wäre leichter, wenn er ein Arschloch wäre. Erleichtert und voller Schuldgefühle haste ich aus der Toilette.

Und pralle mit ihm zusammen.

Harte Brust. Fester Körper. Warm. Lebendig. Real.

Das ist furchtbar. Absolut furchtbar.

Seine Hände legen sich einen Moment lang um meine Oberarme, als er Abstand zwischen uns bringt, und der Schock seiner Berührung hallt durch mich hindurch.

«Hey», sagt er mit vor Überraschung ausdrucksloser Miene.

Meine Lippen formen das Wort Hey, doch meine Stimmbänder weigern sich, einen Laut hervorzubringen. Seine Kehle ist genau auf meiner Augenhöhe, und ich starre direkt auf die verschlungene in seine Haut tätowierte Kalligrafie.

Tattoos.

An seinem Hals.

Hals-Tattoos.

Ich wusste, dass er viele Tattoos hat, aber irgendwie ist es anders, ihn – *sie* – leibhaftig zu sehen. Klassische Musiker lassen sich nicht so tätowieren. Oder rasieren sich den Kopf und fahren Motorrad und sehen aus wie sexy Bösewichte. Keine, die ich kenne, zumindest. Irgendeinen gibt es sicher irgendwo. Ein Teil von mir dachte, es wäre ein Abenteuer, etwas Neues zu probieren und heute Nacht mit einem solchen Kerl zusammen zu sein.

Aber das hier fühlt sich nicht wie ein Abenteuer an.

Es fühlt sich furchterregend an.

Er ist überhaupt nicht wie Julian, und Julian ist alles, was ich je gekannt habe.

«Ich wollte gerade ...» Er zeigt auf die Tür der Herrentoilette, direkt neben der Damentoilette, und seine Augen funkeln, als er die Lippen zu einem Lächeln krümmt, als hätte ihm jemand gerade ein Geheimnis verraten.

Mein völlig mit den Nerven fertiges Gehirn setzt aus, und ich bekomme keine Luft mehr. Er ist verheerend gutaussehend, wenn er lächelt. Etwas Wunderbares strahlt von ihm aus, das die Züge seines rauen Äußeren neu anordnet und ihn schön macht.

«Warst du die ganze Zeit da drin?», fragt er.

Zu benommen, um mir eine passende Lüge einfallen zu lassen, gestehe ich: «Ich hatte Angst.»

Sofort löst sich seine Belustigung auf und wird von Besorgnis verdrängt. «Vor mir?»

«Nein, nicht vor dir, nicht direkt.» Im Bestreben, es ihm verständlich zu machen, purzeln die Worte hastig aus meinem Mund: «Ich habe das hier noch nie gemacht, und ich hatte all diese hochgesteckten Pläne, aber dann habe ich dich gesehen und angefangen, mir Sorgen zu machen, dass ich dich ausnutze, und ich will dir nicht wehtun, weil du so nett bist und –»

Seine Miene wird weicher, und er drückt eine meiner Hände. Das Gefühl ist so ablenkend, dass ich völlig vergesse, was ich sagen wollte.

«Möchtest du von hier weg?», fragt er.

«Ja», antworte ich so erleichtert, dass mir Tränen in den Augen brennen. Mehr als alles andere will ich jetzt gerade nach Hause.

«Dann lass uns gehen.» Mit meiner Hand in seiner führt er mich durch die Leute und aus der Bar.

Draußen werde ich von kühler, frischer Luft eingehüllt. Es ist weniger chaotisch, und etwas von der Anspannung fällt von mir ab. Ich würde allerdings nicht sagen, dass ich entspannt bin. Ich bin immer noch halb zu Tode gestresst.

«Ich werde jetzt gehen», sage ich, lasse seine Hand los und rücke langsam von ihm ab, begierig darauf, all das hier hinter mir zu lassen. «Es tut mir wirklich leid. Ich hoffe, du hast mit einer anderen mehr Glück.»

Er bemerkt, wie ich unruhig die Füße auf dem Asphalt bewege, und mustert dann aufmerksam mein Gesicht. «Wir könnten es noch mal versuchen. Aber nur, wenn du willst.»

«Das würdest du tun?», frage ich, ohne die Ungläubigkeit aus meiner Stimme heraushalten zu können. «Ich hatte gerade eine Panikattacke und habe mich eine halbe Stunde lang vor dir auf der Toilette versteckt. Du solltest mich eigentlich nie wiedersehen wollen.»

Er schiebt die Hände in die Hosentaschen und zuckt mit den Schultern. «Nur weil etwas nicht perfekt ist, heißt das nicht, dass wir es wegwerfen müssen. Außerdem hat der heutige Abend noch gar nicht richtig angefangen.»

Seine Worte überrumpeln mich, und ich starre ihn einen Moment lang an. Ich muss wegrennen, flüchten, den heutigen Abend zusammenknüllen wie einen ruinierten Entwurf und mit einem frischen Blatt neu anfangen. Und er sagt mir, ich soll das nicht tun. Schlimmer noch, was er sagt, ergibt absolut Sinn. Und er lächelt wieder, was mir den Atem raubt und mich dumm macht.

Unbehagen schneidet durch mich hindurch, und ich hasse sein Lächeln dafür, wie sehr es mir gefällt. Ich weiß, es ist unlogisch. Ich weiß, es ist feige. Aber ich weiche noch weiter vor ihm zurück und schüttle den Kopf.

«Es tut mir leid, aber ich ... kann einfach nicht. Tut mir wirklich so leid», sage ich und haste davon, damit ich seine Enttäuschung nicht sehen muss.

Der Heimweg zieht nervös verschwommen an mir vorbei, und als ich mich endlich in meiner Wohnung einschließe, streife ich meine High Heels ab und schleudere sie achtlos auf dem Weg ins Badezimmer beiseite. Ich schäle mich aus dem roten Kleid und steige unter die Dusche, obwohl ich gerade erst vor wenigen Stunden geduscht habe. Das ist die Routine, nachdem ich aus war – außer ich habe einfach nicht die Energie dafür.

Während ich mir das Make-up vom Gesicht und die Stylingprodukte aus den Haaren wasche, ziehe ich eine Grimasse über mich selbst. Was für eine Verschwendung! Ich sollte jetzt eigentlich in der Bar sein und trinken und flirten und die authentischste Version meiner selbst sein – ganz zu schweigen davon, mich darauf vorzubereiten, lebensverändernden, abenteuerlichen Sex mit einem völlig unpassenden, aber äußerst anziehenden Mann zu haben.

Aber das tue ich nicht. Ich bin zu Hause, wo ich sicher bin. Als ich mich in meinem Pyjama und dem hässlichen flauschigen Bademantel auf dem Sofa zusammenrolle, bin ich so erleichtert, dass es ekelhaft ist.

Ich bin außerdem sehr allein, und meine Wohnung fühlt sich leerer und kälter an als je zuvor. Weil ich eine Verbindung zu anderen brauche, egal, wie schwach, nehme ich mein Handy. Überraschenderweise habe ich zwei Nachrichten von Quan.

Hey, ich hoffe, es geht dir gut.

Bist du heil nach Hause gekommen?

Ich beiße mir auf die Innenseite meiner Wange, während ich antworte. Bin zu Hause. Fühle mich so schrecklich, dass ich dir das angetan habe. Danke, dass du dich nach mir erkundigst.

Du brauchst dich deswegen nicht schlecht zu fühlen. Du hast ausgesehen, als wärst du ganz schön fertig. Ich verstehe es zwar nicht wirklich, aber ich verstehe es, wenn du weißt, was ich meine, schreibt er.

Trotz allem muss ich lachen. Ich weiß nicht, was du meinst.

Ich meine, ich weiß nicht genau, was du gerade durchmachst, aber ich weiß, dass da etwas ist, und ich nehme es nicht persönlich.

Etwas an seinen Worten treibt mir die Tränen in die Augen, während ich auf mein Handy hinunterlächle. Ich versuche gerade herauszufinden, was ich als Antwort schreiben soll, als ich eine weitere Nachricht von ihm bekomme.

Ich hole mir was Mexikanisches zum Abendessen. Was isst du?

Auch Mexikanisch, antworte ich, bin aber nicht gerade begeistert darüber. Es ist das letzte Viertel eines riesigen Super-Burritos, den ich schon die ganze Woche esse. Ich würde sagen, es besteht eine Fifty-fifty-Chance, dass ich davon Magenkrämpfe kriege, aber ich hasse es, Essen zu verschwenden, und auf keinen Fall werde ich meine Wohnung heute noch mal verlassen – außer es gibt ein Feuer oder einen Hundewelpen auf der Straße, auf den ein Lastwagen zurast, oder einen Familiennotfall, so was in der Art.

Ich bin in ca. 30 Minuten daheim. Möchtest du dir heute Abend was mit mir ansehen?, fragt er.

Ich halte mir eine Hand vor den Mund, während ich seine unerwartete Einladung verdaue. Das ergibt keinen Sinn für mich. Aber es gefällt mir. Sehr. Ich kann heute Abend nicht ausgehen, aber *das* kann ich.

Ich verstehe nicht wirklich, warum du wegen mir zu Hause bleiben willst, schreibe ich ihm.

Warum sagst du das?, fragt er.

Weil du ... du bist. Ich habe dich gesehen. Du bist extrem attraktiv und kannst gut mit Leuten umgehen. Wenn du in einen Club gehst oder irgend so was, dann hast du innerhalb von Minuten ein Date. Ist es nicht das, was du suchst?

Ich denke, ich könnte dasselbe über dich sagen, antwortet er mit einem zwinkernden Smiley.

Ich kann NICHT gut mit Leuten umgehen, schreibe ich zurück, dabei drücke ich mit dem Daumen extra fest auf «Senden». Nach dem, was in der Bar passiert ist, ist das absolut offensichtlich. Ich glaube auch nicht, dass ich «extrem attraktiv» bin, aber ich weiß aus Erfahrung, dass darauf hinzuweisen ihn nur dazu bringen würde, darauf zu bestehen, und ich habe nicht die Geduld für diesen Unsinn. Objektiv betrachtet bin ich Durchschnitt, was das Aussehen angeht, und ich mag es nicht, wenn die Leute mich deswegen anlügen. Wenn jemand lügt, damit andere sich gut fühlen, dann bin das besser ich.

Halt, das soll ich ja auch nicht mehr machen.

Hältst du es nicht für möglich, dass ich auch mal kalte Füße bekomme?, fragt er.

Stirnrunzelnd starre ich das Handy in meiner Hand an. Ich habe seine gesundheitlichen Probleme und die Operation ganz vergessen. Er sah in der Bar ganz und gar nicht so aus, als würde ihm etwas fehlen. Er sah aus wie ein Mann in Topform. Es fällt mir schwer, mir vorzustellen, dass er vielleicht nicht so selbstsicher sein könnte, wie er wirkt.

Ich schätze, es IST schwer für mich zu glauben, dass du irgendwie wie ich sein könntest. Wir sind so verschieden, antworte ich.

Nicht so verschieden. Wir könnten uns Unser Planet, diese Doku, ansehen. Die klingt gut, schlägt er vor.

Die hat mir sehr gefallen.

Lol, hast du alle Dokumentationen schon gesehen?, fragt er.

Ja, aber es macht mir nichts aus, sie noch mal anzuschauen. Dann, nach kurzem Zögern, füge ich hinzu: Wir können auch was anderes gucken, wenn du willst.

Ist das ein Ja, dir heute Abend nerdige Fernsehsendungen mit mir anzusehen?

Ich versuche, nicht zu lächeln, versage jedoch kläglich, als ich antworte: Ja.

KAPITEL 7

Quan

«Hey, hey, hey, langsam», sage ich, während ich zwischen die beiden Knirpse springe, die sich mitten im Kendo-Studio zu Tode knüppeln, und ziehe sie auseinander, wobei ich selber mehrere Treffer abbekomme. «Zuschlagen und zurückweichen. Nicht stehen bleiben und aufeinander einprügeln. Wenn das echte Schwerter wären, dann hättet ihr beide keine Arme mehr.»

Auf der anderen Seite des Studios soll Michael auf die anderen Schüler aufpassen, aber er sieht mir zu und lacht sich dabei den Arsch ab.

Der größere Junge, ein Siebenjähriger, ruft: «Ja, Sir», und zieht sich zurück.

Der kleinere, erst fünf, stolpert um mich herum und versucht, sich auf den größeren zu stürzen, das Schwert immer noch zum Weiterknüppeln erhoben. Ich kann mir das Lachen nicht verkneifen, als ich ihn zurückziehe und im richtigen Abstand zu seinem Gegner wieder hinstelle. Er ist ziemlich frech, der Kleine, und das ist verdammt putzig, besonders da er die abgelegte Kendo-Ausrüstung seines älteren Bruders trägt und aussieht wie Lord Helmchen aus *Spaceballs*.

Ich lasse sie ihren Kampf neu beginnen, und sie machen kleine Fortschritte. Es ist allerdings immer noch verdammt chaotisch – und blutrünstig. Aber was kann man erwarten, wenn sie noch so klein sind? Zum Glück tragen sie genug Rüstung, dass es nahezu unmöglich ist, sich zu verletzen.

Am Ende der Stunde stoppe ich die Übungskämpfe, und die Kinder ziehen sich voneinander zurück, um zwei ordentliche Reihen zu bilden. Sie bringen ihre Holzschwerter von der rechten in die linke Hand in eine Ruheposition, verbeugen sich und schütteln sich die Hände wie kleine Krieger. Wir gehen das Abschlussritual der Klasse durch, und als das Studio sich leert, boxt Michael mich leicht in den Arm.

«Schön, dich hier zu sehen», sagt er. «Ist eine Weile her.»

Ich schnüre meinen Helm auf und ziehe ihn aus. Dann nehme ich das verschwitzte Bandana vom Kopf und stopfe es in meinen Helm. «Es ist schön, wieder hier zu sein. Mir war gar nicht bewusst, wie sehr mir das gefehlt hat.» Besonders die Kinder.

Meine Familie und Freunde wissen alle, dass ich krank war, weil ich den Fehler gemacht habe, es meiner Schwester Vy zu erzählen, die es meiner Mom erzählt hat, die es wiederum buchstäblich jedem erzählt hat, den sie kennt. Die längste Zeit haben sie mich behandelt, als wäre ich nur noch zwei Schritte vom Tod entfernt. Sie behandeln mich immer noch anders, als wäre ich aus beschissenem Glas – und meine Mom ist am schlimmsten. Aber diese Kinder, denen ist es egal. Als ich heute Morgen aufgetaucht bin, haben sie sich regelrecht auf mich gestürzt. Das fand ich toll.

Dieser Morgen war gut, und ich weiß, ich werde wiederkommen, um weitere Samstagskurse zu leiten. Wenn ich es schaffe, rechtzeitig aufzuwachen. Ich kann mir ein kräftiges Gähnen nicht verkneifen, als ich die Schnüre meines Brustpanzers aufknüpfe und das schwere Gewicht von meinen Schultern gleiten lasse.

«Du siehst müde aus. Warst du gestern Nacht lang auf?», fragt Michael mit sorgfältiger Beiläufigkeit.

«Ja. Bin erst gegen zwei eingeschlafen.» Die Studiotür schließt sich hinter den letzten Kindern, also ziehe ich meine Uniform aus und schlüpfe in ein ausgewaschenes T-Shirt und eine alte Jeans.

Während Michael dasselbe tut, sieht er mich mit hochgezogenen Augenbrauen an. «Bist du ausgegangen? Mit *jemandem*?»

Unsicher, wie ich den gestrigen Abend erklären soll, schüttle ich den Kopf. «Nicht wirklich. Ich habe getextet.»

«Getextet mit wem?»

Geschäftig packe ich meine Ausrüstung weg. «Einer Frau. Ich hab sie durch eine der Apps kennengelernt.»

Er sagt nicht sofort etwas, deshalb werfe ich einen flüchtigen Blick zu ihm hoch und stelle fest, dass er mit einem beeindruckten Ausdruck auf dem Gesicht nickt. «Cool.»

«Es ist nicht so, wie du denkst, also kannst du damit aufhören, so selbstgefällig auszusehen», brumme ich.

«Wie ist es dann?», fragt er.

«Wir haben versucht, uns zu einem One-Night-Stand zu treffen, aber sie hat in letzter Sekunde Panik bekommen, weil sie das noch nie gemacht hat. Also haben wir uns am Ende nur getextet und zusammen ferngesehen.»

Derselbe beeindruckte Ausdruck von eben legt sich erneut über sein Gesicht. «Worüber habt ihr euch unterhalten? Und was habt ihr euch angesehen?»

Ich ziehe den Kopf ein, als ich gestehe: «Sie mag Natur-Dokumentationen.»

«*Du* hast dir Natur-Dokumentationen angesehen?», fragt er mit großen Augen.

Ich nehme einen seiner abgelegten Handschuhe und werfe damit nach ihm. «Ja, ich hab mir welche angesehen. Sie waren interessant. Ich werde mir wahrscheinlich noch mehr davon ansehen.»

Mühelos fängt er den Handschuh auf und lacht. «Besonders wenn sie sie mit dir anschaut.»

«Ich weiß nicht mal, ob ich sie überhaupt wiedersehen werde.»

«Aber du magst sie?», fragt er.

Ich zucke mit den Schultern. «Ja.» Ich lasse meinen Tonfall leicht klingen, als wäre es keine große Sache, weil es das nicht ist. Ich weiß, dass da zwischen uns nichts läuft. Aber ich mag sie wirklich. Letzte Nacht war ein wenig unbehaglich, besonders der Teil, wo ich eine halbe Stunde in der Bar auf sie gewartet habe, aber über wahlloses Zeug zu texten und nerdige Sendungen zu schauen war gut. Da war kein Druck. Die Dinge flossen mühelos dahin. Ich habe viel gelacht. Es war nicht die Wiedereinführung ins Daten, die ich gesucht habe, aber wenn ich ehrlich bin, finde ich es sogar besser.

Michael wirft mir einen wissenden Blick zu. «Ihr werdet euch wiedersehen. Da wette ich um hundert Mäuse mit dir.»

Ich will gerade etwas Sarkastisches antworten, als mein Handy in meiner Tasche zu vibrieren anfängt. Ich krame es heraus, weil ich erwarte, dass es meine Mom ist, aber auf dem Display steht *Anna*.

Sie ruft mich an. Sie schreibt nicht, sondern *ruft an*.

Bei der Erkenntnis, dass sie sich wohl genug mit mir fühlt, um diesen Schritt zu wagen, wird mir warm in der Brust.

«Scheiße, ist sie das?», fragt Michael und kommt schnell zu mir, um über meine Schulter auf mein Handy zu spähen. «Beeil dich und geh ran.»

Ich hole einen raschen Atemzug und stoße ihn durch die Lippen wieder aus, bevor ich den Anruf annehme und das Handy ans Ohr halte. «Hey, Anna.»

«Hi», sagt sie, dabei klingt sie schüchtern und verlegen und ganz wie sie selbst.

Es ist falsch, aber ich fange breit zu grinsen an. «Was gibt's?» Michael beobachtet mich mit purem Vergnügen, also wende ich mich ab, um ein wenig Privatsphäre vor seinen neugierigen Augen zu haben.

«Ich habe mich gefragt, ob du es heute Abend noch mal probieren möchtest? Vielleicht bei mir zu Hause?», fragt sie.

«Ja, das wäre toll. Soll ich was mitbringen? Ich kann von irgendwo was zu essen holen», biete ich an.

«Geht das denn mit deinem Motorrad?»

Ich lache. «Ich habe auch ein Auto.»

«Nun, ich dachte, wir könnten was kochen, also ist das nicht wirklich nötig. Ich bin entspannter, wenn ich etwas zu tun habe, und ich bin ganz okay in der Küche, solange ich kein rohes Fleisch anfassen muss. Das ist schleimig.» Sie klingt so gequält, dass ich nicht anders kann, als erneut zu lachen.

«Bist du Vegetarierin, Anna?»

«Nein, aber ich esse nicht besonders viel Fleisch.»

«Weil es besser für den Planeten ist», rate ich.

«Weil es besser für den Planeten ist», bestätigt sie, und ich höre ihrer Stimme an, dass sie lächelt. «Bist du einverstanden mit Pasta? Und Pilzen? Und Weißweinsoße?»

Grinsend antworte ich: «Ja, ich mag Pasta und Pilze und Weißweinsoße.»

«Passt sieben für dich?»

«Das ist perfekt.»

«Super, dann bis später», sagt sie mit einem erleichterten Seufzen. «Ich schick dir meine Adresse. Wenn du da bist, klingle bei Wohnung 3A, dann lass ich dich rein.»

«Verstanden, freu mich schon.»

Ich erwarte, dass sie sich verabschiedet und auflegt, doch stattdessen sagt sie: «Ich auch.»

Ich lächle so breit, dass mir das Gesicht wehtut. «Bye, Anna.»

«Bye, Quan.»

Schließlich wird die Verbindung unterbrochen, und als ich mich umdrehe, ist da so viel diebische Freude auf Michaels Gesicht, dass ich auch seinen zweiten Handschuh nehme und ihn nach ihm werfe. «Hör auf, mich so anzusehen.»

Er ist so damit beschäftigt, süffisant zu grinsen, dass der Handschuh unbeachtet von seiner Brust abprallt und zu Boden fällt. «Du magst sie *wirklich*.»

«Wir werden nur Sex haben, und dann sind wir fertig. Das ist nichts Ernstes», stelle ich sachlich klar.

«Okay», erwidert er, aber er schmunzelt immer noch, und ich weiß, er glaubt mir keine Sekunde lang. Er glaubt, ich habe jemand Besonderen kennengelernt, obwohl es nicht so ist.

Ich meine, sie *ist* was Besonderes. Aber sie ist nicht *mein* besonderer Jemand.

Da bin ich mir sicher.

Größtenteils sicher.

Um das Thema zu wechseln, öffne ich eine E-Mail, die ich ihm ohnehin zeigen wollte, und reiche ihm mein Handy. «Sieh dir das mal an. Diese Mail hab ich gestern bekommen.»

Er liest mit halblauter Stimme, während seine Augen über das Display schnellen: «*Hi, Quan, Glückwunsch zu der Empfehlung, die Jennifer Garner kürzlich auf ihren Social-Media-Kanälen für MLA gepostet hat! Ihre Kinder sehen fabelhaft in Ihren Kleidern aus. Meine Frau hat dieselben Kleider für unsere Zwillinge bestellt. Ich habe mich umgehört und erfahren, dass Sie auf der Suche nach Investoren sind, um den nächsten Schritt zu wagen. Lassen Sie uns ein Telefonat vereinbaren. Angelique Ikande, LVMH Acquisitions.*» Stirnrunzelnd blickt er vom Handy hoch. «Das ist doch nicht etwa das LV, das ich denke, oder?»

«Ziemlich sicher schon», antworte ich.

«*Louis Vuitton?*», fragt er, die Augen weiter aufgerissen, als ich es je bei ihm gesehen habe.

«Ganz genau.» Ich versuche, mein Lächeln nicht zu breit werden zu lassen. Es könnte gar nichts bedeuten. Es könnte aber auch die Chance des Lebens für ein kleines Unternehmen wie unseres sein. Ich bemühe mich nach Kräften, meine Begeisterung zu dämpfen. «Das Telefonat ist nächsten Freitag. Ich wollte bis nach dem Anruf warten, um es dir zu sagen – dann weiß ich mehr –, aber ich dachte mir, wenn ich du wäre, würde ich es wissen wollen.»

«Ich kann's gar nicht …» Michael gibt mir mein Handy zurück und sackt mit benommenem Blick gegen die Wand. «Aber was bedeutet das, wenn sie uns akquirieren? Werden sie unseren Namen ändern? Werden sie dich und mich überhaupt behalten?»

«Ich kann mir kein Szenario vorstellen, in dem sie dich nicht behalten würden», antworte ich und schüttle belustigt den Kopf. Um mich selbst mache ich mir auch keine Sorgen. Ich bin zwar kein Modedesigner, aber Michael Larsen Apparel wäre ohne mich nicht da, wo es heute ist. Ich habe das Team von MLA von Grund auf aufgebaut, die Verbindungen zu unseren Zulieferern geknüpft, unsere Marketing- und PR-Bemühungen geleitet. Wenn Michael mich lässt, lenke ich seine Entwürfe in eine profitablere Richtung. Wir haben das gemeinsam geschafft. Egal, wie das hier läuft, ich bin verdammt stolz auf uns. «Und ich denke, unsere Marke – MLA und dein Name – hat einen Wert, also werden sie nicht daran herumpfuschen. Was für gewöhnlich passiert, ist, dass die Firmeninhaber mit einem gewissen Betrag ausgezahlt werden, aber bleiben, um die Firma unter Vertag weiterzuleiten. Das Beste ist, sie sind ein riesiger multinationaler Konzern und haben die Verbindungen und Ressourcen, MLA wirklich groß rauszubringen. Wir könnten in Einkaufszentren und Kaufhäusern weltweit landen, anstatt hauptsächlich online und lokal zu verkaufen, wie wir es jetzt tun.»

Mit großen Augen und offenem Mund fährt Michael sich übers Gesicht. Nach einem Moment bricht das erste Anzeichen eines Lächelns durch. «Ich kann's kaum erwarten, das Stella zu erzählen. Sie wird zigtausend Fragen haben. Du solltest dich auf was gefasst machen.»

Ich lache, aber ich mache mir im Geiste auch eine Notiz, besonders detailorientiert und gewissenhaft bei allem LVMH-Bezogenen zu sein – *falls* irgendetwas LVMH-Bezogenes passiert. Denn in diesem Fall *wird* Stella einen Haufen Fragen stellen, und als Zahlen-Genie neigt sie dazu, Leute

Dinge zu fragen, die ziemlich unangenehm werden können, wenn sie sich nicht auskennen. «Nun, ich weiß auch nicht mehr, als in dieser E-Mail steht, also sag ihr, sie soll sich noch gedulden.»

Michael zeigt mir einen Daumen nach oben und widmet sich dann wieder dem Zusammenpacken seiner Ausrüstung: Handschuhe in den Helm, Helm in den Brustschutz, alles zusammen eingewickelt in den Hüftschurz aus schwerem Stoff, der um die Taille getragen wird. Er vergewissert sich, dass der vordere Schutzlappen, auf den der Name unserer Schule und sein Nachname gestickt sind, in der Mitte ist und nach außen zeigt.

Als ich damit fertig bin, meine eigenen Sachen zusammenzupacken, lege ich meine Ausrüstung ins Regal an ihren zugewiesenen Platz, und da stehen unsere Namen, Seite an Seite, LARSEN und DIEP, genau wie damals, als unsere Moms uns im Kindergartenalter zum Unterricht angemeldet haben. Seitdem hat sich viel verändert – ich bin kaum noch derselbe Mensch, der ich einmal war, und er auch nicht –, aber es sind immer noch er und ich. Ich glaube, so wird es immer sein, und dieses Wissen ist zutiefst tröstlich.

KAPITEL 8

Anna

Violine, geübt (ich habe wieder im Kreis gespielt). Wohnung, geputzt (sogar die Badewanne). Einkäufe, erledigt. Weißwein, kühlt im Eisschrank. Ich, frisch geduscht und in ein schwarzes Wickelkleid gehüllt. Kondome, in meiner Nachttischschublade. Jetzt warte ich.

Ich bin zu nervös, um still zu sitzen, also laufe ich in meinem Wohnzimmer auf und ab. Stein beobachtet mich stumm, und nach mehreren Runden bleibe ich stehen, um ihn zu streicheln, in der Hoffnung, dass es mich beruhigen wird.

«Wir bekommen heute Abend Besuch», erzähle ich ihm. Bei der Nachricht sieht er überrascht aus.

«Ja, wirklich», sage ich. «Julian hat mir heute eine merkwürdige Nachricht geschickt. Was stand gleich wieder drin?» Ich hole mein Handy aus der Tasche meines Kleids und suche seine Nachricht, damit ich sie laut vorlesen kann: *«Kann nicht aufhören, an dich zu denken. Letzte Nacht war der Wahnsinn. Selbe Zeit, selber Ort nächste Woche?»*

Stein fallen die Augen raus, und sein lächelnder Mund sieht nun eher wie eine entsetzte Grimasse aus.

«So hab ich auch reagiert. Ich hab ihm geschrieben, dass er die Nachricht wahrscheinlich an die falsche Person geschickt hat, und er hat sich sofort entschuldigt und gesagt, dass es nicht so ist, wie es aussieht – was ich bezweifle. Ich bin nicht dumm. Er hat gesagt, dass er mich vermisst, und gefragt, ob ich mich irgendwann mal zum Mittagessen mit ihm treffen will. Ich habe gesagt, dass ich beschäftigt bin und mich wieder melde. Und dann habe ich Quan angerufen und zu mir eingeladen. In dem Moment kam es mir richtig vor, aber jetzt ...» Ich seufze. «Ich bin so nervös.»

Steins Lächeln wird entschuldigend, und ich streichle noch mal seinen Kopf, bevor ich die Arme um mich schlinge und wieder dazu übergehe, auf und ab zu laufen. Vierzehn Schritte hin, vierzehn Schritte zurück. Wiederholen.

Als mir auffällt, dass ich die Zähne aufeinanderklacke, dehne ich meinen Kiefer und massiere ihn dann. Mein Zahnarzt meint, wenn ich nicht damit aufhöre, werde ich den ganzen Kieferknochen abnutzen und meine Zähne verlieren. Das hat eine schreckliche Ironie an sich. Während meiner Kindheit habe ich mit dem Zähneklacken angefangen, als Alternative zum Trommeln mit den Fingern, was andere schnell nervt. Die Zähne rhythmisch aufeinanderzubeißen ist dagegen lautlos und unsichtbar. Es kann niemandem schaden. Außer mir selbst offenbar.

Ich bin auf halber Strecke, mitten im Zimmer, als die Türklingel summt. Mein Herz krampft sich schmerzhaft zusammen, Adrenalin rauscht durch meinen Körper, und ich renne zur Wohnungstür und drücke auf den Knopf der Sprechanlage.

«Hallo?», sage ich und zucke innerlich zusammen, weil meine Stimme so zittrig und beschämend kläglich klingt.

Es folgt eine kurze Pause, bevor er sagt: «Alles okay, Anna? Wir müssen das hier nicht tun. Wir können es auf ein andermal verschieben oder einfach wieder fernsehen.»

Kurz denke ich darüber nach und nage an meiner Unterlippe. Ich bin äußerst versucht, sein Angebot anzunehmen. Aber ich muss das hier tun.

Es ist an der Zeit.

Ich drücke auf den Knopf, der ihn ins Gebäude lässt.

«Komm rauf.»

In den Sekunden, die darauf folgen, jagen zusammenhanglose Gedanken durch meinen Kopf. Ich muss flirten. Ich muss Spaß haben. Ich muss es Julian zeigen. Ich muss es mir egal sein lassen, was die Leute denken. Ich muss meine Unsicherheiten überwinden. Ich will selbstbewusst sein, genau wie Rose es beschrieben hat.

Es klopft an meiner Tür. Ich rechne damit, trotzdem zucke ich zusammen. Mein Herz beschleunigt auf Warp-Geschwindigkeit, und meine Haut wird gefühllos. Ich spähe durch den Türspion. Ja, er ist es. Einmal tief einatmen. Einmal tief ausatmen.

Ich öffne die Tür.

Heute Abend trägt er nicht seine Motorradjacke, nur ein bedrucktes T-Shirt, ausgewaschene Jeans und Tattoos. Es ist schlichte, unspektakuläre Kleidung, und mir gefällt, dass er sich nicht herausgeputzt hat. Ich will nicht, dass er versucht, mich zu beeindrucken. Trotzdem komme ich nicht umhin zu bemerken, wie gut er aussieht. Ich nehme wahr, wie sich der Stoff über seiner Brust und seinen kräftigen Armmuskeln spannt, wie seine Hose tief auf der Hüfte sitzt und sich an seine starken Beine schmiegt. Er hat eine Körperlichkeit an sich, die ich faszinierend finden würde, wenn ich nicht fast verrückt vor Panik wäre.

Er hält mir eine weiße Pappschachtel entgegen und fängt an zu lächeln, aber es verblasst zu einem Stirnrunzeln, als er mich richtig ansieht. «Bist du sicher, dass es dir gut geht? Du bist ... irgendwie grünlich.»

Ein leicht hysterisches Lachen sprudelt aus mir heraus, und ich lege die Hände an meine Wangen. «Sexy grün oder gruselig grün?»

Er lacht, obwohl seine Augen besorgt sind. «Gibt es ‹sexy grün› überhaupt?»

«Ich werde es dir nicht übel nehmen, falls du das denkst», sage ich, dabei versuche ich zu lachen, versage jedoch kläglich. Eine Welle der Übelkeit zwingt mich dazu, durch die Nase ein- und durch den Mund auszuatmen. Trotzdem setze ich ein strahlendes Lächeln auf und trete zur Seite, um einladend die Tür zu öffnen. «Bitte komm rein.»

Sobald er eingetreten ist, nehme ich ihm die weiße Schachtel ab, und nach einer Sekunde des Zögerns stelle ich sie auf den Beistelltisch neben dem Sofa und begrüße ihn mit einer Umarmung. Das scheint mir das richtige Verhalten zu sein, wenn man bedenkt, was wir später heute Abend vorhaben. Aber dann bin ich in seinen Armen, und es ist nicht die beiläufige Begrüßung, die ich beabsichtigt hatte. Ich bin seit einer Ewigkeit nicht mehr umarmt worden, richtig umarmt, und ich kann den gebrochenen Laut nicht zurückhalten, der mir über die Lippen schlüpft, als er mich hält.

«Du zitterst ja», flüstert er. «Was ist los?»

Ich habe nicht die leiseste Ahnung, wie ich ihm antworten soll, also vergrabe ich mein Gesicht an seiner Brust. Ich erwarte, dass er mich wieder loslässt, doch stattdessen legen sich seine Arme fester um mich, hart, aber nicht schmerzhaft. Die Umarmung geht mir unter die Haut, absolut himmlisch, und ich lehne mich an ihn. Allmählich entspannen sich meine Muskeln, und der Knoten in meinem Magen löst sich. Mir wird schwindlig vor Erleichterung.

Minutenlang stehen wir in den Armen des anderen da. Er riecht wirklich gut, nach Seife, mit einem ganz leichten Hauch von Sandelholz. Das gleichmäßige Schlagen seines Herzens beruhigt mich.

«Wie geht es dir?», fragt er mit leiser Stimme.

«Besser», antworte ich, aber ich löse mich noch nicht wieder von ihm. «Das ist schön.»

Ein Lachen grollt in seiner Brust. «Ich bin ausgezeichnet im Umarmen.»

Die Stirn an seinen Hals gepresst, schmiege ich mich enger an ihn. «Das bist du wirklich.»

«Mein Bruder hat das Asperger-Syndrom, und als wir noch klein waren, war er oft überfordert von der Schule und den gemeinen Kindern dort. Umarmungen waren das Einzige, was geholfen hat, also wurde ich gut darin», sagt er.

Ich schiele zu ihm hoch. «Kinder können furchtbar sein.» Ich habe zwar keine genaue Vorstellung davon, was das Asperger-Syndrom ist, aber ich weiß, wie es ist, gehänselt zu werden. Das ist einer der Gründe, warum ich mir so große Mühe gebe, mich anzupassen und mir die Anerkennung der Leute zu verdienen.

«Diese Kinder auf jeden Fall», stimmt er mir zu.

«Hast du dich mit ihnen geprügelt?», frage ich, obwohl ich die Antwort bereits ahne.

Sein Gesicht verfinstert sich. «Ja. Aber das ist nicht immer gut für mich ausgegangen, weil es viele waren, und einige waren schon älter. Aber man tut, was man tun muss.» Er sieht wohl, wie traurig mich das macht, denn er lächelt aufmunternd und streichelt beruhigend über meinen Rücken. «Du brauchst dich deswegen nicht schlecht zu fühlen. Ich bin irgendwann besser geworden. Als mein Bruder in die Highschool kam, war ich ein ziemlich harter Typ, und die anderen hatten überwiegend gelernt, meine Familie in Ruhe zu lassen.»

Mir geht ein Licht auf, als ich die Fakten zusammentrage und miteinander verknüpfe. Quans Freundlichkeit und sein raues Äußeres ergeben jetzt vollkommen Sinn für mich. Sie sind nicht widersprüchlich.

Ich wünschte, ich hätte jemanden wie ihn in meinem Leben gehabt, als ich jünger war.

Gerade will ich etwas in der Art sagen, als er seine Lippen auf meine Schläfe drückt. Es ist nicht sinnlich, in keiner Weise fordernd. Ich weiß, es soll tröstend sein.

Aber wir sind uns beide bewusst, dass es ein Kuss ist.

Er zieht sich zurück und schüttelt entschuldigend den Kopf. «Tut mir leid, du bist gerade verletzlich, und ich habe mich hinreißen lassen und –»

Ich lege meine Finger auf seinen Mund, um ihn zum Schweigen zu bringen. «Schon okay. Deswegen habe ich dich gebeten herzukommen. Ich will, dass du mich küsst.» Es fühlt sich so kühn an, das zu sagen, dass ich den Blick abwende und die Hand sinken lasse. Ich berühre seinen Mund nicht mehr, aber meine Fingerspitzen kribbeln immer noch von der Erinnerung daran, wie weich seine Lippen waren.

«Bist du sicher, dass du bereit bist?», fragt er.

Ich weiß ehrlich nicht, ob ich es bin, deshalb drehe ich den Spieß um und frage: «Bist *du's*?»

Er stößt ein belustigtes Schnauben aus, und nachdem er suchend einen Moment lang mein Gesicht gemustert hat, schlägt er vor: «Wie wär's, wenn wir es einfach auf uns zukommen lassen und sehen, was passiert?»

«Das geht», sage ich.

Ein umwerfendes Lächeln explodiert auf seinem Gesicht, und meine Gedanken stieben auseinander. Er löst sich von mir, aber langsam, beinahe widerstrebend. Dabei streift seine warme Hand meinen kalten Arm und zieht eine Spur aus Gänsehaut hinter sich her. Er drückt einmal kurz meine Hand, bevor er loslässt.

Neugierig sieht er sich um und betrachtet die Bücher, die meine Regale überquellen lassen und sich auf den Fußboden und die Tische ergießen, die bunt zusammengewürfelten Decken und Zierkissen auf meinem alten Sofa und das knappe Dutzend Kerzen, die wahllos im Raum platziert sind. Unvermittelt trifft mich die merkwürdige Erkenntnis, dass ich einen Mann in meiner Wohnung, in meiner Privatsphäre habe. Julian war es lieber, dass ich in seine Eigentumswohnung kam – sein Fernseher ist viel besser als meiner –, deshalb ist das ein seltenes Vorkommnis, das durch diesen speziellen Mann noch außergewöhnlicher wird. Quan scheint den Raum mit seiner Gegenwart völlig auszufüllen. Die Luft um ihn herum ist ... aufgeladen.

Er geht über den Holzfußboden zur Balkontür, und ich kann nicht anders, als ihn zu bewundern, während er die Aussicht bewundert. Die Art, wie er sich bewegt, hat ein Selbstbewusstsein und eine entspannte Kontrolle an sich, die vermuten lässt, dass er sich schon einige Kämpfe geliefert – und gewonnen – hat. Habe ich den Verstand verloren, dass das unglaublich reizvoll auf mich wirkt, dieser Hauch von Gefahr? Und was bedeutet es, dass mich die Bilder auf seiner Haut nicht mehr schockieren wie anfangs? Sie sind einfach ein Teil von ihm, und ich akzeptiere sie. Ich akzeptiere ihn.

«Schöne Wohnung», bemerkt er. «Ich liebe diesen Balkon. Hätte ich in meiner Wohnung auch gern.»

«Ich nutze ihn nicht so oft, wie ich sollte, aber er gefällt mir», sage ich.

Sein Blick fällt auf meinen Notenständer und den Geigenkasten, aber nachdem er mich forschend angesehen hat, stellt er mir nicht die übliche Frage: *Spielst du Geige?* Das ist eine Erleichterung – ich will nicht über meine gegenwärtigen Schwierigkeiten reden –, aber es ist auch eine Enttäuschung. Für manche Leute ist ihre Arbeit einfach nur ihre Arbeit, ein Mittel, um Geld zu verdienen. Sie definieren sich nicht darüber. Aber ich, ich bin Violinistin. Das ist meine Identität, wer ich bin, was ich bin. Es ist alles, was zählt. Natürlich ist Musik mein liebstes Gesprächsthema.

Das erinnert mich daran, warum ich ihn überhaupt hierher eingeladen habe, und stählerne Entschlossenheit durchströmt mich, als ich sage: «Lass uns anfangen.»

KAPITEL 9

Quan

Ich muss grinsen, als ich sehe, welche Vorbereitungen Anna in ihrer winzigen Küche getroffen hat. Alles ist ordentlich bereitgelegt – ein Topf mit Wasser und eine Bratpfanne auf dem Herd, Knoblauch, Petersilie und Zwiebeln auf dem Schneidebrett, Weingläser, akkurat aufgereiht auf der Arbeitsplatte, ein Korkenzieher, ein Messbecher, Olivenöl, ein Block Käse und eine Käsereibe, ein Kochlöffel, eine Kochzange, der Topfdeckel, Salz, Pfeffer, eine Packung Fettuccine-Nudeln. Vor dem Fenster ist ihr Küchentisch für zwei gedeckt. Sie hat nicht das Geringste vergessen.

Es gefällt mir, das über sie zu wissen. Manche Leute sammeln Briefmarken. Ich sammle Eigenheiten, bunkere die geheimen Marotten von Leuten in meinem Kopf wie Schätze. Es macht die Menschen real für mich, besonders. Meine Mom hat zwei Nagelknipser an ihrem Schlüsselbund. Ich muss immer grinsen, wenn ich das sehe. Warum *zwei*? Wie will sie je beide gleichzeitig benutzen? Ich kenne sonst niemanden, der das tut. Khải hat so viele Marotten, dass das selbst schon eine Marotte ist. Michael würde es nie zugeben, aber ich weiß, dass er jeden Tag sein Outfit auf das seiner Frau abstimmt. Wenn er mal Kinder hat, werden sie eine von diesen unausstehlich perfekten Familien sein, und ich kann es kaum erwarten. Nun ist da Anna, und ich freue mich schon darauf, alles zu erfahren, was es über sie zu erfahren gibt.

Sie nimmt eine Flasche Wein aus dem Eisschrank, müht sich damit ab, die Metallfolie vom Flaschenhals zu schälen, und redet dabei so schnell, dass sie kaum Luft holt. Sie sagt mir, dass sie befürchtet, ich mag keinen Weißwein. Sie hat sicherheitshalber auch noch eine Flasche Roten. Sie steht im Vorratsschrank. Wo ist der passende Ort, um Wein aufzubewahren, wenn man keinen Weinkeller hat? Sie trinkt nicht viel. Falls sie später einschläft, entschuldigt sie sich schon mal im Voraus.

Ich war wegen heute Abend beunruhigt. Bin ich wirklich schon so weit? Was, wenn sie mich nach meiner Narbe fragt? Was, wenn sie andere Sachen bemerkt? Was, wenn ich das Vögeln versaue? Aber sie ist noch schlimmer. Sie ist ein nervöses Wrack, und das macht es irgendwie leichter für mich. Ich war schon immer besser darin, mich mit den Problemen anderer auseinanderzusetzen. Es gefällt mir sogar. Es fühlt sich gut an, anderen zu helfen.

Einem Instinkt folgend, trete ich hinter sie und drücke ihre Schultern, bevor ich mit den flachen Händen an ihren Armen hinunterstreichle. Sie erstarrt.

Ich beuge mich hinunter und flüstere ihr ins Ohr: «Ist das okay? Dich so zu berühren?»

Ihr Haar ist zu einem lockeren Pferdeschwanz gebunden, deshalb kann ich die Gänsehaut sehen, die sich über ihren Nacken zieht. Sie läuft auch an ihren Armen hinunter. Ein gutes Zeichen, denke ich.

Sie schluckt und nickt, also lasse ich meine Hände verweilen. Ich lege meine Wange an ihre, dabei genieße ich die Weichheit ihrer Haut und atme ihren Duft ein. Er ist sauber, feminin, mit einer Note von irgendetwas, das ich nicht ganz benennen kann. Um herauszufinden, was es ist, schmiege ich die Nase an ihren Hals. Kiefer. Das ist der Geruch. Weil meine Lippen sie berühren, wird meine Bewegung auf natürliche Weise zu einem Kuss, und ich habe noch nie den Hals einer Frau geküsst, ohne irgendwann auch die Zähne einzusetzen. Als ich damit über ihre glatte Haut streife, sie zugleich koste, stockt ihr der Atem, und der Korkenzieher fällt klappernd aus ihren Fingern auf die Arbeitsplatte.

Es gelingt mir, die Weinflasche aufzufangen, bevor sie fällt, und verwirrt berührt sie mit der Hand die Stelle an ihrem Hals. Ihre Wangen sind gerötet, ihre Augen verschleiert, ihre Atemzüge schnell, und ich bemühe mich nach Kräften, mir bei dem, was ich gerade herausgefunden habe, ein Grinsen zu verkneifen.

Anna mag es wirklich, *wirklich* sehr, am Hals geküsst zu werden.

Und gebissen.

«V-vielleicht ist es besser, wenn du ihn aufmachst», sagt sie und reicht mir den Korkenzieher.

«Klar.» Zufällig streife ich die Rückseite ihrer Finger, als ich ihr den Korkenzieher abnehme, und als Reaktion darauf zuckt ihre ganze Hand.

Wir lösen uns voneinander, damit ich die Flasche mit beiden Händen entkorken kann, und dabei spüre ich das Gewicht ihres Blicks auf meinen Händen und Armen – sie betrachtet meine Tattoos, wird mir bewusst. Als ich zu ihr hochschaue, wendet sie rasch die Augen ab. Aber beinahe gegen ihren Willen kehrt ihr Blick zu mir zurück und fällt auf meinen Mund.

In diesem Moment denke ich, wenn es je eine Frau gab, die es *brauchte*, geküsst zu werden, dann ist sie es.

Ich lehne mich zu ihr, als sie sich abrupt abwendet und den Wasserhahn aufdreht.

Während sie sich in der Spüle die Hände wäscht, sagt sie in lebhaftem Tonfall: «Die Pasta zu kochen dauert nur ungefähr zwanzig Minuten. Wenn ich das Timing richtig hinbekomme, sind die Nudeln fertig, wenn die Pilze so weit sind.»

«Hört sich gut an.» Meine Stimme ist heiser, und ich räuspere mich, bevor ich den Korkenzieher in den Korken schraube und ihn mit einem Ploppen herausziehe.

Nachdem ich die Weingläser gefüllt habe, reiche ich ihr eins davon und sehe mit großen Augen zu, wie sie die Hälfte davon mit zwei großen Schlucken hinunterkippt und sich dann mit dem Handrücken über die Lippen wischt.

«Ich versuche, meine Hemmungen zu verlieren», erklärt sie verlegen.

«Das brauchst du nicht. Wir können es einfach langsam angehen lassen», sage ich, bevor ich einen Schluck von meinem Glas nehme. Er ist frisch, nicht zu süß, ziemlich gut, aber es ist nicht so, als wüsste ich irgendetwas über Wein. Hauptsächlich will ich entspannt aussehen, damit sie sich entspannt. Das funktioniert manchmal.

«Das ist es nicht. Na ja, irgendwie schon.» Sie sieht aus, als gäbe es noch mehr zu sagen, aber sie weiß nicht genau, wie.

«Du sagst mir doch, wenn ich etwas tue, das dir nicht gefällt?», frage ich, denn aus meiner Perspektive ist das alles, was wichtig ist.

Etwas von der Anspannung fällt von ihr ab. Sie richtet sich auf und nickt. «Kann ich machen. Du auch?»

Das bringt mich zum Lächeln. Ich bin ein umgänglicher Mensch, und es gibt nicht viel, was mich stört. Aber mir gefällt, dass es sie kümmert, und nicht, weil ich krank war und nie mehr derselbe sein werde, sondern weil ich ein Mensch bin. «Kann ich machen.»

Dann fangen wir an zu kochen. Ich schneide die Zutaten klein. Sie gibt sie in die Pfanne und rührt um. Wir reden über alles und nichts, ziemlich genau wie bei unseren Unterhaltungen per Textnachricht. Ich erfahre, dass sie Violinistin beim San Francisco Symphony ist, sich aber freistellen hat lassen. Sie erwähnt nicht, warum, und ich bohre nicht nach. Ich sage ihr, dass ich zusammen mit meinem besten Freund Michael eine Firma für Kinderbekleidung gegründet habe, weil wir beide Kinder lieben. Sie fragt, ob ich eines Tages auch Kinder haben will, und ich wechsle das Thema. Sie bemerkt es, fragt mich aber nicht weiter.

Als die Nudeln fertig sind, stellt sie den Herd aus, und ich benutze den Topfdeckel, um das Wasser abzugießen, dann greife ich um sie herum, um die Nudeln zu den Pilzen in die Pfanne zu schütten. Ich bin wieder direkt hinter ihr, nah genug, um sie zu berühren, obwohl ich sorgfältig darauf achte, es nicht zu tun. Ich glaube, vorhin bin ich ein bisschen zu schnell gewesen. Aber es fällt schwer, dem Schwung ihrer Schulter zu widerstehen, der anmutigen Kurve ihres Nackens, der feinen Kontur ihres Kiefers. Sie hat sogar hübsche Ohren. Ich möchte sie mit der Zungenspitze nachzeichnen.

Angestrengt versuche ich, meine Gedanken bei neutralen Dingen zu behalten, während sie mit dem Kochlöffel die letzten Nudeln aus dem Topf kratzt. Eine klebt am Boden fest, und ich lehnte mich vor, um besser sehen zu können ...

Und ihre Lippen pressen sich auf meine.

Mein Herz macht einen Satz. Ein Blitz durchzuckt mich. Mein Puls rast. Ich versuche, sanft zu sein – sie ist so weich, so vollkommen –, aber ich will sie verschlingen. Mit kaum gezügelter Zurückhaltung lasse ich meine Zunge in ihren Mund gleiten, und sie schmeckt nach Wein, nur süßer. Sie keucht auf. Ich könnte trunken werden von diesem Laut; vielleicht werde ich das auch. Sich dem Kuss entgegenlehnend, mir entgegenlehnend, berührt sie meine Zunge mit ihrer. Alles in mir spannt sich an und schreit danach, ihr näher zu sein, und ich lege dieses schmerzende Verlangen in den Kuss hinein.

Er will nicht enden, Kuss folgt auf Kuss, wie lange, weiß ich nicht. Als wir uns schließlich voneinander lösen, atmen wir schwer. Anna sieht genau so aus, als wäre sie gerade lang und heftig geküsst worden. Ich bin mir nicht sicher, ob ich je etwas Schöneres als sie gesehen habe. Ich habe immer noch den Topf in der Hand, das Essen wird langsam kalt, und es ist mir egal. Alles, was ich will, ist mehr.

Ich nehme ihre Lippen mit einem weiteren gierigen Kuss in Besitz, und sie steht mir in nichts nach, erwidert meinen Kuss, lässt mich ein. Bis sie sich abwendet und unbeholfen die Finger an den Mund legt.

«Wir sollten reden.» Ihre Stimme ist kehlig, das verdammt noch mal Sinnlichste, das ich je gehört habe.

Ich höre sie, aber mein Körper schwankt ihr trotzdem entgegen, nach einer weiteren Kostprobe schmachtend. Es kostet mich Mühe, mich zurückzuhalten, aber es gelingt mir. «Okay.»

Ihr Kinn hebt sich um einen Bruchteil, und ihre Miene wird unnachgiebig. Nach einer langen Pause, in der sie mit sich zu ringen scheint, sagt sie schließlich: «Ich möchte dir keinen Blowjob geben.»

Meine Augenbrauen schnellen wie von selbst in die Höhe, und ich unterdrücke ein überraschtes Lachen – das wäre eine unreife Reaktion, besonders wenn sie so ernst aussieht. «Das ist ... völlig in Ordnung.» Vielleicht ist es sogar eine Erleichterung. Ja, bei näherem Nachdenken ist es definitiv eine Erleichterung, und es ist besser, dass ich nicht selbst darum bitten muss.

Sie wirft mir einen skeptischen Blick zu. «Bist du sicher?»

Ich kann mir ein kleines Lachen nicht verkneifen. «Es ist nur ein Blowjob. Wenn du es nicht tun willst, dann tu's nicht. Das ist keine große Sache.»

«Da irrst du dich. Das *ist* eine große Sache. Ich sollte gern Blowjobs geben. Das Vergnügen des Partners sollte mir auch Vergnügen bereiten, und wenn es das nicht tut, bedeutet das, ich bin egoistisch. In den Büchern, die ich gelesen habe, genießen Frauen es so sehr, dass sie manchmal spontan einen Orgasmus haben.»

«Moment mal, was für Bücher liest du denn?»

Sie ignoriert die Frage und sagt: «Im Gegenzug ist es auch nicht nötig, dass du ... du weißt schon.» Als ich den Kopf schüttle, ahnungslos, was sie damit meint, wird sie knallrot und erklärt verlegen: «Es ist nicht nötig, dass du mich oral befriedigst. Ich will mich nicht verpflichtet fühlen, den Gefallen zu erwidern, und außerdem klappt das bei mir sowieso nie.»

Das wirkt auf mich beinahe wie eine Herausforderung, darum frage ich: «Und was, wenn ich es möchte? Weil es mir gefällt, nicht, weil ich möchte, dass du es bei mir auch machst?» Weil es mir wirklich gefällt. Es macht mich an.

Ich liebe es, welche Laute die Frauen von sich geben, wenn ich es ihnen mit dem Mund besorge, wie sie sich bewegen, wenn sie kurz davor sind zu kommen, wie sie riechen, wie sie schmecken. Das ist verdammt heiß.

Mit gequälter Miene sagt sie: «Es wird wirklich nicht funktionieren, und ich werde mich trotzdem gezwungen fühlen, den Gefallen zu erwidern. Kannst du einfach bitte –»

«Okay», sage ich rasch. «Ich werde nicht versuchen, dich dazu zu drängen. Das verspreche ich.»

Sie mustert mein Gesicht. «Ist das wirklich okay für dich?»

«Ja.»

Ihre Augen werden schmal. «Verurteilst du mich insgeheim?»

Ich lächle und streichle zärtlich mit den Fingerspitzen über ihre Wange. «Nein, das tue ich nicht. Ich mag es, wenn alles offen ausgesprochen wird. Das macht die Dinge viel einfacher.»

Sie stößt einen langen, zitternden Atemzug aus und entspannt sich.

Eine Weile starren wir beide auf die Pasta in der Pfanne. Als unsere Blicke sich treffen, fangen wir an zu lachen.

«Lass uns essen», sage ich.

KAPITEL 10

Anna

Ich bin mir nicht sicher, ob ich eine gute Gesellschaft bin, während wir essen. In meinem Kopf ist zu viel los, als dass mir interessante Dinge einfallen, die ich sagen könnte. Ich kann das Essen und den Wein kaum schmecken. Ich kann kaum still sitzen. Jedes Mal, wenn unsere Knie unter meinem winzigen Küchentisch aneinanderstoßen, werde ich mir seiner Gegenwart nur noch intensiver bewusst.

Ich tue das hier wirklich. Ich werde Sex mit einem Fremden haben.

Ich erwarte nicht, Spaß dabei zu haben, aber es bedeutet mir etwas, dass ich es zu meinen Bedingungen tun werde, dass ich die Grenzen setze, selbst wenn das andere enttäuscht – vielleicht *besonders*, wenn es andere enttäuscht. Quan zu sagen, dass ich ihm keinen blasen möchte, war womöglich das Schwerste, das ich je getan habe. Aber ich habe es getan. Einem Teil von mir ist immer noch flau, weil es sich so unnatürlich angefühlt hat. Ein anderer Teil von mir allerdings ist trunken vor Macht.

Das könnte aber auch einfach nur am Alkohol liegen. Oder an seinen Küssen.

Ich bin noch nie so geküsst worden, wie er mich geküsst hat. Ich habe Küssen schon immer geliebt. Es ist der einzige Teil am Sex, den ich von ganzem Herzen genieße, aber

Quans Küsse haben mich umgehauen. Ich kann nicht aufhören, seinen Mund anzusehen, zu beobachten, wie sein Kiefer arbeitet, wenn er kaut, wie seine Kehle hüpft, wenn er schluckt, fasziniert von der Art, wie seine Tattoos sich bewegen. Ist es normal, den Adamsapfel eines Mannes sexy zu finden?

Das ist körperliche Anziehung, wird mir bewusst. Und ich habe sie noch nie zuvor empfunden, nicht wirklich. Es gibt andere Dinge, die ich an Julian mag – meine Eltern schätzen seine Familie sehr (sein Vater ist Urologe, und seine Mutter ist Gynäkologin); er ist äußerst klug und talentiert (er hat in Harvard und dann in Stanford Betriebswissenschaft studiert); er ist fleißig (er ist Investmentbanker bei einer großen Bank); er hat ein ausgeglichenes Wesen und schreit mich nie an, macht mir nie Angst; ich verstehe ihn; ich weiß, wie ich das sein kann, was er will. Zumindest dachte ich das.

Aber er kennt *mich* nicht. Wie könnte er auch, wenn ich es nicht mal selber tue?

Intuitiv spüre ich, wenn ich von der Version von mir, mit der er vertraut ist, abweiche, wird er mich nicht mehr wollen. Das heißt, falls er je zu mir zurückkommt.

Quan dagegen kennt nur diese chaotische, unsichere, von Panikattacken gequälte Version von mir. Er hat mich von meiner schlimmsten Seite gesehen.

Und er ist immer noch hier.

Fürs Erste. Für heute Abend.

«Du machst das Gleiche wie meine Mom», bemerkt er.

Ich blinzle mehrmals, während ich versuche, aus seinen Worten schlau zu werden. «Was macht sie denn?»

«Sie beobachtet andere beim Essen, als würde das Essen

im Mund von jemand anders besser schmecken», antwortet er mit einem Grinsen.

Ich ziehe den Kopf ein und streiche mir eine lose Haarsträhne hinters Ohr. «Tut mir leid.»

«Das macht mir nichts aus. Sie ist Köchin und liebt es, Leute zu verkösten, also bin ich daran gewöhnt. Diese Pasta ist auch lecker.» Er zeigt auf seinen leeren Teller.

Ich verabscheue den Gedanken, dass er noch hungrig ist – und bin lächerlich befriedigt darüber, dass ihm mein Essen schmeckt –, deshalb schiebe ich meinen halbvollen Teller in seine Richtung. «Hilfst du mir aufessen?»

Nachdem er mir einen abschätzenden Blick zugeworfen hat, dreht er seine Gabel in den Nudeln und nimmt einen großen Bissen. Es ist ein bisschen seltsam, einen Teller mit ihm zu teilen, aber es gefällt mir. Es fühlt sich irgendwie intim an. Ich stütze meinen Ellbogen auf den Tisch und das Kinn in die Hand, um ihm zuzusehen.

Während er einen zweiten Bissen auf seine Gabel nimmt, fragt er: «Hast du es immer so leise? Magst du keine Musik im Hintergrund?»

«Möchtest du, dass ich was anmache?»

«Nur wenn du es willst. Ich bin einfach nur neugierig.» Er isst einen weiteren großen Bissen Pasta, und sein Blick wandert zu meinem Geigenkasten in der Ecke.

«Ich mag Musik, wenn ich koche und so», sage ich, aber dann blicke ich stirnrunzelnd auf die Nudeln auf meinem Teller hinunter. «Nun ja, früher. In letzter Zeit kann ich keine Musik hören, ohne sie zu zerpflücken und alles zu überanalysieren, bis mir der Kopf wehtut. Zum Vergnügen Musik gehört habe ich nicht mehr seit ... langer Zeit. Ich glaube, ich habe vergessen, wie lang. Komisch, ich weiß.»

Als seine Miene nachdenklich wird und er aussieht, als wollte er tiefer in das Thema eintauchen, lenke ich die Unterhaltung rasch von mir fort, indem ich frage: «Was für Musik magst du denn?»

Nach kurzem Zögern antwortet er: «Das meiste, schätze ich. Ich bin nicht wählerisch. Um ehrlich zu sein, hab ich kein musikalisches Gehör.»

«Kein musikalisches Gehör im Sinne von ... Du kannst keine Noten unterscheiden?» Als professionelle Musikerin, noch dazu mit absolutem Gehör, kann ich mir gar nicht vorstellen, wie das sein muss.

«Im Sinne von: Mein Bruder und meine Schwester können nicht mal ‹Schlaf, Kindchen, schlaf› richtig singen, weil ich es ihnen beigebracht habe, als wir klein waren.» Sein Lächeln sieht ein wenig verlegen aus, und er konzentriert sich darauf, die letzte Gabel voll Nudeln aufzuwickeln und zu essen.

Ich glaube, manche Leute würden über dieses Geständnis lachen, aber ich nicht. Wenn ich mir einen kleinen Quan vorstelle, der seinen Geschwistern schief vorsingt, während er sie abends ins Bett bringt, wird mir warm ums Herz.

«Hast du dich viel um sie gekümmert?», frage ich.

«Mein Dad hat uns verlassen, als wir noch sehr klein waren, und meine Mom hat mir gesagt, dass es meine Aufgabe ist, der Mann im Haus zu sein», antwortet er auf nüchterne Weise, während er träge sein Weinglas dreht. «Aber», er wirft mir einen Blick zu, und dabei tanzen seine Augen, und ein verschmitztes Lächeln deutet sich um seine Mundwinkel an, «ich war kein Engel. Ich hab mich *oft* in Schwierigkeiten gebracht.»

«Irgendwie überrascht mich das nicht», sage ich, dabei

kann ich nicht verhindern, dass man mir meine Belustigung anhört. «Was für Schwierigkeiten waren das denn?»

«Das Übliche, Schule schwänzen, dem Rektor Streiche spielen. Der Landwirtschaftslehrer war ein Rassist, und wir dachten, es wär eine gute Idee, Salz auf die Beete zu streuen. Im Nachhinein bereue ich das. Dann gab es da auch noch Raufereien. Es gab *immer* Raufereien. Ich wär beinahe von der Schule geflogen, weil ich diesem Jungen ins Gesicht geschlagen hab, nachdem er meinem Bruder in der Cafeteria ein Bein gestellt hatte. Sein Dad wollte Anzeige erstatten, hat sie dann aber fallen gelassen, als meine Mom mich zwang, mich zu entschuldigen.» Er zuckt mit den Schultern, und ich sehe, dass er auf dem Tisch die rechte Faust ballt, was die auf seine Knöchel tätowierten Buchstaben scharf hervortreten lässt. «Ich bereue es nicht, ihn geschlagen zu haben.»

Einem Verlangen nachgebend, gegen das ich schon kämpfe, seit wir uns hingesetzt haben, lege ich meine Hand auf seine und berühre mit den Fingerspitzen seine Knöchel. Seine Haut ist warm, leicht rau. «Was bedeuten diese Buchstaben? M V K M?»

Er lächelt leicht, aber sein Blick ist intensiv – ich kann ihn nur in sekundenbruchteilkurzen Dosen aufnehmen. Ich sehe weg, nur um zurückzukehren und dann wieder wegzusehen.

«Bist du sicher, dass du das wissen willst? Sie stehen nicht für meine gefallenen Feinde oder so was», sagt er.

«Stehen sie für Personen?», frage ich.

«Ja. Für meine Familie, ohne meinen Dad. *M* ist für Mom, *V* ist meine Schwester, *K* für meinen Bruder Khài, und das letzte *M* ist für Michael, meinen Cousin und besten Freund.» Er öffnet die Hand und dreht sie um, sodass er seine Finger mit meinen verschränken kann, eine Bewegung, die mir das Herz wie einen Pingpongball in der Brust herumspringen lässt. «Ich wollte sie auf meiner rechten Hand haben, weil sie mir wichtig sind.»

«Das gefällt mir», sage ich, dabei verspüre ich einen scharfen Stich Neid auf diese Leute, die ich nie getroffen habe. Niemand wollte je eine Erinnerung an mich auf seiner Haut tragen.

Bei meiner Antwort wird sein Lächeln breiter. Sein Blick fällt auf meinen Mund, wird intensiver, und ich höre auf zu atmen. Langsam, als wollte er mir Zeit geben zurückzuweichen, lehnt er sich zu mir und umfasst sanft mit der freien Hand meinen Kiefer. Sein Daumen streicht über meine Unterlippe, und der Atem weicht mir aus der Lunge, als ich mit der Zungenspitze seine Haut berühre, dann mit den Zähnen.

Ich mache mir Sorgen, dass das zu merkwürdig war, so etwas habe ich noch nie getan, da überwindet er den Abstand zwischen uns und presst unsere Lippen aufeinander. Seine Zunge gleitet in meinen Mund, fordernd, als wollte er mich völlig verschlingen, und ein Gefühl von Schwäche schießt durch meinen Körper. Ich *liebe* es, wie er mich küsst.

Er zieht sich zurück, schwer atmend, die Lippen gerötet, sich mit einer Hand auf dem Tisch abstützend. «Wir sollten das woandershin verlagern», sagt er mit leiser, rauer Stimme, während er mich drängt aufzustehen.

«Die Couch ist gleich da drüben. Das Schlafzimmer um die Ecke», sage ich, und meine Stimme klingt gar nicht nach mir. Sie ist heiser, atemlos, völlig unvertraut.

«Die Couch ist näher.» Er führt uns ein paar Schritte in diese Richtung, hält dann aber an, um mich erneut zu küssen, als könnte er nicht anders, leckt über meine Unterlippe, bevor er sie in seinen Mund saugt.

Um nicht kraftlos auf dem Boden zusammenzusinken, schlinge ich die Arme um seinen Hals und presse meinen Körper an seinen. Er ist herrlich fest, stark und kräftig, wo ich es nicht bin.

Seine Arme schließen sich um mich, und ich spüre seine Hände an meinem Rücken auf und ab streichen, bevor er meine Hüften packt und mich eng an sich zieht, auf meine Zehenspitzen. Ich keuche an seinen Lippen auf, als seine Härte sich zwischen meine Schenkel schmiegt. In mir zieht sich alles vor Verlangen zusammen. Ich hatte schon Hunderte Male Sex, wahrscheinlich noch öfter, aber ich habe mich noch nie so danach *gesehnt*. Ich begreife nicht recht, warum alles jetzt anders ist.

Mein Rücken trifft auf die Polster des Sofas, und Quan schmiegt sich an mich, küsst meinen Mund, meinen Kiefer. «Willst du es immer noch?», fragt er an meinem Hals, und prickelnde Schauer rieseln mir über den Rücken.

Ich kann nicht sprechen, also fahre ich mit den Händen an seiner Brust hinunter, bis ich den Saum seines Shirts finde und ihn hochziehe. Seine Augen finden meine eine brennende Sekunde lang, bevor er sich das Shirt über den Kopf zieht und es zu Boden wirft.

Meine Gedanken setzen aus, als ich mit zitternden Fingern seine Bauchmuskeln berühre, mit flachen Händen über seine breite Brust streiche. Er ist glühend heiß, aber glatt, schonungslos männlich. Ich kann spüren, wie sein Herz schlägt, seine Lunge sich hebt und senkt. Der Anblick meiner nackten Haut neben den dicht tätowierten Bildern auf ihm fasziniert mich. Da sind sich brechende schwarze

Wellen mit aufwendigen Details wie bei einem japanischen Gemälde, ein Wasserdrache, Schiffe mit breiten Segeln. Mit den Fingerspitzen zeichne ich die kalligrafischen Schriftzeichen nach, die sich von seinem Hals aus nach unten über eine Seite seiner Brust fortsetzen und unter seinen Rippen enden. Ich möchte die Geschichte wissen, die in seine Haut geschrieben ist, aber ich nehme an, sie ist zu persönlich, um sie mit mir zu teilen.

Versteckt in den Wellen bei seiner rechten Hüfte finden meine Finger ... einen kleinen Tintenfisch, und ich ziehe scharf den Atem ein und sehe ihn staunend an. «Du hast ...»

Er grinst. «Das ist das Tattoo, über das du reden möchtest? Von allen?»

«Ist das der aus der Dokumentation?»

«Nope», erwidert er und lächelt breiter, bevor er meinen Hals küsst. «Das hab ich schon vor langer Zeit stechen lassen. Ich mag den Ozean und Meereslebewesen und so.»

«Sind Tinten...» Seine Lippen teilen sich, und die feuchte Hitze seines Mundes versengt meine Haut. Ich vergesse, was ich gerade sagen wollte. Alles, woran ich denken kann, ist das Gefühl seiner Lippen, seiner Zunge, seiner Zähne. Ich wölbe mich ihm entgegen, unfähig, die Laute zu kontrollieren, die aus meiner Kehle kommen.

Die Vorderseite meines Kleids klafft auseinander, als er sich von meinem Schlüsselbein hinunter zum Rand meines BHs küsst. Anstatt sich die Mühe zu machen, die Haken an der Rückseite zu öffnen, zieht er ihn runter, und ich spüre einen Augenblick lang die kalte Luft auf meinen Brüsten, bevor er meine Brustwarze in den Mund saugt. Alles spannt sich als Reaktion darauf an, mein Bauch, die Stelle zwischen meinen Schenkeln.

«Du bist wirklich gut darin», höre ich mich selbst sagen, dabei hört man mir meine Überraschung und mein Staunen deutlich an.

Er gibt meine Brustwarze wieder frei, und ein wissendes Lächeln umspielt seine Lippen. Während er mich beobachtet, leckt er über die versteifte Spitze, schmiegt die Nase an die Unterseite meiner Brust und beißt leicht zu, was eine Explosion von Empfindungen durch mich hindurchrasen lässt und mich in roten Nebel hüllt. Er küsst sich zu meiner anderen Brust und reizt mich neckend. Er pustet über meine Brustwarze, leckt sie leicht, kneift sie mit den Fingerspitzen, und dann nimmt er sie in den Mund und saugt mit herrlichem Druck.

Ich klammere mich an ihn, abwechselnd aufkeuchend und zischend den Atem durch die Zähne ziehend, während er mich mit Händen und Mund liebkost. Wie sich herausstellt, bin ich absolut verrückt danach, wie er mit meinen Brüsten spielt. Davon hatte ich gar keine Ahnung.

Als unsere Lippen sich wieder treffen, küsse ich ihn voller Hingabe, winde meine Zunge um seine, während ich ihn überall berühre, wo ihn meine Hände erreichen können. Seine Brust, seine Schultern, die breite Fläche seines Rückens, seinen Kopf. Sein kurzgeschorenes Haar kratzt auf höchst interessante Weise an meinen Handflächen.

Er verändert seine Position, indem er meinen Oberschenkel an seiner Seite hochzieht und die Hüften wiegt. Ich spüre ihn, hart, wo ich weich bin, und ich weiß, was jetzt kommt. Der gute Teil des Sex hört auf, und der nicht so gute Teil fängt an. Aber das macht mir nichts aus. Das hier war der beste Sex meines Lebens.

Ich erwarte, dass er sich aufsetzt und uns die Unterwäsche auszieht, damit wir die Sache in Gang bringen können, aber er tut es nicht. Er fährt damit fort, mich zu küssen, zu berühren. Eine Hand umfasst mein Gesicht und neigt meinen Kopf zurück, damit er mich tiefer küssen kann. Mit der anderen Hand streichelt er meinen Oberschenkel, meinen Po, drückt ihn.

«Was hast du gern, Anna?», flüstert er.

Als ich ihn anstarre, völlig verblüfft über die Frage, bringt er seine Hand zwischen uns und schiebt behutsam die Finger unter den Bund meines Höschens. Ich halte den Atem an, als seine Fingerspitzen durch meine Falten gleiten und mich mit trägen Bewegungen erforschen. Ich bin feucht, äußerst feucht, und das ist ungewöhnlich für mich. Wenn Julian und ich Sex haben, ist es für uns beide unangenehm, bis mein Körper irgendwann warm und gleitfähig wird, aber selbst dann bin ich nicht so wie jetzt.

Sein Mund wandert zu meinem Ohr, und er fragt: «Wie ist das?»

Ich weiß nicht, was er meint, bis er anfängt, mit langsamen, sanften Bewegungen meine Klitoris zu umkreisen. Es fühlt sich ... *beinahe* gut an. So *nah dran* an gut. Wenn er einfach nur –

Seine feuchten Fingerspitzen verlagern sich und reiben direkt über mich, während er an meinem Ohr knabbert. Ein Stöhnen schlüpft mir aus der Kehle – seine Zähne zu spüren, ich weiß nicht, warum es mir so gefällt, aber das tut es –, und er macht mit derselben Bewegung seiner Finger weiter, die erneut *beinahe* gut ist. Ich verberge mein Gesicht an seinem Hals, während er mich streichelt. Es ist erregend. Ich werde feuchter. Aber es ist nicht, was ich brauche.

«Anna», fragt er, während er neckend mit einem Finger

ein winziges Stück weit in mich eintaucht. «Wie möchtest du berührt werden?»

Ich presse mein Gesicht fester an seinen Hals. Ich möchte die Art Frau sein, die einem Mann mutig sagen kann, wie sie beim Sex berührt werden will. Aber ich kann ihm nicht antworten. Selbst wenn mir jemand drohen würde, mich auf der Stelle zu töten, könnte ich ihm immer noch nicht antworten. Ich wünschte, er wüsste es einfach. Warum *wissen* Männer es nicht einfach?

Sein Finger dringt tiefer in mich ein, und ich wölbe mich dem Eindringen entgegen, überrascht, als er mit wenig Widerstand hineingleitet.

«Mehr?», fragt er, und ein zweiter Finger schiebt sich langsam in mich.

Ich liebe das Gefühl, wie mein Körper sich weitet, um ihn aufzunehmen. Es ist dekadent und unerträglich sinnlich, aber es dauert nicht lange, bis die Lust verebbt. Als er die Finger raus- und reingleiten lässt und sie krümmt, um mich tief im Innern zu berühren, ist es nett. Aber das ist auch alles. Einfach nur nett.

Mich fest an ihn klammernd, nicht in der Lage, ihn anzusehen, flüstere ich: «Ich bin jetzt bereit.»

«Bereit wofür?», fragt er.

«Bereit für dich.»

KAPITEL 11

Quan

*F*alls sich noch irgendwie die Frage gestellt hat, ob noch alles funktionstüchtig ist, dann ist sie jetzt definitiv beantwortet. Mein Schwanz ist so hart, dass es wehtut. Sie ist weich und eng und feucht an meinen Fingern, und ich will in ihr sein.

«Ist es das, was du brauchst, um zu kommen?», frage ich, während ich Küsse in ihr Haar hauche, weil sie ihr Gesicht an meinem Hals verbirgt.

Anstatt zu antworten, umarmt sie mich fester und drängt sich enger an mich, und Gefühle von Zärtlichkeit überwältigen mich beinahe. «Anna?»

Schweigen. In diesem Moment schleichen sich die ersten Fetzen Besorgnis in meine Gedanken. «Kannst du mit mir reden? Hab ich was falsch gemacht? Falls ja, sag es mir einfach, dann bringe ich es in Ordnung. Ich möchte, dass das hier gut für dich ist.» Das ist mir wichtig, jetzt vielleicht noch mehr als in der Vergangenheit.

«Können wir einfach ... weitermachen?», bittet sie, ohne mich anzusehen. Sie fährt mit der Hand an meinem Arm herunter und drückt dann auf meine Hand zwischen ihren Schenkeln, wiegt sich ihr entgegen, sodass meine Finger tiefer in sie eindringen. Verdammt, ist das scharf. «Das ist okay so.»

Okay? Ich will nicht, dass Sex mit mir *okay* ist. Sanft versuche ich, sie von meinem Hals zu lösen, damit ich ihr Gesicht sehen kann. «Wird das –»

Sie presst ihren Mund auf meinen, bevor ich die Frage zu Ende stellen kann, und ich will verdammt sein, wenn ich nicht darauf reagiere. Ich könnte sie stundenlang küssen, einfach nur küssen, sonst nichts. Ihr Mund ist perfekt, ihre Zunge, diese atemlosen Laute, die sie von sich gibt.

«Mach dir keine Gedanken um mich», flüstert sie zwischen Küssen. «Das hier reicht mir, dich zu küssen.»

Sie streichelt meinen Schwanz durch die Hose, kratzt mit den Nägeln über den Jeansstoff, und mein Blut rast, alles spannt sich an, jedes Härchen an meinem Körper sträubt sich, und ich komme beinahe. Verdammt, sie ist so unglaublich sexy.

Aber dann dringen ihre Worte zu meinem Gehirn durch.

Küssen reicht? Sie erwartet nicht, vom Sex mit mir etwas zu haben? Sie ist zufrieden damit, wenn ich auf ihr rumrammle, als wäre sie eine aufblasbare Sexpuppe oder so ein Mist?

Als wäre ich eine Art sexueller Wohltätigkeitsfall, weil ich nicht mehr vollständig intakt bin.

Mein Reißverschluss geht auf, und sie greift hinein, und ich kann nicht anders, ich erstarre, ich zucke zurück, ich bringe Abstand zwischen mich und die Couch und sie.

Sie starrt mich an, die Augen erschrocken aufgerissen. Ihr Haar ist zerzaust, ihr Kleid offen, was ihre herrlichen Brüste und Schenkel zur Schau stellt. Der Anblick reicht beinahe aus, um mich in die Knie zu zwingen. Ich atme ein paarmal tief durch und fahre mir mit den Händen übers Gesicht, nur um sie dabei an meinen nassen Fingern zu riechen. Ein Stöhnen unterdrückend, lasse ich die Hände fallen.

«Anna, es tut mir leid. Ich bin einfach ...» Ich schüttle den Kopf. Ehrlich gesagt weiß ich nicht, was ich sagen soll.

Sie zieht den Ausschnitt ihres Kleids zusammen und scheint in sich zusammenzuschrumpfen. Das Gesicht von mir abgewandt, fragt sie: «War es das? Sind wir fertig?»

«Können wir darüber reden?»

Sie zieht eine Grimasse und öffnet den Mund, als wollte sie etwas sagen, aber es kommen keine Worte. Sie holt tief Luft und versucht erneut zu sprechen, aber wieder kommen keine Worte.

Ich mache einen Schritt auf sie zu. Sie ringt so offensichtlich mit sich, und ich hasse es, das zu sehen. Ich möchte die Sache besser machen. Mein Reißverschluss steht immer noch offen, und ich ziehe und knöpfe alles zu, bevor ich mich in den Sessel der Couch gegenüber setze.

«Erinnerst du dich noch, wie ich dir gesagt habe, dass es bei mir schon eine Weile her ist?», frage ich sanft. Es fühlt sich nicht gut an, das über mich preiszugeben, aber ich kann den Gedanken nicht ertragen, dass sie die Situation falsch versteht.

«Deine Operation», sagt sie.

«Ja.» Angespannt stoße ich den Atem aus. «Ich habe oft das Gefühl, als ... als wäre mein Körper nicht mehr in Ordnung. Heute Abend, schätze ich, hatte ich gehofft zu beweisen, dass ich immer noch – keine Ahnung. Wenn du nicht genauso wie ich dabei bist, wenn du nichts empfindest, dann kann ich nicht ...» Ich gebe einen frustrierten Laut von mir. Es würde helfen, ihr die Einzelheiten zu erklären, aber ich kann mich nicht dazu durchringen. Ich will nicht, dass sie mich anders sieht. Ich will nicht, dass sie mich für *kaputt* hält. «Weißt du, was ich sagen will? Ich brauche es, dass du genauso dabei bist wie ich.»

Stirnrunzelnd sieht sie mich einen langen Moment lang an, bevor sie antwortet: «Vielleicht?»

«Gibt es irgendetwas, das ich anders ...?»

Sie schlägt die Hände vors Gesicht. «Kannst du das bitte nicht tun? Über solche Dinge reden Leute nicht.»

«Natürlich reden sie darüber. Ich rede darüber.»

«Das tun sie wirklich nicht», sagt sie.

Ich neige den Kopf zur Seite und versuche, aus ihr schlau zu werden. «Woher soll ein Mann dann wissen, wie er dich berühren soll? Ich hab es mit dem Üblichen versucht, und das schien dir nichts zu geben.»

Ein kläglicher Laut entkommt ihr, und sie schrumpft noch tiefer in sich zusammen.

In mir regt sich ein Verdacht. «Bist du noch Jungfrau? Hast du noch nie ...?»

Sie lässt die Hände von ihrem Gesicht sinken und wirft mir einen ungeduldigen Blick zu. «Ich bin keine Jungfrau. Ich hatte schon sehr, sehr, *sehr* oft Sex.»

«Bist du auch schon mal gekommen, also, hattest du einen Orgasmus? Das ist, äh, wenn dein Körper ...»

Wieder schlägt sie die Hände vors Gesicht. «Ich weiß, was ein Orgasmus ist.»

«Hattest du schon mal einen?»

Sie zieht die Knie an die Brust, und nach einer Weile höre ich ein gedämpftes «Ja».

«Passieren die eher zufällig? Oder ... kannst du sie herbeiführen?» Ich komme mir vor, als würde ich ein Ratespiel spielen, aber ich mache weiter.

«Sie passieren manchmal zufällig, beim Sex, ein paarmal, als ich geschlafen habe», gesteht sie, und ich ziehe die Augenbrauen hoch. Aus meiner Perspektive ist das ein deutliches Anzeichen dafür, dass eine Frau nicht die angemessene Aufmerksamkeit bekommt. «Aber ich kann auch», sie räuspert sich, «wenn ich allein bin, dann kann ich –» Sie lässt die Finger zu ihrem Mund sinken, und ihr Gesicht ist knallrot, ihre Miene zutiefst beschämt.

Weil ich ihre qualvolle Verlegenheit nicht ertrage, gehe ich zum Sofa, setze mich neben sie, und sofort rollt sie sich an mir zusammen und presst das Gesicht an meinen Hals. Ich lege die Arme um sie, und dieselben Gefühle von vorhin überfluten mich: Zärtlichkeit, der Wunsch, sie zu beschützen.

«Ich verstehe wirklich nicht, was daran so peinlich ist. Ich mache das andauernd», sage ich, und ihr Körper bebt, als sie lacht. «Praktisch jeden Tag, manchmal mehr als einmal täglich.»

«Bei Männern ist das anders», sagt sie, während sie mich leicht mit ihrer kleinen Faust in die Brust boxt.

Ich nehme ihre Faust und küsse ihre Fingerknöchel. «Das sollte es nicht sein.»

«Ist es aber trotzdem.»

«Ich finde es verdammt scharf, wenn Frauen es tun», verrate ich ihr.

Wieder lacht sie, und ich ziehe sanft an ihrem Haar, bis sie mich ansieht.

«Das meine ich wirklich so», sage ich völlig ernst. «Wenn du mir nicht sagen kannst, was dir gefällt, dann könntest du es mir zeigen.»

Ihre Brust dehnt sich, als sie scharf den Atem einzieht,

und ihr Gesicht läuft in einem sogar noch tieferen Rotton an. «Ich könnte nie, nie, nie ...»

«Warum?»

«Quan», sagt sie in vorwurfsvollem Tonfall, als sollte ich wissen, warum.

«Hier sind nur du und ich. Es ist ja nicht so, als würde irgendjemand zusehen.»

Sie schüttelt schnell den Kopf und schaut weg.

«Dann ist es okay für dich, niemals guten Sex zu haben?» Das ist eine schreckliche Vorstellung für mich. «Und was ist mit all den Malen, als du in der Vergangenheit Sex hattest? Waren die alle beschissen?»

Sie sagt nichts.

«Anna, es wäre so einfach gewesen, du hättest nur –»

Ihr Körper spannt sich an, und sie setzt sich kerzengerade auf, um mich mit Blicken zu erdolchen. «Das ist nicht ‹einfach›. Nicht für mich. Wenn es das wäre, hätte ich es getan.»

«Tut mir leid. Ich denke nur –»

«Ich denke, das hier ist so weit, wie wir kommen werden», sagt sie, und da ist eine Endgültigkeit in ihrer Stimme, die mir sagt, dass sie fertig ist. In ihrem Dating-Profil stand deutlich, dass sie nur eine einzige Nacht will, und das hier war unsere Nacht – da der erste Abend nicht zählt.

Ein Gefühl von Verlust durchzieht mich. Ich möchte nicht, dass wir so auseinandergehen. Ich habe nicht erreicht, was ich wollte, und ich glaube, sie auch nicht, nicht, wenn sie sich mit Sex über ihren Ex hinwegtrösten wollte – wer auch immer das Arschloch ist. Aber wir befinden uns wirklich in einer Pattsituation. Wir wollen beide Dinge, die wir vom anderen nicht bekommen.

Ich stehe auf und hebe mein Shirt vom Fußboden auf. Während ich es anziehe, spüre ich ihre Augen auf mir. Ihr gefällt, was sie sieht. Das ist doch schon was, selbst wenn es nur oberflächlich ist. Bei der richtigen Person, denke ich, wird sie sich öffnen, und dann wird es absolut atemberaubend sein. Aber diese Person bin nicht ich.

«Danke für heute Abend», sage ich, als ich vor ihrer Tür stehe. «Ich weiß, das Ende war holprig, aber mir hat es sehr viel Spaß gemacht.»

Sie kommt zu mir an die Tür. «Mir ging es genauso. Danke – dass du du bist.»

Es scheint das Richtige zu sein, sie zum Abschied zu umarmen. Als ich sie in den Armen halte, *fühlt* es sich wie das Richtige an. Sie schmiegt sich an mich, als würde sie dort hingehören. Ich habe nicht vor, sie zu küssen. Es passiert einfach. Und sie erwidert meinen Kuss. Da ist ein Moment, in dem wir zögern, beide unsicher, was wir da tun, aber unsere Lippen kommen erneut zusammen. Ich weiß nicht, wer den Anfang macht, sie oder ich, vielleicht sind wir es beide, aber ich küsse sie, als wäre es unser letzter Kuss. Denn das ist er.

Als wir uns schließlich voneinander trennen, sind ihre Augen verträumt, ihre Lippen rot. Ich streiche mit dem Daumen über ihre volle Unterlippe und kann die Tatsache nicht ertragen, dass es das letzte Mal ist, dass ich das tun kann.

Ohne nachzudenken, sage ich: «Was wäre, wenn wir es noch mal versuchen?»

Die Stirn runzelnd, blinzelt sie mehrmals. «Du denkst, wir können einen richtigen One-Night-Stand haben, wenn wir es noch ein weiteres Mal versuchen?»

Ich schnaube mit einem lautlosen Lachen. «Aller guten Dinge sind drei.»

«Aber du ... ich ... wir ...»

«Ich denke, es gibt Dinge, an denen wir beide arbeiten könnten. Warum sollten wir es nicht gemeinsam versuchen?» Mit angehaltenem Atem warte ich darauf, dass sie antwortet.

Sie konzentriert sich darauf, das MLA-Logo auf meinem T-Shirt mit der Fingerspitze nachzuzeichnen, während sie sagt: «Ich glaube nicht, dass ich ... die Dinge tun kann, die du willst.»

«Vielleicht finden wir eine andere Möglichkeit, treffen uns irgendwie in der Mitte.»

«Hast du irgendwelche Ideen?», fragt sie.

«Noch nicht», gebe ich zu. Der Gedanke, sie zu vögeln, während sie einfach nur daliegt und sich wünscht, dass es vorbei ist, hinterlässt einen bitteren Geschmack in meinem Mund, aber es muss noch eine andere Möglichkeit geben, etwas anderes, das wir tun können. Wir können kaum die ersten Menschen der Geschichte sein, die diese Art von Problem haben.

«Okay», sagt sie und strafft die Schultern, während ein entschlossenes Funkeln in ihre Augen tritt. «Lass es uns noch einmal probieren.»

Ich versuche gar nicht erst, mir mein Lächeln zu verkneifen. «Okay.»

«Nächstes Wochenende?», fragt sie.

«Das passt.»

«Sind wir eigentlich völlig lächerlich?»

«Kann sein», sage ich mit einem Lachen.

Sie lacht mit mir, und einen Moment lang stehen wir in

den Armen des anderen da und sehen einander einfach nur an.

Schließlich löse ich mich von ihr. «Ich werde jetzt gehen, aber wir sollten uns schreiben und das nächste Wochenende planen.»

«Klar.» Sie schenkt mir ein Lächeln. «Bye, Quan.»

Mit einem letzten schnellen Kuss auf ihre Lippen sage ich: «Bye, Anna.»

Dann gehe ich, und sie schließt die Tür hinter mir. Während ich zu meinem Auto schlendere, spiele ich verschiedene Möglichkeiten im Kopf durch, wie wir unsere Intimitätsprobleme angehen können. Nichts scheint wirklich das Richtige zu sein, aber ich denke, wir werden das hinkriegen.

KAPITEL 12

Anna

ie ist es Ihnen in der Zwischenzeit ergangen, Anna?», fragt Jennifer Aniston. Heute trägt sie ein weites Kleid mit Aztekenmuster und Ledersandalen mit Riemen um ihre großen Zehen und Knöchel.

Aus meinem Mund kommt die übliche Antwort. «Wie immer.» Aber dann zögere ich. «Na ja, nicht ganz.» In den Wochen seit unserer letzten Sitzung ist viel passiert.

In ihren Augen blitzt Interesse auf. «Inwiefern?»

«Mein Freund hat beschlossen, dass er eine offene Beziehung führen will.»

Ihr Mund geht auf, wie um zu antworten, aber es dauert eine Sekunde, bevor sie tatsächlich spricht. «Da gibt es einiges zu bereden.»

«Ja.» Ich lächle verlegen und sehe hinunter auf meine Hände, die wie üblich verschränkt in meinem Schoß liegen.

«Wie denken Sie darüber?», fragt sie.

Ich zögere und mustere ihr Gesicht, während ich herauszufinden versuche, welche Meinung sie zu dieser Angelegenheit hat.

«Wie denken *Sie* darüber, Anna», wiederholt sie sanft.

«Nicht ich. Was ich denke, ist nicht wichtig.»

Ich stoße einen langen Atemzug durch den Mund aus. «Das sagen Sie, aber Sie sind kein Fremder, mit dem ich mich nur für einen One-Night-Stand treffe. Sie sind jemand, den ich auf absehbare Zukunft regelmäßig treffen werde. Wenn Sie mich nicht mögen, macht das die Sache schwierig für mich.»

«Nun, ich mag Sie aber», sagt sie mit einem freundlichen, wenn auch belustigten Lächeln, «und ich habe nicht die Absicht, Sie zu verurteilen, nur Ihnen zu helfen. Also erzählen Sie mir, was passiert ist. Sind Sie jetzt in einer offenen Beziehung? Und da Sie es erwähnt haben, möchten Sie mir erzählen, ob Sie einen One-Night-Stand hatten?»

«Wir haben jetzt tatsächlich eine offene Beziehung», antworte ich. «Ich bin mir sicher, dass er sich mit anderen trifft.»

Ihre Mundwinkel sinken herab, und ihre Augen werden dunkel vor Verständnis. «Das muss schwer zu akzeptieren gewesen sein.»

«Das war es. Ich habe geweint, als ich es herausgefunden habe. Aber dann habe ich sofort geplant, einen One-Night-Stand mit jemandem aus einer Dating-App zu haben.» Ich setze mich aufrechter hin, um mutig und gleichgültig zu wirken, aber meine Muskeln verkrampfen sich, als ich mich dafür wappne, von ihr verurteilt zu werden.

«Ich hätte an Ihrer Stelle vermutlich dasselbe getan», sagt sie. «Wie ist es gelaufen?»

Als sie meinen Versuch, Rachesex zu haben, so lässig akzeptiert, entkrampfen sich meine Bauchmuskeln ein wenig. Trotzdem habe ich Mühe damit, meine Zeit mit Quan zu beschreiben. Er ist mir keine Sekunde aus dem Kopf gegangen – was wir getan und nicht getan haben –, und ich war die ganze Woche rastlos und besonders geistesabwesend. Heute Morgen habe ich nicht mehr daran gedacht, dass ich meine

Kontaktlinsen über Nacht nicht rausgenommen hatte, und ein frisches Paar eingesetzt. Ich dachte eine geschlagene Stunde lang, ich werde blind, bevor mir klar wurde, was ich getan hatte.

«Es war kein Erfolg», sage ich schließlich. «Wir haben nicht ... Sie wissen schon.»

Jennifer wirft mir einen mitfühlenden Blick zu. «So was kommt vor. Aber das ist das Schöne an One-Night-Stands. Wenn sie nicht gut laufen, schüttelt man sie einfach ab und macht mit seinem Leben weiter.»

Ich nicke zustimmend. «Genau das hatte ich im Sinn. Ich habe viel darüber nachgedacht, was Sie beim letzten Mal gesagt haben, über das Masking, es den Leuten recht machen zu wollen, und dass ich mir zu viele Sorgen darüber mache, was andere denken. Ich hatte gehofft, dass ich die Zeit während eines One-Night-Stands zum Experimentieren nutzen könnte.»

«Das ist ein sehr interessanter Ansatz. Hat es funktioniert?», fragt Jennifer.

«Ein bisschen, aber ich war die meiste Zeit über so nervös, dass ich nicht klar denken konnte. Und dann am Ende war es einfach nur ...» Ich schüttle den Kopf. «Menschen sind ... Sie sind *so verwirrend*. Manchmal, wenn ich lange und intensiv genug darüber nachdenke, kann ich sie verstehen. Aber andere Male dagegen, egal, wie angestrengt ich es versuche, ist es unmöglich.»

«Darüber wollte ich genau genommen mit Ihnen reden», sagt Jennifer, und auf ihrem Gesicht liegt ein Ausdruck, den ich noch nie bei ihr gesehen habe. Ich kann ihn nicht deuten.

Sie steht auf und geht zu dem Schreibtisch auf der anderen Seite des Zimmers, um eine der großen Schubladen zu durchsuchen. Sie nimmt eine dicke braune Mappe heraus, die sie mir reicht, bevor sie sich wieder in den Sessel mir gegenüber setzt.

«Das ist für Sie», sagt sie. «Nur zu, werfen Sie einen Blick hinein.»

Mit einem merkwürdigen Gefühl öffne ich die Mappe. Darin befindet sich ein Taschenbuch auf einem Stapel Ausdrucke, die mit zahlreichen Heftklammern und einer großen Büroklammer zusammengehalten werden. Ich streiche mit den Fingerspitzen über den Titel des Buchs, *Aspergirls: Die Welt der Frauen und Mädchen mit Asperger*, und werfe ihr einen fragenden Blick zu.

«Ich rate Ihnen, dieses Buch in Ihrer Freizeit zu lesen», sagt sie. «Es ist keinesfalls eine umfassende Quelle, aber ich denke, dass Teile davon Sie ansprechen werden.»

«Okay. Ich werde es lesen», sage ich, obwohl ich nicht sicher bin, *warum* sie möchte, dass ich es lese. Ich meine, es gäbe einen offensichtlichen Grund, aber den verwerfe ich sofort. Es muss noch einen anderen Grund geben.

Weil ich neugierig bin, lege ich das Buch beiseite und inspiziere die Ausdrucke. In fetter Schrift steht auf dem obersten Blatt «Autismus verstehen». Verschiedene Sätze und Aufzählungspunkte sind gelb hervorgehoben, aber als ich sie lese, verstehe ich nicht, was sie bedeuten. Alles, woran ich denken kann, ist der Titel.

«Basierend auf dem, was Sie mir über Ihre gegenwärtigen Probleme und Ihre Kindheit erzählt haben und was ich in den letzten Monaten persönlich bei Ihnen gesehen habe, bin ich der Meinung, dass bei Ihnen eine Autismus-Spektrum-Störung vorliegt, Anna», sagt Jennifer.

Blitzartig ist es, als würde sämtlicher Sauerstoff aus dem Raum gesaugt. Ein lautes Klingeln setzt in meinen Ohren ein. Meine Gedanken verengen sich auf diese Worte – *Autismus-Spektrum-Störung*. Sie spricht weiter, aber mein Gehirn ist zu erschüttert, um alles aufzunehmen. Ich nehme nur einzelne Bruchstücke wahr.

Schwierigkeiten mit sozialen Situationen.

Bedürfnis nach Routine.

Repetitive Verhaltensweisen.

Sensorische Probleme.

Vereinnahmende Interessen.

Zusammenbrüche.

Sie beschreibt Autismus, wird mir bewusst. Es klingt auf unheimliche Weise auch so, als würde sie *mich* beschreiben, aber das ist einfach unmöglich.

«Ich kann keine Autistin sein», unterbreche ich sie. «Ich hasse Mathe. Ich habe kein fotografisches Gedächtnis. Ich füge mich in die Gesellschaft ein. Ich habe Freunde, einen festen Partner, sogar die Bekannten meiner Mom mögen mich. Ich bin überhaupt nicht wie Sheldon aus *The Big Bang Theory* oder ... oder ... oder der Bruder in *Rain Man*.»

«Keines dieser Dinge ist ein Diagnosekriterium. Das sind Stereotypen. Und ich glaube, dass Sie sich in die Gesellschaft einfügen, ist zu einem großen Teil das Ergebnis von Masking Ihrerseits. Es kommt häufig vor, dass hochfunktionale autistische Frauen wie Sie erst spät diagnostiziert werden, weil sie als ‹normal› durchgehen, aber das ist nicht gesund. Ich mache mir Sorgen, dass Sie auf einen autistischen Burnout zusteuern – wenn Sie nicht schon einen haben», sagt Jennifer mit besorgter Miene.

Ich habe keine Antwort. Ihre Worte haben mich buchstäblich sprachlos gemacht.

Wir bringen den Rest der Sitzung hinter uns, aber als ich das Gebäude verlasse, kann ich mich nicht an viel erinnern. Blinzelnd schaue ich hoch zur blendenden Helligkeit des Himmels. Es ist derselbe Himmel, der schon immer über mir war, aber jetzt fühlt er sich anders an. Alles fühlt sich anders an. Die Sonne, der Wind in den Bäumen, der Asphalt unter meinen Schuhen.

Da ist eine grüne Bank. Ich bin monatelang daran vorbeigegangen, ohne mich ein einziges Mal auf sie zu setzen. Jetzt setze ich mich hin, schlage das Buch auf, das Jennifer mir gegeben hat, und lese. Stunden vergehen. Wolken jagen über die Sonne und hüllen mich vorübergehend in Dunkelheit, bevor sie weiterziehen. Auf diesen Seiten lese ich über andere Frauen, ihre Erfahrungen, ihre Schwierigkeiten, ihre Stärken. Aber es fühlt sich an, als würde ich über mich selbst lesen – wie ich meine Mitmenschen kopiere, damit ich dazupasse; wie ich sie nicht verstehe, aber so tue; wie ich mich früher bei Partys unter dem Tisch versteckt habe, um dem Lärm und dem Chaos und den stressigen sozialen Interaktionen aus dem Weg zu gehen, sehr zur Verlegenheit meiner Eltern; wie ich feste Strukturen in meinem Tagesablauf brauche, weil ich sonst nicht funktionieren kann; wie ich es nicht ertrage, mich auf etwas zu konzentrieren, außer es interessiert mich, und dann bekomme ich einen Tunnelblick; sogar wie ich jetzt gerade mit den Zähnen aufeinanderklacke. Das nennt man Stimming, und ich tue es. Im Geheimen. Auf offener Straße. Ich tue es schon mein ganzes Leben lang.

Genau wie bei den Frauen im Buch gab es an mir immer

vieles, das «nicht stimmte», so viel zu verändern, zu unterdrücken, zu verstecken – zu maskieren. Es war mühselige, oftmals aufreibende Arbeit, aber meine Anstrengungen wurden dadurch belohnt, dass ich von meiner Familie Anerkennung bekam und Freunde und einen Partner fand. Indem ich mich veränderte, erarbeitete ich mir ein Gefühl der Zugehörigkeit.

Aber vielleicht gehörte ich schon die ganze Zeit dazu. Nur zu einer anderen Gruppe von Leuten.

Ich habe mir all diese Arbeit gemacht. Ich habe so viel Verwirrung und Schmerz erfahren. Und vielleicht hätte ich das nicht gebraucht. Vielleicht, mit der richtigen Einsicht, hätte ich so akzeptiert werden können, wie ich war.

Als ich damit fertig bin, die relevanten Abschnitte des Buchs und alles in der Aktenmappe zu lesen, ist die goldene Stunde hereingebrochen. Das war früher meine liebste Tageszeit, um Violine zu spielen, weil es sich so anfühlt, als läge Magie in der Luft. Vom Verstand her weiß ich, dass es keine Magie ist, es ist das Licht, das in einem schrägen Winkel fällt, während die Sonne zum Horizont herabsinkt, aber es fügt der Schwere des Augenblicks etwas Undefinierbares hinzu.

In einer Art Trancezustand gehe ich nach Hause. Erst als Passanten stutzen und mir komische Blicke zuwerfen, wird mir bewusst, dass ich weine.

Ich versuche nicht, damit aufzuhören.

Ich lasse die Tränen fallen.

Ich weine um das Mädchen, das ich einmal war.

Ich weine um mich.

Das ist eine fremdartige Erfahrung. Selbstmitleid ist ein Luxus, den ich mir nicht erlaube. Aber das hier fühlt sich nicht wie Mitleid an. Es fühlt sich an wie *Mitgefühl*, und diese Erkenntnis lässt mich noch heftiger weinen.

Niemand sollte eine Diagnose brauchen, um Mitgefühl für sich selbst zu empfinden.

Aber bei mir war es nötig. Liebevolle Strenge lässt keinen Raum für Schwäche, und liebevolle Strenge ist alles, was ich an Liebe kenne. Vielleicht kann ich jetzt, nur dieses eine Mal, mit einer anderen Art von Liebe experimentieren. Etwas Gütigerem.

Ich weine, bis meine Muskeln schmerzen, und dann weine ich noch mehr, als würde ich Tränen für eine zukünftige Traurigkeit vergießen. Leute beobachten mich, und sie flüstern miteinander. Ein kleines Mädchen zeigt auf mich und fragt ihre Mami, was mit mir los ist, und die Frau hebt ihr Kind hoch und eilt davon.

Ich sehe es, und zum ersten Mal in meinem Erwachsenenleben ist es mir egal, dass ich eine Szene mache. Ich habe niemandem wehgetan. Ich sollte mich nicht schämen. Ich sollte mich nicht entschuldigen müssen.

Das hier bin ich.

KAPITEL 13

Quan

Als ich nach dem Telefonat mit LVMH Acquisitions auflege, lehne ich mich in meinem Sessel zurück und starre Michael an, der mir an meinem Schreibtisch gegenübersitzt. Eine geschlagene Minute lang spricht keiner von uns ein Wort. Der fassungslose Ausdruck auf seinem Gesicht sagt alles. Ich bin mir ziemlich sicher, dass ich genauso aussehe.

«Ist das gerade wirklich passiert?», bricht er das Schweigen.

Ich öffne das E-Mail-Programm auf meinem Laptop, und als ich sehe, wonach ich gesucht habe, drehe ich ihn um, sodass der Bildschirm zu Michael zeigt. «Ich denke, schon. Schau, ihre Anwälte haben bereits unsere Anwälte kontaktiert, um die Übernahmeverhandlungen ins Rollen zu bringen. Mach dich darauf gefasst, bei allem ins cc gesetzt zu werden.»

«Es besteht eine reelle Chance, dass wir eine bekannte Marke werden?», fragt er.

Ein erstauntes Lachen bricht aus mir heraus. «Schätze, schon. Aber vielleicht finden wir ihr Angebot und ihre Konditionen auch furchtbar. Sie könnten auch ohne Grund ihre Meinung ändern. Solche Dinge verlaufen andauernd im Sand.»

Er nickt, aber er sackt auch in seinen Sessel zurück und

reibt sich das Gesicht, als könnte er nicht ganz glauben, dass das hier das wahre Leben ist. Nach einem Moment blinzelt er und erklärt: «Das müssen wir feiern.»

Ich grinse. «Da bin ich dabei.»

«Morgen Abend», fügt er hinzu.

«Da hab ich schon was vor», erwidere ich, aber bevor er einen anderen Termin vorschlagen kann, fahre ich fort: «Aber das kann ich verschieben. Genau genommen will ich es verschieben.»

Er wirft mir einen neugierigen Blick zu. «Ist es etwas … mit ihr?»

«Ja.» Ich achte darauf, beiläufig zu klingen, während ich meinen Schreibtisch aufräume und ein paar Ausdrucke zu einem ordentlichen Stapel zusammenschiebe. «Beim letzten Mal ist es nicht unbedingt perfekt gelaufen, also haben wir beschlossen, es noch mal zu versuchen.»

Michael stützt einen Ellbogen auf die Armlehne seines Sessels und das Kinn auf seine Faust, während er mich ansieht. «Was meinst du mit ‹nicht unbedingt perfekt›?»

«Ich habe nicht mit ihr geschlafen. Wir haben rumgemacht, und das war wirklich gut. Aber wir haben beide Probleme, und wir arbeiten dran», sage ich leichthin, als hätte ich nicht die ganze Woche an sie gedacht und mir bei jeder sich bietenden Gelegenheit zu Fantasien von ihr einen runtergeholt.

Michael zieht die Augenbrauen hoch. «Ihr habt euch schon wie oft zu einem One-Night-Stand verabredet?»

«Erst zweimal.»

«Ab wann ist es Daten? Dreimal? Vier?»

«Es ist Daten, wenn wir *sagen*, dass es Daten ist. Und das tun wir nicht», entgegne ich.

Er lehnt sich auf seinem Sessel vor, als wäre er ein Bluthund, der eine Spur gewittert hat. «Warum willst du es verschieben?»

Ich zucke mit den Schultern und lege die Ausdrucke in die entsprechende Mappe in meiner Schreibtischschublade. Normalerweise bin ich ein bisschen unordentlich – als ich es letzte Woche geschafft habe, meine Wohnung zu putzen, hatte das Geschirr tatsächlich zu schimmeln angefangen; das ist eine neue Ekligkeitsstufe, sogar für mich –, aber wenn es ums Geschäft geht, bin ich megastrukturiert. Ich halte alles alphabetisch und nach Farben geordnet. Mein E-Mail-Posteingang geht am Ende jeden Tages auf null ungelesene Nachrichten zurück. Alles wird absolut pünktlich bezahlt.

«Ist es, weil du nicht willst, dass es vorbeigeht?», fragt Michael. «Ziehst du es in die Länge?»

Ich antworte nicht. Weil es kompliziert ist. Es stimmt, dass Anna und ich uns die ganze Woche getextet haben, beiläufige Bemerkungen, witzige Nachrichten, süße Tiervideos und solche Sachen. Mich mit ihr zu unterhalten, füllt einen Platz in meinem Leben aus, von dem ich nicht wusste, dass er leer war, und ich werde traurig sein, wenn es vorbei ist.

Aber ich bin auch nervös. Ich glaube, ich weiß, was ich tun muss, wenn wir das nächste Mal zusammen sind, und ich bekomme jedes Mal einen Schweißausbruch, wenn ich darüber nachdenke.

«Ich werde sie fragen, ob wir es verschieben, während ich darüber nachdenke», sage ich und nehme mein Handy, um ihr eine Nachricht zu schreiben. Hey, können wir uns Sonntagabend treffen statt morgen?

«Also sagen wir mal, ihr trefft euch noch einmal und

schlaft endlich miteinander. Was dann? Ist es dann vorbei? Ihr werdet nie wieder miteinander reden?», fragt er.

«Das ist für gewöhnlich das, was nach einem One-Night-Stand passiert», antworte ich, aber ich fühle mich nicht gut dabei.

Michael setzt zu einem Kommentar an, doch da vibriert mein Handy mit einer Nachricht von Anna. **Das ist in Ordnung.**

Das ist alles, was sie sagt. Da sind keine Emojis, keine witzigen Bemerkungen. Irgendetwas stimmt nicht.

Alles okay? Wir können es bei der ursprünglichen Zeit lassen, falls es ein Problem für dich ist, sage ich ihr.

Alles okay, antwortet sie, und wieder ist das alles. Das sieht ihr nicht ähnlich.

«Ich muss sie ganz kurz anrufen», sage ich laut, und Michael runzelt leicht die Stirn, während er mir zusieht, wie ich ihre Nummer wähle und das Handy ans Ohr halte.

Es klingelt so oft, dass ich mir schon sicher bin, dass ich auf der Sprachbox landen werde, doch dann antwortet sie endlich. «Hallo?» Ihre Stimme hat etwas Merkwürdiges an sich, das mich nervös macht.

«Ist wirklich alles okay bei dir? Wenn du bei morgen bleiben willst, ist das in Ordnung. Oder wir können es abblasen oder verschieben. Was auch immer du –»

«Nein, Sonntag ist gut. Es geht mir gut», sagt sie, aber beim letzten Wort bricht ihre Stimme.

Sie weint.

Das Geräusch versetzt mir einen Stich mitten in die Brust, und noch bevor ich mir dessen völlig bewusst bin, öffne ich meine Schreibtischschublade und stecke Brieftasche und Schlüssel in meine Taschen.

«Wo bist du?», frage ich. Im Hintergrund ist Lärm. Ziemlich sicher ist sie draußen.

«Auf dem Heimweg», sagt sie.

«Welche Straßenkreuzung?»

«Warum willst du ... Oh. Du brauchst nicht herzukommen, um nach mir zu sehen. Das ist wirklich nett von dir, aber es geht mir gut.» Sie stößt einen zitternden Atemzug aus, der gefühlt einen Kilometer lang ist. «Ich kann mein Gebäude schon sehen. Ich bin in zwei Minuten zu Hause.»

«Bin gleich da.»

«Quan ...»

Ich lege auf, bevor ich den Rest von dem hören kann, was sie sagt.

«Was ist los?», fragt Michael und steht von seinem Sessel auf.

«Sie weint. Ich muss nach ihr sehen.»

Er nickt ernst. Bei solchen Dingen verstehen wir einander zu hundert Prozent.

Auf dem Weg nach draußen bleibe ich noch einmal kurz in der Tür stehen. «Ich geb dir Bescheid, was unsere Pläne für morgen angeht. Wir müssen vielleicht später feiern.»

«Mach dir deswegen keinen Kopf. Geh und kümmere dich um dein Mädchen.» Er drückt meine Schulter, und ich nicke ihm kurz zu, bevor ich verschwinde.

Als ich allerdings auf meine Ducati steige, trifft mich die Bedeutung dessen, was er gesagt hat. *Dein Mädchen.*

Anna ist nicht mein Mädchen.

Aber ich muss zugeben, dass mir gefällt, wie sich das anhört. Sehr sogar.

Als ich bei Annas Gebäude ankomme, gelingt es mir, nach jemandem, der gerade das Haus verlässt, durch die Tür zu schlüpfen, und ich renne die drei Treppen zu ihrer Wohnung hoch. Ich warte nicht, bis ich wieder bei Atem bin, bevor ich klopfe.

Sie öffnet die Tür, und etwas verschiebt sich unangenehm in meinem Innern. Ihre Augen sind rot und verquollen. Ihr Gesicht ist fleckig. Sie sieht schrecklich aus. Aber wenigstens ist sie unversehrt.

«Du bist so schnell hergekommen», sagt sie und späht mit großen Augen an mir vorbei in den Flur, als suchte sie nach einem Teleportationsgerät oder so. «Du musstest doch nicht –»

Ich nehme sie in die Arme und halte sie fest. «Doch, musste ich», flüstere ich.

Zuerst ist sie steif, aber allmählich entspannt sie sich mit einem langen, zitternden Seufzen. Als sie die Stirn an meinen Hals legt, rückt alles, was sich bei ihrem Anblick verschoben hat, wieder an seinen Platz.

«Was ist los? Was ist passiert?», frage ich.

Einen langen Moment lang reagiert sie nicht, dann schüttelt sie den Kopf, ohne etwas zu sagen, und vor Enttäuschung sinkt mein Magen wie ein Stein. Es ist offensichtlich, dass da *irgendetwas* ist. Ebenso offensichtlich ist es, dass sie mir nicht genug vertraut, um es mir zu erzählen, und das ist beschissen. Ich sage mir, dass das okay ist. Was da zwischen uns ist, ist nicht wirklich etwas. Aber meine Enttäuschung bleibt. Ich möchte jemand sein, dem sie Dinge erzählen kann. Für andere bin ich dieser Jemand – oder war es zumindest, damals, bevor ich in ihren Augen zerbrechlich wurde.

Nachdem ich mehrere Minuten mit ihr an der Eingangstür gestanden habe, führe ich sie zum Sofa und setze mich zu ihr. Ich weiß nicht, was ich tun soll, also halte ich sie einfach im Arm und streichle mit der Hand an ihrem Rücken auf und ab.

Ich bin mir ziemlich sicher, dass sie eingeschlafen ist, als sie murmelt: «Ich habe nicht die Energie für unseren dritten Versuch heute Abend.»

«Ich bin nicht hergekommen, um Sex mit dir zu haben», sage ich fest. Für was für ein Arschloch hält sie mich?

Sie dreht das Gesicht zur Seite und schaut zu mir hoch. «Also zählt heute nicht?»

«Nein.»

Ein schwaches Lächeln umspielt ihren Mund. «Danke. Fürs Herkommen.»

«Ich hab mir Sorgen gemacht.»

Seufzend schließt sie die Augen. «Ich war heute bei der Therapie.»

«Hat es geholfen?», frage ich in der Hoffnung, dass sie näher darauf eingeht.

Ihre Brust hebt und senkt sich mit einem langen, tiefen Atemzug. «Ich weiß es nicht. Es ist kompliziert und ...» Ihre Stirn legt sich leicht in Falten. «Es ist schwer zu reden, wenn ich so müde bin. Schon allein die Worte auszusprechen ...» Sie hebt die Hand, und sie fällt schlaff in ihren Schoß, um ihre Aussage zu unterstreichen.

«Du kannst es mir später erzählen. Wenn du willst.»

Sie nickt, und ich halte sie fester, während der Himmel in Nacht übergeht und ihr Wohnzimmer in Dunkelheit hüllt. Es ist nicht gerade bequem. Ich trage immer noch meine Motorradjacke, und auch wenn das synthetische Material toll ist, wenn man während der Fahrt einen Abflug macht, ist es definitiv nichts fürs Lümmeln auf dem Sofa. Aber mir gefällt, wie sie sich an mich schmiegt. Es befriedigt Bedürfnisse, von denen mir nicht bewusst war, dass ich sie habe. Ich sauge den Moment in mich auf, bis meine Muskeln vor Untätigkeit steif werden. Als ich es nicht mehr aushalte und einen meiner Arme ausstrecke, rutscht ihr Kopf ein kleines Stück an meiner Brust hinunter.

Sie ist eingeschlafen.

Ich verwette meine Ducati, dass sie nicht bei jedem x-Beliebigen einschläft. Aber bei mir. Das bedeutet etwas.

KAPITEL 14

Anna

Das Erste, was ich sehe, als ich die Augen öffne, ist Quan. Er liegt auf der Seite, mir zugewandt, tief und fest schlafend. Der Anblick ist so unerwartet, dass mein Herz zu rasen anfängt, und in Panik sehe ich mich um. Das ist mein Bett, mein Schlafzimmer. Ich habe letzte Nacht die Jalousien nicht zugezogen, und alles ist grau gefärbt und gedämpft wie kurz vor der Morgendämmerung. Normalerweise wache ich nicht um diese Zeit auf. Nur wenn ich auf Reisen bin oder zufällig superfrüh schlafen gehe.

Erinnerungen von gestern huschen durch meinen Kopf. Mein reguläres (misslungenes) Violineüben, der Termin bei Jennifer, *die Neuigkeit*, das Buch, Weinen in der Öffentlichkeit, Quan, der sich um mich Sorgen gemacht hat ...

Ich erinnere mich vage, dass er mich gestern Abend vom Sofa hochgehoben hat, und dann – ich schlage mir eine Hand vor den Mund. *Ich habe ihn gebeten zu bleiben.* Deshalb ist er hier und schläft auf meiner Bettdecke und sieht aus, als würde er frieren. Ich setze mich auf und breite vorsichtig meine Decke über ihn.

Eine Weile sitze ich einfach nur da und traue mich nicht, mich zu bewegen, aus Angst, ihn aufzuwecken. Was machen Frauen, wenn sie einen Fremden in ihrem Bett haben? Sobald der Gedanke durch meinen Kopf zuckt, runzle ich die

Stirn. *Fremder* fühlt sich nicht ganz wie das richtige Wort für Quan an. Aber er ist auch kein *One-Night-Stand* – noch nicht. Er ist definitiv nicht mein *Liebhaber*. *Bekannter* erscheint mir zu distanziert. Er hat sich in angemessenem Umfang mit mir unterhalten, mir zugehört, mit mir gelacht, mich in meinem schlimmsten Zustand gesehen, im Arm gehalten, als ich geweint habe. Und er ist geblieben, weil ich ihn darum gebeten habe.

Ich glaube ... er könnte ein Freund sein.

Das ist eine unbehagliche Erkenntnis und zu viel für mich, um mich so früh am Morgen damit auseinanderzusetzen, also nehme ich mein Handy von seinem Platz auf dem Nachttisch, wo es zum Laden angesteckt ist – das muss Quan für mich getan haben –, und schleiche aus dem Zimmer.

Während ich mir so leise wie möglich die Zähne putze, scrolle ich durch die über hundert Textnachrichten auf meinem Handy. Die meisten sind von Rose und Suzie. Sie haben über das neue zwölfjährige Wunderkind diskutiert, das vor Kurzem in der klassischen Musikszene aufgeschlagen ist. Für eine Weile, nachdem ich zufällig Internetruhm erlangt hatte, war ich diejenige, über die man sprach. Aber ich bin es nicht mehr.

Meine Zeit ist vorbei.

Ich habe mich nie danach gesehnt, so im Rampenlicht zu stehen, aber ich nehme an, dass ich nun doch ein Gefühl von Verlust empfinde. Es ist schön, begehrt zu sein. Und traurig, fallen gelassen zu werden. Aber ich weiß, das liegt in der Natur glänzender neuer Dinge. Ich muss mit meinem Leben weitermachen wie all die anderen Leute, die nicht mehr glänzend und neu sind, und anderswo Bedeutung finden.

Nachdem ich mich in Rose und Suzies Gruppenchat auf den neuesten Stand gebracht habe, sehe ich, dass ich eine Nachricht von meiner Schwester Priscilla verpasst habe. Sie lautet nur: **Wie geht's dir?** Etwa einmal im Monat meldet sie sich bei mir. Wenn sie es nicht täte, würden wir nie miteinander reden, weil ich zu verstrickt in meine tägliche Routine wäre.

Mit der linken Hand tippe ich meine Antwort (es ist immer dieselbe): **Gut, und dir?**

Sie ist an der Ostküste, also stehen die Chancen, dass sie schon auf ist, ziemlich gut. Ich bin nicht überrascht, als mein Handy mit einem eingehenden Anruf zu vibrieren anfängt.

Hastig spüle ich mir den Mund aus und suche mir einen Platz in meiner Wohnung, wo ich reden kann. Keiner scheint zu passen, also ziehe ich meinen hässlichen Bademantel an und gehe hinaus auf meinen selten genutzten Balkon. Es ist eiskalt hier draußen, besonders da ich barfuß bin und der Boden mit Tau bedeckt ist, und ich halte die Ränder meines Bademantels mit einer Hand zu.

Nach einem kurzen Moment, um mich zu sammeln, gehe ich ran. «Hi, Priscilla *je*.» Ich muss das *je* für «ältere Schwester» anhängen. Als ich noch klein war, habe ich sie einmal nur «Priscilla» genannt, und sie hat mich zwei Stunden lang im Badezimmer knien lassen. Sie ist fünfzehn Jahre älter als ich, deshalb durfte sie solche Dinge machen. Da meine Eltern immer mit Arbeiten beschäftigt waren, war sie auch diejenige, die kam, um mich aus dem Büro des Schuldirektors abzuholen, als ich am ersten Tag in der Vorschule unkontrolliert zu weinen anfing und mich weigerte, in den Schulbus nach Hause zu steigen. Wenn ich an Halloween Süßigkeiten gesammelt habe, ist sie mit mir von Haus zu Haus gegangen. Wenn ich eine Geburtstagsparty hatte, hat sie sie organisiert.

«Hey, *Mui mui*. Du bist aber früh auf», sagt sie. Dem Rhythmus ihrer Worte nach bin ich sicher, dass sie gerade im Eiltempo irgendwo hinmarschiert. (Sie geht nicht mit normaler menschlicher Geschwindigkeit. Ich glaube, das kann sie gar nicht.) «Wie spät ist es bei dir, sechs Uhr morgens?»

«Ich bin gestern Abend früh eingenickt. Ich glaube, ich habe fast zwölf Stunden geschlafen», sage ich, während ich im Kopf nachrechne.

Sie lacht, und der Klang ist voll und rein, beinahe melodisch. «Dein Leben hätte ich gern.»

«Nein, hättest du nicht.»

«Wie auch immer. Du hast keine Achtzig-Stunden-Woche. Ich werde langsam zu alt für so was», erwidert sie.

«Du bist nicht alt, und ich dachte, du liebst deinen Job.» Jahr für Jahr verdient sie in ihrer Consultingfirma gigantische Prämien, mit denen meine Mom liebend gern mit gespielter Bescheidenheit bei ihren Freundinnen angibt.

Sie gibt einen spöttischen Laut von sich. «Jeder wird irgendwann alt, aber genug von mir. Wie geht es Julian? Was treibt ihr zwei so?»

«Es scheint ihm ziemlich gut zu gehen», sage ich. «Aber wir treiben nicht viel, jedenfalls nicht zusammen.»

«Was heißt das?», fragt sie argwöhnisch.

Ich überlege kurz, ob ich lügen soll, beschließe dann aber, dass es keinen Sinn hat. «Er möchte sich eine Weile mit anderen treffen.»

«Er will was?»

«Er geht mit anderen Frauen aus», erkläre ich, da sie es

so, wie ich es eben gesagt habe, nicht verstanden zu haben scheint. «Er sieht sich um, was es sonst noch gibt, bevor er sich festlegt, weil er nichts bereuen will.»

«O mein Gott, ich kann das gar nicht ...» Es folgt eine lange Pause, bevor sie weiterspricht. «Wann hat das angefangen?»

«Vor etwa einem Monat.»

«Einem ganzen Monat? Und du hast nicht daran gedacht, es *mir zu erzählen*?», schreit sie beinahe.

Jemand kommt auf dem Gehweg unter mir mit seinem Hund vorbei, also drehe ich mich zur Tür und murmle: «Tut mir leid.»

«Bevor das passiert ist, hast du da ... irgendwas Merkwürdiges gemacht?», fragt sie.

Meine Schultern sacken herab, und ich starre hinauf in den heller werdenden Himmel. Deswegen habe ich es ihr nicht schon früher erzählt. Ich wusste, sie würde denken, dass es irgendwie meine Schuld war.

War es meine Schuld?

«Nicht dass ich wüsste», antworte ich.

«Hast du wieder eine deiner faulen Phasen?», fragt sie.

Bei ihrer Wortwahl verziehe ich das Gesicht. «Nein, habe ich nicht. Ich ...» Aber meine Stimme bricht ab, als ich mich an die Wochen nach meiner Rückkehr von meiner Tour erinnere. Ich bin in diesen Tagen kaum aus dem Bett gekommen – aber nicht, weil ich «faul» war. Mein Gehirn hat einfach aufgehört zu funktionieren. Nachdem ich monatelang so beschäftigt gewesen war, vor gewaltigen Publikumsmassen gespielt, mit unzähligen Dirigenten, Musikern und Presseleuten interagiert hatte, so lange «auf Sendung» gewesen war, hatte ich einfach alle Systeme heruntergefahren. Ich erinnere mich, in meinen Kühlschrank geschaut,

Essen gesehen zu haben und völlig überfordert, regelrecht verwirrt von all den Schritten gewesen zu sein, die nötig waren, um es in meinen Magen zu befördern. Mehrere Tage lang habe ich nur Cheetos gegessen. Ich hatte nicht mehr die geistige Fähigkeit zu kochen, geschweige denn, mit Julian auszugehen, mein Gesicht zu den entsprechenden Ausdrücken zu verziehen, all die richtigen Dinge zu seinen Freunden zu sagen und ihm die Blowjobs zu geben, die er liebt. Wochenlang habe ich Ausflüchte gesucht, wenn Julian Zeit mit mir verbringen wollte.

Vielleicht habe ich ihn wirklich vertrieben.

Priscilla seufzt laut. «Ach, Anna, was soll ich nur mit dir machen?»

Ich weiß, das ist eine rhetorische Frage, aber ich bin trotzdem versucht, mit *Nichts* zu antworten. Ich will weder, noch erwarte ich von ihr, dass sie meine Probleme löst. Aber ich sage nichts. Sie wird sauer auf mich, wenn ich «frech» werde; so nennt sie es, wenn ich anderer Meinung bin als sie oder Frustration oder Ärger oder irgendeine andere Emotion ausdrücke, die dem widerspricht, was sie will.

«Alle fanden ihn wirklich gut für dich», sagt sie mit einem weiteren Seufzen.

«Tut mir leid. Ich weiß, du hast dich wirklich gut mit ihm verstanden.» Sie war diejenige, die uns einander vorgestellt hat – er war Praktikant in ihrer Firma. Bei Familientreffen und dergleichen saßen Julian und Priscilla für gewöhnlich nebeneinander, in Börsengespräche vertieft, und ich fand es wunderbar zu wissen, dass mein Freund und meine Schwester sich gut vertrugen.

«Lass es jetzt nicht so klingen, als wärst du nur mir zuliebe mit ihm zusammen gewesen», sagt sie steif.

Beinahe lache ich. Das ist exakt der Grund, warum ich mit ihm zusammen war. Priscilla ist meine kluge, schöne, äußerst erfolgreiche große Schwester, der Mensch, den ich auf der ganzen Welt am meisten respektiere. In vielerlei Hinsicht ist sie mehr eine Mutter für mich als meine tatsächliche Mom. Denn so weit ich zurückdenken kann, habe ich immer danach gestrebt, mir ihre Anerkennung zu verdienen, und Julian ist mit absoluter Sicherheit Priscilla-anerkannt – sowie Eltern-anerkannt.

Ich weiß nicht, wie ich darauf antworten soll, also sage ich einfach: «Okay.»

«Werd nicht frech, Anna», blafft sie. «Er hat dich dazu gebracht, mal rauszugehen und was zu unternehmen, gesellig zu sein, und dich nicht einfach nur mit deiner Musik in deiner Wohnung zu verkriechen. Du hast mehr gelächelt und gelacht. Du warst *glücklich*.»

«Lächeln und Lachen bedeuten nicht immer, dass jemand glücklich ist.»

«Ich merke es, wenn du glücklich bist», sagt sie voller Überzeugung.

Leise schüttle ich den Kopf. Sie weiß unmöglich, wann ich glücklich bin, nicht, wenn das, was ich in ihrer Gegenwart sage und tue, genau darauf zugeschnitten ist, *sie* glücklich zu machen.

«Ich habe angefangen, zu einer Therapeutin zu gehen», platze ich heraus und bin selbst überrascht über dieses Geständnis. Das ist etwas, das ich ihr aus Angst absichtlich verschwiegen habe, aber inzwischen ist so viel passiert. Ich schätze, jetzt möchte ich, dass sie es weiß.

«Oh. Wow. Okay», sagt sie. Ich habe sie sprachlos gemacht – was bei der wortgewandten Priscilla selten vorkommt.

Ich presse eine Hand auf meine Brust und halte den Atem an, während ich darauf warte, dass sie noch mehr sagt.

«Wissen Mom und Dad davon?», fragt sie.

Ein kurzes Lachen sprudelt aus mir heraus. «Nein.»

«Das ist wahrscheinlich auch besser so.» Sie räuspert sich, dann fragt sie: «Wie hast du diese Therapeutin gefunden?»

«Ich habe nach ‹Therapeut› und ‹örtlich› gesucht und die genommen, die sich am besten angehört hat.»

Sie macht ein Geräusch in ihrer Kehle – nur ein Geräusch, es ist nicht mal ein Wort, aber ich weiß, dass sie nicht einverstanden ist. Einen Moment später fragt sie: «War das wegen Julian?»

«Nein, es war nicht wegen Julian. Es war, bevor er – wir –, es war einfach vorher», antworte ich unbeholfen. «Ich habe Schwierigkeiten mit meiner Musik. Seit der Tour und diesem YouTube-Video und allem.»

«Du hättest mit *mir* darüber reden können anstatt mit irgendeiner beliebigen Person, die du im Internet gefunden hast», sagt Priscilla in frustriertem Tonfall. «Wir sind eine *Familie*. Ich bin immer für dich da. Es ist der Druck, nicht wahr? Druck ist mein Leben. Ich kann dich da Schritt für Schritt durchführen.»

Ich presse fest die Augen zu und verkneife mir ein Stöhnen. Ich weiß, was jetzt kommt.

«Prioritäten setzen, Dinge in kleine, machbare Aufgaben aufteilen und To-do-Listen erstellen. Das mache ich jeden Tag», sagt sie.

Meine Gedanken schweifen ab, während sie mir ihren Vortrag hält, wie befriedigend es ist, Dinge von ihrer Liste abzuhaken, und wie man vor hohen Tieren und CEOs Präsentationen hält. Ich habe das alles schon mal gehört. Es hilft nicht. Meine Zwänge sind zu stark.

Die Tür zu meinem Balkon öffnet sich einen Spalt, und Quan hält meine elektrische Zahnbürste hoch, eine stumme Frage auf dem Gesicht.

Ich halte die Hand über mein Handy und sage: «Ich habe zusätzliche Zahnbürstenaufsätze. Du kannst dir gern einen nehmen. Außerdem kannst du gern noch länger schlafen. Du siehst wirklich müde aus.»

Er lächelt und fährt sich verlegen mit einer Hand über den Kopf. «Danke, aber ich hab heute Morgen was zu erledigen. Ich werde einfach ...» Er zeigt über seine Schulter in Richtung Badezimmer und macht sich dann auf den Weg.

Schuldgefühle durchströmen mich. Es gefällt mir nicht, dass er wegen mir unausgeschlafen ist.

«Ich dachte, du hast gesagt, dass du Julian schon eine Weile nicht gesehen hast», unterbricht Priscilla meine Gedanken. «Aber er ist gerade bei dir in der Wohnung? Was bedeutet das?»

Sie ist nicht hier, um es zu sehen, trotzdem ziehe ich den Kopf ein. «Das, äh, war nicht Julian.»

«Unmöglich!», sagt sie. «Du triffst dich mit einem anderen?»

Ich brauche eine Weile, um zu antworten. Die Sache zwischen Quan und mir ist nicht leicht zu erklären, weil ich sie selbst kaum verstehe. «Ich habe mir gedacht, wenn er sich mit anderen trifft, dann kann ich das auch.»

«Ich meine, ja. Natürlich kannst du das», sagt Priscilla, aber sie klingt immer noch fassungslos. «Wie hast du ihn denn kennengelernt?»

Meine Augen werden schmal. «Bist du sicher, dass du das wissen willst?»

«Wieder übers Internet?», antwortet sie und klingt, als würde ich ihr körperlich wehtun. «Und du hast die Nacht mit ihm verbracht? Wer sind Sie, und was haben Sie mit meiner kleinen Schwester gemacht? Ist er ein Aufreißer? Bist du okay? Brauchst du Hilfe, um ihn aus der Wohnung zu bekommen? Oder bist du bei ihm?»

«Er ist kein Aufreißer, und mir geht es gut. Wir haben nicht mal –» Ich stoße einen frustrierten Atemzug aus. Priscilla braucht nichts über mein Sexleben zu hören. Ich will jedenfalls ganz sicher nichts über ihres hören. Lieber würde ich vom Balkon springen. «Er ist bei mir zu Hause, aber er geht bald. Mach dir keine Sorgen deswegen, okay?»

An Priscillas Ende der Leitung ertönt Lärm, als hätte sie ein volles Restaurant betreten, und sie sagt: «Ich muss auflegen, aber ich ruf dich später an, in Ordnung?»

«Gut. Bye, *Je je*», sage ich.

«Bye, *Mui mui.*»

Der Anruf endet, und langsam nehme ich das Handy vom Ohr, die Gedanken schwer von dem, was ich ihr erzählt, und noch schwerer von dem, was ich ihr *nicht* erzählt habe. Meine Diagnose hängt unheilvoll über mir, und ich möchte darüber reden. Vielleicht *muss* ich darüber reden, um es wirklich zu verstehen und zu akzeptieren. Aber ich habe auch Angst.

Wenn sie sich plötzlich für mich schämt, wird es mir das Herz brechen.

Wieder zurück in meiner Wohnung, sehe ich Quan neben der Eingangstür kauern. Er bindet sich grad die Schuhe. Als er mich bemerkt, fragt er: «*Je?* Das ist Chinesisch, stimmt's?»

«Ja, Kantonesisch. Das ist aber so ziemlich alles, was ich sagen kann.»

Seine Mundwinkel heben sich. «Meinem Bruder geht es so mit Vietnamesisch. Aber er versteht es ziemlich gut.»

«Oh, ich verstehe Kantonesisch nicht mal», sage ich leichthin.

Ich erwarte, dass er lacht, wie andere es tun, wenn ich solche Dinge sage, aber er tut es nicht. Stattdessen fragt er: «Ist das schwer für dich manchmal? Einer meiner Cousins spricht nur Englisch, und er wird von der Familie oft dafür getriezt. Sie nerven auch seine Eltern damit, und die machen ihm dann Vorwürfe.»

«Ehrlich gesagt ja», gebe ich zu. «Meine große Schwester ist fast schon viersprachig – sie spricht Kantonesisch, Mandarin und ein wenig von einem seltenen Dialekt aus dem Süden, zusätzlich zu Englisch natürlich – und ich ...» Ich ziehe eine Schulter hoch. «Als ich klein war, konnten sie mich nicht dazu bringen, überhaupt zu reden, und der Arzt vermutete, dass all die Sprachen zu viel für mich waren. Offenbar hat es, sobald sie nur noch in einer einzigen Sprache mit mir geredet haben, angefangen, klick zu machen. Danach habe ich nie was anderes gelernt. Meiner Mom ist das peinlich.»

«Na ja, ich spreche überhaupt kein Chinesisch», sagt er, als er fertig damit ist, seine Schuhe zu schnüren, und aufsteht. Jetzt sieht er sich meinen hässlichen Bademantel genauer an und grinst.

Sofort wird mein Gesicht heiß. Ich habe nicht nachgedacht, als ich ihn vorhin angezogen habe, dabei hätte ich das tun sollen. Bei Julian war ich immer aufmerksam und vorsichtig, darum hat er mich nie so gesehen. Aber jetzt ist es zu spät. «Ich weiß, er ist hässlich, aber er ist wirklich kuschlig.»

«Er ist wirklich ... knallig. Ist das lachsfarben?» Immer noch grinsend, kommt er zu mir und zieht die Ränder vorne enger zusammen, als versuchte er, mich warm zu halten. Er wirkt weder abgestoßen noch spöttisch, und das bringt mich ein wenig aus dem Gleichgewicht.

«Das ist Koralle», sage ich. «Ich trage ihn nicht und stelle mir vor, dass ich ein tropischer Fisch im Meer bin, wenn es das ist, was du denkst. Wenn ich zu Hause bin, wo die Leute mich nicht sehen können, trage ich gern bunte Farben und Regenbögen und so Zeug. Das macht mich glücklich. Ein bisschen.»

Er runzelt die Stirn. «Warum nur da, wo die Leute dich nicht sehen können?»

«Weil Leute gemein sind. Sie sagen Sachen wie ‹Hast du die gesehen?›, ‹Ich kann nicht glauben, dass sie so was anzieht›, oder sie sehen einander nur an und lachen über mich. Ich hasse es, ausgelacht zu werden. Das ist mir früher oft passiert, aber ich bin besser darin geworden, es zu verhindern.»

«Ich würde draußen mit dir Regenbögen tragen. Das ist mir scheißegal», knurrt er beinahe, während er mich unerwartet eng an sich zieht und mich umarmt.

Solche Zeichen der Zuneigung bin ich nicht gewohnt – meine Familie ist definitiv nicht gefühlsbetont, und Julian war es auch nicht –, also brauche ich ein, zwei Sekunden, um mich zu entspannen und meine Wange an seine Brust zu legen. Als ich mir Quan, den harten Kerl, mit Regenbögen geschmückt vorstelle und die verwirrte Reaktion der Leute dazu, muss ich lächeln. «Das wär echt was.»

«Ja, was Tolles.»

Er umarmt mich fester, und Glück dehnt sich in meiner Brust aus. Ich liebe es, von ihm gehalten zu werden, mich geborgen zu fühlen.

«Es war gedankenlos von mir, dich darum zu bitten, aber danke, dass du hiergeblieben bist», sage ich.

«Kein Problem», antwortet er. «Fühlst du dich jetzt besser?»

«Ja.»

«Möchtest du darüber reden?», fragt er.

Eine Flut von Emotionen wallt bei seinem Vorschlag in mir hoch – Angst, Aufregung, Nervosität, Unsicherheit und am stärksten von allen Hoffnung –, doch ich schlucke sie hinunter. «Du musst doch irgendwohin, schon vergessen?»

«Ich kann mich ein bisschen verspäten. Es ist nur Kendo-Training mit meinem Cousin und meinem Bruder. Und dann später einen Kinderkurs unterrichten.»

«Du bist der einzige Asiate, den ich kenne, der tatsächlich Martial Arts macht», bemerke ich, um dem Thema auszuweichen.

Er lacht. «Ich schätze, dann bin ich ein wandelndes Klischee. Rate mal, wer mein Kindheitsidol war? Kleiner Tipp: Viel Auswahl gab es nicht.»

Ich schnappe nach Luft. *«Nein.»*

«Doch, Bruce Lee», sagt er mit einem weiteren Lachen. «Mein tätowierter Schriftzug ist dieses Zitat von ihm, ins Vietnamesische übersetzt. Du weißt, welches.»

«Sei Wasser, mein Freund», sage ich mit einer tiefen Stimme, die meine Imitation von Bruce Lee ist.

«Ja, aber das ganze Zitat, angefangen mit *Leere deinen Geist»*, sagt er.

Als mich die Erkenntnis trifft, ziehe ich mich von ihm zurück und betrachte die Tattoos an seinen Armen, als sähe ich sie zum ersten Mal – die Wellen, die Meerestiere. Es scheint, als hätte er versucht, Bruce Lees Rat wörtlich zu nehmen. «Ich glaub's nicht. Du bist ein *Nerd*.»

Ein breites Grinsen legt sich über sein Gesicht, obwohl er beinahe schüchtern aussieht. «Ein bisschen, ja.»

Sanft berühre ich den Fisch, der auf seinen Unterarm tätowiert ist, und zeichne die Schuppen auf seiner glatten Haut nach. Ich kann nicht aufhören zu lächeln. Seine Nerdigkeit *begeistert* mich. Diese schüchterne Seite an ihm auch. «Das sieht aus wie ein Seebarsch.»

«Das ist ein Koi-Karpfen, und wirf mir bloß nicht vor, einen Süßwasserfisch ins Meer gesteckt zu haben. Meine Arme sind andere Gewässer als der Rest von mir.»

Ich lache laut los. «Es ist so nerdig, so was zu sagen, Quan.»

«Es gefällt dir.»

«Ja. Du bist vielleicht sogar noch –»

Er unterbricht mich mit einem tiefen Kuss, der mich dazu bringt, mich an ihn zu klammern. Er schmeckt sauber, schwach nach meiner Zahnpasta, aber auch salzig, geheimnisvoll. Als er sich wieder zurückzieht, will ich protestieren. Ich könnte ihn ewig küssen.

«Morgen Abend, richtig?», fragt er, dabei beobachtet er mich aufmerksam.

Ich setze ein Lächeln auf und nicke, aber ich bin ein klein wenig panisch. Morgen wird das letzte Mal sein, dass ich ihn sehe. Für immer. Das war der größte Vorteil unserer Interaktionen, seit das hier angefangen hat, aber jetzt fühlt es sich nicht mehr so an. Etwas hat sich verändert.

Nichtsdestotrotz erinnert es mich daran, warum ich mich überhaupt mit ihm treffe. Ich kann ihm Dinge sagen, die ich anderen nicht sagen kann. Weil er nicht wichtig ist.

Nur, dass er es doch ist.

Aber ich werde ihn wirklich nach morgen nicht wiedersehen. Das ist es, was wir beide wollen. Nun ja, ich habe das gewollt. Jetzt weiß ich nicht mehr, was ich will.

«Du hast wegen gestern gefragt.» Ich kann mich nicht dazu bringen, ihm ins Gesicht zu sehen, also konzentriere ich mich auf sein T-Shirt, als ich weiterspreche. «Meine Therapeutin hat mir etwas gesagt.» Mein Herz klopft so heftig, dass ich es bis in den Hals spüren kann. Dieser Augenblick ist laut, schwer, bedeutend.

Er nimmt meine Hand in seine und hält sie fest. «Was hat sie gesagt?»

«Sie hat gesagt, ich bin ...» Mir fällt etwas ein, und neugierig sehe ich zu ihm hoch. «Denkst du, ich bin irgendwie wie dein Bruder?»

Er zieht die Augenbrauen hoch. «Ich ... weiß nicht? Ich habe noch nie darüber nachgedacht. Warum?»

«Wir sind uns überhaupt nicht ähnlich?»

«Du bist *viel* hübscher als er», antwortet er mit einem Funkeln in den Augen.

Ich schüttle den Kopf, aber ich lächle auch. «Das meine ich nicht, aber danke.»

«Was meinst du dann? Ich werde kein Arsch sein, versprochen.»

Das ist der Moment, in dem mir bewusst wird, dass ich ihm vertraue. Während der letzten Wochen hat er immer wieder bewiesen, dass er mich respektiert, dass er mir nicht wehtun wird. Ich kann ihm Dinge sagen. Nicht, weil er nicht wichtig ist. Sondern weil er nett ist.

«Sie hat mir gesagt, dass ich eine Autismus-Spektrum-Störung habe», sage ich. Und da ist es. Die Worte sind raus. Jetzt fühlt es sich real an.

«Das ist es?», fragt er, als würde er immer noch darauf warten, dass ich die große Neuigkeit verkünde.

Ein ungläubiges Lachen sprudelt aus mir heraus. «Das ist es.»

Er neigt den Kopf zur Seite und sieht mich nachdenklich an.

Als er eine Ewigkeit lang nichts sagt, holt meine Unsicherheit mich ein. «Falls das etwas ändert und du dich morgen nicht mit mir treffen willst, kann ich das vollkommen verstehen und –»

«Ich möchte mich morgen mit dir treffen», antwortet er schnell. «Ich habe nur versucht, Ähnlichkeiten zwischen dir und meinem Bruder zu finden.»

«Und?»

«Ehrlich gesagt seid ihr beide wirklich verschieden, und ich weiß nicht mal, wonach ich suchen soll. Ich bin kein Therapeut oder so. Was denkst du? Hast du das Gefühl, dass es stimmt?», fragt er, und ich merke, dass es das ist, was für ihn wichtig ist. Er vertraut mir, dass ich mich selbst kenne. Ich wusste nicht, wie wichtig mir das ist, bis jetzt.

Ich darf die Expertin für mich sein.

Ich lege die Hand auf meine Brust und nicke langsam mit brennenden Augen. «Es passt. Als meine Therapeutin mir Autismus beschrieben hat, als ich darüber gelesen habe, habe ich mich auf eine Weise verstanden gefühlt wie nie zuvor. Ich habe mich *gesehen* gefühlt, mein wahres Ich, und *akzeptiert.* Mein ganzes Leben lang ist mir gesagt worden, ich muss mich ändern und ... anders sein, mehr sein, und ich hab es versucht. Manchmal versuche ich es so angestrengt, dass es sich anfühlt, als würde ich zerbrechen. Wie meine Musik im Moment, egal, was ich tue, ich kann sie nicht dazu bringen, *mehr* zu sein. Gesagt zu bekommen, dass es okay ist, ich zu sein, das ist ...» Ich schüttle den Kopf, als mir die Worte fehlen.

Er streift mit dem Daumen meinen Augenwinkel, um eine Träne fortzuwischen. «Warum bist du dann so traurig?»

«Ich weiß es nicht.» Ich lache, aber ein Kloß schnürt mir die Kehle zu. Mit den Ärmeln wische ich mir die Tränen ab. «Ich kann anscheinend nicht aufhören zu weinen.»

Er zieht mich enger zu sich und hält mich fest, seine Wange an meiner Stirn, seine Haut auf meiner. Seine Ruhe überträgt sich auf mich, das regelmäßige Schlagen seines Herzens, der gleichmäßige Rhythmus seines Atems.

Als es in seiner Tasche vibriert, zucken wir beide zusammen.

«Das ist nur mein Handy», sagt er. «Ignorier es einfach.» Aber es vibriert weiter.

«Du solltest rangehen. Es könnte wichtig sein.»

Mit einem Seufzen löst er sich von mir und hebt sein Handy ans Ohr. «Hey ... Nein, tut mir leid, ich bin aufgehalten worden ... Ich werde es heute wahrscheinlich nicht schaffen ...»

«Nein, nein, bitte», beeile ich mich zu sagen. «Du solltest gehen. Es geht mir gut, wirklich.» Ich will nicht, dass er meinetwegen seine Pläne umwirft, besonders da ich keinen Notfall habe.

«Warte kurz», sagt er ins Handy, bevor er es auf stumm stellt und mich ansieht. «Bist du sicher? Ich kann bleiben, und wir können frühstücken gehen oder so. Was immer du willst.»

«Das ist supernett von dir, aber …» Eine Reihe von Ausreden und Notlügen türmt sich in meinem Mund auf, aber ich beschließe, ehrlich zu sein, und sage: «Ich muss allein sein und alles verarbeiten. Außerdem muss ich bald üben, und das kann ich nicht, wenn du hier bist. Es ist besser, wenn du gehst.»

Er lächelt verständnisvoll und schaltet das Mikrofon seines Handys wieder ein, um zu sagen: «Ich komme doch. Wir sehen uns gleich.» Nachdem er aufgelegt hat, nimmt er eine meiner Hände. «Sicher, dass du okay bist?»

«Ja. Du solltest gehen. Du bist schon spät dran.»

Er beugt sich vor und küsst mich sanft auf die Lippen. Es ist nur ein sehr flüchtiger Kuss, dennoch rieselt ein Schauer durch mich hindurch. «Morgen Abend.»

Ich nicke. «Morgen Abend.»

Er drückt einmal kurz meine Hand, bevor er sich abwendet. Als ich die Tür hinter ihm schließe, zögere ich. Keiner von uns hat auf Wiedersehen gesagt.

Aber morgen werden wir es tun.

KAPITEL 15

Quan

*N*ach dem Training beschließen wir, nicht auszugehen, sondern in Khải Garten abzuhängen und die LVMH-Neuigkeit zu feiern. Er renoviert sein Haus und hat gerade eine Feuerstelle gebaut. Es gibt hübsche Gartenmöbel und blühende Ist-mir-scheißegal-Bäume (die Blüten sind lila, das ist alles, was ich weiß), und das Feuer verhindert, dass einem abends kalt wird. Es ist ein schönes Arrangement.

«Was feiern wir noch gleich?», fragt Khải, während er mir und Michael Margaritas reicht. Er macht großartige Margaritas. Sie sind stark, und er taucht den Rand der Gläser in Salz, was meiner Meinung nach der beste Teil am Margarita-Trinken ist.

«Gute Nachrichten von LVMH», antworte ich.

«Habt ihr schon was unterschrieben?», fragt er.

Ich nehme einen Schluck von meinem Drink, und ja, er ist wirklich gut. «Nope, dafür ist es noch zu früh.»

«Also feiern wir ein Telefonat?», fragt er mit einem skeptischen Stirnrunzeln.

Michael lacht. «Ja, wir feiern ein Telefonat. Es war ein gutes. Prost.» Er hält seinen Drink hoch, und wir alle stoßen mit unseren Gläsern an. Während ich einen Mundvoll Tequila und Limettensaft hinunterschlucke, fügt er hinzu: «Wir feiern auch Quans neue Freundin.»

Ich verschlucke mich, und Alkohol läuft brennend meine Luftröhre hinunter und lässt mich hustend und keuchend nach Atem ringen, während Khải mir nicht besonders hilfreich auf den Rücken klopft. Als ich endlich wieder atmen kann, stoße ich rau hervor: «Was zur Hölle? Sie ist nicht meine Freundin.»

Khải hebt den Kopf und sieht Michael fragend an. «Er ist mit jemandem zusammen?»

Über den Rand seines Margarita-Glases hinweg grinst Michael wie die Katze aus *Alice im Wunderland*. «Das ist er.»

«Wir vögeln nur. Das zählt wohl kaum als ‹zusammen sein›», sage ich, und mir gefällt nicht, dass ich recht habe.

Michael verdreht die Augen. «Habt ihr es gestern Nacht endlich getrieben?»

«Nein, sie hat geweint und war aufgebracht, und ich bin kein Arschloch», erwidere ich.

«Er hat gehört, dass sie weint, und ist wie der Blitz zu ihr rübergerast», sagt Michael in lautem, vorgetäuschtem Flüsterton zu Khải. «Unser guter Quan hat eine Freundin.»

Khải nickt zögernd. «Wenn ich nur mit einer vögeln wollte, dann würde ich mich von ihr fernhalten, wenn sie weint.»

«Sie ist *nicht* meine Freundin», sage ich entschieden.

«Wünschst du dir, sie wär es?», fragt Michael.

Ich schaue hinunter in meine Margarita und schwenke das Glas, um die Flüssigkeit kreisen zu lassen. «Kann sein.» Seufzend gestehe ich die Wahrheit. «Okay, ja. Ich mag Anna sehr, aber sie wollte ausdrücklich etwas Unkompliziertes. Sie kommt gerade aus einer Beziehung und macht eine schwierige Zeit durch. Außerdem bin ich nicht sicher, ob ich schon wieder so weit bin.»

Khải runzelt die Stirn, akzeptiert aber mit einem Nicken,

was ich gesagt habe. Er ist nie aufdringlich oder neugierig. Er ist der beste Zuhörer.

Michael dagegen gibt einen spöttischen Laut von sich. «Dass du noch nicht so weit bist, ist Blödsinn. Deine Operation ist schon über ein Jahr her. Und was ist passiert, als du zu ihr bist? War ihr das unangenehm? Hat sie dich wieder weggeschickt?»

«Sie hat mich gebeten, über Nacht zu bleiben», gebe ich zu, und der Ausdruck auf Michaels Gesicht ist so zufrieden, dass ich ihm irgendwie eine reinhauen will. «Du nervst so dermaßen, weißt du das?»

Er versucht, unschuldig auszusehen. «Also hast du die Nacht bei ihr verbracht, und ihr habt es nicht miteinander getrieben. Ja, das ist definitiv ‹nur vögeln›.»

Khải grinst, sagt jedoch nichts.

«Der Plan ist, unseren One-Night-Stand morgen endlich richtig hinzukriegen», sage ich.

«Das ist dann ihr vierter Versuch zu vögeln», erklärt Michael für Khải, der verwirrt aussieht.

Ich versteife mich in meinem Sessel. «Nein, letzte Nacht zählt nicht. Und warum zählst du überhaupt mit?»

Michael ignoriert mich, richtet stattdessen ein klugscheißerisches Grinsen auf Khải und wackelt anzüglich mit den Augenbrauen. Was für ein Arsch.

«Nur damit ich das richtig verstehe.» Khải reibt sich das Kinn. «Sobald ihr miteinander geschlafen habt, ist es vorbei?»

Ich nehme einen großen Schluck von meinem Glas und stelle fest, dass die Margarita plötzlich bitter schmeckt. «Ja.»

«Das bedeutet, ihr habt euch getroffen, ohne miteinander zu schlafen», sagt er sachlich.

«Ja.»

«Und sie texten sich und quatschen und sehen sich zusammen Naturdokus an», fügt Michael hinzu. Dabei tut er so, als würde er nicht merken, dass ich ihn finster anstarre.

«Wie lange geht das schon so?», will Khải wissen.

«Erst ein paar Wochen», antworte ich.

«Ich bin zwar kein Experte, aber das hört sich sehr danach an, als hättest du eine Freundin», sagt Khải. «Besonders der Teil, wo du über Nacht geblieben bist.»

Ich mache einen Laut in meiner Kehle und kippe den Rest meines Drinks hinunter. «So war das nicht. Sie war emotional, in einem verletzlichen Zustand, und ich war für sie da. Als Freund. Nichts weiter.»

«Wie ist sie so?», fragt Michael.

Ich stelle mein Glas auf einen Beistelltisch und drehe es im Kreis, während ich antworte: «Sie ist ... schrullig, witzig, wirklich nett.»

«Du stehst auf schrullig», stellt Michael fest. An Khải gewandt, sagt er: «Erinnerst du dich noch an die, die es nicht ausstehen konnte, wenn andere ihr beim Essen zusehen, und sich deshalb alles hat einpacken lassen?»

«Jeder hat so seine Probleme», betone ich.

«Dann war da auch noch die, die ihn vor dem Küssen gezwungen hat, sich die Zähne zu putzen», fügt Khải hinzu.

«Das ist nur hygienisch, besonders morgens», erwidere ich.

Michael zeigt mit seinem Glas auf mich. «Sie hat dich auch gezwungen, dir vor dem Sex die Hände zu desinfizieren und zu duschen.»

Ich zucke mit den Schultern. «Das war keine große Sache.»

«Da war auch noch die, die ihn in der Öffentlichkeit abge-
leckt hat», sagt Khài.

«Okay, davon war ich nicht begeistert.» Ich reibe mir die
Augen, während ich mich daran erinnere, wie es gebrannt
hat, als ihre Spucke da reinkam.

Michael trinkt einen Schluck von seiner Margarita und
fragt beiläufig: «Also, wann lernen wir sie kennen?»

«Das wird nicht passieren.»

«Warum nicht? Warum sagst du ihr nicht einfach, was du
empfindest?», fragt Khài.

«So einfach ist das nicht –»

«Doch, ist es», fällt Michael mir ins Wort. «Genau so einfach ist es.»

«Ist es nicht», wiederhole ich mit Überzeugung in der
Stimme.

Khài will etwas sagen, doch Michael schüttelt den Kopf,
also verstummt er.

Ich drehe mein Glas noch ein paarmal im Kreis, immer
rundherum. «Ich weiß nicht, wie ich ihr erzählen soll, was
passiert ist.»

«Dann lass es einfach», sagt Khài. «Das ist nichts, was sie
wissen muss.»

Michael nickt zustimmend. «Er hat nicht ganz unrecht.
Du kannst es ihr später sagen, falls die Sache ernster
wird.»

Ich schüttle nur den Kopf. Teile von mir sehen nicht
mehr ganz normal aus. Das ist die schlichte Wahrheit und
etwas, bei dem ich das Gefühl habe, es erklären zu müssen.
Und dann ist da auch noch diese andere Sache, die Sache,
die ich noch niemandem gesagt habe, weil sie peinlich ist
und scheiße und mich manchmal immer noch zum Weinen

bringt. Aber ich würde es Anna sagen müssen. Es ist relevant für eine Beziehung.

«Wisst ihr, ich kann allein anhand von Textnachrichten sagen, ob eine Frau auf jemanden steht», behauptet Michael.

«Ja, wenn die Nachricht lautet: ‹Ich steh auf dich›, ist das ein ziemlich sicheres Zeichen», erwidere ich trocken.

«Hol dein Handy raus und schreib ihr. Ich werde dir zeigen, wovon ich rede. Ich kann es nach drei Sätzen sagen», beharrt er. «Außerdem, willst du gar nicht wissen, wie es ihr geht? Ihr wolltet euch doch ursprünglich heute Abend treffen.»

Brummend hole ich mein Handy aus der Tasche und schreibe ihr. **Wie geht's dir?**

«Ich werde es euch aber nicht zeigen, wenn sie etwas Persönliches schreibt. Außerdem, was ist, wenn sie nicht sofort zurück–»

Punkte beginnen auf dem Display zu blinken, und ich bekomme eine neue Nachricht mit einem Smiley. **Gut. Und dir?**

Ich zeige es Michael, damit er die Unterhaltung deuten kann, als wäre es Kaffeesatz oder so ein Mist, und er fängt sofort an zu grinsen. «Ein Smiley gleich zu Anfang. Das ist ein wirklich gutes Zeichen.»

Ich starre ihn mit schmalen Augen an, bevor ich weitertippe. **Mir auch. Hab grad an dich gedacht.**

Bevor ich auf «Senden» tippe, schaut Michael über meine Schulter auf mein Handy und sagt: «Was denn, kein Emoji? Das ist so unpersönlich. Häng ein Herz dran.»

Ich werfe ihm einen empörten Blick zu. «Die Ehe hat dir das Hirn verdreht, wenn du glaubst –»

Er reißt mir das Handy aus der Hand, verpasst mir einen Bodycheck, als ich mich auf ihn stürze, und tänzelt davon, während er mit den Daumen auf meinem Display tippt. Als er das Handy zu mir zurückwirft, ist der Schaden bereits angerichtet. Er hat meine ursprüngliche Nachricht geschickt. Nur dass da noch ein großes rotes Herz dahinter ist.

Ich werde ihn umbringen.

Mit bloßen Händen.

So qualvoll wie möglich.

Aber dann vibriert mein Handy mit einer neuen Nachricht von Anna. **Ich hab auch gerade an dich gedacht.** Und da, am Ende, ist ein rotes Herz, genau wie meins.

Ich starre ihre Nachricht eine Ewigkeit lang an, so vollkommen perplex, dass ich meine Wut vergessen habe.

«Denkt ihr, sie ... sie hat ... sie ist vielleicht ...»

Michael legt einen Arm um meine Schultern. «Das, mein Freund, bedeutet, sie mag dich. Das hab ich in der *Cosmo* gelesen.»

«Ich weiß nicht, wie du es aushältst, diese Zeitschriften zu lesen.» Khải steht auf und sammelt unsere Gläser ein. «Ich hab noch einen Haufen Limetten, also werde ich uns noch eine Runde machen. Ich glaube, Quan kann das gebrauchen.»

«Ja, danke», sage ich, während ich mich wieder in meinen Sessel fallen lasse, immer noch auf ihre Nachricht und dieses rote Herz starrend.

Das ändert die Sache. Ich muss meine Pläne für morgen komplett über den Haufen werfen. Jetzt geht es nicht mehr nur um Sex. Falls es das je tat.

KAPITEL 16

Anna

*E*s ist Wochenende, und wenn ich nicht gerade übe, recherchiere ich fieberhaft über Autismus und sauge alle Arten von Informationen in mich auf – Bücher, Online-Artikel, Videos auf YouTube, Podcasts, Posts in Facebook-Gruppen für Autisten, sogar einen Fernsehfilm über Temple Grandin mit Claire Danes in der Hauptrolle. Je mehr ich erfahre, desto sicherer bin ich mir, dass ich das bin. Das hier ist es, wohin ich gehöre.

Ich möchte es den Leuten sagen, meiner Familie, meinen Freunden, meinen Musikerkollegen beim Orchester. Ich möchte, dass sie mich endlich verstehen. Der Schlüssel zu mir liegt direkt vor mir, in diesen Büchern und Medien.

Es ist früher Abend, und ich warte nervös auf Quan und unser letztes Date, dabei lese ich den Blogeintrag einer Autistin über die richtige Terminologie. Offenbar wird *Asperger-Syndrom* nicht mehr diagnostisch benutzt. Es wurde 2013 mit anderen ehemaligen neurologischen Leiden zusammengefasst unter dem breiten Schirm der *Autismus-Spektrum-Störungen*. Viele in der autistischen Community bevorzugen die Verwendung von Beschreibungen wie *mit geringem Unterstützungsbedarf* im Gegensatz zu *hochfunktional*, wie Jennifer mich beschrieben hat. Ich forme gerade lautlos die Worte *Autistin mit geringem Unterstützungsbe-*

darf, um mich an das Gefühl zu gewöhnen, als mein Handy klingelt. Es ist Priscilla, also gehe ich sofort ran.

«Hi, *Je je*.»

Im Hintergrund ist Lärm, als wäre sie in einem Restaurant oder auf einer Party. Sie ist ständig am «Netzwerken» und trifft sich mit Leuten. Ich könnte nie so leben wie sie, jedenfalls nicht glücklich. «Hey, ich hatte grad eine freie Minute, also dachte ich mir, ich ruf dich an. Was machst du gerade?»

«Nicht viel, nur lesen», sage ich, während ich von dem Blogeintrag über Terminologie weiter zu einem über schlechtes räumliches Bewusstsein weiterscrolle. Da ist ein Foto von den mit blauen Flecken übersäten Beinen der Bloggerin, und ich vergleiche sie mit meinen. Abgesehen von unserer Hautfarbe sehen wir gleich aus. Genau wie sie stoße ich ständig an Tischkanten und Stühle und Türklinken und andere Dinge, aber das Schlimmste für mich sind Glasvitrinen in Kaufhäusern. Ich werde von den glänzenden Dingen darin abgelenkt, und in sieben von zehn Fällen stoße ich mir das Gesicht am Glas, wenn ich mich näher ranlehne, um besser sehen zu können – einer der vielen Gründe, warum ich Einkaufen hasse.

«Ich habe vorhin mit Mom gesprochen. Sie meinte, Dad fühlt sich nicht besonders gut. Du solltest die Tage mal nach ihnen sehen», sagt Priscilla, und in ihrer Stimme schwingt Tadel, wie immer, wenn es um dieses Thema geht.

«Was ist los?» Mein Dad ist schon älter – sechzehn Jahre älter als meine Mom –, aber das ist mir nie aufgefallen, bis vor wenigen Jahren, als kongestive Herzinsuffizienz ihn zwang, gegen seinen Willen in Rente zu gehen.

«Er ist einfach nur sehr müde. Mom sagt, er hat heute ein

Nickerchen gemacht, und du weißt, was er von Nickerchen hält», sagt sie mit einem unterdrückten Lachen.

«Ich versuche, es nächstes Wochenende zu schaffen.»

«Du versuchst es?», fragt sie, und ich sehe hoch zur Decke, während sich meine Finger zu Krallen krümmen. Ich hasse es, gesagt zu bekommen, was ich tun soll, ich hasse es absolut, und noch schlimmer ist es, wenn es Dinge mit oder für meine Eltern beinhaltet. Priscilla stehen sie nahe. Priscilla *wollten* sie. Ich, ich bin ihr ungeplantes zweites Kind, das Ergebnis einer Mexiko-Reise und zu vieler Piña Coladas. Schlimmer noch als das, ich bin überempfindlich, schwierig, «faul» und offen gesagt eine ziemliche Enttäuschung – bis auf meine Beziehung mit Julian, dem Schwiegersohn ihrer Träume, und meinen zufälligen Internetruhm.

Allerdings steht es um die Sache mit Julian nicht gerade gut, und der Ruhm war vergänglich. Ich werde von einer Zwölfjährigen in den Schatten gestellt. Ich muss zugeben, dass ich mir die Videos von ihrem Violinspiel mit Beklommenheit angesehen habe. Ich wollte nicht beeindruckt sein, aber sie ist wirklich atemberaubend. Noch nie habe ich so flüssige Bogenarbeit gesehen. Sie hat das ganze Lob verdient. Trotzdem, jetzt habe ich für meine Eltern nichts mehr vorzuweisen, keine tollen Nachrichten, keine neuen Errungenschaften, nichts, womit meine Mom mit falscher Bescheidenheit bei ihren Freundinnen angeben kann, und ich weiß, danach verzehrt sie sich. Ich weiß nicht, ob es besser ist, überhaupt nie erfolgreich zu sein oder für kurze Zeit Erfolg zu haben, nur um ihn dann wieder zu verlieren.

«Ich *werde* sie nächstes Wochenende besuchen.» Ich klinge munter und begeistert, als ich das sage. Ich lächle sogar. Denn so will sie mich haben – unbekümmert und bestrebt zu gefallen. Wie ein Golden Retriever.

«Gut. Sie werden froh sein, dich zu sehen», erwidert sie.

Darüber muss ich beinahe lachen – eine bittere, respektlose Art von Lachen –, aber es gelingt mir, es zu unterdrücken. Wenn sie herausfinden, welchen Scherbenhaufen ich aus meinem Leben gemacht habe, dann werden sie ganz sicher *nicht* froh sein. Es gibt keinen Julian mehr. Keine Öffentlichkeit mehr. Die Tour ist vorbei. Meine Karriere ist kurz davor, im Klo runtergespült zu werden, weil ich nicht die Kurve kriege. Ich bin in Therapie. Da ist diese *Sache*, was auch immer es ist, mit Quan. (Was ist schlimmer? Zu versuchen, unverbindlichen Sex mit einem Fremden zu haben, oder es nicht mal zu schaffen, unverbindlichen Sex mit einem Fremden zu haben?) Und dann noch diese letzte Entwicklung ...

Ein eigenartiger Impuls erfasst mich, und ohne dass es eine aktive Entscheidung ist, höre ich mich selbst sagen: «Meine Therapeutin hat mir letztens etwas gesagt.»

«Ja? Was hat sie denn gesagt?»

«Sie hat gesagt, ich habe eine Autismus-Spektrum-Störung. Ich bin eine Autistin mit geringem Unterstützungsbedarf.» Die Worte klingen fremdartig, als sie mir über die Lippen kommen. Sie sind zu neu. Aber sie sind meine, und ich möchte, dass meine Schwester es weiß. Sie erklären so viel über mich – die Schwierigkeiten, die ich hatte, als ich klein war, die Dinge, die ich jetzt durchmache, alles.

Trotzdem halte ich den Atem an, während ich darauf warte, dass sie antwortet. Es fühlt sich an, als hätte mein Herz mit dem Schlagen ausgesetzt. Wird sie sich schämen?

Wird sie jetzt in meiner Gegenwart wie auf Eierschalen laufen?

Wird sie mich immer noch lieben?

«Nein, bist du nicht», sagt sie voller Überzeugung.

Einen Moment lang bin ich zu verwirrt, um zu sprechen. Ungläubigkeit ist eine Reaktion, die ich nicht vorhergesehen habe. «Meine *Therapeutin* hat mir das gesagt. Eines ihrer Spezialgebiete ist –»

Sie gibt einen ungeduldigen Laut von sich. «Nichts davon hat etwas zu bedeuten. Die Leute bekommen heutzutage alle möglichen Diagnosen. Das ist eine Masche, um an dein Geld zu kommen. Lass dich nicht ausnutzen, Anna.»

Mir fällt die Kinnlade runter, als ihre Worte zu mir durchdringen. Wie kann sie eine professionelle Meinung einfach so abtun, nur weil sie ihr nicht gefällt? Wie kann sie sich so sicher sein?

«Autismus sieht bei Frauen oft anders aus als bei Männern», versuche ich zu erklären. «Das kommt von einem Phänomen namens Masking, das ist, wenn –»

«Glaub mir, du bist *keine* Autistin», sagt Priscilla.

«Ich denke, das bin ich doch.»

«Benutz das nicht als Ausrede für deine Unzulänglichkeiten, Anna. Damit würdigst du die Herausforderungen herab, denen sich echte Autisten gegenübersehen.»

«Ich versuche nicht, irgendetwas herabzuwürdigen», sage ich entsetzt über diesen Vorwurf. «Autismus kann anders aussehen als das, was du kennst. Es hat einen Grund, warum man es ein Spektrum nennt. Es gibt Menschen, die offensichtlichere Einschränkungen haben, aber es gibt auch solche wie mich. Nur weil ich so wirke, als würde es mir gut gehen, heißt das nicht, dass es immer stimmt.»

«O mein Gott, ich kann nicht glauben, dass wir überhaupt darüber diskutieren. Du bist *nicht* behindert», sagt sie in genervtem Tonfall.

«Das hab ich auch nicht behauptet. Ich glaube nicht, dass dieses Label auf mich persönlich zutrifft. Aber es stimmt, dass es gewisse Dinge gibt, die für mich schwerer –»

«Ich muss auflegen. Lass uns später darüber reden.» Die Verbindung wird unterbrochen.

Ich nehme mein Handy vom Ohr und starre vor mich hin, ohne etwas zu sehen. Das lief überhaupt nicht so, wie ich es mir vorgestellt hatte, und ein tiefes Gefühl von Enttäuschung und Frustration erfasst mich. Ich habe es ihr erzählt, weil ich mich danach gesehnt habe, dass sie mich versteht. Aber es war nie offensichtlicher, wie wenig sie das tut.

Selbstzweifel übernehmen die Kontrolle über mich. Ich muss mich irren. Jennifer muss sich irren. Diese Offenbarungen, die ich hatte, waren falsch. Dieses Gefühl von Identifikation war fehlgeleitet. Es ist nur menschlich, sich schwerzutun. Wenn es Diagnosen für jede Schwierigkeit gäbe, dann wären sie bedeutungslos.

Meine Sprechanlage summt, und ich rapple mich auf die Füße und renne zur Wohnungstür, um auf den Knopf zu drücken. «Hallo?»

«Ich bin's», sagt Quan. «Fertig?»

«Ja», sage ich und fürchte, dass ich wirklich fertig bin. Fertig mit den Nerven. Ich habe viel über heute Abend nachgedacht, und ich habe keinen Weg um meine Probleme herum gefunden. Ich kann die Dinge nicht tun, die er will. *Ich kann es nicht.* Aber wir haben diese Sache ins Rollen gebracht, und ich will sie durchziehen. Ich bringe zu Ende, was ich anfange. Wenn ich es nicht tue ... quält es mich. «Komm rauf.»

Als es kurz darauf an der Tür klopft, gebe ich mir eine Sekunde, um mich zu sammeln, kleistere mir ein Lächeln aufs Gesicht und öffne die Tür.

Er ist ähnlich gekleidet wie an dem Abend, als wir uns kennengelernt haben – Motorradjacke, dunkle Hose, Stiefel. Seinen Helm hat er unter den Arm geklemmt, und er lächelt mich an, dieses Lächeln, das es mir schwer macht zu denken. Sobald er mich genauer ansieht, verblasst sein Lächeln allerdings.

«Was ist los?», fragt er.

«Nichts.» Ich schüttle den Kopf und zucke mit den Schultern.

Er wirft mir einen skeptischen Blick zu, also erkläre ich es. «Ich habe gerade mit meiner Schwester telefoniert. Ich habe ihr von ... Du-weißt-schon-was ... erzählt.»

«Sie hat es nicht gut aufgenommen?», fragt er mit besorgt gerunzelter Stirn.

«Ich bin mir nicht sicher, wie ich diese Frage beantworten soll. Sie denkt, dass meine Therapeutin sich irrt, dass *ich* mich irre. Und vielleicht tue ich das auch. Ich weiß es nicht mehr.» Ich hebe die Hände und lasse sie fallen, als ein Gefühl von Schwere mich niederdrückt.

Er sieht mich eine Sekunde lang ernst an, bevor er über meine Schulter zum Wohnzimmer blickt. «Möchtest du was machen? Spazieren gehen oder so? Mir hilft frische Luft für gewöhnlich, mich besser zu fühlen.»

«Okay, klar», sage ich. Abgesehen von dem, was ich tun muss, um von A nach B zu kommen, habe ich nicht viel übrig fürs Zufußgehen. Oder Joggen. Oder irgendeine Art von sportlicher Betätigung. Aber es ist Tage her, seit ich draußen war, und ich habe nichts gegen die Idee.

Ich schlüpfe in meine Ballerinas, die ordentlich aufgereiht im Flur stehen, schließe die Tür hinter uns ab und folge ihm aus dem Gebäude. Der Himmel wird dunkler, und es ist ein bisschen kühl, aber ich gehe nicht zurück, um mir einen Pullover oder eine Jacke zu holen. Ich erwarte nicht, dass wir lange draußen sein werden.

Als wir an einem schwarzen Motorrad vorbeigehen, das an der Bordsteinkante parkt, frage ich: «Deins?»

Sein Mundwinkel hebt sich. «Lust auf eine Spritztour? Ich verspreche, ich werde vorsichtig fahren.»

Ungeschickt suche ich nach einer Antwort. Ich bin noch nie auf einem Motorrad gefahren. Ich *wollte* das noch nie, weil Priscilla es für eine dumme Sache hält. Ihr zufolge hat jeder, der dabei verletzt wird, praktisch darum gebeten und sollte sich nicht wundern, wenn er einen Hirnschaden davonträgt.

Bevor ich antworten kann, schenkt er mir ein unbekümmertes Lächeln und sagt: «Es ist nur ein Angebot. Fühl dich nicht unter Druck gesetzt.»

Er geht an dem Motorrad vorbei, doch ich packe ihn am Arm, um ihn aufzuhalten, und sage schnell: «Nein, ich möchte es. Ich bin nur ein bisschen nervös.»

«Bist du sicher? Es macht mir nichts aus, wenn wir es nicht tun. Wirklich.»

«Ich bin sicher», sage ich. Priscilla ist nicht hier, um mich zu verurteilen. Außerdem bin ich diesen endlosen und vergeblichen Kampf um ihre Anerkennung leid. Er hat mir mehr Kummer als irgendetwas anderes eingebracht, und jetzt gerade will ich nachgeben und sehen, wie es ist, nicht mehr so angestrengt zu kämpfen. An meinem letzten Abend mit diesem wunderbaren, für mich völlig falschen Mann will ich etwas Denkwürdiges tun.

«Okay, aber sag es mir einfach, wenn du willst, dass wir anhalten», sagt er.

Als er mir den zweiten Helm aufsetzt, den er mitgebracht hat, und den Clip unter meinem Kinn schließt, lächle ich zu ihm hoch – ein echtes Lächeln. Ich *bin* nervös, aber ich bin auch eigenartig energiegeladen. Er hat gesagt, dass er vorsichtig sein wird, und ich vertraue ihm. Bevor er auf das Motorrad steigt, zögert er, zieht seine Jacke aus und legt sie mir über die Schultern.

«Nur für den Fall», sagt er.

Ich will protestieren, aber die Jacke ist herrlich warm und riecht nach ihm. Also stecke ich die Arme in die Ärmel und ziehe den vorderen Teil über meine Nase, damit ich seinen Geruch einatmen kann. «Bist du sicher, dass du sie nicht brauchst?»

«Nope, ich friere nicht so leicht. Ist schon gut.» Er macht den Reißverschluss zu und nickt zufrieden, und ich lache verlegen, während ich mit den Armen wackle, sodass die zu langen Ärmel wie Flügel flattern.

«Ich muss ziemlich komisch aussehen.»

«Du siehst perfekt aus.» Um es zu beweisen, beugt er sich vor und küsst mich auf die Lippen. Es ist ein kurzer Kuss, aber er steigt mir trotzdem zu Kopf. Seine Lippen sind kühl, sein Atem warm. Als er sich zurückzieht, brauche ich einen Moment, um mich wieder zu orientieren, und er grinst, während er einen meiner Jackenärmel am Handgelenk umkrempelt.

«Das kann ich selber machen», sage ich, weil ich es nicht

gewohnt bin, dass mir jemand bei so etwas hilft – oder bei irgendetwas, eigentlich.

Er schüttelt einfach den Kopf und macht mit dem anderen Ärmel weiter. «Ich mach es gern.»

Das ist eine neuartige Vorstellung für mich. In der Welt meiner arbeitssüchtigen, von Erfolg getriebenen Familie ist Eigenständigkeit das Wichtigste. Ich erinnere mich noch lebhaft daran, wie ich einmal in der Grundschule krank war. Mein Dad hat mir eine Schachtel Paracetamol in die Hand gedrückt und mir gesagt, ich solle den Beipackzettel lesen, während er zur Tür hinauseilte, um einen Flug zu einem geschäftlichen Termin zu erreichen, und mich zurückließ, um allein mit meinem Fieber fertigzuwerden. Ich war alt genug, dass es nicht illegal war, mich zu Hause allein zu lassen (glaube ich), und ich bin letztlich gut zurechtgekommen. Aber ich habe an jenem Tag etwas verloren. Oder vielleicht bin ich einfach erwachsen geworden. Ich weiß es nicht.

Was ich weiß, ist, dass ich mich in diesem Moment, als Quan diese triviale Sache für mich tut, regelrecht verwöhnt fühle. Und ich liebe es.

Er setzt seinen eigenen Helm auf, steigt aufs Motorrad und bedeutet mir, dasselbe zu tun. «Stell deine Füße hier rauf, und leg die Arme um meine Taille.»

Sobald ich hinter ihm bin und mich festhalte, rauscht Aufregung, sowohl gute als auch schlechte, durch meine Adern. Es ist, als hätte ich Kohlensäure im Blut.

«Bereit?», fragt er und schaut über seine Schulter zu mir.

Ich nicke, und er lächelt mich an und lässt den Motor aufheulen.

Mir wird flau im Magen, als wir von der Bordsteinkante losfahren, und jeder Muskel in meinem Körper spannt sich an. Da ist nichts zwischen mir und dem riesigen Metallfahrzeug, das die Straße entlangrast. Ich kann den Wind an meinen Beinen spüren, an meinen Händen, in meinem Gesicht, und ich kneife die Augen zu, als nackte Angst mich erfasst. Wenn das Ende kommt, will ich es nicht sehen.

Aber das Ende kommt nicht. Weder nach einer Minute noch nach zwei, drei, vier oder fünf. Die Sache mit Gefühlen ist, dass sie vorübergehen. Herzen sind nicht dafür gemacht, etwas zu lange zu intensiv zu empfinden, sei es Freude, Kummer oder Wut. Alles vergeht mit der Zeit. Alle Farben verblassen.

Obwohl ich weiß, dass ich immer noch jeden Augenblick in einen Unfall verwickelt werden könnte, legt sich meine Angst, und ich öffne die Augen. Anfangs ist es zu viel, um es in mich aufzunehmen. Wir fahren schnell, und die Welt um mich herum verschwimmt. Aber irgendwann komme ich wieder zu Atem, und mein Herzschlag wird eine Stufe langsamer.

Die Stadt ist lebendig. Straßenlaternen scheinen, Rücklichter blinken, die Abgaswolke eines vorbeifahrenden Trucks weht über mein Gesicht. Irgendwie ist alles schärfer, heller.

Ich fange an, mich zu orientieren. Ich bin diese Straßen schon zu Fuß entlanggelaufen. Ich weiß, wo ich bin. Besonders, als er in die Franklin Street biegt. Das moderne geometrische Design der Davies Symphony Hall kommt in Sicht. Es ist die Rückseite des Gebäudes, deshalb ist es nicht ganz so beeindruckend, aber für mich fühlt es sich wie ein Zuhause an. Es hat mir gefehlt.

Als Nächstes kommen wir am War Memorial Opera House und dem San Francisco Ballet vorbei, erhaschen einen Blick auf die Rückseite der großen runden Kuppel der City Hall und fahren weiter nach Norden. Ich nehme an, dass wir unterwegs zum Meer sind, einem Ort, wo ich nie hingehe, außer ich zeige jemandem von auswärts die Stadt, aber er biegt ab, bevor wir dort ankommen. Wir fahren ruhige Seitenstraßen entlang, die von Bäumen, Apartments und Parks gesäumt sind, und mir wird bewusst, dass er die geschäftigen Teile der Stadt meidet. Er ist vorsichtig, genau wie er es versprochen hat. Er beschützt mich.

Dankbarkeit und etwas anderes schwellen in meiner Brust, und ich umarme ihn fester. Das ist der Moment, in dem ich mir unserer körperlichen Nähe bewusst werde. Unsere Körper sind aneinandergepresst, sein Rücken an meiner Brust, meine Schenkel an seinen, meine Arme um seine Taille. Er fühlt sich fest und solide an, ein sicherer Anker in diesem wirbelnden Chaos. Mein ganzer Fokus schrumpft auf ihn zusammen. Fasziniert beobachte ich, wie er uns souverän durch den Verkehr lenkt. Er rast nicht. Er blinkt, wenn er abbiegt. Er fährt über keine gelben Ampeln. Er versucht nicht anzugeben – er ist selbstbewusst genug, um das nicht zu brauchen –, und das gefällt mir wirklich, wirklich sehr.

Auf der Straßenseite gegenüber einem Park hält er an und hilft mir, vom Motorrad zu klettern und den Helm abzunehmen. «Wie war das für dich? Wie geht es dir?», fragt er.

«Das war ... Mir fehlen die Worte», antworte ich. Ich zittere leicht, aber ich kann nicht aufhören zu lächeln.

«Also gut?», fragt er, nur um sicher zu sein.

«Ja.» Ich lächle breiter. «Danke.»

Zufrieden über meine Antwort nickt er, bevor er zu dem

Park auf der anderen Straßenseite blickt. «Warst du hier schon mal? Nachts ist es am schönsten.»

«Nein. Ich meine, ich bin schon ein paarmal daran vorbeigekommen, ich wusste, dass es ihn gibt, aber ich bin nie stehen geblieben, um darin herumzulaufen», sage ich.

«Dann komm. Ich denke, es wird dir gefallen», sagt er.

Als er meine Hand nimmt und mit mir die Straße überquert, lasse ich den Anblick auf mich wirken und sehe den Palace of Fine Arts mit neuen Augen. Eine Wasserfontäne sprüht in einem von schläfrigen Trauerweiden umgebenen Teich, und dahinter erheben sich römische Säulengänge, die zu einem hoch aufragenden Rundbau führen, der unter geschickter nächtlicher Beleuchtung golden schimmert. Ich finde, es sieht aus wie eine Märchenkulisse.

Vor dem Wasser dehnt sich eine große Fläche offener Rasen aus, hier und da von blühenden Bäumen durchsetzt. Ich kann die Farbe der Blüten im Dunkeln nicht erkennen, aber als der Wind auffrischt, fallen Blütenblätter wie Schneeflocken herab und verleihen der Luft einen honigsüßen Duft. Pärchen schlendern die Wege entlang. Ein Fremder macht ein Gruppenfoto für eine sechsköpfige Familie (zwei Eltern und vier kleine Mädchen verschiedenen Alters mit aufeinander abgestimmten Kleidern und Zöpfen) und gibt ihnen dann das Handy zurück. Ein zottiger Hund rennt begeistert bellend vorbei und schleift seine Leine durchs Gras. Mehrere Meter dahinter rennt ein Mann genervt dem Hund hinterher und schreit: «Böser Junge! Nicht jagen!»

Ein Lachen sprudelt aus mir heraus, und Quan drückt meine Hand. «Fühlst du dich besser?»

«Ja», sage ich automatisch. Die Fahrt war eine so gute Ablenkung, dass ich ein paar Sekunden brauche, bis mir wieder einfällt, warum ich vorhin unglücklich war, aber sobald ich mich wieder an meine Diskussion mit Priscilla erinnere, legt sich ein Gewicht auf meine Schultern. «Meine Schwester denkt, ich versuche, die Diagnose als Ausrede für mein Versagen zu benutzen.»

Er verzieht das Gesicht. «Was für eine Sch... – was für ein Mist.»

Lächelnd, trotz der Enge in meiner Brust, schüttle ich den Kopf über ihn. «Du kannst in meiner Gegenwart fluchen, weißt du. Ich bin erwachsen.»

«Du fluchst nie», sagt er.

«Das würde ich, wenn ich besser darin wäre, aber die Worte klingen falsch, wenn ich sie sage. Außerdem, warum sind sie überhaupt so schlimm? Das eine ist nur ... Stuhlgang, den jeder gesunde Mensch hat. Und beim anderen typischen Schimpfwort geht es um Sex, und die meisten Leute mögen Sex, also ...»

«Und das von der Person, die mir nicht sagen kann, was ihr im Bett gefällt», flüstert er mir ins Ohr, was mir einen Schauer den Hals entlanglaufen lässt.

«Okay, da hast du nicht ganz unrecht.» Ich winde mich innerlich, während mein Gesicht tausend Grad heiß wird.

Er wirft mir einen gutmütigen, aber wissenden Blick zu, bevor er wieder zum ursprünglichen Thema zurückkehrt. «Was hast du deiner Schwester geantwortet, nachdem sie das gesagt hat? Bist du wütend geworden?»

«Nein, Wütendwerden ist nie okay. Das ist respektlos, weißt du? Ich habe versucht, es ihr zu erklären, aber sie wollte nicht wirklich zuhören. Jetzt weiß ich nicht, was ich tun soll. Und vielleicht hat sie ja recht. Vielleicht suche ich wirklich nur nach Ausreden.»

«Einen Scheiß tust du!», sagt er abrupt. «So bist du nicht.»

«Aber ist Autismus die richtige Diagnose für mich? Sie hat gesagt, ich schade echten Autisten, wenn ich das für mich beanspruche.»

«Bitte was?», stößt er empört aus. «Du schadest niemandem. Wenn dir eine Diagnose helfen kann, dein Leben zu verbessern, dann ist sie die richtige für dich. Und nur *du* kannst das wissen. Was denkst du? Hilft sie dir oder nicht?»

«Ich denke ... sie hilft.»

«Dann hat deine Therapeutin recht», sagt er schlicht, als wäre damit alles geklärt.

«Aber was mache ich, wenn meine Familie mir nicht glauben will?», frage ich.

Er verzieht den Mund, als hätte er einen schlechten Geschmack auf der Zunge. «Ignorieren, was sie sagen, und dein Leben so leben, wie du es brauchst.»

Ich stoße einen schweren Seufzer aus. «Das ist nicht leicht.»

«Ich weiß», antwortet er, und in seiner Miene ist eine Müdigkeit, die andeutet, dass er es wirklich versteht. «Aber *ich* glaube dir. Das ist doch etwas, oder?»

«Ja», flüstere ich. Das *ist* etwas. Und jetzt gerade fühlt es sich an wie alles.

KAPITEL 17

Quan

Es ist irgendwie kitschig, aber der Palace of Fine Arts ist einer meiner Lieblingsorte in der Stadt. Ich liebe die Säulen und die Lichter und das Wasser. Es ist romantisch. Viele Leute heiraten hier, und ja, ich mag Hochzeiten. Manchmal steigen mir Tränen in die Augen, wenn Paare ihre Ehegelübde sprechen – wenn es gute Gelübde sind oder sie mit Gefühl gesprochen werden. Und es berührt mich jedes Mal, wenn die Väter weinen, vielleicht weil ich mir wünsche, mein Dad würde so für mich empfinden.

«Dieser Ort sieht geradezu unwirklich aus.» Während wir durch die Gartenanlage schlendern, sieht Anna sich staunend um und berührt ehrfürchtig die rötlichen Steine einer der Säulen.

«Hier entlang wird es noch besser», sage ich und führe sie den Säulengang entlang zur Rotunde.

Im Innern des Rundbaus legt sie den Kopf in den Nacken und schaut hoch zu den aufwendigen geometrischen Mustern an der Decke. Licht spiegelt sich auf der Wasseroberfläche draußen und wirft sich kräuselnde Wellen auf die sechseckigen Formen über uns. Es ist ein Werk von architektonischer Genialität, aber was mich in seinen Bann schlägt, ist Annas Profil, wie ihre Lippen leicht geöffnet sind, wie sehr es mir gefällt, sie in meiner Jacke zu sehen.

«Ich wollte schon immer ein Mädchen in der Mitte dieses Raumes küssen», gestehe ich und fühle mich angesichts dessen, was ich vorhabe, entschlossen und auch ein bisschen mulmig.

Sie grinst mich an, und Licht tanzt in ihren Augen. «Ich wette, du hast schon viele Mädchen hierhergebracht.»

«Das habe ich.» Ich gehe zum genauen Mittelpunkt des widerhallenden Raums.

«Küsst du sie alle genau da?», fragt sie, dicht an der Wand bleibend, fern von mir.

«Nope», antworte ich.

«Warum nicht?»

«Es hat sich bisher noch nie richtig angefühlt.»

Sie versucht zu lächeln, aber ihre Lippen wollen nicht ganz mitspielen. «Vielleicht war es nicht die richtige Person.»

Ich strecke die Hand nach ihr aus, um sie einzuladen, zu mir in die Mitte zu kommen. «Von hier hat man den besten Blick. Es ist vollkommen symmetrisch.» Ich habe so ein Gefühl, dass sie Symmetrie genauso liebt wie Katzen Katzenminze.

Sie macht ein paar Schritte auf mich zu, bleibt aber außerhalb meiner Reichweite stehen. Zur Decke hochblickend, lächelt sie und sagt: «Du hast recht. Von hier ist der Blick wirklich besser. Das ist wunderschön.»

«Du bist nicht in der Mitte, Anna.»

Sie beißt sich auf die Lippe und macht einen weiteren Schritt auf mich zu.

Ich fange eine ihrer Hände ein und ziehe sie sanft zu mir in die Mitte. «Willst du nicht neben mir stehen?»

Sie sieht mir für den Bruchteil einer Sekunde in die

Augen, bevor sie den Blick wieder abwendet. «Ich möchte nicht, dass du dich dazu genötigt fühlst ... Dinge mit mir zu tun.»

«Das tue ich nicht.»

Ein Lächeln blitzt auf ihren Lippen auf, als sie nickt. «Okay, gut.»

Nur Mut, sage ich mir. Sie hat mir ein Herz-Emoji geschickt. Ich kann das.

Mich innerlich wappnend, streiche ich ihr eine Haarsträhne hinters Ohr. Als ihre Wange zuckt, frage ich: «Stört es dich, wenn ich das tue?»

Sie fängt an, den Kopf zu schütteln, hört dann jedoch auf. «Ich mag das Gefühl, das hinter der Geste steht.»

«Aber?», frage ich.

Sie blickt wieder zur Decke, ehe sie hinzufügt: «Aber ... es stört mich, wenn jemand mein Haar berührt.»

Ich speichere diese Information ab, während ich mit den Fingerrücken über ihre Wange streichle und ihr Kinn umfasse, um ihre Aufmerksamkeit wieder zurück zu mir zu bringen. «Wie ist es, wenn ich dich so berühre?»

Sie holt einen zitternden Atemzug und atmet ihn wieder aus. «Das ist okay.»

«Okay gut oder okay schlecht?»

Ihre Lippen krümmen sich. «Okay gut.»

«Gut zu wissen.» Ich beuge mich hinunter, sehnsüchtig danach, meinen Mund auf ihren zu pressen, streife jedoch nur mit meiner Nase leicht über ihren Nasenrücken, eine Liebkosung, die sie langsam die Augen schließen lässt.

Zart streiche ich mit meinen Lippen über ihre, und als sie sich bewegt, wie um den Kontakt zu verlängern, ist es um meine Beherrschung geschehen, und ich nehme ihren

Mund in Besitz, wie ich es mir ersehnt habe. Sie macht einen winzigen Laut in ihrer Kehle, und ich bin verloren. Ich küsse sie, als würde ich ertrinken.

Ich wollte mir alles an diesem Moment einprägen, wie es ist, sie an diesem Ort zu küssen, aber ihr Mund ist alles, woran ich denken kann. Ihre berauschende Weichheit, ihr Geschmack, die Art, wie sie mich tiefer zu ziehen scheint. Ich kann nicht genug bekommen. Ich kann nicht aufhören.

Sie ist diejenige, die sich zurückzieht, mit den Händen fest meine Schultern umklammernd. «Können wir wegen lüsternem Küssen in der Öffentlichkeit verhaftet werden?»

Ein raues Lachen bricht aus mir heraus. «Ich glaube, nicht. Und du findest das lüstern? Das war noch gar nichts.» Ich gleite mit den flachen Händen an ihrem Rücken hinunter, nehme ihre Hüften und wiege mich ihr entgegen, damit sie spüren kann, was sie mit mir macht.

Sie keucht auf und verbirgt das Gesicht an meinem Hals, dabei sagt sie meinen Namen, als wäre er ein Protest, und ich lache leise.

Das hier ist der richtige Zeitpunkt, also sage ich es.

«Ich mag dich wirklich sehr, Anna.»

«Ich mag dich auch», sagt sie, und ihre Worte haben ein Gewicht an sich, das mir verrät, dass sie es ernst meint.

«Ich will nicht, dass das hier unsere letzte gemeinsame Nacht ist», gestehe ich. «Ich möchte dich auch weiterhin sehen. Anstatt zu versuchen, einen One-Night-Stand zu haben … warum daten wir nicht einfach und sehen, wohin sich das entwickelt?», frage ich, dabei fällt es mir schwer, meine eigene Stimme über das laute Hämmern meines Herzens hinweg zu hören.

Sie zieht scharf den Atem ein und macht einen Schritt zurück. «Heißt das, du möchtest mein fester Freund sein?»

«Wir müssen der Sache kein Etikett aufdrücken, wenn du dich damit unwohl fühlst.» Aber ich bin mir nicht sicher, ob ich das für sie oder für mich sage. Wenn wir in einer festen Beziehung sind, muss ich offen und ehrlich mit ihr sein, und das ist nicht leicht, selbst wenn sie mir gegenüber mit ihren eigenen Problemen so offen war. Ich möchte ihr Fels in der Brandung sein, jemand, auf den sie sich ohne Furcht verlassen kann. Ich *brauche* es, dass sie mich als ganz wahrnimmt.

«Mein Freund und ich ...» Sie runzelt die Stirn und streicht sich mit einer ungeduldigen Handbewegung das Haar aus dem Gesicht. «Er wollte, dass wir eine offene Beziehung führen. Ich hätte dir das früher sagen sollen, aber ich wusste nicht, dass wir – dass du – dass ich –» Sie gibt den Versuch, es zu erklären, auf.

Es dauert einen Moment, bis ich begreife, was sie da sagt, aber dann kocht eine merkwürdige Mischung von Gefühlen in mir hoch. Ich lag falsch. Sie hat nicht versucht, über jemanden hinwegzukommen. Sie wollte einfach nur etwas Neues ausprobieren. Weil ihr beschissener Freund das auch tut. Es schmerzt, dass sie mir das nicht gesagt hat, aber ich verstehe, warum sie es nicht getan hat. Das mit uns sollte nie etwas werden.

«Bist du sauer?», fragt sie.

Ich habe nicht die leiseste Ahnung, also stelle ich die einzige Frage, die im Moment wirklich wichtig ist: «Willst du noch mit ihm zusammen sein?»

Sie nagt an ihrer Unterlippe, dann schüttelt sie langsam, aber entschieden den Kopf. «Nein.»

Mein Herz macht einen Satz. Meine Hände sehnen sich danach, sie zu berühren, aber ich lasse sie an meinen Seiten hängen. «Willst du –»

«Ich will mit *dir* zusammen sein», sagt sie, dabei hält sie meinen Blick auf eine Weise fest wie selten zuvor.

Ich mache einen Schritt auf sie zu. «Wie lange macht ihr zwei ... das hier schon?»

«Praktisch seit du und ich uns kennengelernt haben. Es ist überraschend leicht, voneinander getrennt zu sein», sagt sie. «Nur fürs Protokoll, du warst der Einzige.»

Darüber muss ich lächeln. Ich bin der Einzige, vor dem sie sich auf der Toilette versteckt hat.

«Da wir gerade ehrlich zueinander sind ...» Übelkeit schwappt über mich hinweg, und ich atme langsam durch den Mund aus.

Sie beobachtet mich stirnrunzelnd, während sie darauf wartet, dass ich spreche.

«Meine Operation. Ich hatte keine Verletzung oder so was in der Art. Ich war krank.» Meine Übelkeit verstärkt sich, bis mir beinahe schwindlig ist, und ich zwinge die hässlichen Worte heraus. «Ich hatte Hodenkrebs, und einer davon musste entfernt werden. Manche Leute würden sagen, ich bin jetzt nur noch ein halber –»

Sie legt ihre Finger auf meine Lippen, um den Rest meiner Worte verstummen zu lassen. «Sag das nicht.»

Ich bin noch nicht fertig. Da ist noch mehr ans Licht zu zerren. Aber meine Augen sind feucht, und in meiner Kehle steckt ein faustgroßer Kloß. Egal, wie oft ich schlucke, er weigert sich wegzugehen. Ich will vor ihr nicht so sein. Ich will der Mensch sein, für den sie mich gehalten hat, ein selbstbewusster cooler Kerl, dem das alles scheißegal ist.

Aber es ist mir nicht scheißegal. Ich will genug sein – für sie, für mich, für die Menschen in meinem Leben.

Sie berührt mein Gesicht, wie ich es vorhin bei ihr getan habe, mit Sorgenfalten um ihre Augen. «Tut es weh?»

«Überhaupt nicht. Ich bin schon eine ganze Weile geheilt und krebsfrei.»

Ein strahlendes Lächeln breitet sich auf ihrem Gesicht aus. «Das sind sehr gute Nachrichten.»

«Nicht ganz so gute Nachrichten. Ich sehe da unten nicht mehr so aus, wie ich sollte. Es ist nicht –»

Sie überrascht mich, indem sie in Gelächter ausbricht. Ehrlich gesagt, das schmerzt ein wenig.

«Tut mir leid, ich lache dich nicht aus», sagt sie. «Aber ernsthaft, es ist mir egal, wie du da unten aussiehst. Ich habe Bücher gelesen, in denen Frauen besessen davon sind, wie die Eier eines Mannes aussehen, und das habe ich nie verstanden. ‹Schöne›, ‹nicht schöne›, für mich sind sie alle gleich. Ich, äh, kann ihnen nichts abgewinnen.»

Ich könnte ärgerlich werden, wird mir bewusst. Ihre Worte sind irgendwie unsensibel. Aber ich weiß, dass sie das nicht so meint. Sie möchte mich wissen lassen, dass es ihr egal ist, ob ich einseitiger bin, als ich sein sollte, dass es für sie wirklich keine Rolle spielt.

Also lasse ich es gut sein.

Ich entscheide mich, auf die Situation wütend zu sein, auf den Krebs, und *nicht* auf sie.

Als ich mir vorstelle, wie sie sich den Kopf über ausführliche Beschreibungen von haarigen Eiern zerbricht, vielleicht ein Mosaik aus Hodensäcken betrachtet, während sie ihre Anziehungskraft zu verstehen versucht, kann ich einfach nicht anders, als amüsiert zu sein. Sie hat nicht ganz unrecht. Bevor ich die Operation hatte, wollte mein Arzt mich ermutigen, das, was sie entfernen würden, durch eine Silikonprothese zu ersetzen, und ich habe Nein gesagt. Nach dem Krebs wollte ich keinen künstlichen Mist im Sack haben. Ich sagte mir, dass ich damit klarkommen würde, anders auszusehen, und dass das sowieso niemanden interessiert. Aber das war *vorher*, als ich noch nichts verloren hatte. Nach der Operation fühlte ich mich verletzlich auf eine Weise, wie ich es noch nie erlebt hatte. Ich habe das noch immer nicht überwunden.

Aber ich möchte es. Vielleicht bin ich endlich auf dem Weg dahin.

«Du redest ständig von diesen Büchern, die du liest», sage ich. «Was für Bücher sind das?»

Sie schürzt die Lippen, hartnäckig schweigend, allerdings mit dem Hauch eines Lächelns um die Mundwinkel, und ich seufze und lehne meine Stirn an ihre.

«Lass es uns versuchen, das hier, du und ich zusammen, und sehen, was passiert», bitte ich.

«Okay.» Das ist alles, was sie sagt, aber das ist mehr als genug. Nun, da wir nicht reden, füllt das Tosen der Wasserfontäne in dem Teich meine Ohren. Ich nehme alles bewusst wahr, Anna, das Gebäude um uns herum, die sich kräuselnden Lichtreflexe über uns und die Nacht jenseits davon.

Alles, jede einzelne Kleinigkeit, ist absolut perfekt.

KAPITEL 18

Anna

W ir holen uns Falafel und Pita-Sandwiches an einem Food-Truck und essen sie, während wir am Jachthafen entlangschlendern, wo die segellosen Masten der Boote wie umgedrehte Lollipops in den Himmel ragen. Wir unterhalten uns über Tintenfische und scherzen über mögliche Orte, wo sich entlang der Küste einer verstecken könnte. Wie für uns üblich küssen wir uns irgendwann, aber als Quan mich berührt, fühlen sich seine Hände auf meiner Haut wie Eis an. Ich will nicht, dass er an Unterkühlung stirbt, also bestehe ich darauf, dass wir den Abend ausklingen lassen.

Draußen vor meinem Gebäude überlege ich eine Sekunde, bevor ich frage: «Möchtest du mit hochkommen?»

«Möchtest du das?», will er stattdessen wissen.

«Ich hab zuerst gefragt.»

Er lacht, während er an meinem Helm herumfummelt. Er scheint lange zu brauchen, um ihn hinten an seinem Motorrad festzuschnallen, bevor er antwortet. «Ja, das möchte ich.»

«Dann komm mit mir hoch», sage ich.

Nachdem er seinen eigenen Helm am Motorrad befestigt hat, folgt er mir ins Gebäude und drei Etagen des muffigen alten Treppenhauses hinauf zu meiner Wohnung. Drinnen schlüpfe ich aus meinen Schuhen, ziehe seine Jacke aus und hänge sie, mit einem Mal unbehaglich, über die Rückenlehne meines Armsessels. Ich weiß, was als Nächstes kommt, aber ich weiß nicht, wie ich uns dorthin bringen soll.

«B-bist du durstig?», frage ich.

«Nein, danke», antwortet er.

«Möchtest du fernsehen?»

Seine Lippen zucken belustigt. «Es wär mal was anderes, endlich am selben Ort mit dir was anzuschauen, aber nein, mir ist jetzt nicht nach fernsehen.»

Er kommt auf mich zu, und mir stockt der Atem. Wie er sich bewegt, so als ginge er auf etwas Wichtiges zu, gefällt mir. Weil er zu mir kommt.

«Ich weiß jetzt, wie wir unser erstes Mal angehen müssen», sagt er.

«Wie?»

Er beugt sich herunter und drückt seine Lippen an meine Schläfe, meine Wangen, die weiche Stelle hinter meinem Ohr. «Im Dunkeln.»

Sofort denke ich an seine Unsicherheit in Bezug auf seine Operation und nicke. «Das ist okay für mich.»

Wir gehen den Flur entlang zu meinem Schlafzimmer, und in der Tür taste ich automatisch nach dem Lichtschalter, bis Quan flüstert: «Lassen wir das Licht aus. Außer du hast deine Meinung geändert?»

«Nein, ich hab es nur vergessen.» Ich taste mich durch die Dunkelheit, bis ich schließlich mit den Knien gegen die gepolsterte Seite meiner Matratze stoße.

Dann drehe ich mich um, um ihn zu suchen, und pralle mit einem *Uff* direkt gegen seine Brust.

«Alles okay?», fragt er.

«Ja, aber das hier ist ein bisschen unbeholfen.»

«Ein bisschen», stimmt er zu. «Aber irgendwie gefällt es mir auch. Ich darf eine völlig neue Seite von dir kennenlernen.»

«Meine tollpatschige Seite?»

«Ich bin es so gewöhnt, dich zu sehen. Jetzt kann ich mich darauf konzentrieren, dich zu spüren.» Seine Lippen landen auf meiner Stirn, auf einer Augenbraue, was mir ein Lachen entlockt, auf meiner Nasenspitze, meinem Mund. Er saugt an meiner Unterlippe, leckt sie und nimmt dann meinen Mund in Besitz, während seine Hände über meinen Körper gleiten.

Als er meinen Po umfasst und drückt, krampfen sich meine inneren Muskeln heftig zusammen, und ich werde feucht zwischen den Beinen. Vom Verstand her weiß ich, dass er das schmerzliche Sehnen in meinem Körper nicht lindern kann – er kann unmöglich wissen, wie –, aber ich will ihn trotzdem. Ich will seine Küsse, seine Liebkosungen. Ich will ihn nah bei mir. Aber vor allem will ich, dass er mich will.

Meine Küsse nehmen eine raue Wildheit an. Ich schiebe meine Hände unter sein Shirt und erkunde die festen Muskeln seines Bauchs, seiner Brust, seines Rückens. Selbst ohne Licht nehme ich wahr, wie stark er ist, wie schnell. Ich bin nichts davon, und ich bin fasziniert von unseren Unterschieden. Als ich die Härte registriere, die sich an meinen Bauch drängt, stelle ich mich instinktiv auf die Zehenspitzen, bis wir ... genau richtig zusammenpassen.

Er gibt einen heiseren Laut von sich und wiegt sich mir entgegen, langsam. Empfindungen schießen wie ein Pfeil direkt in mein Innerstes, und meine Knie geben nach. Er lässt mich nicht fallen. Er hält mich aufrecht, zieht einen meiner Oberschenkel an seiner Hüfte hoch und reibt sich geschmeidig zwischen meinen Beinen, während er mich tiefer küsst. Die Rohheit dieser Handlung, die Reibung, sein Mund, das alles überwältigt mich.

Ich bemerke es kaum, als er mich aufs Bett legt. Ich weiß einfach nur, dass unsere Körper sich jetzt näher sind. Näher ist besser. Ungeduldig wegen der Stoffschichten zwischen uns, schiebe ich sein Shirt hoch, und er unterbricht den Kuss, um es sich vom Leib zu reißen. Dann treffen sich unsere Münder wieder, als könnten wir es nicht ertragen, voneinander getrennt zu sein. Ich nehme an, so ist es auch, für den Moment. Ich bin süchtig nach seinen Küssen. Und seinem Geschmack, seinem Geruch, seiner Haut. Meine Hände gleiten an seinem Rücken hinunter, ich streichle mit den Fingerspitzen über sein Rückgrat, schwelge darin, wie er sich anfühlt. Als ich auf den Bund seiner Hose treffe, schiebe ich die Finger darunter und wage mich tiefer, damit ich meine Hände mit den perfekten Rundungen seines Hinterns füllen kann. Ich bin augenblicklich süchtig.

«Du bist in Schwierigkeiten», sage ich zwischen Küssen.

«Warum?»

«Jetzt, wo ich weiß, wie du dich anfühlst, werde ich nicht mehr aufhören können, dich hier anzufassen, und es ständig tun.» Ich bin absolut ehrlich, deshalb verstehe ich anfangs nicht, warum er in Gelächter ausbricht, aber ich komme zu dem Schluss, dass es wirklich ein bisschen lustig ist.

«Freut mich, dass es dir gefällt», sagt er, und obwohl ich ihn nicht sehen kann, höre ich dem Timbre seiner Stimme an, dass er lächelt. «Berühr mich, so viel du willst.»

«Überall?», frage ich, weil ich mich daran erinnere, was letztes Mal passiert ist.

Er zögert einen Moment, und dann bewegt sich das Bett, als er sein Gewicht verlagert. Ich höre den Reißverschluss, als er seine Hose auszieht, und den dumpfen Laut, als sie zu Boden fällt. Es ergibt keinen Sinn, aber ich fühle mich befangen, als ich mir das Kleid über den Kopf streife, es beiseitewerfe und meine Unterwäsche ausziehe.

Ich sollte mich nicht so fühlen. Er kann mich nicht sehen. *Ich* kann mich nicht mal selbst sehen. Aber es ist, als hätte mein Verstand immer noch nicht akzeptiert, dass die Dunkelheit real ist. Ich warte darauf, dass jemand über mich urteilt, über meinen Körper, über mein Verhalten.

Er streckt sich neben mir aus und zieht mich an sich, sodass unsere Körper sich eng aneinanderpressen, Vorderseite an Vorderseite, Haut an Haut. Die harte Länge seines Glieds brennt an meinem Becken, aber ich ignoriere es.

«Du fühlst dich gut an», flüstert er, während seine Hand an meinem Bein hoch und über meine Hüfte streichelt.

«Du auch.» Ich berühre sein Gesicht, seinen Hals und lege meine flache Hand auf die Mitte seiner Brust. «Ich kann deinen Herzschlag spüren. Er ist schnell. Bist du nervös?»

«Ein bisschen», gibt er zu.

«Ich auch.»

«Möchtest du aufhören?», fragt er.

«Nein.»

Sanft streift er mit seinen Lippen über meine und flüstert: «Soll ich dann aufhören zu reden und wieder damit weitermachen, dich zu küssen?»

«Ja, bit–»

Seine Zunge gleitet zwischen meine Lippen, und er küsst mich mit so viel Gefühl, dass ich es bis in die Zehenspitzen spüre. Eine Ewigkeit lang ist das alles, was wir tun. Wir küssen uns, bis wir kaum noch Luft bekommen. Wir berühren einander, aber unsere Hände bleiben an sicheren Stellen – Arme, Beine, Bauch, Rücken. Ja, ich packe seinen Hintern, weil ich anscheinend eine unanständige Frau bin, aber nach dem letzten Mal habe ich nicht den Mut, mehr zu tun.

Als ich mich rastlos bewege, gleitet seine Länge zwischen meine Schenkel und reibt über mich, und er stöhnt an meinem Hals, während sein Körper sich versteift.

«Tut mir leid.»

«Das muss es nicht.» Schwer atmend schmiegt er das Gesicht an meinen Hals und saugt an meinem Ohrläppchen, bevor er sagt: «Wenn ich dir zeige, wie ich gern berührt werde, wirst du dann dasselbe tun?»

«Kann ich nicht einfach nur dich berühren?»

Er gibt einen frustrierten Laut von sich und presst einen harten Kuss auf meinen Mund. «Ich möchte, dass wir das hier beide genießen.»

«Das tue ich.» Sex mit Julian war Arbeit – körperlich, geistig und emotional. Weil ich immer versucht habe, etwas anderes zu sein, als ich war. Das hier ist ... anders.

«Du weißt, was ich meine», sagt Quan. «Rede mit mir, oder zeig es mir, irgendwas.»

«Ich kann nicht. Ich *will* es. Für dich. Aber ich kann nicht. Es ist mir peinlich, und falls jemand –»

«Jemand? Hier sind nur wir beide, Anna.»

«Ich weiß, aber ...» Ich spreche nicht zu Ende. Ich weiß nicht, wie ich es erklären soll.

«Du willst mich. Außer ich bilde mir das ein.»

«Das tue ich.» Ich wende mein brennendes Gesicht von ihm ab, aber dann erinnere ich mich wieder daran, dass er mich nicht sehen kann, und komme mir dumm vor.

Er zieht mich enger an sich und küsst meine Schläfe. «Ich kann dich nicht mit blauen frustrierten Fraueneiern hängen lassen. So was macht nur ein beschissener Freund.»

«So was gibt es gar nicht», erwidere ich, ohne meine Belustigung zurückhalten zu können.

«Das gibt es total. Du merkst es nur nicht, weil du ständig welche hast.»

«Das hab ich wirklich nicht.»

«Wie oft machst du es dir selbst?», flüstert er.

Mein Gesicht brennt noch heißer, aber ich zwinge mich zu antworten. «Ich weiß es nicht. Ich führe nicht Buch darüber.»

«Einmal am Tag?»

«Nein.»

«Einmal in der Woche?»

Ich brauche zwei Anläufe, bevor ich herausbringe: «Kann sein.»

«Wenn du es machst, berührst du dich hier?» Seine Finger wandern von meinem Schlüsselbein hinunter zu meiner Brust, und er neckt die Brustwarze, bis sie sich zu einer harten Spitze aufrichtet.

Mein Hals schnürt sich zu, was mir die Fähigkeit zu sprechen nimmt. Bevor ich ihm begegnet bin, habe ich meine Brüste nie so berührt. Aber nachdem er mich dort geküsst hat, habe ich versucht, das Gefühl, das er mir gegeben hat, zu reproduzieren. Es ist mir nicht gelungen.

«Ich schätze, ich brauche nicht zu fragen. Ich weiß schon, dass dir gefallen hat, was ich beim letzten Mal getan habe.» Er verlagert leicht sein Gewicht, und im nächsten Moment schließt sich die Hitze seines Mundes um meine Brustwarze. Er saugt und streichelt mit seiner Zunge, und ich spüre den Sog tief in meinem Innern. Ich kann den Laut nicht unterdrücken, den ich von mir gebe – halb Keuchen, halb Stöhnen. «Denselben Laut hast du beim letzten Mal auch gemacht. Ich liebe diesen verdammten Laut.» Er wechselt zu meiner anderen Brust und wiederholt das Ganze dort. Ich versuche, es nicht zu tun, aber ich mache erneut diesen Laut. Ich packe die Laken und kralle mich daran fest, während ich mich unter seinem Mund winde.

«Ich wünschte, ich wüsste, wie ich diesen Laut hervorrufe, wenn ich dich hier berühre.»

Bei diesen Worten streichelt er mit einer Hand über meinen Bauch, hinunter zu den Locken zwischen meinen Beinen. Ein Finger gleitet behutsam zwischen die feuchten Falten und umkreist mit trägen Bewegungen meine Klitoris. Mein Atem stottert, und meine Hüften heben sich jäh seiner Hand entgegen. Es ist so nah dran an dem, was ich brauche. So nah dran. Aber trotzdem so weit entfernt.

«Schneller?», fragt er mit leiser Stimme.

Ich kann nicht antworten.

«Fester?»

Ich starre in die Dunkelheit, stumm, wütend auf ... alles. Aber vor allem mich selbst. Warum bin ich so? Warum kann ich mich nicht ändern? Warum kann ich nicht den Mund aufmachen?

«Sollen wir aufhören, Anna?», flüstert er.

Meine Augen füllen sich mit Tränen, die langsam über mein Gesicht rinnen und in die Laken sickern. «Ich will nicht aufhören.»

Eine lange Weile bleibt er stumm, ehe er eine meiner Hände nimmt und die Fingerknöchel küsst, an einer Fingerspitze saugt, bevor er leicht hineinbeißt und dann meine

Hand zwischen meine Beine führt. «Dann lass uns das hier versuchen», flüstert er, während er meine Finger so manövriert, dass sie auf meiner empfindsamsten Stelle liegen. «Ich kann dich nicht sehen. Ich werde nicht wissen, was du tust. Du brauchst nicht das Geringste zu sagen.»

«Quan, ich kann nicht –»

Er bringt mich mit einem leidenschaftlichen Kuss zum Schweigen, während sich seine Finger zwischen meine stehlen und meine Klitoris streicheln, dabei hält er meine Hand unter seiner gefangen. Genau wie vorhin ist es so nah dran an dem, was ich brauche. Aber trotzdem so weit entfernt.

Nur sind diesmal meine Finger direkt da, und die Versuchung, zu tun, was er vorgeschlagen hat, ist beinahe unerträglich. Ich kämpfe dagegen an. Ich versuche, das Richtige zu tun. Es gelingt mir.

Für eine Weile.

Aber je länger er mich küsst, desto stärker wächst die Versuchung. Meine Hüften drängen sich an seine Finger, auf der Suche nach der Art Liebkosung, die ich brauche. Er gibt sie mir nicht. Das kann er nicht. Er weiß nicht, wie. Aber meine Finger sind genau da, und sie sind unglaublich feucht von der Heftigkeit meines Verlangens. Jeder Muskel meines Körpers spannt sich straff wie eine A-Saite.

Einer meiner Finger zuckt, fällt meiner Beherrschung in den Rücken, und ich reibe mich, wie es mir gefällt. Nur ein bisschen, sage ich mir. Nur ein bisschen. Ich schreie an Quans Mund auf, als sich meine Erregung beinahe schmerzhaft verschärft.

«Genau so», flüstert er, während er seine Hand fortnimmt und mir gestattet, mich ungehindert zu berühren.

Ich sollte es nicht, aber ich tue es wieder. Und dann

wieder, seinen Namen stöhnend. Meine inneren Muskeln krampfen sich hart zusammen, und meine Hüften zucken.

«Hör nicht auf», sagt er, während er meine Schläfe küsst, meine Wange, meinen Mund, meinen Kiefer.

Ich tue es wieder, und das nasse Geräusch meiner flatternden Finger auf meinem Fleisch ist laut in der Dunkelheit. Laut und absolut erotisch.

«Du bist so verdammt heiß», flüstert er mir ins Ohr, und ich strahle innerlich bei seinem Lob.

Getrieben von dem Verlangen, mehr zu hören, gebe ich nach und berühre mich hemmungslos, dabei lecke ich über seine Lippen und stoße meine Zunge in seinen Mund, beiße in seine Unterlippe, sein Kinn, sauge an den Muskelsträngen seines Halses. Rasch baut sich ein Orgasmus in mir auf, aber dann verharre ich an der Schwelle, unfähig, sie zu überschreiten, während sich heimtückische Gedanken in meinen Kopf schleichen.

Ich muss gerade so komisch aussehen, wie ich mich selbst berühre, obwohl ich diesen schönen Mann bei mir habe. Ich sollte auf die richtige Weise Sex haben, das Berühren ihm überlassen. Ich sollte leicht zu befriedigen sein. Ich sollte sofort einen Orgasmus für ihn haben, multiple Orgasmen, jedes Mal, *egal*, wann er es will. Die Leute würden mich auslachen, wenn sie das sehen würden.

Er küsst mich und flüstert mir ermutigende Worte zu, während ich in seinen Armen zittere. Aber er kann die Stimmen in meinem Kopf nicht ganz übertönen. Sie sind zu laut geworden. Meine Hüften zucken, als ich mich kreisend an meine Hand dränge und einer Erfüllung hinterherjage, die außer Reichweite bleibt, bis mein Körper schweißgebadet ist.

Seine Hand streichelt die Innenseite meines Oberschenkels, und mein Herz macht einen Satz. Ich erstarre, aus Angst davor, dass er nachforschen wird, was ich tue, und herausfindet, wie ich mich berühren muss, wie absonderlich ich bin. Ich will nicht, dass er es weiß. Er darf es nicht wissen.

«Ich kann nicht ... Es ist nicht ... Wir müssen aufhören», sage ich, und es klingt wie ein Flehen.

«Okay. Wir hören auf.» Seine Worte sind rau, heiser, aber er tut, worum ich gebeten habe. Er hört auf. Er rollt sich auf den Rücken und zieht mich halb auf seine Brust, wo ich das wilde Schlagen seines Herzens höre, das tiefe Wogen seiner Atemzüge. Weiter unten ist sein Glied wie ein Brandzeichen an meinem Bein, steif und heiß.

Ein Gefühl von Versagen bringt mich den Tränen nahe.

«Es tut mir leid.»

«Das muss es nicht», sagt er.

«Aber ich hatte keinen ... Und du hattest keinen ...» Ich bringe es nicht über mich, zu sagen, *was* wir nicht hatten.

«Wir hatten *einiges*.»

«Du bist nicht wütend?», frage ich.

«Nein, ich bin nicht *wütend*», knurrt er beinahe, während er mich fester umarmt. «Ich bin verdammt stolz auf dich. Ich fühle mich geehrt, dass du mir vertraut hast. Ich bin nicht wütend, nicht mal ein bisschen.»

«Du bist immer noch ...» Ich verlagere mein Bein und bewege meine Hand von seiner Brust nach unten. Er hält mich auf, indem er meine Hand auf seinem Bauch festhält.

«Nächstes Mal vielleicht», sagt er rau.

«Du möchtest, dass es ein nächstes Mal gibt?»

«Ja, ich möchte, dass es ein nächstes Mal gibt. Ich möchte, dass es viele nächste Male gibt.»

«Du könntest ziemlich ...» Ich bin mir nicht sicher, wie ich es formulieren soll, damit es gut klingt, und einige mich mit mir selbst auf: «... sexuell frustriert werden. Wenn du weiter auf mich wartest.»

«Dann werde ich eben sexuell frustriert», erwidert er. Beinahe sage ich ihm, dass er mich durch seine Entscheidung zu warten unter Druck setzt, aber ich tue es nicht. Hier geht es nicht nur um mich. Hier geht es um uns beide. Er hat seine eigenen Gründe, es auf eine bestimmte Weise zu brauchen, und das respektiere ich.

Erschöpft und ausgelaugt frage ich: «Schlafen wir jetzt?»

«Lädst du mich ein zu bleiben?»

Ich bin müde, aber ich lächle. «Ja.»

«Dann ja, lass uns jetzt schlafen.»

Das hartnäckige Klingeln eines Handys reißt mich wieder ins Bewusstsein. Ich kann nicht lange geschlafen haben. Meine Haare sind immer noch feucht vor Schweiß, und ich fühle mich unangenehm schmutzig zwischen den Beinen. Stöhnend stemme ich mich in eine sitzende Position hoch.

«Lass sie eine Nachricht hinterlassen», murmelt Quan schläfrig.

«Das kann ich nicht. Das ist der Klingelton meiner Mom.» Ich schlüpfe aus dem Bett, um auf dem Fußboden blind nach meinem Kleid zu tasten.

Ich finde etwas, das sich kleidähnlich anfühlt, und ziehe es mir über den Kopf, doch es reicht mir nur bis knapp über den Po. Das muss Quans Shirt sein, aber es wird reichen müssen. Nachdem ich den Weg zur Tür gefunden habe, gehe ich ins Wohnzimmer, um mein Handy zu suchen, dabei schalte ich die Lampe am Beistelltisch ein. Mein Handy hat aufgehört zu klingeln, und ich kann mich nicht erinnern, wo um alles in der Welt ich es hingetan habe (mein übliches Problem). Ich suche überall – auf dem Wohnzimmertisch und den Bücherregalen, unter den Sofakissen. Ich sehe sogar in meinen Schuhen nach und gehe auf alle viere, um unter die Couch zu spähen.

«Es ist in meiner Jackentasche.»

Ich werfe einen Blick über meine Schulter, und der Anblick von Quan lässt mein Herz seufzen. Er lehnt lässig an der Wand, ohne Shirt, nur in seiner Jeans, die tief auf seinen Hüften sitzt. Ich habe all das berührt, diese Haut, diese Tattoos, ohne irgendetwas davon zu sehen. Es ist eine Schande, dass wir alles im Dunkeln gemacht haben.

Nur dass ich, wenn es nicht dunkel gewesen wäre, nie getan hätte, was ich getan habe.

War das der Grund, warum er es vorgeschlagen hat? Nicht für sich, sondern für mich?

Sein Blick schweift über mich, dunkel, intensiv, geradezu besitzergreifend, und ich werde mir meiner vornübergebeugten, knienden Position und der Tatsache bewusst, dass ich keine Unterwäsche trage. Ihm muss sich ein ziemlicher Anblick bieten. Ich richte mich auf und zerre am Saum seines Shirts, unsicher und verlegen. Aber ich fühle mich auch unglaublich begehrt und sexy, Dinge, bei denen ich mir nicht sicher bin, ob ich sie bisher je wirklich empfunden habe.

Mein Handy fängt wieder an, in seiner Tasche zu klingeln, und ich beeile mich, es herauszufischen. Es ist fast Mitternacht. Das kann nicht gut sein.

«Hi, *Ma*. Ist alles okay?»

«Endlich gehst du ran.» Da ist ein merkwürdiger, erstickter Laut, gefolgt von einem langen, hohen Klageton. Er ist mir so wenig vertraut, dass ich einen Moment brauche, um vollständig zu begreifen, was es ist. Es ist Weinen. Meine Mom weint.

Ich habe noch nie, nicht ein einziges Mal in meinem ganzen Leben, meine Mom so weinen gehört.

«Was ist los? Wo bist du?», frage ich.

«Im Krankenhaus. Es ist dein *Ba*. Ich dachte, er schläft nur», sagt sie, bevor sie in herzzerreißendes Schluchzen ausbricht.

«W-was ist passiert?» Szenarien zucken durch meinen Kopf, jede schlimmer als die vorangegangene. Druck baut sich in meinem Kopf auf, so groß, dass meine Kopfhaut sticht und kribbelt.

«Er hatte einen Schlaganfall, einen ernsten. Komm zu ihm ins Krankenhaus, Anna. Komm, so schnell du kannst.»

TEIL ZWEI

WÄHRENDDESSEN

KAPITEL 19

Anna

Während der einstündigen Fahrt zum Krankenhaus bin ich wie betäubt und bekomme kaum mit, dass Quan in der Tiefgarage seiner Wohnung anhält und das Motorrad gegen einen schwarzen Audi-SUV tauscht. Er hat diesen Neuwagengeruch, von dem mir übel wird, aber mir gefällt, dass er sich um meine Sicherheit sorgt. Ich habe kein Auto, also weiß ich es wirklich zu schätzen, dass er mich fährt. Ich hätte mir sonst ein Uber besorgt – war gerade dabei, das zu tun, als er mich gefragt hat, was um alles in der Welt ich da tue.

So ist das also, einen Freund zu haben, der nicht ständig weg ist. Wenn diese Taubheit fort ist, werde ich sicher Gefühle diesbezüglich haben.

Für den Moment brauche ich Fakten, Information. Ich weine nicht, ich traure nicht, ich werde dieses Eis an Ort und Stelle belassen, bis ich mehr weiß.

Ich würde Priscilla fragen – sie weiß immer alles –, aber laut der Textnachrichten, die ich verpasst habe, während Quan und ich rumgemacht haben, hat sie einen Nachtflug nach Kalifornien genommen und wird bis zum Morgen nicht erreichbar sein.

Im Krankenhaus bekommen wir an der Rezeption Besucherausweise und eine komplizierte Wegbeschreibung zum Zimmer meines Dads. Ich bin kurz davor, panisch zu werden, weil ich Mühe habe, mich an all die Abzweigungen zu erinnern, aber Quan nimmt meine Hand und zeigt mir den Weg, als wäre er schon mal hier gewesen. Vielleicht war er das.

Die Flure sind hell und geschäftig. Es könnte tagsüber sein. Krankheit kennt keine normalen Arbeitszeiten.

Als wir das Zimmer meines Dads erreichen, lasse ich Quans Hand los und nehme mir einen Moment, um mich zu sammeln. Ich schließe die Augen und greife automatisch auf die entsprechende Rolle zurück. Meine Haltung verändert sich. Ich verändere mich.

Ich klopfe einmal, um meine Anwesenheit anzukündigen, dann öffne ich die Tür und trete ein, während Quan hinter mir zurückbleibt. Es ist ein großes Doppelzimmer, aber das zweite Bett ist leer. Da ist ein blauer Vorhang um die belegte Hälfte des Raums, und ich ziehe ihn zur Seite. Mein Dad schläft im Bett, an zahlreiche Schläuche und Drähte angeschlossen, und neben ihm, seine Hand haltend, sitzt meine Mom. Ihr Gesicht ist unnatürlich blass, aber wie immer ist sie makellos gekleidet und trägt einen schwarzen, dekorativ mit Gold und Perlen bestickten Kaschmirpullover und eine schwarze Stoffhose.

«*Ma*», sage ich, sorgfältig darauf achtend, nicht zu laut zu sein. «Wie geht es ihm?»

Sie hält sich die Hand vor den Mund und schüttelt den Kopf.

Ich schlucke und nähere mich langsam dem Bett. Mein Dad war immer eher groß und kräftig, aber jetzt sieht er klein aus. Schmal. Zerbrechlich. Sein Haar war vorher nicht so grau. Mir sind all diese Altersflecken auf seinem Gesicht vorher nicht aufgefallen. Seine Vitalität hat sie so überstrahlt, dass sie irrelevant waren. Als ich ihn vor ein paar Monaten gesehen habe, konnte ich nicht verstehen, warum meine Mom ihn so unnachgiebig damit genervt hat, Sonnencreme zu benutzen. Es ist, als wäre er seitdem um zehn Jahre gealtert. Er sieht nicht aus wie der Mann, der mir früher Süßigkeiten gekauft hat, wenn er auf Reisen war, und sie im Kofferraum seines Wagens versteckt hat, damit ich sie fand, wenn ich rausging, um sein Gepäck ins Haus zu bringen, ein Ritual nur zwischen uns beiden, vor meiner Mom geheim gehalten, die damit nicht einverstanden gewesen wäre.

Ich strecke die Finger aus, um sie auf die freie Hand meines Dads zu legen. Er fühlt sich kühl an und reagiert nicht, und ich werfe einen Blick auf den Bildschirm neben ihm mit den sich bewegenden Zahlen und Linien, um mich zu versichern, dass er lebt.

«*Ba*, ich bin's, Anna. Ich bin gekommen, um dich zu sehen», sage ich.

Seine Augen öffnen sich langsam, und er blinzelt schläfrig eine Weile in den Raum, bevor er sich auf mich konzentriert. Ich erwarte, Wiedererkennen in seinen Augen aufleuchten zu sehen. Ich erwarte, dass er lächelt, nur ein bisschen, und meinen Namen sagt.

Aber seine Augen leuchten nicht auf. Er lächelt nicht. Als er spricht, scheinen ihn die Worte gewaltige Mühe zu kosten, und sie kommen verwaschen und verdreht heraus. Ich kann mir keinen Reim auf sie machen. Ich bin mir nicht mal sicher, welche Sprache er zu sprechen versucht.

«Wie bitte?», versuche ich ihn zu ermutigen, es noch mal zu wiederholen.

Seine Augenlider sinken herab, und seine Stirn legt sich in Falten, während weitere unkenntliche Laute quälend aus seinem Mund fallen. Schließlich entspannt sich sein Gesicht, und sein Atem wird gleichmäßig. Er ist wieder eingeschlafen.

Völlig ratlos sehe ich zu meiner Mom hoch.

Sie vergräbt von leisem Schluchzen geschüttelt das Gesicht in den Händen. Mit einem gequälten Flüstern sagt sie: «Ich habe ihm gesagt, er soll ein Nickerchen machen. Ich dachte, er würde sich morgen besser fühlen.»

Eine Ärztin betritt den Raum, eine große Frau mit dem üblichen weißen Kittel, langen, zu einem dicken Pferdeschwanz zurückgebundenen Rastazöpfen und einer roten Brille. Mit leiser Stimme sagt sie: «Ich wollte nur kurz nach ihm sehen, bevor meine Schicht zu Ende ist.» Sie grüßt meine Mom mit einem mitfühlenden Nicken. «Mrs. Sun.» Zu mir sagt sie: «Ich bin Dr. Robinson», und schüttelt meine Hand mit festem Griff.

«Ich bin Anna, seine Tochter», gelingt es mir zu antworten. Mir wird bewusst, dass ich vergessen habe zu lächeln, und ich tue es verspätet, obwohl sich meine Lippen wie aus Plastik anfühlen.

Während sie meinen Dad untersucht, seine Vitalwerte überprüft, sich vergewissert, dass die Infusion und die Medikation in Ordnung sind, erklärt sie: «Wie ich Ihrer Mom bereits sagte ...»

Ich fühle mich, als würde ich aus mir heraustreten, während sie im Detail auf den Zustand meines Dads eingeht. Ich höre sie reden. Ich höre mich selbst von weitem Fragen stellen, als wäre es jemand anders. Ich sehe sie, meinen Dad, meine Mom. Ich habe das Gefühl, als würde ich mich selbst ebenfalls sehen, diese ahnungslose, ineffektive Frau, obwohl das unmöglich ist. Quan ist irgendwo auf der anderen Seite des blauen Vorhangs. Dr. Robinson benutzt medizinische Fachbegriffe, die mir nicht vertraut sind, aber soweit ich es verstehe, hat mein Dad einen erheblichen Hirnschaden erlitten, weil er nach seinem Schlaganfall nicht schnell genug medizinische Hilfe bekommen hat. Die Ärztin rät wegen seines Alters von einer Operation ab, und es gibt ohnehin wenig, was man tun kann. Womöglich übersteht er die Woche nicht. Falls er es doch tut, ist sein halber Körper gelähmt. Seine kognitiven Fähigkeiten könnten beeinträchtigt sein. Mit der entsprechenden Therapie *könnte* er eines Tages wieder in der Lage sein zu sprechen, sich eigenständig aufzusetzen und feste Nahrung zu sich zu nehmen.

Hat er eine Patientenverfügung?

Meine Mom sagt, nein.

Als die Ärztin wieder geht, senkt sich schweres Schweigen auf uns herab. Ich bin so überfordert, dass ich nicht weiß, was ich denken oder tun soll. Ich glaube, meiner Mom geht es genauso. Sie muss darauf warten, dass Priscilla kommt und die Führung übernimmt. Wir müssen einfach bis zum Morgen warten.

Fünfzehn Minuten vergehen, während wir dasitzen, hölzern und sprachlos, und schließlich sage ich: «Du siehst müde aus, *Ma*. Du solltest heimfahren und dich ein wenig ausruhen.»

«Das kann ich nicht. Was, wenn er ...?» Ihre Miene bricht, und sie bringt ihren Satz nicht zu Ende.

«Ich bleibe. Falls etwas passiert, werde ich dich sofort anrufen. Du musst dich schonen. Sonst wirst du noch krank.»

Adrenalin rauscht durch meinen Körper und gibt mir die Energie, die meiner Mom eindeutig ausgegangen ist.

Sie denkt einen Moment darüber nach, und ich kann sehen, dass sie hin- und hergerissen ist. Sie möchte bleiben, aber der heutige Tag muss schrecklich gewesen sein. Sie sieht nicht aus, als könnte sie noch viel mehr ertragen, geschweige denn die ganze Nacht wach bleiben.

«Bitte, *Ma*. Zu Hause ist nicht weit von hier entfernt. Wenn du sofort aufbrichst, wenn ich anrufe, sollte es nicht länger als fünfzehn Minuten dauern.»

Endlich nickt sie und erhebt sich langsam. «Okay, so kann ich zu Hause aufräumen. Es werden Leute zu Besuch kommen, und sie brauchen einen Ort, wo sie übernachten können.»

Als sie sich ihre Louis-Vuitton-Tasche über den Arm hängt, tritt Quan um den Vorhang herum, und sie schreckt bei seinem Anblick körperlich zurück.

«Ich kann Sie nach Hause fahren, wenn Sie möchten. Ich bin Quan, Annas ... Freund. Schön, Sie kennenzulernen.» Er streckt die Hand aus, um die meiner Mom zu schütteln, und lächelt auf seine entwaffnende Art.

Es wirkt bei ihr nicht so wie bei mir. Sie starrt ihn nur mit unnatürlich weit aufgerissenen Augen an, als würde sie mit einer Waffe bedroht. Ich weiß, was sie sieht: seine Tattoos, seinen geschorenen Kopf, seine Motorradjacke. Ich weiß, was sie denkt. Und ich fange an, unkontrolliert zu schwitzen.

«Dein Freund?», fragt sie verblüfft.

«Ja», sage ich. Ich bin so nervös, dass es sich anfühlt, als durchbohrten kalte Nadeln meine Lippen. «M-möchtest du nach Hause gefahren werden? Quan hat mich hergebracht.»

«Nein, danke», sagt sie mit äußerster Höflichkeit und

dem künstlichsten Lächeln der Welt. «Ich bin selbst herge-
fahren. Ich werde auch selbst wieder nach Hause fahren.
Gute Nacht.» Sie eilt an Quan vorbei, wobei sie mir über ihre
Schulter einen entsetzten Blick zuwirft, und geht.

Quan sieht ihr mit einem nicht zu deutenden Ausdruck
hinterher, dann senkt er den Blick. Er wirkt so allein, so
traurig, wie ein Hund, der vor dem Haus seines Besitzers an
einen Baum gebunden wurde, und ich fühle mich schrecklich.

«Es tut mir leid», sage ich. Ich wünsche mir verzweifelt,
ich könnte den kalten Empfang rückgängig machen, den
meine Mom ihm bereitet hat. Das hat er nicht verdient,
nicht im Geringsten. «Ich hätte –»

«Hey», flüstert er, während er mich in den Arm nimmt
und auf die Stirn küsst. «Schon okay. Das ist keine große
Sache.»

«Das *ist* eine große Sache.»

«Deinem Dad geht es nicht gut. Da wird von niemandem
erwartet, besonders nett zu sein. Mach dir keine Gedanken
um mich, okay?»

«Aber –»

«Ich meine es ernst. Ich werde deine Mom bearbeiten, herausfinden, wie ich sie dazu bringen kann, mich zu mögen.
Es muss ja nicht gleich sein.»

Ich bin zu müde, um zu widersprechen, also sage ich mir,
dass ich später eine Lösung für alles finden werde. Fürs Erste nicke ich nur und erlaube mir, mich in seinen Armen zu
entspannen. Ich erlaube ihm, mir Halt zu geben. Ich bin so
dankbar, dass er das hier nicht noch schwerer macht.

«Hast du alles, was du brauchst? Möchtest du, dass ich dir
irgendwas bringe?», fragt er.

«Ich glaube, ich habe alles.»

«Ich kann die Schwestern fragen, ob sie eine Pritsche reinbringen können oder so was.»

Dieser Vorschlag erinnert mich an die lange Nacht vor uns, und ich seufze. «Es ist wahrscheinlich besser, wenn ich nicht schlafe. Aber du solltest das tun. Du musst morgen arbeiten. Du solltest nach Hause fahren.»

«Es macht mir nichts aus zu bleiben», erwidert er, und ich sehe an dem Ausdruck auf seinem Gesicht, dass er sich Sorgen um mich macht. «Ich kann mir morgen freinehmen.»

«Das brauchst du nicht, und vielleicht ... möchte ich ein wenig Zeit allein mit meinem Dad haben.»

Forschend mustert er mein Gesicht, dann sagt er: «Okay, aber du kannst mich jederzeit anrufen, und ich komme sofort.»

Ich berühre seine Wange und streichle mit den Fingerspitzen über das kurzgeschorene Haar auf seiner Kopfhaut. «Danke.»

Er küsst mich einmal auf die Lippen und zieht sich dann zurück. «Schreib mir, wenn du jemanden zum Reden brauchst, okay?»

«Okay.»

Mit einem letzten Lächeln für mich und einem stummen Blick zu meinem Dad geht er, und dann bin ich mit meinem Vater allein. Es fühlt sich wie ein Abschied an, als ich hier bei ihm sitze. Ich halte seine Hand. Ich betrachte sein schlafendes Gesicht, das aussieht wie er, aber auch wieder nicht. Ich erinnere mich an unsere gemeinsame Zeit. Er war Ingenieur bei einem internationalen Halbleiterhersteller und den größten Teil meiner Kindheit außer Landes, aber er hat immer versucht, bei den großen Momenten in meinem

Leben da zu sein – Eröffnungskonzerte, Schulabschlüsse und so weiter. Er hat sich bemüht, auch bei den kleinen Momenten da zu sein, obwohl er so oft fort war, und zurückblickend waren diese Momente wichtiger. Er wollte wissen, was mich interessierte. Er wollte mich immer sehen, wenn er nach Hause kam. Wenn ich Ärger mit meiner Mom hatte, hat er leise nach mir gesehen und mich oft verteidigt, obwohl er auch Angst vor ihr hatte.

Ich vermisse sein schallendes Lachen. Ich vermisse seinen trockenen Humor. Ich vermisse seine mürrische Sturheit. Ich habe Angst, große Angst, dass diese Teile von ihm, die Teile, die ihn von allen anderen unterscheiden, die *wesentlichen* Teile von ihm, für immer verschwunden sind.

KAPITEL 20

Quan

Am Montagmorgen weckt mich mein Handywecker zur üblichen Zeit. Ich schalte ihn aus und sehe sofort nach, ob ich Textnachrichten habe. Ich habe keine. Seufzend reibe ich mir übers Gesicht. So, wie ich Anna kenne, wollte sie mich nicht behelligen.

Sie hat noch nicht verstanden, dass ich *möchte*, dass sie mich behelligt.

Aber ich werde mein Bestes geben, ihr dabei zu helfen, es zu verstehen. Deshalb tippe ich rasch eine Nachricht: **Hey, bin gerade aufgewacht. Wie geht es dir? Wie geht es deinem Dad?**

Sie antwortet nicht sofort – das erwarte ich auch nicht von ihr –, aber mein Bett, meine ganze verdammte Wohnung, fühlt sich riesig und steril an. Ich möchte mit ihr an meiner Seite aufwachen. Ich möchte da weitermachen, wo wir gestern aufgehört haben.

Daran zu denken, was wir getan haben, welche Laute sie von sich gegeben hat, wie sie meinen Namen gerufen hat, als sie kurz davor war zu kommen, lässt mich augenblicklich hart werden, und es fühlt sich vollkommen normal an, meine Boxershorts runterzuziehen und mich anzufassen, während Gedanken an Anna meinen Kopf ausfüllen. Schon allein die Erinnerung daran, wie sie ausgesehen hat, als sie unter dem Sofa nach ihrem Handy suchte, in nichts als meinem T-Shirt, lässt mich laut aufstöhnen. Ich stelle mir vor, was ich getan hätte, wenn die Umstände anders gewesen wären, wie ich sie mit dem Mund verwöhnt und an meiner Zunge hätte kommen lassen, um dann ihre Hüften zu packen und tief in –

Mein Handy piepst laut, und ich reiße meine Hand weg und presse sie flach auf die kühlen Laken, während sich meine Brust schwer atmend hebt und senkt. Als ich wieder einen zusammenhängenden Gedanken fassen kann, nehme ich mein Handy und lese ihre Nachricht: **Ich bin okay. Der Zustand meines Dads ist unverändert. Meine Schwester ist gerade aus NY hergekommen, und alles ist ziemlich hektisch.**

Ich lege den Kopf in den Nacken und starre hoch zur Decke, alle sinnlichen Gedanken verflogen. **Kann ich irgendwas tun?**

Eigentlich nicht, aber danke, dass du fragst, schreibt sie, und ihre nächste Nachricht ist ein rotes Herz.

Es ist voll erbärmlich von mir, aber ich liebe es verdammt noch mal, Herzen von Anna zu bekommen.

Weil ich verrückt nach ihr bin, schicke ich ihr auch ein Herz, gefolgt von: **Möchtest du, dass ich zu dir komme?**

Es ist wahrscheinlich besser, wenn du das erst mal nicht tust, antwortet sie.

Okay. Sag mir einfach Bescheid.

Mach ich. Danke. Ich muss aufhören, schreibt sie, und ich weiß, das ist das Letzte, was ich für eine Weile von ihr hören werde.

Es kommt mir nicht richtig vor, dass sie eine schwere Zeit durchmacht und ich nicht bei ihr sein kann, aber ich verstehe es. Das ist eine Zeit für die Familie, und ich gehöre nicht zu ihrer Familie. So, wie ihre Mom mich angesehen hat, liegt noch ein langer Weg vor mir, wenn ich von den Menschen in ihrem Leben akzeptiert werden will. Meine Haltung anderen gegenüber war schon immer «Friss oder stirb», das heißt, wenn ihnen nicht gefällt, was sie sehen, dann können sie sich verpissen. Aber hier geht es um Annas Mom. Ich muss mich um eine Lösung bemühen, selbst wenn es unbequem und frustrierend ist und dem widerspricht, wer ich bin.

Anna ist es wichtig, also ist es mir wichtig.

Wenigstens eine gute Nachricht gibt es: Mein Postfach quillt über vor E-Mails bezüglich der möglichen Übernahme durch LVMH und eines Meetings heute mit allen Anwälten. Ich habe versucht, einen kühlen Kopf zu bewahren, aber die Sache wird allmählich ernst. Mein Bauchgefühl sagt mir, dass es passieren wird. Das wird die Krönung jahrelanger harter Arbeit und der Beginn einer neuen Phase meiner Partnerschaft mit Michael. Wir werden zusammen die Welt erobern. Und ich werde dabei mordsmäßig viel Kohle machen.

Das wird in Bezug auf Annas Mom nicht schaden. Ich weiß, wenn ich reich genug bin, wird diese Frau mich respektieren. Dann ist es egal, wie ich aussehe oder wo ich zur Schule gegangen bin oder wie ich klinge, wenn ich rede, oder was von meinem Körper noch übrig ist.

Ich werde für ihre Tochter gut genug sein.

KAPITEL 21

Anna

Genau, wie wir alle es vorhergesehen haben, übernimmt Priscilla das Kommando, sobald sie im Krankenhaus ankommt. Sie lässt eine zweite und dritte Meinung über den Zustand unseres Dads einholen. Sie studiert akribisch alle Berichte, die sie in die Finger bekommen kann, sie lässt sich Kopien seiner Hirnscans geben, sie nervt die Schwestern und Ärzte mit so vielen Fragen und Anweisungen, dass sie mir leidtun. Sie sehen regelrecht gequält aus, und Priscillas mangelndes Vertrauen in ihre Kompetenz muss schwer zu ertragen sein. Sie verstehen nicht, dass das einfach ihre Art ist. Es ist nichts Persönliches, aber sie hat eine der Schwestern schon in Tränen ausbrechen lassen. Um das wiedergutzumachen, versuche ich, zu allen so nett wie nur menschenmöglich zu sein. Ich bin freundlich, ich bin liebenswürdig, ich bin rücksichtsvoll, ich kaufe dem Krankenhauspersonal Gebäck.

Ich weiß euch zu schätzen. Bitte hasst meine Familie nicht. Bitte sorgt gut für meinen Dad.

Priscilla bringt über den Familien-Buschfunk die Nachricht auf den Weg, dass unser Dad möglicherweise auf dem Sterbebett liegt, und es wirkt wie ein Peilsender, der alle von nah und fern herbeiruft. Innerhalb der nächsten paar Tage wird das Krankenhaus von einer verdächtig großen

Anzahl Asiaten überschwemmt. Wir drängen uns dicht an dicht in Dads Zimmer. Wir haben den Besucherraum von Dads Etage bezogen und mit einem Vorrat von Getränken und Snacks mit Meeresfrüchtegeschmack aufgestockt. Wir besetzen alle Stühle in der Lobby. Da ist eine lange Bank im Flur bei den Aufzügen, und auch die haben wir für uns beansprucht. Ich mache mich schon auf den Moment gefasst, in dem die Krankenhausverwaltung uns bitten wird, einen Gang runterzuschalten. Ich weiß ehrlich nicht, wie das gehen soll. Mein Dad ist der Älteste des Sun-Clans, der Patriarch, und alle wollen ihm ihren Respekt erweisen und sich von ihm verabschieden.

Das Problem – das ist nicht das richtige Wort dafür, aber mir fällt kein besseres ein –, das Problem ist, jedes Mal, wenn wir glauben, dass es zu Ende geht, rafft er sich auf wundersame Weise wieder auf. Wir weinen, wir verabschieden uns, wir lassen ihn gehen. Und dann macht er am nächsten Tag die Augen auf, weder genesen noch ansatzweise in einer besseren Verfassung, aber definitiv immer noch da, immer noch am Leben. Wir sind überglücklich und weinen Freudentränen. Aber während die Zeit weiterläuft, passiert etwas Neues, er scheint irgendeinen Anfall zu haben, oder sein Puls schwankt gefährlich, die Ärztin sagt, er wird die Nacht nicht überstehen, und alle eilen wieder zurück in sein Zimmer. Wir weinen, wir verabschieden uns, wir lassen ihn gehen. Und dann macht er am nächsten Tag die Augen auf, und wir sind wieder überglücklich. Das geschieht dreimal, bevor sein Zustand sich zu stabilisieren scheint. Es ist eine emotionale Achterbahnfahrt, wie ich sie noch nie erlebt habe.

Heute Abend sind die Älteren (das heißt meine Mom

und alle vier von Dads Geschwistern mit ihren jeweiligen Ehepartnern), Priscilla und ich im Besucherzimmer bei geschlossener Tür. Es riecht nach den Frühlingsrollen, die meine Cousine nach dem Mittagessen mitgebracht hat, und die Luft ist abgestanden und zu warm. Es sind nicht genug Stühle da, also stehe ich als die Jüngste und Unwichtigste mit dem Rücken an die Wand gelehnt, habe die Arme um mich geschlungen und versuche, mit der Tapete zu verschmelzen. Ich bin so müde, dass ich schon doppelt sehe, aber ich gebe mein Bestes, mich zu konzentrieren. Das hier ist wichtig.

Ich sehe zu, wie Priscilla die Situation erklärt und die Diskussion leitet. Ihr Kantonesisch ist ausgezeichnet (wurde mir gesagt) für jemanden, der in den Staaten geboren und aufgewachsen ist, aber sie muss trotzdem auf Englisch zurückgreifen, wenn die Dinge technisch werden. Worte wie *gelähmt* und *Magensonde* und *Hospiz* stechen hervor, und meine Onkel und Tanten sehen geschockt aus, als sie die Nachricht aufnehmen. In einem seltenen körperlichen Ausdruck von Zuneigung streichelt Tante Linda meiner Mom den Rücken, während die weinend das Gesicht in den Händen birgt. Sie wiederholt immer wieder denselben Satz, und obwohl er nicht auf Englisch ist, kann ich erraten, was sie sagt: *Ich dachte, er schläft nur.*

Es wird ein wenig hin und her diskutiert, aber nicht hitzig. Alle sind traurig und erschöpft, nicht wütend. Als es allerdings so aussieht, als wäre ein Konsens erreicht, verlässt Priscilla den Raum, ohne mir irgendetwas zu sagen. Ich muss ihr hinterherrennen.

Hinter ihr im Flur frage ich: «Was haben alle beschlossen?»

Sie hält in ihrem Haifisch-in-der-Chefetage-Stechschritt inne und dreht sich um. «Da gab es keine große Wahl. Alle sind der gleichen Meinung. Wir stecken Dad nicht ins Hospiz. Da bringen sie ihn nur mit Morphium um. Und er braucht eine Magensonde.»

«Sie denken, das ist es, was Dad will?», frage ich zögernd.

«Andernfalls stirbt er», stellt Priscilla fest. «Willst *du* dafür verantwortlich sein?»

Schnell schüttle ich den Kopf und bereue, dass ich etwas gesagt habe.

Priscilla seufzt, dabei wirkt sie müder und gestresster, als ich sie je gesehen habe. «Ich muss den Papierkram für den Eingriff ausfüllen und mich dann darum kümmern, Dad nach Hause zu verlegen, wo wir ihn besser pflegen und ihm helfen können, kräftiger zu werden.»

Ich nicke benommen, aber ich bin entsetzt. Priscilla scheint zu glauben, dass es unserem Dad wieder besser gehen kann, aber nach allem, was ich von den Ärzten gehört und gesehen habe, halte ich es für unwahrscheinlich, dass er je wieder kräftiger werden oder irgendeine Lebensqualität zurückgewinnen kann. Ich bin allerdings nur eine einzelne Meinung, und ich bin die Jüngste, also zähle ich nicht.

Aber sie hat «wir» gesagt. Das bedeutet, sie und *ich* werden unseren ans Bett gefesselten Dad pflegen, uns buchstäblich um alle seine Bedürfnisse kümmern.

Was weiß ich darüber, für irgendjemanden zu sorgen? Ich war nie Babysitter oder hatte auch nur ein Haustier (abgesehen von Stein, der, trotz seines unbestreitbaren Charismas, nicht wirklich lebendig ist). Ich bin jämmerlich unvorbereitet auf das, was vor uns liegt.

«Du kannst dir doch eine Zeit lang vom Orchester freinehmen, oder? Du gehörst nicht zu den wichtigsten Musikern, also sollten sie ziemlich leicht Ersatz für dich finden», sagt Priscilla in völlig geschäftsmäßigem Ton. Ihre geringschätzigen Worte schmerzen, aber ich bin daran gewöhnt. Das ist liebevolle Strenge, um mir zu helfen, meine extreme Empfindlichkeit zu überwinden und realistisch in Bezug auf mich selbst zu sein. «Was deinen Albumvertrag betrifft, bin ich sicher, das kannst du verschieben. Die werden das verstehen.»

«Ja», antworte ich unsicher. Sie weiß nicht, dass das Orchester meinen Platz schon vor Monaten neu besetzt hat und dass ich meinen Tonstudio-Termin bereits verschoben habe, weil ich einfach nicht mehr spielen kann. Aber wenn ich das einmal getan habe, kann ich es wahrscheinlich noch mal machen, also sage ich: «Ich kann mir die Zeit nehmen.»

Priscilla schenkt mir ein stolzes Lächeln, und obwohl ich emotional überfordert bin, erfüllt mich ihre Anerkennung mit Wärme. «Ich habe haufenweise Urlaub angesammelt, und falls es hart auf hart kommt, kündige ich einfach. Wir stehen das gemeinsam durch, *Mui mui.* In der Zwischenzeit versuch, ein wenig zu schlafen, wenn du kannst. Ich habe vorhin ein Nickerchen in Dads Auto gemacht, und das war ziemlich nett. Denk einfach nur dran, alle Fenster aufzumachen.»

Sie gibt mir die Schlüssel für den Mercedes meines Dads, dann geht sie weiter den Flur entlang, mit konzentriertem Blick, als wäre sie auf einer Mission, und ich nehme an, das ist sie auch. Sie versucht sehr tapfer, das Leben unseres Dads zu retten. Das macht man, wenn man jemanden liebt.

Man kämpft, egal, was es kostet. Man kämpft, selbst wenn es hoffnungslos ist.

Richtig?

Ich wandere den Flur entlang, winke meinen Cousins und Cousinen auf den Bänken, nehme den Fahrstuhl zum Erdgeschoss, gehe durch die Eingangshalle, wo ich weiteren Cousins und Großcousinen und den Cousins von meinen Cousins, die nicht mal mit mir verwandt sind, zuwinke, und verlasse das Gebäude. Der Wagen parkt unter einem Baum auf der gegenüberliegenden Seite des Parkplatzes, die Windschutzscheibe verklebt von Baumharz und weißem Vogeldreck. Ich mache mir im Geiste eine Notiz, ihn in den nächsten Tagen durch die Waschanlage zu fahren. Mein Dad liebt dieses Auto, obwohl es älter ist als ich – ein beigefarbenes Cabrio aus den Achtzigern, bei dem er *niemals* irgendjemanden das Verdeck öffnen lässt.

Die Beifahrersitzlehne ist bereits komplett nach hinten gelegt, also steige ich auf der Seite ein und kurble die Fenster herunter – sie funktionieren manuell, deshalb brauche ich den Motor nicht zu starten. Ich schließe die Augen, genieße das Gefühl von tanzendem Sonnenlicht auf meinem Gesicht und konzentriere mich darauf einzuschlafen.

Aber egal, wie angestrengt ich versuche, den Kopf freizubekommen, mein Verstand hört nicht auf zu summen. Unzusammenhängende Bildfetzen zucken hinter meinen Lidern. Die Ärztin, die Hospiz und Schmerzmedikamente vorschlägt, um meinem Dad die letzten Tage angenehm zu machen. Meine Cousine, eine Sport- und Ernährungsberaterin, die sagt, wir sollen ihm nur natürliche Produkte wie Marihuana-Extrakt geben, denn wenn es ihm wieder besser geht, wollen wir nicht, dass er von Schmerzmitteln abhängig ist. Meine Mom, die immer wieder denselben Satz wiederholt und bei allen um sie herum Vergebung sucht, weil sie sich selbst nicht vergeben kann. Priscilla, voller Entschlossenheit, das Richtige zu tun. Und mein Dad, stöhnend und strampelnd, gefangen in seinem Bett, gefangen in seinem eigenen Körper.

Als ich letzte Nacht an seinem Bett gewacht habe, hat er angefangen, um sich zu schlagen. Seine Bewegungen hielten mehrere herzzerreißende Minuten lang an, und als die Schwester endlich kam, nachdem ich nach ihr geklingelt hatte, checkte sie seine Vitalfunktionen und untersuchte ihn, nur um zu dem Schluss zu kommen, dass er sich erleichtern musste. Sie erklärte ihm freundlich, dass er nicht aufstehen kann, um zur Toilette zu gehen, und ermutigte ihn, es einfach zuzulassen, aber er kämpfte und kämpfte. Er kämpfte, bis sein Körper schließlich gewann, und dann weinte er, das Gesicht ins Kissen gedreht, als wäre er gebrochen.

Ich sehne mich so heftig nach einer Atempause von diesen Gedanken, dass ich überlege, Musik anzumachen, aber das Radio ist seit Ewigkeiten kaputt, genau wie die Klimaanlage, und im Kassettenfach steckt seit Jahrzehnten dieselbe Kassette fest – *Teresa Cheung's Greatest Hits*. Als ich noch klein war, habe ich meinen Dad gefragt, warum er es nicht reparieren lässt, und er meinte, wozu Geld für Reparaturen verschwenden, wenn es doch genau das spielt, was er hören will.

Wenn ich mir diese Kassette jetzt anhören würde, würde es mich völlig fertigmachen, also greife ich auf die Ablenkung zurück, die mein Handy bietet. Ich bin angenehm überrascht, Nachrichten von Quan zu sehen:

Bin heute beim Joggen aus Versehen auf eine Schnecke getreten und hab an dich gedacht

Nicht, weil du langsam und schleimig wärst

(bist du nicht)

Es hat mich an Tintenfische erinnert

Jedenfalls, ich weiß, es ist gerade viel los, aber ich wollte dich nur wissen lassen, dass ich an dich denke

Seine Nachrichten bringen mich zum ersten Mal heute zum Lächeln, aber bevor ich ihm antworte, muss ich zuerst Jennifer schreiben.

Mein Dad ist im Krankenhaus, also werde ich es in absehbarer Zeit nicht zur Therapie schaffen, sage ich ihr. Es ist eine Erleichterung – ich kann nicht sagen, dass ich gern zur Therapie gehe –, aber mir ist auch bewusst, dass unsere Sitzungen abzusagen vielleicht nicht das Gesündeste für mich ist, besonders jetzt.

Sie antwortet sofort, was mich zu der Annahme führt, dass sie die Sitzung von jemand anders nur für mich unterbrochen hat. Es tut mir so leid, das zu hören. Ich bin hier, wenn Sie mich brauchen, und bitte melden Sie sich, sobald Sie können, damit ich weiß, dass es Ihnen gut geht.

Danke. Ich werde es versuchen, schreibe ich, und sie versieht die Nachricht mit einem Like, also weiß ich, dass sie sie gesehen hat.

Als ich gerade zu Quans Nachrichtenbildschirm zurückwechsle, bekomme ich eine neue Nachricht, aber sie ist weder von ihm noch von Jennifer. Sie ist von Julian.

Hey, meine Mom hat das von deinem Dad gehört und es mir gesagt. Ist es okay, wenn wir ihn morgen besuchen kommen?

Mein Herz macht einen Satz und fängt schmerzhaft an zu pochen. Ich will Julian nicht sehen, und ich will definitiv nichts mit seiner Mom zu tun haben. Ich bin auch so schon beinahe mit den Nerven am Ende.

Danke, aber kannst du deiner Mom sagen, dass morgen kein guter Tag ist? Bei meinem Dad wird bald ein Eingriff vorgenommen, und wir möchten ihn nach Hause verlegen lassen. Wenn sie ihn wirklich besuchen möchte, ist es in ein paar Wochen besser, schreibe ich.

Es ist großartig, dass er nach Hause kommt! Ich werde es meiner Mom ausrichten, sagt er.

Ja, wir sind alle sehr erleichtert, antworte ich.

Punkte tanzen auf dem Display, halten an, als löschte er, was er getippt hat, und fangen erneut an zu tanzen. Eine Minute später bekomme ich eine neue Nachricht von ihm. Du fehlst mir, Anna.

Ich verdrehe die Augen. Sicher.

Das meine ich ernst, beharrt er.

Ich kann mich nicht dazu durchringen, ihm zu schreiben, dass er mir auch fehlt (das wäre gelogen), also antworte ich: Danke. Sobald die Nachricht als gelesen markiert ist, verziehe ich das Gesicht. Das war nicht die netteste Antwort, die ich hätte geben können, aber ich habe gerade einfach nicht die Energie, das zu sein, was er will.

Lass uns öfter miteinander reden, okay? Ich bin für dich da, schreibt er.

Ich schließe das Nachrichtenfenster, ohne zu antworten, und lege mein Handy auf die Mittelkonsole. Ich will nicht, dass er für mich da ist. Jemand anderes ist viel besser darin als er.

KAPITEL 22

Quan

Das Haus von Annas Eltern liegt mitten in Palo Alto, nicht weit vom Haus meiner Mom in East Palo Alto, fünfzehn Minuten, höchstens, aber in einer völlig anderen Welt als der, in der ich aufgewachsen bin. Die Vorgärten sind hell beleuchtet und dienen nicht gleichzeitig als Schrottplatz. Es gibt keine Maschendrahtzäune. Die Gartengestaltung ist makellos. Jeder hat eine Solaranlage. Was die Häuser selbst betrifft, könnte jedes von ihnen das Cover eines Hochglanz-Haus-und-Garten-Magazins zieren, besonders das von Annas Eltern. Es gibt ein zweistöckiges Haupthaus vorne und ein separates Gästehaus dahinter. Sie sind im mediterranen Stil gehalten, mit cremefarbenem Putz und Terracotta-Ziegeldächern, sehr kalifornisch.

Die Auffahrt ist leer, aber ich parke trotzdem am Bordstein. Es fühlt sich nicht so an, als wäre ich dort willkommen.

Hab gerade draußen geparkt, schreibe ich Anna in einer Textnachricht.

Es ist albern, aber ich bin nervös. Es ist ewig her, seit ich sie zuletzt gesehen habe (zwei ganze Wochen), und ich habe diese irrationale Befürchtung, dass sich die Dinge zwischen uns während dieser Zeit zum Schlechteren verändert haben könnten, obwohl wir uns geschrieben und miteinander telefoniert haben.

Ich bekomme keine Antwort und trommle mit den Fingern aufs Lenkrad, während ich überlege, zur Tür zu gehen und zu klingeln. Aber das könnte jemanden aufwecken. Sie haben die Pflege ihres Dads in Acht-Stunden-Schichten aufgeteilt, sodass rund um die Uhr jemand für ihn da ist, aber das bedeutet auch, dass immer jemand schläft.

Bevor ich ihr noch mal schreiben kann, geht die Vordertür auf, und Anna rennt barfuß heraus. Ihr Haar ist zu einem unordentlichen Pferdeschwanz hochgebunden, und sie trägt den hässlichsten Jogginganzug der Welt, aber sie ist das Beste, was ich seit Langem gesehen habe. Ich steige gerade rechtzeitig aus dem Auto, dass sie sich in meine Arme werfen kann, und ich halte sie fest und atme sie ein.

«Hey», sage ich mit rauer Stimme.

Anstatt zu sprechen, umarmt sie mich fester.

«Ist alles okay? Geht es deinem Dad gut?», frage ich.

«Es geht ihm unverändert», murmelt sie, ohne die Augen zu öffnen.

«Bist du −»

«Ich bin okay», sagt sie. «Es ist nur wirklich, wirklich, wirklich schön, dich hier zu haben.»

Das bringt mich zum Lächeln. «Ich wäre schon früher gekommen.»

«Ich weiß. Alles war einfach so hektisch und −»

«Du brauchst nichts zu erklären. Ich verstehe schon», versichere ich ihr.

Sie seufzt, und ich spüre, dass sich ihre angespannten Muskeln lockern.

«Hast du Hunger? Ich hab meiner Mom von dir und deiner Familie erzählt, und sie hat mir drei Kisten mit Essen für euch mitgegeben, ohne Übertreibung», sage ich.

Sie richtet sich auf und sieht neugierig zu meinem Auto. «Aus ihrem Restaurant?»

«Ja, Frühlingsrollen und Nudelsuppe und so.» Ich öffne den Kofferraum, damit sie all die Plastiksuppenbecher und Styroporbehälter sehen kann, und ihr bleibt der Mund offen stehen.

«Ich weiß nicht, ob wir genug Platz im Kühlschrank haben ...»

Ich reibe mir den Nacken, während meine Haut rot anläuft. «Das lässt sich wirklich gut einfrieren. Ich kann auch was davon mit nach Hause nehmen.» Aber ich würde versuchen müssen, alles allein aufzuessen, weil ich meiner Mom ganz sicher nicht sagen kann, dass Anna nicht alles genommen hat.

«Lass, äh, lass es uns reintragen und sehen, ob es reinpasst», sagt sie benommen, und wir nehmen die Kisten und schleppen sie hinein.

Der Eingangsbereich ihres Elternhauses verschlägt einem den Atem. Da ist ein langer Marmorflur, gesäumt von Gemälden und einer Standuhr. Seitlich befindet sich ein Wohnzimmer mit einem großen Kamin, frei liegenden Deckenbalken, eleganten Möbeln und den am teuersten aussehenden Vorhängen, die mir je untergekommen sind. Sie wirken wie aus Gold gemacht, aber ich bin mir ziemlich sicher, es ist nur Seide – wirklich schöne Seide. Ein Stück weiter kann ich ein förmliches Esszimmer sehen, mit einem antiken Esstisch mit Platz für zehn Personen und einem Kristallkronleuchter.

Dieser Ort hier ist völlig anders als das Haus meiner Mom, wo Ästhetik hinter Kosten und Nützlichkeit zurücksteht, aber das Essen immer lecker ist. Das Einzige, was mir hier vertraut ist, ist der Teppich neben der Eingangstür mit all den ordentlich aufgereihten Schuhen. Ich glaube, meine Mom hat die gleichen orangefarbenen Plastiksandalen, um genau zu sein.

Ich streife meine Schuhe ab und folge Anna den Flur entlang, dabei spüre ich die Kälte des Marmors durch meine Socken hindurch in meine Fußsohlen dringen. Ich mache eine Entdeckung, die offensichtlich sein sollte, es aber nicht ist, weil ich bisher noch nie ohne Schuhe auf solchem Marmor gelaufen bin: Marmor ist *hart*. Anna wird noch einen Fersensporn bekommen, wenn sie den ganzen Tag auf diesem Boden herumläuft.

Am Ende des Flurs biegt sie nach links ab und betritt eine riesige Küche/offenen Wohnbereich mit einer sechs Meter hohen Decke und noch mehr von diesen goldenen Vorhängen. Anna stellt ihre Kiste mit Essen auf eine der Kücheninseln aus Granit (es gibt zwei davon) und öffnet einen der Sub-Zero-Kühlschränke (davon gibt es auch zwei) mit maßgefertigter Holzverkleidung, passend zu den Küchenschränken.

Während wir Sachen herumschieben, um Platz für all das Essen meiner Mom zu schaffen, gesellt sich eine dritte Person zu uns.

«Hey, kannst du die Wärmekissen aus der Mikrowelle nehmen ...» Es ist eine Frau, älter als Anna, kompakter, ein bisschen kleiner, aber eindeutig mit ihr verwandt. Sie tragen sogar ihren Scheitel an genau der gleichen Stelle.

Ich lächle und wische mir die Hand an der Jeans ab, für den Fall, dass Fischsoße oder so was dranklebt, bevor ich sie ihr hinstrecke. «Hey, ich bin Quan. Schön, Sie kennenzulernen.»

Für den Bruchteil einer Sekunde starrt sie mich genauso an wie Annas Mom vor einer Woche – mit großen Augen, offenem Mund, auf entsetzte Weise erstaunt –, aber dann sieht sie die Kisten mit Essen. Wahrscheinlich kann sie sie auch riechen. Es ist gebratenes Hühnchen dabei, und gebratenes Hühnchen riecht verdammt lecker. Das von meiner Mom ist außerdem das absolut beste, mit krosser salziger Haut, die zwischen den Zähnen knuspert und dann auf der Zunge zergeht. Die Frau fängt sich wieder, und ein dankbares Lächeln wärmt ihr Gesicht, als sie mir die Hand schüttelt.

«Ich bin Priscilla, Annas Schwester. Das ist so nett von Ihnen. Danke.» Alles an ihr, von ihrer Haltung über die direkte Art, mit der sie Augenkontakt hält, bis zu dem selbstbewussten Klang ihrer Stimme, verrät mir, dass sie hier das Kommando hat. Wenn ich daran arbeiten muss, jemanden zu beeindrucken, dann ist sie das.

«Keine Ursache. Meine Mom liebt es, andere zu verköstigen», sage ich.

Anna kratzt sich am Kopf und mustert stirnrunzelnd das Innere des Kühlschranks, dabei sieht sie ein bisschen panisch aus. «Du musst vielleicht eine Kiste wieder mitnehmen, Quan. Ich glaube nicht, dass wir Platz für all das –»

«Was?», unterbricht Priscilla sie. «Klar haben wir Platz. Da ist doch auch noch der Kühlschrank in der Garage und die große Gefriertruhe.»

«Oh, stimmt. Hab ich vergessen», sagt Anna, und ihre Stimme klingt so anders, dass sich mir die Härchen im Nacken sträuben. Sie ist hoch und zögernd, extrem sanft. Nicht sie selbst. «Soll ich dann das meiste davon da draußen reintun?»

«Nein», entscheidet Priscilla. «Stell so viel du kannst hier rein. Ich glaube, das wird Mom gefallen.»

«Okay», sagt Anna mit derselben unnatürlich jungen Stimme, lächelnd, als wäre die Vorstellung, Dinge in einen Kühlschrank zu stellen, wirklich aufregend.

Mein Blick fliegt zwischen den Schwestern hin und her, um zu sehen, ob Priscilla Annas dramatische Veränderung bemerkt. Sie scheint es nicht zu tun.

«Ihr solltet ein paar der Wan Tan einfrieren. Es sind jede Menge da. Das Hühnchen ist am besten, wenn ihr es heute esst, mit Nudeln», schlage ich vor und tue dabei so, als wäre meine Freundin nicht gerade um zwanzig Jahre rückwärts gealtert. «Habt ihr schon gegessen? Ich kann euch die Sachen raussuchen.»

Etwas, das wie Freude aussieht, lässt Priscillas Gesicht aufleuchten. «Ich würde liebend gern etwas …» Sie versteift sich und wirft einen Blick über ihre Schulter zu einem Teil des Hauses, den ich noch nicht gesehen habe, als hätte sie etwas gehört, das sonst niemand wahrgenommen hat. «Ich mache mir immer Sorgen, wenn er so hustet, nachdem wir ihn gefüttert haben. Wir müssen die Abstände größer machen.» Sie schnappt sich ein Stoffbündel aus der Mikrowelle, schlägt die Tür wieder zu und rennt davon.

«Sie hat jetzt ein übermenschliches Gehör, so wie Mütter es haben. Mein Dad ist praktisch ihr Baby», sagt Anna, und ihre Stimme und ihre Haltung sind wieder völlig normal. Sie ist wieder die Anna, die ich kenne, als sie Faltschachteln aus den Kisten nimmt und sie mit geometrischer Präzision auf dem Tisch aufreiht.

Als ich ihr einen fragenden Blick zuwerfe, sieht sie mich verwirrt an.

«Was? Hab ich was im Gesicht?», fragt sie und berührt ihre Wange.

«Nein, ich war nur ... Hast du ...?» Ich bin mir nicht sicher, was ich damit erreichen würde, wenn ich sie darauf aufmerksam mache – sie hat schon genug um die Ohren –, also frage ich: «Sollen wir deiner Schwester was aufwärmen und es ihr bringen? Und soll ich deinem Dad Hallo sagen?»

Anna schüttelt den Kopf. «Wir essen da drin nicht. Das wäre falsch, weißt du? Weil er es nicht kann. Aber wenn wir ihr einen Teller herrichten, dann kommt sie raus und isst ihn ganz schnell. Deswegen haben wir dieses Babyphon.» Sie zeigt auf einen kleinen Bildschirm auf einer der Küchenzeilen. Der Ton ist abgeschaltet, aber eine körnige Videoübertragung zeigt Priscilla, die sich über ihren Dad beugt, um seine Kissen zurechtzurücken, während er schläft.

«Ich schätze, ich sollte nicht Hallo sagen, während er schläft.»

«Ja, wenn er wach ist, ist es besser», stimmt sie zu. «Aber sei nicht gekränkt, wenn er nicht reagiert. Ich bin mir nicht sicher, ob er die meiste Zeit über wahrnimmt, was passiert. Ich habe versucht, mit ihm zu reden, ihm Videos auf YouTube zu zeigen, Musik zu spielen. Nichts dringt zu ihm durch. Nichts, was ich tue, zumindest.» Mit einer Schulter zuckend, berührt sie die eingedrückte Ecke eines Styroporbehälters.

Für einen langen Moment wirkt sie verloren in ihren Gedanken, doch dann blinzelt sie schließlich, richtet ihre Aufmerksamkeit auf mich und lächelt. «Lass uns essen. Ich habe Hunger, und das riecht so gut.»

Ich zeige ihr, wie sie alles aufwärmen muss, um maximale Köstlichkeit zu erlangen. Meine Mom hat mir genaue Anweisungen gegeben: Das gebratene Hühnchen fünf Minuten im Ofen backen, damit es knusprig bleibt, die Brühe auf dem Herd in einem Topf noch mal aufkochen und die Eiernudeln, Wan Tan und das gegrillte Schweinefleisch in der Mikrowelle aufwärmen. Als alles heiß ist, lege ich das gebratene Hähnchenfleisch obendrauf und streue noch Schnittlauch und eingelegte Jalapeños über jede Schüssel. Anna rennt los, um ihre Schwester zu holen, und zu dritt setzen wir uns auf die ledernen Barhocker an der äußeren Granitinsel und essen, während das nun auf volle Lautstärke gedrehte Babyphon knistert.

«Das ist die vermutlich beste Wan-Tan-Nudelsuppe, die ich je hatte», sagt Priscilla, nachdem sie in Rekordzeit ihre ganze Schüssel verdrückt hat. Sogar ihre Hühnerknochen sind sauber abgenagt.

«Danke. Ich werde es meiner Mom ausrichten», sage ich. «Sie liebt Kochen und arbeitet ständig daran, ihre Rezepte zu verbessern. Sie sollten sie sehen, wenn sie ein neues Restaurant ausprobiert. Sie bestellt von allem etwas und analysiert jeden Bissen.»

«Eine Künstlerin also, genau wie Anna», sagt Priscilla und stößt Anna neckend mit dem Ellbogen in die Seite.

«Ich schätze, das kann man so sagen, aber sie macht nichts Ausgefallenes. Wenn die Küche meiner Mom Musik wäre, dann wäre es ... Folkmusik, oder, keine Ahnung, Country. Nicht wie die Sachen, die Anna spielt. Aber ich könnte mich auch irren. Ich habe Anna noch nie spielen gehört. Ich habe einfach angenommen, es ist klassische Musik.»

Anstatt etwas darauf zu sagen, zuckt Anna nur mit den Schultern und stopft noch mehr Nudeln in ihren Mund. Haarsträhnen hängen ihr ins Gesicht, aber ich streiche sie ihr nicht hinters Ohr. Das mag sie nicht.

«Wirklich? Noch nie?», fragt Priscilla ungläubig. Als ich den Kopf schüttle, fährt sie fort: «Nicht mal ihr YouTube-Video?»

«Es gibt ein YouTube-Video?» Das ist das erste Mal, dass ich davon höre, und nun könnte ich mich dafür in den Hintern treten, dass ich nie im Internet nach ihrem Namen gesucht habe.

«Du hast es ihm nicht *gezeigt*?», fragt Priscilla, an Anna gerichtet.

«Nein. Es ist ja nicht so, als wäre das eine akkurate Darstellung davon, wie ich spiele», antwortet Anna mit der gleichen vorsichtigen, sanften Stimme wie vorhin. Ich habe es mir nicht eingebildet. Sie wird in Gegenwart ihrer Schwester zu jemand anderem. «Das ist nur ein Trick durch geschickte Schnitte und –»

«O mein Gott, wir müssen es ihm zeigen.» Priscilla holt ihr Handy aus der Tasche ihrer engen Jeans und öffnet YouTube, wo sie nach «Anna Sun Vivaldi» sucht, bevor sie sagt: «Man kann nicht einfach nur ihren Namen eingeben, weil dann dieser Pop-Song kommt.»

«Dein Name ist ein Lied?», frage ich.

Anna grinst mich an, und mit einer Stimme, die näher an ihrer normalen ist – aber nicht ganz –, sagt sie: «Das klingt wie eine Zeile aus einem Gedicht. Du musst mich wirklich sehr mögen.»

Priscilla verdreht die Augen. «Ihr zwei seid einfach zu süß. Okay, hier ist es.» Sie reicht mir ihr Handy.

Als ich es nehme, sehe ich ein Thumbnail-Foto von Anna auf einer Bühne mit ihrer Violine. Es hat über hundert Millionen Aufrufe.

«Heilige Scheiße», sage ich.

Priscilla lächelt mich an. «Beeindruckend, nicht?» Wieder rempelt sie Anna mit dem Ellbogen an, diesmal liebevoll.

Anna ist sehr darauf bedacht, sich den größten Wan Tan in ihrer Schüssel in den Mund zu stopfen, aber sogar als sie so tut, als würde sie uns ignorieren, merke ich, dass sie uns aufmerksam beobachtet.

Ich starte das Video und sehe zu, wie eine Frau in einem schwarzen Kleid, unverkennbar Anna, ihre Violine über die Bühne trägt. Und über den Notenständer einer Cellistin stolpert und beinahe hinfällt. Verlegen rückt sie den Notenständer wieder gerade, hebt all die Notenblätter auf und steckt sie wieder dorthin, wo sie waren.

«Entschuldigung, Mr. Notenständer. Ich wollte Ihnen nicht wehtun», sagt Video-Anna und streichelt den Notenständer, während die betroffene Cellistin sie mit offenem Mund anstarrt und die Menge in Gelächter ausbricht.

Neben mir hält die echte Anna sich die Augen zu. «Ich habe die schlechte Angewohnheit, mit leblosen Objekten zu reden.»

Das sieht ihr so ähnlich, dass ich mir auf die Lippe beißen muss, um nicht zu grinsen. Es wird nur noch schwerer, als Video-Anna die Mitte der Bühne erreicht und schüchtern das Publikum anspricht. «Hi, danke Ihnen allen, dass Sie, ähm, heute Abend hergekommen sind. Ich bedaure es, Ihnen mitteilen zu müssen, dass der weltberühmte Violinist Daniel Hope und mehrere unserer besten Violinisten der San Francisco Symphony heute in einen Autounfall verwickelt wurden. Bitte seien Sie beruhigt, die Ärzte sagen, obwohl ein paar Knochen gebrochen sind, ist zu erwarten, dass Daniel, ebenso wie alle anderen, vollständig genesen und in naher Zukunft wieder spielen werden. Jedenfalls, aus diesem Grund werde ich, ähm, heute Abend das Solo für Sie spielen. Meine aufrichtigste Entschuldigung an alle, die gekommen sind, um Daniel zu hören. Ich bin ebenfalls enttäuscht.»

Es folgt eine lange Pause, und die Kamera zoomt auf die Gesichter im Publikum, um ihre verzogenen Mienen und Ausdrücke des Bedauerns zu zeigen. Dann nickt Anna den Musikern hinter ihr auf der Bühne zu und hebt ihre Violine ans Kinn. Ihre Haltung wird aufrechter. Ihre Augen konzentrieren sich. Ihre Unbeholfenheit verfliegt.

Sie spielt.

Und sie widerspricht jeder einzelnen Erwartung, zu der der erste Teil des Clips verführt haben könnte. Sie ist nicht das asiatische Äquivalent eines dummen Blondchens. Sie ist keine zweitklassige Ersatzmusikerin.

Anna ist *talentiert*.

Die Musik schwillt zu einem Sturm an und strömt mit einer Gewalt aus ihrer Violine, die umso beeindruckender ist, weil sie so kontrolliert ist. Ihre Finger sind präzise. Sie verrutschen nicht. Ihre Bewegungen sind vollkommen flüssig. Aber was mich mehr als das, was ich höre und sehe, mehr als alles andere in ihren Bann zieht, ist Leidenschaft. Sie verliert sich in der Musik. Der Ausdruck auf ihrem Gesicht, es ist Schmerz, es ist Lust, Freude, Kummer, alles auf einmal.

Sie ist wunderschön.

Als das Video zu Ende ist, bin ich sprachlos.

«Fantastisch, nicht wahr?», sagt Priscilla.

Ich räuspere mich und schlucke, bevor ich antworte. «Ja.» Ich sehe Anna an, und es ist, als würde ich sie noch einmal zum ersten Mal sehen. «Ich hatte keine Ahnung ...»

Sie sieht mir für den Bruchteil einer Sekunde in die Augen, bevor sie den Blick wieder abwendet. «Schau mich nicht so an. Nach dem katastrophalen Anfang brauchte ich nur ganz passabel zu sein, um die Leute zu beeindrucken. Ich bin nur eine gewöhnliche Violinistin.»

«Ich denke nicht, dass du hundert Millionen Aufrufe hättest, wenn du nur ganz passabel wärst», sage ich mit einem Lachen.

«Es ist die Story, die den Leuten gefällt. Hohlköpfiges Mädchen übertrifft die Erwartungen.» Sie verzieht das Gesicht und trägt unsere Schüsseln zur Spüle.

«Es ist mehr als das. Du –»

Priscilla nimmt meinen Arm und schüttelt den Kopf. «Lassen Sie es einfach gut sein.»

Ich bin mir nicht sicher, warum ich es gut sein lassen soll, aber ich denke mir, sie kennt Anna besser als ich. Also wechsle ich das Thema und frage: «Möchtest du, dass ich dir deine Violine hole? Du übst doch normalerweise jeden Tag, richtig?»

Sie dreht das Wasser auf und spült das Geschirr von Hand, den Kopf über das Becken gebeugt. «Das ist wirklich nett von dir, aber nein, danke. Ich kann hier nicht üben.»

Priscilla richtet einen ungeduldigen Blick auf ihre Schwester. «Ach, komm schon, das ist eine Ausrede vom Allerfeinsten.»

«Mit dem Stück läuft es noch nicht so gut. Ich möchte nicht, dass irgendjemand mich hört», sagt Anna.

Priscilla gibt einen spöttischen Laut von sich. «Ich habe dich schon eine Million Mal spielen gehört.»

«Ich weiß. Ich bin nur ...» Anna spricht nicht zu Ende. Sie konzentriert sich darauf, das Geschirr auf das Abtropfgestell zu stapeln und den Ofen und die Arbeitsplatte sauber zu wischen.

«Du solltest für Dad spielen. Das würde ihm gefallen», sagt Priscilla. «Genau genommen hat er bald Geburtstag. Wir sollten eine Party für ihn feiern, und *du* solltest sein Lieblingslied spielen. Ich werde es ihm sagen und sehen, was er davon hält. Ich weiß, Mom wird begeistert sein. Wir könnten ihn auch in den Rollstuhl setzen und nach draußen bringen.»

Priscilla hüpft von ihrem Barhocker und verschwindet, nur um auf dem Bildschirm des Babyphons wieder aufzutauchen.

«Was hältst du von einer Geburtstagsparty, *Ba*?», fragt sie mit sanften Worten, als spräche sie mit einem Baby. Sie setzt sich neben ihn aufs Bett, nimmt seine Hand, die schmerzhaft verkrampft aussieht, und massiert sie. «Wir werden alle einladen und kochen – okay, wahrscheinlich liefern lassen –, und Anna wird für dich auf der Violine spielen. Das würde dir gefallen, nicht wahr?»

Ihr Dad antwortet nicht.

«Nicht wahr, *Ba*?», bohrt sie nach. «Das würde dir doch gefallen, nicht wahr? *Ba*? Eine Geburtstagsparty? Wir setzen dich in deinen Stuhl, und du kannst herumfahren?»

Ohne die Augen zu öffnen, gibt er ein kaum hörbares Stöhnen von sich, und sie strahlt.

«Dann machen wir es!», sagt sie. «Habt ihr das gehört, Leute? Dad möchte eine Party.»

Anna schaltet das Babyphon aus und blickt hinaus in die nächtliche Dunkelheit jenseits des Fensters, ein tiefes Stirnrunzeln auf dem Gesicht.

«Alles okay?», frage ich und gehe zu ihr.

«Ich glaube nicht, dass ich spielen kann, wenn es eine Party gibt», sagt sie.

«Willst du nicht?»

Sie legt die Hände flach auf die Granitplatte und ballt sie dann. «Das ist es nicht. Ich *will* es. Das wäre eine gute Sache. Ich glaube nur nicht, dass ich es *kann*.»

«Warum nicht?»

«Das ist kompliziert», sagt sie mit einem angespannten Seufzen.

«Kompliziert inwiefern?»

Sie sieht mich einen Augenblick lang an, bevor sie hinunter auf ihre Hände schaut. «Während der letzten sechs Monate war ich nicht in der Lage, auch nur ein einziges Stück ganz durchzuspielen. Ich spiele im Kreis, fange neu an, mache Fehler, kehre wieder zum Anfang zurück, mache neue Fehler, immer wieder. Ich kann nichts zu Ende bringen, was ich angefangen habe. Irgendetwas stimmt mit meinem Gehirn nicht.»

«Kannst du nicht Fehler machen ... und einfach weitermachen?», frage ich und erinnere mich an jene erste Nacht, als sie das Date mit mir nicht zu Ende bringen wollte, weil es falsch angefangen hatte.

Langsam schüttelt sie den Kopf. «Das kann ich nicht.»

«Aber warum nicht?»

«Die Leute haben jetzt Erwartungen. Wegen diesem Video. Sie halten mein Spiel für eine große Sache», sagt sie.

«Das ist es.»

Ihre Augen werden glasig, und ihre Mundwinkel sinken herab. «Das ist es nicht. Aber ich bemühe mich weiter, damit ich es diesmal wirklich verdiene.» Ihre Tränen fließen über, und ich ziehe sie in meine Arme und halte sie fest, während ich mir wünsche, ich wüsste, wie ich alles besser machen kann.

«Warum denkst du, du hättest es damals nicht verdient?»

«Ich habe dieses Solo bekommen, weil Daniel Hope *einen Autounfall* hatte, und alle Violinisten, die die nächsten gewesen wären, auch. Und danach hat mich der Komponist Max Richter eingeladen, an Daniels Stelle auf Tour zu gehen, weil seine Rippen gebrochen waren und mein Video viral ging, was nur passiert ist, weil ich gestolpert bin und mit dem Notenständer gesprochen habe. Das ist irgendeine schreckliche Art von Glück, nicht harte Arbeit, und definitiv nicht Talent», sagt sie.

«Okay, ja, ich verstehe, was du sagen willst. Glück hatte viel damit zu tun, aber du musstest eine starke Violinistin sein, um diese Gelegenheit zu einem Erfolg zu machen. Nicht jeder hätte das gekonnt», sage ich in der Hoffnung, dass kühle Logik ihr helfen wird, sich besser zu fühlen. «Und ich kenne niemand sonst, der mit diesem Notenständer gesprochen hätte. Das warst ganz du.»

Sie gibt einen halb lachenden, halb schluchzenden Laut von sich. «Das ist meine wahre Besonderheit – mit Dingen zu reden, die nicht lebendig sind.» Sie schiebt sich von mir fort und wischt sich mit dem Ärmel übers Gesicht. «Tut mir leid, dass ich so fertig bin. Das kann kein Spaß für dich sein.» Sie holt tief Luft und setzt ein Lächeln auf, das hell und fröhlich ist. Es ist so überzeugend, dass ich nicht sicher sagen kann, ob es falsch ist, und das ist irgendwie erschreckend.

«Ich bin nicht hergekommen, um Spaß zu haben. Ich wollte einfach nur mit dir zusammen sein», sage ich ihr. «Für mich musst du nicht so tun, als wärst du irgendwas anderes als das, was du bist, selbst wenn du traurig bist.»

Ihr Lächeln verblasst augenblicklich, aber sie nimmt meine Hand und drückt sie an ihre Brust, während neue Tränen über ihr Gesicht laufen und ihr Kinn bebt. Sie sagt nichts, aber ich verstehe, was sie meint.

Ich küsse ihre Schläfe und ihre Wange, wische ihre Tränen mit den Fingern fort in dem Versuch, sie zu trösten, sie wissen zu lassen, dass sie mir wichtig ist. Sie dreht sich zu mir, sodass sich unsere Lippen treffen, und der Kuss ist langsam und schmerzlich vor Gefühl. Er sagt die Dinge, die ich vorhin nicht gesagt habe.

Du bist eine große Sache – für mich. Du bist fantastisch – für mich.

Diese Sehnsucht nach ihr, dieses Verlangen, hat mich so tief durchdrungen, dass es jetzt ein Teil von mir ist. So ist Quan jetzt. Er ist verrückt nach dieser einen Frau.

Ein lautes Klappern erklingt, als etwas zu Boden fällt, und wir drehen uns beide zu dem Geräusch um. Annas Mom starrt uns in ihrem geblümten Oma-Pyjama an, ihre kurzen Haare stehen kreuz und quer ab, als hätte sie sich gerade aus dem Bett gewälzt. Auf dem Boden, in einer kleinen Wasserpfütze liegt ein großer Metallbecher auf der Seite, einer von diesen Isolierbechern, die Sachen stundenlang heiß oder kalt halten.

«Hi, *Ma*», sagt Anna, bevor sie sich beeilt, ein Handtuch

zu holen und das Wasser aufzuwischen, während ihre Mom reglos zusieht. «Du bist früh auf.»

Ich lächle Annas Mom an, als wäre ich nicht gerade dabei erwischt worden, ihre Tochter zu küssen, und mache eine Art kleine Verbeugung mit dem Kopf, ohne etwas zu sagen. Ich weiß nicht, wie ich sie ansprechen soll. «Mrs. Sun» fühlt sich zu förmlich an, aber selbst wenn ich ihren Vornamen kennen würde – was ich nicht tue –, würde ich mich nicht wohl dabei fühlen, ihn zu benutzen. Sie steht auf derselben Ebene wie meine Mom, und meine Mom bei ihrem Vornamen zu nennen ist die Art von Respektlosigkeit, mit der ich mir einen Klaps einhandeln würde.

«Hast du Hunger? Quan hat Essen vom Restaurant seiner Mutter mitgebracht. Ich werde es für dich aufwärmen», sagt Anna rasch.

«Noch nicht.» Ihre Mom bewegt sich endlich und geht hinüber zur Kücheninsel neben den Kühlschränken und späht in die Boxen. «Von Ihrer Mutter?», fragt sie mich überrascht.

«Ja, die Wan Tan lassen sich sehr gut einfrieren», antworte ich. «Wenn Sie sie essen wollen, kochen Sie sie einfach, bis sie nach oben steigen.»

«Bitte richten Sie ihr unseren Dank aus», sagt Annas Mom und wirkt aufrichtig gerührt.

«Gern, sie wird –»

Ein Ruf von der anderen Seite des Hauses unterbricht mich. «Anna, ich brauche Hilfe, Dad aufzusetzen.»

Anna stellt den frisch abgespülten Metallbecher ihrer Mom auf den Tisch und eilt davon. «Bin gleich wieder da.»

Ich kann nicht einfach rumstehen und nichts tun, deshalb fange ich an, das Essen zu sortieren, das es nicht in die Kühlschränke geschafft hat. «Priscilla sagte, dass es noch einen weiteren Kühlschrank in der Garage gibt. Ich kann das hier rausbringen, wenn Sie mir den Weg zeigen.»

«Nein, nein, lassen Sie es hier. Ich kümmere mich schon darum.» Mit den Händen wedelnd, scheucht Annas Mom mich von den Boxen fort. Dann betrachtet sie mich mit nachdenklichem Blick und fragt: «Quan. Wie buchstabiert man das?»

Sie fragt nicht, weil sie mir irgendwann mal einen Brief schreiben will. Sie will wissen, wo meine Eltern herkommen, und glaubt, es anhand der Schreibweise meines Namens erraten zu können.

«Q-U-A-N. Das ist vietnamesisch», mache ich es ihr leicht, und obwohl sie nickt und lächelt, sehe ich ihr an, dass das nicht die Antwort war, die sie hören wollte. Ich bin die falsche Sorte Asiate für ihre Tochter. Wir sind wirklich nicht alle gleich.

Anna kehrt in die Küche zurück. «Priscilla möchte meinen Dad waschen, da sollte ich ihr helfen.»

«Dann werde ich mich wieder auf den Weg machen», sage ich. Ich bin erst seit circa einer Stunde hier, und es hat ungefähr genauso lang gedauert herzukommen, aber ich weiß, wann es Zeit ist zu gehen.

Ihre Stirn legt sich besorgt in Falten. «Bist du sicher?»

«Das ist kein Problem.» Ich drücke einmal kurz ihre Hand, damit sie weiß, dass ich es ernst meine, aber als ich spüre, dass ihre Mom uns aufmerksam beobachtet und das nicht gutheißt, lasse ich sie los.

«Es war schön, Sie zu sehen», sage ich zu ihrer Mom, bevor Anna mich zurück zum Eingang bringt, wo wir in der

Tür stehen bleiben, noch nicht bereit, uns wieder zu trennen.

«Schreibst du mir, wenn du nach Hause kommst?», sagt sie.

Das bringt mich zum Lächeln. «Ja, okay.»

«Ist es ein Klammernde-Freundin-Ding, um so was zu bitten?»

«Ich glaube, nicht, aber vielleicht mag ich klammernde Freundinnen», sage ich. Welche Art von Freundin Anna auch ist, es ist genau die Art, die ich mag. «Gute Nacht.» Ich gebe ihr einen Kuss auf den Mund, nur einen, und Worte – ich weiß nicht, wo sie hergekommen sind – verfangen sich in meinem Mund und wollen befreit werden. Aber ich lasse sie nicht frei. Sie sind angsteinflößend.

«Fahr vorsichtig.» Wehmütig berührt sie mein Gesicht, und ich verlasse das Haus und kehre zu meinem Auto zurück.

Sobald ich den Motor angelassen habe, sitze ich einen Moment lang da und denke über die Worte nach, die ich beinahe gesagt hätte. Ich bin froh, dass ich sie zurückgehalten habe, aber nicht, weil ich sie nicht empfinde. Ich empfinde sie. Ich glaube nur nicht, dass Anna schon bereit ist, sie zu hören.

Zuerst muss ich ihre Familie für mich gewinnen.

KAPITEL 23

Anna

Während Priscilla unserem Dad mit einem eingeseiften Waschlappen die Füße wäscht, rasiere ich ihm mit einem elektrischen Rasierapparat den schattenhaft wirkenden Bart vom Gesicht. Ich bin *nicht* gut darin. Ich mache mir Sorgen, dass er die Bartstoppeln einatmet, also wische ich ihm immer wieder den Mund ab. Ich merke ihm an, dass er das nicht mag. Er verzieht immer wieder das Gesicht und versucht, sich von mir wegzudrehen, und es fühlt sich an, als würde ich ihn foltern.

«Bist du sicher, dass wir das tun müssen?», frage ich.

«Ja», antwortet Priscilla in dem schroffen, genervten Tonfall, den sie oft bei mir benutzt. «Hör auf, so ein Baby zu sein, und werd endlich fertig. Er hasst es, weil du zu lang brauchst.»

«Tut mir leid, Daddy», flüstere ich, während ich den letzten Rest Barthaare von seiner Oberlippe rasiere und dann fortwische.

Unsere Mom betritt das Zimmer, ihre Lieblingstasse in der Hand. Dampf steigt von dem heißen Tee auf, während sie sich aufs Sofa dicht neben dem Bett unseres Dads setzt.

«Was ist eigentlich mit Julian?», fragt sie.

Bevor ich antworten kann, kommt Priscilla mir zuvor –

auf Kantonesisch, sodass ich keine Ahnung habe, was sie sagt. Der Gesichtsausdruck meiner Mom, während sie die Information aufnimmt, und der Tonfall ihrer Stimme, als sie antwortet, lässt darauf schließen, dass ihr nicht gefällt, was sie hört.

«Es ist eine offene Beziehung, *Ma*. So was machen Leute heutzutage», wechselt Priscilla mir zuliebe ins Englische.

«Julian wollte das? Eine ... offene Beziehung?», fragt unsere Mom ungläubig.

Ich nicke und rasiere stumm das Kinn unseres Dads fertig.

«Und was macht dieser Quan beruflich?», fragt sie.

«Er hat zusammen mit seinem Cousin eine Bekleidungsfirma gegründet.»

Priscilla schaut von den Füßen unseres Dads zu mir hoch und krümmt skeptisch die Augenbrauen. «Du meinst, er verkauft T-Shirts aus seinem Kofferraum?»

«Ich weiß es ehrlich gesagt nicht. Er redet nicht viel über seine Arbeit.» Ich versuche, sachlich zu klingen, aber innerlich winde ich mich unbehaglich. Es ist eine ziemliche Fallhöhe zwischen Straßenhandel mit T-Shirts und Investmentbanking für Goldman Sachs.

«Ja, ich bin mir ziemlich sicher, womit ihr zwei eure Zeit verbringt, und zwar nicht damit, über die Arbeit zu reden», sagt Priscilla mit einem spöttischen Lächeln.

«Das haben wir noch gar nicht getan», antworte ich auf widersinnige Weise erfreut darüber, dass meine – und Quans – sexuellen Komplexe dazu geführt haben, dass ich einen Trumpf gegenüber meiner Schwester habe. Ich drücke Shampoo in meine Hand und massiere es vorsichtig in die Haare meines Dads ein.

«Und was habe ich da eben in der Küche gesehen?», fragt unsere Mom indigniert.

«Flittchen», sagt Priscilla, aber sie sieht neidisch aus. «Ich hoffe, ich muss dich nicht daran erinnern, dass ihr zwei nur Spaß miteinander habt. Entwickle keine Gefühle für ihn.»

Dafür ist es zu spät, aber das behalte ich für mich.

«Nur Spaß.» Unsere Mom schüttelt den Kopf und sieht aus, als könnte sie dieses Konzept kaum begreifen.

«Ach, komm schon, *Ma*», sagt Priscilla. «Warst du vor *Ba* nie mit anderen zusammen?»

Unsere Mom gibt einen müden Seufzer von sich. «Nein, *Ba* war der Erste und Einzige für mich.» Sie streckt sich an mir vorbei nach meinem Dad aus und berührt seine Hand, ein sanftes, erinnerndes Lächeln auf dem Gesicht, bevor sie ihre Aufmerksamkeit wieder auf mich richtet. «Ich dachte, Julian würde der Erste und Einzige für dich sein, Anna.»

«Das dachte ich auch, aber ...» Ich zucke mit den Schultern, weil mich das inzwischen ehrlich nicht mehr kümmert. Ich tauche ein Handtuch in warmes Wasser, wringe es leicht aus und wasche meinem Dad damit das Shampoo aus den Haaren. Das gefällt ihm, glaube ich. Seine Gesichtsmuskeln sind entspannt, und seine Atmung ist langsam und ruhig. Badezeit ist die einzige Zeit, in der er so aussieht.

«Redet ihr zwei überhaupt noch miteinander?», fragt Priscilla.

«In letzter Zeit schreibt er mir wieder.» Die Erinnerung lässt mich die Lippen schmal zusammenkneifen. Ich habe einen Haufen Textnachrichten von ihm, auf die ich antworten muss, aber ich habe es vor mir hergeschoben, weil es so anstrengend ist.

«Anna, das ist ein gutes Zeichen», sagt Priscilla. «Er ist vielleicht allmählich bereit, sich festzulegen.»

Der Gedanke ist mir auch schon in den Sinn gekommen, aber im Gegensatz zu Priscilla macht er mich nicht glücklich. Wenn Julian wieder auf der Bildfläche erscheint, muss ich zu jemandem Nein sagen, und das fällt mir wirklich schwer.

«Obwohl, vielleicht ...» Priscilla sieht mich nachdenklich an. «Vielleicht bist *du* noch nicht bereit, dich festzulegen.»

Unsere Mom gibt einen entsetzten Laut von sich, als wären Dämonen hinter ihr her. «Sie ist bereit. Sie hatte genug Spaß.»

Priscilla krümmt sich vor Lachen, als wäre die Reaktion meiner Mom urkomisch.

«Ihr jungen Leute heutzutage. *Spaß.*» Unsere Mom schüttelt den Kopf, als wäre ihre Würde verletzt, und das bringt Priscilla dazu, nur noch heftiger zu lachen.

«Das ist doch nur fair. Wenn er sich mit anderen trifft, dann darf ich das auch», sage ich zu meiner Verteidigung, fühle mich dabei jedoch irgendwie unehrlich. Anfangs war Quan genau das für mich – ein Abenteuer, Rache, ein Mittel zum Zweck –, aber jetzt ist er mehr.

Moms Kiefer versteift sich, aber sie nickt. «Seine Mom kommt bald zu Besuch. Ich werde ein Wörtchen mit ihr reden.»

«*Ma*, nein, das brauchst du nicht», sage ich.

«Der Meinung bin ich auch, *Ma*. Tu es nicht», fügt Priscilla hinzu.

Unsere Mom wischt unsere Worte beiseite. «Ich weiß, wie man etwas anspricht.»

«Nicht immer», kritisiert Priscilla unsere Mom auf eine

Weise, mit der ich nie durchkommen würde. «Dabei fällt mir ein, *Ba* hat bald Geburtstag. Wir sollten eine Party für ihn feiern. Wir könnten ihn in seinen Rollstuhl setzen und alle einladen. Ich glaube, das würde ihm gefallen.» Sie lächelt auf unseren Dad hinunter und streichelt sein Schienbein, während sie zu ihm spricht, als wäre er ein Baby: «Das würde es, nicht wahr, *Ba*?»

Unsere Mom nickt zustimmend. «Anna könnte sein Lied spielen.»

Ich beiße mir in die Wange, damit ich nicht anmerke, dass sie beide mich einfach für die Abendunterhaltung einplanen, ohne sich die Mühe zu machen, mich vorher zu fragen. Meine Zustimmung haben sie schon immer einfach vorausgesetzt.

In diesen modernen Zeiten wird den Leuten gesagt, sie hätten das Recht, Nein zu sagen, wann immer sie wollen, aus welchem Grund sie auch immer wollen. Wir können Neins wie Konfetti von unseren Lippen regnen lassen.

Aber wenn es um meine Familie geht, gehört mir dieses Wort nicht. Ich bin eine Frau. Ich bin die Jüngste. Ich bin nicht bemerkenswert. Meine Meinung, meine Stimme, hat wenig bis gar keinen Wert, und aus diesem Grund ist es meine Pflicht zuzuhören. Meine Pflicht ist es zu respektieren.

Ich sage *Ja*.

Und ich sehe glücklich aus, wenn ich es tue. Dienen mit einem Lächeln.

«Dann werde ich gleich damit anfangen, alles zu organisieren», sagt Priscilla.

Während wir meinen Dad fertig waschen und ihn dabei vorsichtig auf die Seite drehen, damit wir seinen Rücken säubern und seine Windel wechseln können, redet sie unaufhörlich weiter darüber, wen sie einladen will und was wir essen, wie viel Spaß alle haben werden. Außer mir. Sie weiß, dass Partys eine Herausforderung für mich darstellen, obwohl es sie eindeutig nicht interessiert, *warum*, und sie erwartet voll und ganz, dass ich trotzdem teilnehme und mich von meiner absolut besten Seite zeige. Ich darf nicht protestieren oder mich beklagen oder «frech» werden. Das ist inakzeptabel.

Für den Rest des Abends sage ich nichts mehr. Ich behalte meinen Ärger und meine Frustration und meinen Schmerz in mir drin, wo sie hingehören.

Niemand bemerkt es. So, wie es sein soll.

KAPITEL 24

Anna

Die folgenden Tage ziehen sich schleppend dahin, und dennoch, als ich zurückblicke, bin ich erstaunt, dass eine ganze Woche vergangen ist. Die Zeit scheint hier mit anderer Geschwindigkeit zu fließen. Die ledrigen Schwielen an den Fingerkuppen meiner linken Hand haben angefangen, schwächer zu werden, weil es so lange her ist, seit ich zuletzt geübt habe. Quan hat mir meine Violine gebracht, aber sie ist in ihrem Kasten geblieben, unberührt, da ich mich darauf konzentriert habe, meinen Dad zu pflegen.

Das ist alles, was wir hier tun. Unser Leben dreht sich um den aufwendigen Zeitplan, den Priscilla aufgestellt hat, um sicherzustellen, dass er die bestmögliche Pflege bekommt. Wir drehen ihn alle zwei Stunden, damit er sich nicht wund liegt, umgeben ihn mit Kissen und Wärmepads und zusammengerollten Handtüchern, um verschiedene Gliedmaßen zu stützen. Wir massieren wie besessen seine Hände und Füße, um schmerzhaften Verkrampfungen vorzubeugen. Wir wechseln sofort seine Windeln, damit er keinen Ausschlag bekommt. Wir haben seine Mahlzeiten auf beinahe ein Dutzend Minifütterungen aufgeteilt, weil seine Halsmuskeln nicht richtig funktionieren und er das Essen wieder hochhustet, wenn er zu viel auf einmal bekommt. Wir geben ihm viele, viele Medikamente. Wir haben versucht,

Physiotherapie mit ihm zu machen, aber er hat nur gestöhnt und die Übungen verschlafen, also machen wir das nicht mehr.

Priscilla legt sich gern neben ihn aufs Bett und zeigt ihm Fotos auf ihrem Handy. Meistens zeigt er keine Reaktion. Gelegentlich allerdings stöhnt er auf eine bedeutungsvolle Weise, und wir werden wieder daran erinnert, dass er wirklich da ist. Er ist kein seelenloser Körper. Unsere Arbeit ist nicht umsonst.

Heute Vormittag sind mein Dad und ich allein, und das ist ein bisschen ungewöhnlich. Technisch gesehen ist jede von uns für eine Schicht verantwortlich: Meine Mom hat die Nachtschicht von Mitternacht bis 8:00 Uhr, ich habe die Frühschicht von 8:00 Uhr bis 16:00 Uhr, und Priscilla hat die Spätschicht von 16:00 Uhr bis Mitternacht. Aber das hier ist die Zeit, wo alle zusammenkommen. Außerdem ist es schwierig, ihn ohne Hilfe zu bewegen, und wir müssen da sein, wenn wir gebraucht werden. Nun ja, *ich* muss da sein. Ich rufe nie jemanden zu Hilfe, wenn ich mich allein um ihn kümmere. Ich habe nicht das Gefühl, über dieses Privileg zu verfügen.

Es ist 11:00 Uhr, eine seiner Fütterungszeiten, deshalb drehe ich ihn, nachdem ich seine Windel gewechselt habe, auf die andere Seite und stelle das Kopfteil des Bettes höher, damit er relativ aufrecht sitzt, tausche meine verschmutzten Latexhandschuhe gegen saubere aus, nehme den Schlauch seiner Magensonde und lege ihn auf ein weißes Handtuch. Dann fülle ich eine große Plastikspritze mit Flüssignahrung aus einem Behälter. Sie ist dick und braun und hat einen unangenehmen Geruch. Ich habe sie einmal probiert, und sie schmeckt absolut widerlich, aber sie enthält alle Kalorien und Nährstoffe, die er braucht. Sie hält ihn am Leben.

Ich öffne den Verschluss des Sondenschlauchs und will gerade die Spritze ansetzen, da packt er mit überraschender Kraft mein Handgelenk. Als ich in sein Gesicht sehe, stelle ich fest, dass er mich direkt anstarrt. Seine Augen sind konzentriert und klar, wach.

«Hi, *Ba*», sage ich, und ein Lächeln explodiert auf meinem Gesicht. Er hat bisher noch nie mit mir interagiert.

Er stöhnt tief in seiner Kehle. Ist das ein Hallo?

Ich kann einfach nicht anders, als begeistert zu sein. Er war die ganze Zeit hier, trotzdem hat er mir so gefehlt. «Ich füttere dich jetzt, aber wenn ich damit fertig bin, dann können wir Fotos ansehen, wenn du willst.»

Wieder versuche ich, die Spritze in seinen Ernährungsschlauch zu stecken, doch er verstärkt seinen Griff um mein Handgelenk und schüttelt den Kopf.

«Was ist los, Daddy?», frage ich.

Er verzieht das Gesicht, lässt meinen Arm los und macht eine Bewegung mit seiner Hand. Niemand hier kann Gebärdensprache, aber dieses Handsignal, das Hin-und-her-Schütteln seiner Finger, ist universell.

Aufhören. Genug.

«Aber es ist schon Stunden her, seit du zum letzten Mal gegessen hast», sage ich, immer noch unsicher, was er mir mitteilen will.

Er kneift die Augen zu und macht wieder diese Handbewegung.

Aufhören. Genug.

«Wenn du jetzt keinen Hunger hast, dann werde ich dich später füttern, okay?»

Er dreht das Gesicht von mir weg, aber ich sehe die Feuchtigkeit, die langsam über seine Wange rinnt. Mein Dad weint.

Ein letztes Mal bedeutet er mit seiner Hand: *Aufhören. Genug.*

Ich weiß nicht, was ich tun soll, deshalb packe ich schnell alles fort, stecke den Sondenschlauch wieder unter sein Krankenhausnachthemd und renne ins angrenzende Badezimmer, wo ich mich auf die Fliesen setze und die Knie an meine Brust ziehe.

Mein Atem kommt in kurzen, keuchenden Stößen. Das Licht ist so hell, dass mir davon schwindlig wird. Ich trage immer noch Latexhandschuhe, deshalb ziehe ich sie aus und werfe sie in den Mülleimer. Die Haut meiner Finger hat den scharfen chemischen Geruch der Handschuhe angenommen, und obwohl sie nicht in der Nähe meines Gesichts sind, verursacht mir der Geruch Übelkeit, und mein Mund füllt sich mit Speichel. Ich klemme die Hände in die Kniekehlen, um den Gestank zu ersticken, und wiege mich, die Zähne aufeinanderklackend, vor und zurück, um irgendwie wieder zu einem erträglichen Daseinszustand zurückzukehren.

Aufhören. Genug.

Lieber Gott, was tun wir hier?

Er will das nicht.

Er will, dass wir aufhören.

Aber wenn wir aufhören, bedeutet das ...

Nein, das kann ich nicht tun.

Selbst wenn ich könnte, meine Familie würde das nie zulassen. Schlimmer noch, sie würden mich dafür verdammen. Sie würden mich *verstoßen*.

Ich darf meine Familie nicht verlieren. Sie ist alles, was ich habe.

Es ist zu viel. Ich kann meine Gedanken nicht ertragen. Also fange ich im Kopf an zu zählen. Ich komme bis sechzig und fange wieder bei eins an. Immer wieder, bis ich mich nicht mehr vor- und zurückwiegen muss, bis mein Kiefer müde ist, bis ich betäubt bin.

Schließlich finde ich die Kraft, mich hochzustemmen und die Tür zu öffnen. Mein Gesicht ist heiß, und in meinen Ohren ist es laut. Ich fühle mich, als wäre etwas Gewaltiges passiert, als wäre die ganze Welt aus den Angeln gekippt. Aber das Zimmer meines Dads sieht genauso aus wie vorher. Er schläft, genau wie sonst. Er sieht aus wie immer. Alt. Zerbrechlich. Müde, sogar im Schlaf.

Ich gehe zur Kommode, die zugleich als Tisch für unseren medizinischen Bedarf dient, und inspiziere die Tabelle, in der wir die täglichen Informationen unseres Dads eintragen – wie viel wir gefüttert haben und wann, welche Medikamente er bekommen hat, ob er Stuhlgang hatte et cetera. Der nächste Eintrag soll eine Fütterung sein. So ist der Plan. So ist das Muster.

Es war nicht meine Entscheidung, ihm die Magensonde legen zu lassen. Ich hatte Bedenken. Aber ich habe den Mund nicht aufgemacht, als ich die Gelegenheit dazu hatte. Ich mache nie den Mund auf. Also ist das jetzt unser Weg. Wir sind alle gefangen, genau wie er gefangen ist.

Wir müssen das hier bis zum Ende durchziehen.

Ich wische mir mit dem Ärmel über die Augen und ziehe eine frische Spritze für meinen Dad auf, und als alles bereit ist, verbinde ich sie mit seinem Ernährungsschlauch. Er schläft tief und fest, also hält er mich diesmal nicht auf.

Langsam drücke ich den Kolben runter, um die lebens-
erhaltenden Nährstoffe in seinen Körper zu pressen. Ich
pflege ihn, obwohl ich weiß, dass meine Pflege sein Leiden
verlängert.

Es tut mir leid, Daddy.

KAPITEL 25

Quan

Es ist spät, und das einzige Licht in meinem Schlafzimmer ist das schwache Leuchten meines Handydisplays, während ich mit Anna telefoniere. Es ist zu einer Art Ritual geworden, dass wir uns am Ende des Tages miteinander austauschen, unmittelbar bevor ich schlafen gehe.

«Wie war dein Tag heute?»

«Lang», antwortet sie, und ich kann am niedergeschlagenen Klang ihrer Stimme hören, wie lang er tatsächlich war.

«Wie hat dir das Video gefallen, das ich dir geschickt habe, von dem Oktopus, der dem Fisch eine reinhaut?», frage ich in der Hoffnung, sie ein wenig abzulenken.

«So ein Arschloch», sagt sie mit einem leisen Lachen. «Ich hab deine Nachricht bekommen, während Julian und seine Mutter heute zu Besuch waren. Sie wollten wissen, warum ich lache, und ich wusste nicht, wie ich es erklären soll.»

Ein unangenehmes Gefühl kriecht mir über den Rücken. «Julian ... Ist das dein Ex?»

«Ja, das ist er. Seine Mom ist mit meiner befreundet.»

«Wie war es, ihn nach so langer Zeit wiederzusehen?», frage ich vorsichtig. Ich will mich nicht eifersüchtig verhalten. Ich möchte fair und ruhig und rational sein. Aber ich würde ihm auch liebend gern eine reinhauen.

«Es war nicht so unbehaglich, wie ich dachte. Wir haben

uns einfach so verhalten, als wären wir wieder zusammen.»

Meine Bauchmuskeln verkrampfen sich, als hätte mir jemand einen Schlag in die Magengrube verpasst. «Seid ihr das?»

«Nein.» Sie gibt einen belustigten Laut von sich. «Nein, nein, nein, nein, nein, nein, nein.»

«Weiß er das?»

Sie stößt einen langen Seufzer aus. «Ich schätze, das Gespräch hatten wir noch nicht.»

«Anna ...»

«Ich weiß. Ich muss es tun. Es ist einfach nur schwer. Für mich schien es so klar zu sein, dass es zwischen uns aus ist. Ich hätte nie erwartet, dass er tatsächlich dort weitermachen will, wo wir aufgehört haben, nachdem er ... du weißt schon.»

Ich weiß, ich sollte es nicht tun, aber ich kann es mir nicht verkneifen zu sagen: «Nachdem er halb San Francisco gevögelt hat?»

Sie zieht scharf den Atem ein und sagt: «Ja», und ich bereue es sofort.

«Tut mir leid, das hätte ich nicht sagen sollen.»

«Aber es stimmt», sagt sie. «Ich habe schon seit einer Weile vor, mit ihm zu reden. Aber es scheint nie der richtige Zeitpunkt zu sein. Oder ich bin erschöpft. Manchmal schaffe ich es kaum aus dem Bett. Gestern habe ich aus Versehen zwei Stunden lang geduscht. Das wollte ich gar nicht. Ich habe einfach ... das Zeitgefühl verloren. Zuerst hatte meine Mom Angst, ich wäre hingefallen oder so was. Dann hat sie mich angeschrien, weil ich Wasser verschwendet habe.» Sie lacht, aber es ist das traurigste Lachen, das ich je gehört habe.

«Warum ist es so schwer?», frage ich.

«Mein Dad leidet schrecklich, Quan», flüstert sie.

«Aber ihr helft ihm doch, damit er weniger leidet, oder nicht?»

Sie schweigt lange Zeit, und als sie schließlich spricht, hat ihre Stimme diesen heiseren, bebenden Tonfall, der bedeutet, dass sie den Tränen nahe ist. «Ich weiß nicht, wie lange ich das noch kann.»

Ich höre so viel Schmerz in ihren Worten, dass mir selbst die Augen brennen. Ich kann es nicht ganz nachempfinden. Wenn unsere Plätze vertauscht wären, glaube ich nicht, dass ich genauso fühlen würde. Ich kümmere mich gern um andere. Ich mag es, gebraucht zu werden. Aber Annas Schmerz ist echt.

Ich kann ihn nicht einfach beiseiteschieben, nur weil ich ihn nicht verstehe. Ich kann ihn nicht verurteilen. Schmerz ist Schmerz.

Ich weiß, wie es ist, zu leiden und von anderen nicht verstanden zu werden.

«Kannst du dir denn nicht ein Wochenende freinehmen? Wir können ausgehen und uns was ansehen, oder wir können zu Hause bleiben. Was immer du willst. Solange wir nur zusammen sind», schlage ich vor. Je mehr ich darüber nachdenke, desto besser gefällt mir die Idee. Ich hatte Anna seit einer Ewigkeit nicht mehr für mich.

«Ich kann nicht», antwortet sie wehmütig. «Ich kann Priscilla und meine Mom nicht auch noch meinen Anteil übernehmen lassen, während ich Urlaub mache. Das wäre falsch.»

«Ihr werdet doch ab und zu Pausen einlegen. Du kannst das nicht ewig so weitermachen, sonst brennst du aus. Ich mache mir Sorgen um dich.»

«Danke», sagt sie.

Frustriert hole ich Luft. «Du musst dich nicht bei mir dafür bedanken, dass ich mir Sorgen um dich mache.»

«Ich weiß. Aber es bedeutet mir viel, dass du es tust», erwidert sie. «Meine Cousine Faith, der Gesundheitsapostel, kommt vielleicht an einem der nächsten Wochenenden. Sie ist wirklich eng mit Priscilla befreundet, und die beiden werden eine Party draus machen, meinen Dad zu pflegen, und dabei die ganze Zeit tratschen. Ich müsste nicht dabei sein. Aber auf Faith kann man sich nicht verlassen. Sie ist unberechenbar wie das Wetter. Sie schneit rein, wenn sie reinschneit. Aber ich bin es leid, über mich zu reden. Wie geht es dir? Wie läuft's mit deiner Firma? Mir ist letztens bewusst geworden, dass ich gar nichts darüber weiß. Priscilla hat mich gefragt, ob du T-Shirts aus deinem Kofferraum verkaufst, und ich konnte ihr weder mit Ja noch mit Nein antworten.»

Ich werfe den Kopf zurück in mein Kissen und stöhne innerlich. «Nein, ich verkaufe keine T-Shirts aus meinem Kofferraum. Hier, das sind wir.» Ich schicke ihr Links zu unserer Webseite und einer unserer Social-Media-Präsenzen, und als sie ein beeindrucktes *Oooooh* von sich gibt, entspanne ich mich ein wenig.

«Diese Kleider sind bezaubernd», sagt sie, und dann schnappt sie nach Luft. «Dieses Regenbogenkleid möchte ich in Erwachsenengröße. Und eins von diesen T-Shirts mit dem T-Rex im Tutu.»

«Ich schau mal, was ich machen kann, aber ich bin ziemlich sicher, die größte Größe, in der wir dieses Regenbogenkleid haben, ist in Kindergröße L.»

«Verflixt», sagt sie, lacht aber auch.

«Fürs Design ist Michael verantwortlich, aber diese T-Rex-im-Tutu-Shirts waren meine Idee. Die verkaufen sich ehrlich gesagt wirklich gut. Wie sich herausstellt, lieben Kinder Dinosaurier einfach.»

«Natürlich tun sie das. *Ich* liebe Dinosaurier. Das war eine so gute Idee», sagt sie. Ich kann ihrer Stimme anhören, dass sie es ernst meint, und ich würde am liebsten durchs Telefon greifen und sie schwindlig küssen. «Quan, da ist ein *Oktopus* in einem Tutu!»

«Der ist neu im Programm», sage ich und kann es mir nicht verkneifen, zur dunklen Zimmerdecke hochzugrinsen.

«Er sieht aus wie der Oktopus in der Dokumentation ...»

«Ja, ich hab mich vergewissert, dass es dieselbe Art ist. *Octopus vulgaris.*»

Sie seufzt verträumt, als hätte ich ihr Rosen und Pralinen und einen Besuch in der Oper geschenkt, und mein Herz wird weich wie Wachs. Diese Worte von zuvor füllen meinen Mund, drängen darauf rauszukommen, wollen gehört werden, aber ich halte sie zurück. Ich kann sie noch nicht sagen.

«Es sieht so aus, als würde meine Firma aufgekauft», sage ich. «Wir haben mit Vertragsverhandlungen begonnen.»

«Ist das gut oder schlecht?», fragt sie.

«Gut. Es wird sich nicht allzu viel daran ändern, wie wir das Unternehmen führen, aber sie werden uns helfen, eine Größenordnung zu erreichen, die wir allein nicht schaffen könnten. Ich werde nicht meinen Job verlieren oder so was.»

«Das ist ja *großartig*. Welches Unternehmen ist es denn, das euch aufkauft? Hab ich schon davon gehört?», fragt sie.

«Ich denke schon, dass du davon gehört hast. Es ist Louis

Vuitton.» *Erzähl das mal deiner Schwester*, denke ich, sage es aber nicht.

«*Was?*», kreischt Anna. «Warte, bis ich das Priscilla erzähle. Meine Mom wird ausflippen.»

«Denk aber dran, ihnen zu sagen, dass es noch nicht endgültig ist. Und ich bekomme keine Prozente auf ihre Handtaschen und so.» Meine Schwester hat beinahe geweint, als ich gesagt habe, dass es keine Prozente auf ihre Lieblings-Designerhandtaschen gibt, aber ich denke, es ist gut, direkt zu sein und realistische Erwartungen zu schaffen.

«Okay. Ich werde sie wissen lassen, dass die Sache noch nicht entschieden ist und dass sie nicht auf Prozente für Handtaschen zu hoffen brauchen. Aber ich freue mich für dich, wirklich, gratuliere!», sagt sie, und ihre Worte sind warm und innig und kommen von Herzen. Sie ist stolz auf mich, stolz darauf, dass ich ihr gehöre, und das lässt mir das Herz in der Brust aufgehen. «Also habt ihr gerade viel zu tun?»

«Danke. Und ja, es gibt Meetings und Telefonate und Papierkram rund um die Uhr, aber es ist echt aufregend. Ich habe nur ein schlechtes Gewissen, weil die Dinge für mich so gut laufen, und du ...»

«Du brauchst dich deswegen nicht schlecht zu fühlen. Ich möchte nicht, dass andere Leute das Gleiche durchmachen wie ich. Ich mag es, zu wissen, dass es für jemanden gut läuft», erwidert sie.

«Ich wünschte, es wäre bei dir auch besser.»

«Das weiß ich.»

Wir unterhalten uns noch ein paar Minuten lang, obwohl wir nicht viel sagen. Hauptsächlich lauschen wir dem Klang der Stimme des anderen, ziehen Trost daraus.

Schließlich wünschen wir uns Gute Nacht, und ich starre lange hinauf in die Dunkelheit, bevor ich einschlafe. Ich kann nicht aufhören, über die Tatsache nachzudenken, dass ihr Ex technisch betrachtet nicht ihr Ex ist. Dafür müssen sie erst miteinander Schluss machen. Ich weiß, dass sie mich nie betrügen würde. Ich vertraue ihr. Aber irgendwie hat meine Freundin zwei Freunde, und das ist *nicht* okay für mich.

KAPITEL 26

Anna

Wochen vergehen. Woche um Woche um Woche, bis es zwei Monate her ist, seit mein Dad ins Krankenhaus kam. Irgendwann fängt er an zu stöhnen, ein langsames, rhythmisches Stöhnen, das stundenlang anhält. Es ist immer gleich. Ich muss mein absolutes Gehör von ihm geerbt haben, denn sein Stöhnen weicht nie ab von einem perfekten Es.

Niemand weiß, warum er es tut, aber der Arzt sagt, wir brauchen uns keine Sorgen zu machen. Er hat keine Schmerzen – keine körperlichen. Priscilla, stets skeptisch, was Fachwissen betrifft, das nicht ihr eigenes ist, wird besessen von der Vorstellung, dass er Verstopfung hat, und besteht darauf, ihn mit Magnesiamilch abzuführen. Wie sich herausstellt, reagiert mein Dad äußerst empfindlich auf Magnesiamilch, was das Aufbrauchen einer ganzen Packung Windeln – und jede Menge Übelkeit und Brechreiz meinerseits, wofür ich böse Blicke von Priscilla ernte – zur Folge hat, bevor sein Körper sich wieder beruhigt.

Er stöhnt dabei die ganze Zeit. Und hinterher genauso.

Es, es, es, es, es.

Priscilla und meine Mom werden panisch vor Sorge. Weil moderne Medizin nicht hilft, lassen sie eine Akupunkteurin ins Haus kommen, um ihn zu behandeln. Sie geben ihm pflanzliche Heilmittel über seine Magensonde, träufeln CBD-Öl unter seine Zunge. Sie haben sogar einen Heilpraktiker dafür bezahlt, ihm intravenös Vitamin C zu geben. Es ist unverschämt teuer, wirkt aber nicht. Nichts wirkt.

Wenn überhaupt, wird sein Stöhnen nur noch heftiger.

Ich möchte ihnen sagen, dass sie aufhören sollen, dass er stöhnt, weil er so nicht leben will, und dass all ihre Versuche zu helfen ihn quälen. Aber ich tue es nicht. Ich weiß, es würde nichts nützen. Ich bin nicht hier, um zu reden. Ich bin hier, um auf meinen Dad aufzupassen, dafür zu sorgen, dass er nie in seinem Zimmer allein ist, mich um seine Bedürfnisse zu kümmern.

Doch der Klang seines Stöhnens setzt mir zu, die ständige Erinnerung daran, *warum* er stöhnt, und es ist ja nicht so, als könnte ich Kopfhörer aufsetzen und ihn ignorieren. Wenn er hustet oder sich verschluckt, muss ich das wissen. Ich habe keine andere Wahl, als es zu ertragen. Jeden Tag, wenn meine Schicht vorbei ist, sitze ich in der Küche, nah genug, dass ich es hören kann, wenn Priscilla meine Hilfe braucht, aber weit genug weg, dass sein Stöhnen gedämpft ist.

Es ist keine wirkliche Pause. Ich weiß, dass ich jeden Moment gerufen werden kann, aber wenigstens nehme ich seinen emotionalen Schmerz nicht direkt in mich auf. Außerdem riecht es hier nicht nach schmutzigen Windeln und schmerzlindernden Kampfer- und Menthol-Pflastern.

Ich scrolle mich gerade durch Hunderte ungelesene Textnachrichten auf meinem Handy – Rose ist live im kanadischen Fernsehen aufgetreten und hat gerade einen Vertrag mit Sony unterschrieben, das zwölfjährige Wunderkind wird in einem Netflix-Film mitspielen, Suzies Violin-Cover eines bekannten Rap-Songs wurde als Titelmelodie einer neuen Krankenhausserie ausgewählt (ironisch, weil sie sowohl Rap-Musik als auch Krankenhausserien nicht ausstehen kann), Quan hat mit dem Leiter der M&A-Abteilung von LVMH gesprochen, und es war «krass», Jennifer erkundigt sich nach mir, sagt, sie macht sich Sorgen um mich –, als meine Cousine Faith mit einer Reisetasche und einer zusammengerollten Yogamatte unterm Arm in die Küche kommt. Ihre Haare sind fusselig wie immer, und sie trägt ihre übliche Uniform aus Leggings und einem weiten Shirt über einem schicken Sport-BH, dessen Träger sich am Rücken wie ein Spinnennetz kreuzen, so einen, wie ich ihn nie tragen könnte, weil ich mich darin hoffnungslos verheddern würde.

«Hey, Anna», sagt sie und lächelt mich auf ihre liebenswerte Art an. Sie mag jeden, jeder liegt ihr aufrichtig am Herzen. «Wie geht's dir? Wie geht's deiner Mom? Wo ist Priscilla?»

«Ist das Faith?», ruft Priscilla von der anderen Seite des Hauses her.

Anstatt mit Worten zu antworten – ich bin buchstäblich zu müde, um zu sprechen –, ringe ich mir ein Lächeln ab und zeige zum Zimmer meines Dads.

Faith hat erst wenige Schritte gemacht, als Priscilla ins Zimmer stürzt und sie in eine Umarmung zieht. «Du bist *da*. Ich kann nicht glauben, dass du mir nicht mal vorher geschrieben hast.»

«In meinem Terminplan wurde was frei, also bin ich direkt von Sacramento hergefahren. Du siehst gut aus, Prissy», sagt Faith, als sie sich wieder voneinander lösen, und verwendet dabei Priscillas Spitznamen, den ich hasse. Ich bin mir nicht sicher, ob es wegen der negativen Bedeutung ist, die das Wort im Englischen hat, oder wegen der Tatsache, dass ich ihn nicht benutzen darf.

«Nein, ich sehe nicht gut aus, aber ich liebe dich dafür, dass du lügst. Ich habe fünf Pfund zugenommen, seit ich hier bin. Es gibt nichts zu tun außer auf Dad aufpassen und essen, und ihre Bettgeschichte hat uns tonnenweise Essen gebracht.» Beim letzten Teil macht Priscilla eine Handbewegung in meine Richtung, und es dauert ein paar Sekunden, bis ich begreife, dass sie Quan meint.

Kopfschüttelnd versuche ich mich zu erinnern, wie man Worte formt, damit ich sie korrigieren kann, aber ich brauche zu lange dafür.

«Deine Bettgeschichte, Anna?», fragt Faith schockiert. «Was ist denn aus diesem supersüßen Freund geworden, den du hattest?»

«Sie führen eine ‹offene Beziehung›», antwortet Priscilla für mich, wobei sie die Worte *offene Beziehung* mit den Fingern in Anführungszeichen setzt.

Faith bleibt der Mund offen stehen.

«Du solltest den neuen Kerl mal sehen.» Anzüglich wackelt Priscilla mit den Augenbrauen. «Er ist über und über tätowiert. Unsere Mom hält ihn für einen Drogendealer.»

Faiths überraschte Miene verwandelt sich allmählich in ein spitzbübisches Grinsen. «Schön für dich, Anna.»

Das ärgert mich genug, dass ich endlich meine Stimme wiederfinde. «Er ist kein Drogendealer. Er ist im Modegeschäft.»

«Er verkauft T-Shirts aus seinem Kofferraum», raunt Priscilla in gespieltem Flüstern.

«Tut er nicht», sage ich gereizt darüber, dass sie Quan so

einfach in eine Schublade steckt – obwohl ich am Anfang dasselbe getan habe. «Seine Firma heißt MLA, und sie werden von Louis Vuitton übernommen.»

«Ernsthaft?», fragt Priscilla. Im nächsten Moment holt sie ihr Handy raus, tippt «MLA Bekleidung» in ihre Suchmaschine und zeigt mir die gefundene Webseite. «Ist er das?»

«Ja», sage ich, und meine Gereiztheit wird jetzt vollständig von nervöser Erwartung überschattet. Sie wird beeindruckt sein. Sie muss beeindruckt sein.

Bitte sei beeindruckt.

Alles, was sie sagt, ist: «Interessant.» Sie klickt sich durch verschiedene Seiten der Webseite, abschätzend, urteilend. «Hat er einen Vertrag mit Louis Vuitton unterschrieben?», fragt sie in neutralem Tonfall.

«Er hat gesagt, dass die Verhandlungen laufen. Es ist noch nicht beschlossene Sache.»

«Dachte ich mir.» Kühl steckt sie ihr Handy weg. «Nur damit du's weißt, aus solchen Dingen wird selten was. Für den Fall, dass ihm das nicht bewusst ist, sag ihm, er soll sich keine Hoffnungen machen. Aber nette Webseite.»

Enttäuscht und unerklärlich wütend sacke ich auf meinen Stuhl zurück. Warum muss sie jeden so auf seinen Platz verweisen? Warum kann sie sich nicht einfach für ihn freuen? Für mich?

«Wie lange bleibst du hier?», fragt Priscilla an Faith gerichtet.

«Ich hab nichts vor bis Montag, also dachte ich, ich bleibe übers Wochenende und fahre dann früh am Montagmorgen wieder, so um fünf», sagt Faith mit einem strahlenden Lächeln.

«Willst du nicht am Sonntagabend fahren wie ein normaler Mensch?», fragt Priscilla.

Faith zuckt mit den Schultern. «Du weißt ja, wie ich in Sachen Schlaf bin. Ich dachte, ich übernehme auch noch die Nachtschichten, damit sich deine Mom ein paar Tage freinehmen kann?»

«O mein Gott, du bist ein Engel. Ich könnte dich küssen», sagt Priscilla und lehnt sich mit gespitzten Lippen vor.

Lachend schubst Faith sie weg. «Wirklich nicht nötig.» Ihre Miene wird weicher, als sie mich ansieht, obwohl immer noch ein Lächeln um ihre Mundwinkel spielt. «Du solltest dir das Wochenende freinehmen und deinen Fashionista-Freund sehen.»

«Du solltest wirklich gehen, wenn du die Gelegenheit hast, Anna. Ich muss in ein paar Wochen zurück nach New York fliegen, um ein paar Sachen zu erledigen, und du und Mom werdet allein auf Dad aufpassen müssen», sagt Priscilla.

Das ist es, was ich wollte, eine Chance, dieses Haus zu verlassen, aber nun, wo sie hier ist, habe ich ein schlechtes Gewissen. Ich sollte nicht gehen wollen. Ich sollte bleiben wollen. Eine gute Tochter würde bleiben.

Und was soll das heißen, dass Priscilla zurück nach New York geht? Das hat sie vorher noch nie erwähnt. Der Gedanke, unseren Dad während all meiner wachen Stunden ganz allein zu pflegen, erfüllt mich mit Furcht. Das Stöhnen ... Ich werde es mir sechzehn Stunden am Stück anhören müssen, nur um zu schlafen, aufzuwachen und es mir wieder sechzehn Stunden lang anzuhören.

«Wie lang wirst du fort sein?», frage ich.

«Nur ein, zwei Wochen. Keine Sorge, vor Dads Party bin

ich wieder da. Im Büro hat sich ein Problem ergeben, und sie brauchen mich, um das in Ordnung zu bringen», sagt Priscilla auf beiläufige Weise. «Ich werde so bald wie möglich zurückkommen, aber du solltest dir wirklich das Wochenende freinehmen, solange du es kannst.»

Meine Wangen werden kalt, als mir das Blut aus dem Gesicht weicht. *Ein, zwei Wochen.* Ich weiß ehrlich nicht, ob ich das schaffe. Ich strenge mich an, sosehr ich kann, aber ich kann mich nur noch schlecht zusammenreißen. Auch so schon weine ich jeden Morgen beim Aufstehen, weil ich weiß, was mich erwartet, was ich tun werde, was unser Dad will.

«Okay», sage ich. Als ich mich daran erinnere, lächle ich Faith an und sage: «Danke. Wirklich. Es ist so nett von dir, dass –»

«Aber natürlich», sagt sie, bevor ich zu Ende sprechen kann, und drückt meine Hand. «Ich wollte schon seit einer Weile herkommen. Es hat nur bis jetzt nicht geklappt. Du weißt ja, wie das ist.»

Ich weiß nicht, wie das ist, aber mein Kopf nickt trotzdem in einer Art kreisender Bewegung. Was ich weiß, ist, dass sie absolut nicht dazu verpflichtet ist, hier zu sein, nicht so wie Priscilla und ich. Sie ist nur die Nichte meines Dads. Wir sind seine *Töchter*. Er hat uns großgezogen, uns ernährt, uns geliebt. Jetzt für ihn zu sorgen ist etwas, das wir tun müssen.

Selbst wenn es uns zerbricht.

Dankbarkeit überwältigt mich, und Tränen schwimmen in meinen Augen, als Faith und meine Schwester die Küche verlassen, um zum Zimmer meines Dads zu gehen. Es ist so lange her, seit ich freihatte, dass ich nicht mal weiß, was ich mit der Zeit anstellen soll, die sie mir schenkt.

Immer wieder im Kreis Violine üben?

Nein.

Ich tippe eine Nachricht an Quan: Meine Cousine ist gekommen. Sie ist HIER. Hast du dieses Wochenende Zeit?

Er antwortet sofort: Hatte ich, aber jetzt nicht mehr! Kann ich dich heute Abend abholen? Oder jetzt gleich?

Ja, bitte, schreibe ich.

Schon unterwegs. Bis gleich.

Einen Moment lang drücke ich mein Handy an die Brust und wünsche mir, er würde nicht so lange brauchen, um herzukommen. Dann gehe ich hoch in mein Zimmer. Mein Plan ist es, rasch zu duschen, meine Sachen zu packen und mein Bett zu machen, bevor ich mich mit Quan vor dem Haus treffe, aber als ich unter die Dusche steige, verliere ich jegliches Zeitgefühl.

Das hier ist mein einziger Zufluchtsort, seit ich hier bin. Wenn ich unter der Dusche bin, kann niemand rufen: «Anna, komm und hilf mir, Dad aufzusetzen» oder «Anna, hol mir eine Packung Windeln aus der Garage» oder «Anna, bring den Müll für mich raus» oder «Anna, pass auf Dad auf, während ich einkaufen gehe», und erwarten, dass ich alles stehen und liegen lasse, was ich gerade tue, mitten in meinen Gedanken innehalte und mit einem fröhlichen Lächeln springe, wenn sie rufen. Ich dusche. Ich kann sie nicht hören. Sie müssen warten, bis ich wieder rauskomme.

Selbst nachdem meine Haare gewaschen sind und alles an mir eingeseift und sauber ist, bleibe ich noch, die Stirn an die Fliesen gelehnt. Kann sein, dass ich weine. Es ist schwer zu sagen, ob es Wasser oder Tränen sind, die mir übers Gesicht laufen, aber ich spüre es in meiner Brust und in meiner Kehle. Ich spüre es in meinem Herzen.

Ich sollte mich nicht so darüber freuen zu gehen. Aber das tue ich. Schlimmer noch, ich will nie wieder zurückkommen. Ich will wegrennen und immer weiter rennen.

KAPITEL 27

Anna

Als ich aufwache, fühle ich mich orientierungslos und wie gerädert, so als wäre ich krank gewesen und mein Fieber eben erst zurückgegangen. Mein Verstand kommt nur langsam in Schwung, aber ich erkenne meine Umgebung. Ich bin in meinem Bett, in meiner Wohnung, und das ist so ein Luxus.

Mein Kopf pocht dumpf, als ich mich aufsetze, und als ich an mir hinuntersehe, bemerke ich, dass ich Alltagskleidung trage – ein Sweatshirt-Kleid und Leggings. Ich nehme mein Handy vom Nachttisch und stelle verwirrt fest, dass es kurz nach 17:00 Uhr ist. War es nicht schon später, als ich das Haus meiner Eltern verlassen habe? Wie konnte die Zeit rückwärtslaufen? Ich habe eine Abermillion ungelesene Nachrichten auf meinem Handy, aber als ich sie durchscrolle, wird mir wieder flau im Magen, also lasse ich es.

Unbeholfen wühle ich mich aus dem Bett, und weil ich nicht vorhabe, so bald irgendwo hinzugehen, ziehe ich das Kleid aus und schlüpfe in meinen Pyjama. Ich ziehe auch noch meinen hässlichen flauschigen Bademantel an, wobei ich seine Weichheit genüsslich auskoste, und tappe aus meinem Schlafzimmer. Das Licht im Wohnzimmer ist an, also wende ich mich dorthin, um nachzusehen, anstatt ins Bad zu gehen, wie ich es eigentlich vorhatte.

Quan sitzt auf meiner Couch, ernst über seinen Laptop gebeugt, während seine Finger geschäftig tippend über die Tasten fliegen. Ein unerwarteter, aber absolut willkommener Anblick. Ich liebe es, wie wohl er sich bei mir zu fühlen scheint, barfuß und in einem verwaschenen T-Shirt und weiter Jogginghose.

Flüchtig sieht er in meine Richtung, und ein breites Lächeln erhellt sein Gesicht und macht ihn wunderschön. «Du bist wach.»

«Hey.» Verlegen kratze ich mich hinterm Ohr. «Welcher Tag ist heute?»

Lachen sprudelt aus ihm heraus. «Es ist Samstag. Du hast», er sieht auf die Uhr seines Handys, «siebzehn Stunden durchgeschlafen.»

«Das erklärt, warum ich mich fühle wie vom Bus überfahren», sage ich, dabei bemühe ich mich um einen leichten Tonfall, obwohl ich ein Gefühl von Verlust empfinde. Das hier ist mein Urlaub. Und ich habe gerade die Hälfte davon verschlafen.

Quan stellt seinen Laptop beiseite und kommt zu mir, um mit den Händen an meinen Armen auf und ab zu streichen. «Möchtest du irgendwas? Hast du Hunger?»

«Ich könnte was vertragen. Aber vorher muss ich mir wirklich die Zähne putzen. Bin gleich wieder da.» Verschämt halte ich mir die Hand vor den Mund und eile ins Badezimmer, wo ich den langen Prozess des Zähneputzens durchlaufe, sieben Sekunden für jeden Zahn, sieben Sekunden für jeden dazugehörigen Teil meines Zahnfleischs, um die Durchblutung zu fördern, damit mir nicht alle Zähne ausfallen, noch bevor ich fünfzig bin, gewissenhaftes Benutzen von Zahnseide, Mundwasser mit Fluor. Es dauert ewig, aber so lebe ich nun mal mit der Zahnfleischerkrankung, die ich mir durch mein Zähneklappern eingehandelt habe.

Als ich fertig bin, kehre ich ins Wohnzimmer zurück. Quan ist nicht da, aber ich höre ihn in der Küche hantieren. Als ich um die Ecke spähe, sehe ich ihn am Herd Eier pochieren. Neben ihm auf der Arbeitsplatte befinden sich zwei Packungen Ramen-Nudeln und zwei leere Suppenschalen.

«Du machst mir Ramen?», frage ich.

Er sieht mich über seine Schulter hinweg an. «Das ist das Einzige, was du hast. Ich habe kurz überlegt, was liefern zu lassen, aber ich dachte mir, du musst am Verhungern sein, und das hier geht schnell. Möchtest du was anderes?»

Ich schlucke den schmerzhaften Kloß in meiner Kehle hinunter. «Nein, das ist perfekt.»

Er lächelt und wendet sich wieder seiner Arbeit zu. Er gibt die Eier in die Schüsseln, leert die Päckchen mit Suppenpulver in den Topf mit kochendem Wasser und gibt dann die Nudeln zum Kochen hinein.

Nicht lange danach sitzen wir uns an meinem winzigen Tisch gegenüber, die Knie aneinandergepresst, meine Füße auf seinen, weil mir kalt und er warm ist. Dampf steigt kräuselnd von den Nudeln auf, und das pochierte Ei sieht lecker aus. Der weiße Teil ist fest, aber ich kann erkennen, dass das Eigelb flüssig sein wird. Ich nehme meine Stäbchen, doch dann zögere ich, bevor ich irgendetwas anrühre. Ich will es noch nicht ruinieren.

«Stimmt was nicht?», fragt Quan, einen Löffel voll Ramen auf halbem Weg zum Mund.

Ich schüttle den Kopf. «Nein, ich bin einfach nur … glücklich.»

Er neigt den Kopf und sieht mich mit einem verwirrten Lächeln an.

Ich versuche, das Lächeln zu erwidern, aber meine Lippen wollen nicht gehorchen. Ich weiß nicht, wie ich erklären soll, wie wunderbar es sich anfühlt, *selbst* umsorgt zu werden, sogar auf diese kleine Weise, nach all der Zeit, in der ich mich um meinen Dad gekümmert habe; wie dunkel es war, wie einsam ich mich gefühlt habe, obwohl ich von meiner Familie umgeben war, den Leuten, die mich am meisten lieben.

Noch während ich das denke, ertappe ich mich dabei, mich zu fragen: *Aber lieben sie mich wirklich? Können sie das, wenn sie gar nicht wissen, wer ich wirklich bin?*

Das ist einer der Gründe, warum ich so erschöpft bin, wird mir bewusst. Ich habe monatelang ununterbrochen eine Maske getragen, für meinen Dad, aber auch für meine Mom und Priscilla. Normalerweise bemerke ich es nicht, weil ich sie nur für ein paar Stunden sehe, einen Tag oder zwei höchstens, und dann kann ich wieder gehen und mich erholen.

Es ist, wie sich mit einer Nadel zu stechen. Macht man es einmal, ist man okay. Man kann ignorieren, dass es überhaupt passiert ist. Sticht man sich immer wieder, ohne sich Zeit zum Heilen zu geben, ist man bald verletzt und blutet.

Das bin ich. Ich bin verletzt und blute. Aber niemand kann es sehen. Weil die Wunde in meinem Innern ist.

Aber ist es okay, mich angesichts des Leidens meines Vaters mit meinem eigenen Schmerz zu befassen? Selbsthass überkommt mich, und ich spotte über mich selbst, hier in der Abgeschiedenheit meines Verstands. Es sorgt nicht dafür, dass ich mich besser fühle. Das soll es auch nicht.

Wir essen die Nudeln auf und machen sauber, dann kuschle ich mich mit Quan aufs Sofa. Er durchstöbert die Dokumentationen nach etwas, das ich noch nicht gesehen habe, aber wie sich herausstellt, habe ich sie alle gesehen. Wenn sie von David Attenborough gesprochen werden, dann habe ich sie mindestens schon fünfmal gesehen. Am Ende landen wir bei schlechten (und richtig schlechten) Science-Fiction-Filmen.

Als ich die Beschreibungen von *Llamageddon* und *Sand Sharks* laut vorlese und vor ehrfürchtigem Staunen und Entsetzen lachen muss, holt Quan sein Handy raus und macht Selfies von uns.

«Mir ist gerade bewusst geworden, dass ich gar keine gemeinsamen Fotos von uns habe», sagt er.

«Wir haben bisher noch keine gemacht», erwidere ich überrascht darüber, dass wir so lang dafür gebraucht haben.

Er lächelt mich an, und da sind Wärme und Verständnis. «Wir waren zu beschäftigt.» Er wischt durch die Fotos, bis er ein schreckliches findet, auf dem ich aussehe, als würde ich grunzen. «Also das hier hat Hintergrundbild-Potenzial.»

«Auf gar keinen Fall.» Ich schnappe ihm das Handy weg und lösche das Foto schnell, dabei gehe ich sogar so weit, dass ich es auch noch aus seinem Ordner mit zuletzt gelöschten Fotos schmeiße, damit es wirklich für immer weg ist.

«Ach, komm schon», protestiert er, obwohl er lachen muss.

Ich knipse ein Foto, während ich ihn auf die Wange küsse, und da ist es. Das Beste von allen. Sein Lächeln ist breit, völlig unbefangen, und Zufriedenheit strahlt von ihm aus. Ich dagegen habe etwas Weiches in den Augen, als ich ihn küsse, etwas, dem ich keinen Namen geben kann. Aber es ist etwas Gutes. Und noch besser ist, dass man meinen hässlichen Bademantel nicht sieht. Ich sende das Foto an mich selbst, und dann scrolle ich neugierig durch die Bilder in seiner Bibliothek.

«Das ist Michael», sagt er, als ich zu einem Foto von ihm und einem anderen Mann komme. Das muss nach dem Kendo-Training aufgenommen worden sein, denn sie tragen beide die gleichen verschwitzten schwarzen Uniformen und Ausrüstung. Quan hat den Arm über die Schulter des anderen Manns gelegt, und sie tragen weiße Bandanas auf dem Kopf und ihre Helme unter den Arm geklemmt.

«Michael ... so wie Michael Larsen, das ML in MLA?», frage ich.

Quan grinst. «Ja, das ist er.»

Das nächste Foto zeigt Quan umringt von einem Rudel kleiner Kinder in voller Kendo-Rüstung. Das nächste ist ein Schnappschuss von zwei kleinen Knirpsen, die miteinander kämpfen. Ein weiteres Trainingsfoto von Kindern. Noch eines. Noch eines. Kleine Kinder in Kendo-Uniformen, grinsend. Ein Selfie von Quan und einem kleinen Jungen, dem ein Schneidezahn fehlt. Ein anderes Selfie mit einem kleinen Kind mit Brille. Quan und Kinder in T-Rex-Shirts vor dem Kendo-Studio. Quan, der unter einem Haufen sich auf ihn stürzender Kinder zusammenbricht. Er versucht, genervt über die Kleinen auszusehen, die überall auf ihm herumkriechen, aber er lächelt zu breit, als dass es glaubhaft wäre.

«Du liebst Kinder», bemerke ich.

Sofort wird seine Miene ernst, aber er nickt. «Ja.» Nach einem kaum merklichen Zögern fragt er: «Und du?»

Ich zucke mit den Schultern. «Sie sind ganz okay. Ich kann nicht so gut mit ihnen umgehen, wie du es eindeutig kannst.» Ich wische durch noch mehr Fotos und finde eines von Kindern, die sich in trendigen MLA-Outfits in Pose werfen, darunter T-Rex-Shirts, karierte Röcke und Shorts und Ballonmützen für alle. «War das für ein Firmen-Fotoshooting?»

«Ja, ich habe meine Kendo-Kids für uns modeln lassen. Das hat echt Spaß gemacht», sagt Quan, und er lächelt das Foto an wie ein stolzer Vater.

«Das ist nicht das, was ich normalerweise für ‹Spaß› halte», sage ich mit einem Lachen. «Ist das nicht wie Flöhe hüten, Kinder dazu zu bringen, auf einen zu hören?»

«Nope. Ich meine, ich brülle keine Befehle und erwarte, dass sie gehorchen. Wir haben nur zusammen rumgealbert, und der Fotograf hat ein paar Aufnahmen geschossen.»

«Du wirst eines Tages ein guter Dad sein», sage ich mit absoluter Überzeugung.

Ich erwarte, dass er lacht oder bescheiden abwinkt oder etwas sagt wie: *Das hoffe ich.* Stattdessen versteift er sich und zieht sich von mir zurück, bis er sogar vom Sofa aufsteht und hinüber zum Balkon geht. Ich verstehe nicht, warum er so verloren aussieht, als er auf die Straße unter ihm hinunterblickt.

«Was ist los?», frage ich, während ich langsam zu ihm gehe, dabei stolpert mein Herz vor Besorgnis.

Er schiebt die Hände in die Taschen und lässt den Kopf hängen. Lange sagt er nichts, und ich kann kaum Atem holen, während ich warte. Es muss an mir liegen, an dem, was ich gesagt habe. Es liegt immer an mir. Und wie immer verstehe ich nicht, warum.

Ohne den Kopf zu heben, fragt er: «Möchtest du eines Tages Kinder haben?» Seine Stimme ist seltsam rau, verletzlich, und das jagt mir einen Schauer über die Haut.

«Ich weiß es ehrlich gesagt nicht. Ich habe noch nicht viel darüber nachgedacht», antworte ich.

Er holt einen tiefen Atemzug, stößt ihn wieder aus. «Ich kann es nicht. Kinder haben, meine ich.»

Ich bleibe mehrere Schritte von ihm entfernt stehen, und meine Gedanken rasen, als mich die Bedeutung seiner Worte trifft.

«Das hätte ich dir früher sagen sollen. Es tut mir leid.» Jetzt ist seine Stimme sogar noch rauer. «Ich hab es versucht. Aber die Worte wollten nicht rauskommen.»

«Du brauchst dich nicht zu entschuldigen. Du hast es mir jetzt gesagt», erwidere ich.

Er holt zitternd Atem und wischt sich mit der Hand übers Gesicht und die Kopfhaut, bevor er seinen Nacken umfasst. Da ist so viel Niedergeschlagenheit in seiner Haltung, dass es sich anfühlt, als würde ein Teil meines Herzens aufgerissen, und ich überwinde den Abstand zwischen uns und lege meine Hand auf seine. Zuerst zuckt er zusammen, aber dann zieht er mich eng an sich und schmiegt seine Wange an meine.

Während ich ihn festhalte, so wie ich festgehalten werden möchte, frage ich: «I-ist das passiert, als du krank warst?»

«Ja.»

Ich weiß nicht, was ich jetzt sagen soll, also berühre ich ihn, seinen Rücken, seinen Hals, seine Wange. Ich küsse sanft seine Lippen, in der Hoffnung, ihn zu trösten, doch er erwidert meinen Kuss nicht.

Er entzieht sich mir und ist einen Moment lang stumm, bevor er sagt: «Ich verstehe, wenn das die Dinge ändert. Für dich. Für uns. Ich schätze, ich sollte es so oder so wissen, damit ich nicht ...» Seine Worte brechen ab, und er spricht nicht zu Ende.

«Damit du nicht was?», frage ich.

Sein Blick begegnet meinem, und er sagt: «Anna, ich bin in dich verliebt.»

Mir stockt der Atem, und mein Herz geht auf, geht auf, geht auf.

«Ich bitte dich nicht, es zu erwidern, wenn du es nicht empfindest, aber ich möchte wissen, ob ich eine Chance habe. Oder hat das, was ich dir grad gesagt habe, alles unmöglich gemacht? Ich kann es verstehen, wenn das der Fall ist, und ich werde es dir nicht übel nehmen», erklärt er, und die Gefasstheit seiner Worte lässt sie wie ein Versprechen wirken.

Ein völlig unnötiges Versprechen.

Ich hebe die Hand und streichle sein stoppeliges Kinn, weil ich das Bedürfnis verspüre, ihn zu berühren. «Das ändert überhaupt nichts für mich.»

Ein angehaltener Atemzug entweicht aus seiner Brust, und er zieht mich enger an sich und drückt einen Kuss an meine Schläfe, während er mich im Arm hält, als wäre ich kostbar, als wäre ich wichtig.

«Ich liebe ... es, mit dir zusammen zu sein. Du bist der einzige Mensch, bei dem ich wirklich ich selbst sein kann. Aber ich weiß nicht, ob ich schon in dich verliebt bin», gestehe ich.

Julian und ich haben uns diese Worte gesagt. Er hat mit einem beiläufigen *Liebe dich, Babe* am Telefon angefangen, und es wirkte so, als sollte ich es auch sagen, also tat ich es. Aber es hat nichts bedeutet.

Bei Quan will ich, dass die Worte etwas bedeuten, so wie seine Worte mir etwas bedeuten. Ich verwahre sie in meinem Herzen, wo ich sie für immer bei mir tragen kann, geschützt und geborgen.

Ein Lächeln formt sich langsam auf seinen Lippen, als er mein Gesicht mustert, und er beugt sich herunter, um meinen Mundwinkel zu küssen. «Du hast ‹schon› gesagt», flüstert er. «Das bedeutet, du denkst, dass es noch passieren wird.»

«Ja.»

«Vielleicht tust du es schon», sagt er, während er sich an meinem Hals hinunterküsst. Er öffnet meinen Bademantel, um diese empfindsame Stelle zu entblößen, wo mein Hals in meine Schulter übergeht, und als er mit den Zähnen leicht über meine Haut fährt, klammere ich mich aufkeuchend an ihn.

«Könnte sein. Ich habe noch nie so bei jemandem empfunden.»

«Denkst du, ich vielleicht?», fragt er mit leiser Stimme an meinem Ohr, was mich erbeben lässt.

«Du warst schon mit so vielen zusammen. Ich schätze, ich dachte –»

«Die waren nicht du, Anna», sagt er schlicht.

Er küsst mich hungrig, und ich bin völlig hingerissen, schwach vor Sehnsucht. Verstohlen schiebe ich meine Finger unter sein Shirt, damit ich seine heiße Haut unter meinen Handflächen spüren kann. Ich liebe es, wie sich seine Muskeln unter meiner Berührung zusammenziehen, wie er mich tiefer küsst.

«Ich möchte, dass es heute Nacht passiert», sagt er, während seine Hand an der Innenseite meines Oberschenkels emporwandert und sich besitzergreifend zwischen meine Beine legt. «Ich, in dir.»

«Bist du sicher ...» Meine Stimme bricht, als seine Fingerspitze unter mein Höschen gleitet und mich auf intime Weise berührt.

Ich habe mich in den letzten zwei Monaten auf keinerlei Weise selbst angefasst. Ich hatte kein Bedürfnis danach. Aber jetzt, mit Quan, erwacht mein Körper zum Leben, benetzt seine Finger.

«Ich will dich so sehr», stöhnt er, bevor er an meinem Hals saugt und meine Klitoris mit sanften, neckenden Bewegungen umkreist, die *so nah dran* sind an dem, was ich brauche.

Ich suche seinen Mund und küsse ihn, während ich mich seiner Berührung entgegenwölbe, mich an ihm reibe, versuche, die Liebkosung in etwas zu verwandeln, das für mich funktioniert. Aber egal, was ich tue, ich bleibe unerfüllt und voller Sehnsucht.

«Bett», sagt er rau.

Ohne Vorwarnung hebt er mich hoch und trägt mich zu meinem Schlafzimmer, wo er mich auf die Matratze legt. Er berührt beinahe ehrfürchtig meine Wange und küsst mich, aber seine Küsse sind plötzlich anders. Ihnen fehlt die Intensität von vorhin. Sie sind zögernd, abgelenkt.

Er geht die Tür schließen, was uns in Dunkelheit hüllt, und als er nicht sofort zu mir zurückkehrt, setze ich mich auf dem Bett auf. Ich kann seine Silhouette in der Mitte des Zimmers stehen sehen, reglos. Irgendetwas stimmt nicht.

«Alles okay?», frage ich.

«Ja», antwortet er, aber da ist eine unbestreitbare Anspannung in seiner Stimme.

Nach einer ausgedehnten Pause höre ich gedämpfte Geräusche, als er sich auszieht, das Aufziehen des Reißverschlusses seiner Hose, das weiche Streifen von Stoff über Haut, die dumpfen Laute, mit denen seine Kleidungsstücke auf den Boden fallen, also ziehe ich mich ebenfalls aus. Ich bin nicht die Art von Mensch, die es genießt, nackt zu sein, und die Kälte der Luft an meiner Haut macht mich nervös, während ich auf ihn warte.

Die Matratze senkt sich neben mir ab, und ich spüre seine Nähe. In dem Augenblick, in dem er sich neben mir ausstreckt, scheint die Luft aufgeladen zu sein. Er zieht mich an sich, wärmt mich mit seiner eigenen Hitze, küsst meine Stirn, und mein Verstand und mein Körper lassen los und entspannen sich.

Ich erwarte, das drängende Stupsen seiner Erektion an meinem Bauch zu spüren. Aber das tue ich nicht. Er ist in den Minuten, seit wir hereingekommen sind, erschlafft. Und nun, da ich darauf achte, spüre ich das leichte Beben, das ihn erfasst hat.

«Du zitterst», flüstere ich.

«In meinem Kopf wurde es plötzlich wirklich laut», sagt er.

«Woran denkst du?»

Er stößt einen schweren Atemzug aus. «Es ist dummes Zeug.»

Behutsam rücke ich vorwärts und küsse das erste, das ich erwische – seine Nase. Dann seinen Mund, seinen wunderbar perfekten Mund. «Ich denke auch manchmal dummes Zeug. Was für dummes Zeug ist es denn?»

«Dass ich heute Nacht etwas beweisen muss, dir, aber vor allem mir selbst. Dass ich meiner Frau Vergnügen bereiten kann, wie es ein Mann tun sollte», sagt er.

Bei seinem Geständnis krampft sich mein Herz schmerzhaft zusammen. «Du bereitest mir Vergnügen.»

«Du weißt, was ich meine», sagt er, dabei nimmt er meine Hüften und zieht sie eng an seine, wo sein Glied weiter schlaff bleibt. «Wie soll ich das damit schaffen? Das ist so verdammt peinlich.» Seine Stimme ist schroff vor Scham, und ich hasse es. Ich wollte nie, dass er sich bei mir so fühlt.

«Du bist kein Roboter. Du bist ein Mensch. Es gibt nichts, das dir peinlich sein muss», sage ich fest. «Es ist ja ohnehin nicht so, als ob du mich mit deinem Schwanz zum Orgasmus vögeln könntest. So funktioniert das bei mir nicht.»

Er gibt einen erstickten Laut von sich, bevor er in Gelächter ausbricht. «Ich kann nicht glauben, dass du das gerade gesagt hast.»

Ich grinse, bevor ich in sein Lachen einstimme, auf merkwürdige Weise stolz auf mich selbst. «Na ja, es stimmt aber. *Du* bist derjenige, der wollte, dass es beim Sex zwischen uns beiden um *mich* geht. Ich für meinen Teil war schon immer mehr daran interessiert, dass es *dir* gefällt.»

«Wir haben exakt das gleiche Problem», sagt er. «Warum wird mir das erst jetzt bewusst?»

«Weil wir so verschieden sind.»

Er umarmt mich fester und schmiegt seine Wange an meine, und eine Zeit lang ist das alles, was wir tun. Wir atmen einander ein.

«Wie machen wir jetzt weiter?», fragt er.

«Ich weiß es nicht. Wie willst du, dass wir weitermachen?»

Er küsst mich auf die Lippen, das Kinn, meinen Kiefer,

und beißt in mein Ohr. Das Gefühl seiner Zähne, gepaart mit der Hitze seines Atems, überzieht mich mit Gänsehaut.

«Ich will dich küssen.»

«Nur küssen?»

«Nur küssen.» Sein Mund öffnet sich an meinem Hals, und seine Zunge berührt meine Haut, was mir den Atem stocken lässt.

«Küssen ist gut», höre ich mich selbst sagen.

«Sehr gut.»

Seine Lippen finden meine, und er leckt an mir, saugt an meiner Unterlippe, bevor er seine Zunge tief in mich hineinstößt und meinen Mund mit einem berauschenden Kuss in Besitz nimmt. Seine Hände wandern über meinen Körper, kneten meine Kurven, umfassen meine Brüste. Er neckt meine Brustwarzen, bis ich an seinem Mund aufkeuche und die Nägel in seine Schultern grabe, als mein Körper hilflos auf ihn reagiert. Meine inneren Muskeln spannen sich an und schließen sich um nichts, und ich bewege rastlos die Beine, fahre mit den Fußsohlen seine Waden entlang. Das ist der Moment, in dem ich ihn, nun hart, zwischen meinen Beinen spüre. Als ich die Hüften wiege, streicht mein Geschlecht über seinen Schaft, und er unterbricht den Kuss mit einem heiseren Laut.

«Quan, du –»

«Nur küssen», wiederholt er, bevor er meinen Mund mit einem weiteren tiefen Kuss erobert.

Das funktioniert für mich, also verliere ich mich in dem Moment. Ich streichle seine Zunge mit meiner, ich schwelge im Geschmack und der Textur seines Mundes, ich genieße das Gefühl seines Körpers an meinem, an meinen Händen, meinem Schoß. Ich wölbe den Rücken, und die Spitze seines

Glieds taucht in mich ein. Es ist so verlockend, so gut, dass ich dem Gefühl entgegendränge, mehr von ihm aufnehme. Er hält meine Bewegungen mit einer festen Hand an meiner Hüfte auf. «Ich sollte – wir sollten – ein Kondom.»

«Du hast gesagt, nur küssen», murmle ich, bevor ich mit den Lippen über seine streife und ihm winzige, neckende Küsse gebe.

«Das ist mehr als nur küssen.» Wie um seinen Standpunkt zu beweisen, bewegt er die Hüften, und wir stöhnen beide auf, als ich einen weiteren Zentimeter von ihm aufnehme.

«Möchtest du aufhören?», frage ich mit atemloser Stimme.

«Scheiße, nein.»

«Dann tu's nicht.» Ich küsse ihn sanft und lasse meine Hüften kreisen, dabei genieße ich das Gefühl, wie sich mein Körper weitet, um ihn aufzunehmen.

Er gibt einen gequälten Laut von sich, während er tiefer eindringt, sich um einen Bruchteil zurückzieht, wieder eindringt. «Willst du nicht, dass ich ein Kondom benutze?»

«Ich habe mich testen lassen, nachdem Julian ... unseren Beziehungsstatus geändert hat. Weil ich dachte, dass er vielleicht schon angefangen hatte, sich mit anderen zu treffen, bevor er es mir gesagt hat», gelingt es mir herauszubringen. Es ist schwer, sich zu konzentrieren. Instinktiv sehne ich mich nach mehr, nach einem tieferen Eindringen als nur diese wenigen Zentimeter, nach einer vollständigeren Vereinigung, obwohl ich weiß, dass es das Sehnen in meinem Körper nicht befriedigen wird. «Ich bin gesund. Und du?»

«Ich auch.» Er küsst mich, aber nur kurz, als könnte er nicht anders. «Bist du sicher?»

«Ja-aah.» Das Wort verwandelt sich in ein Stöhnen, als er ganz in mich eindringt.

Schwer atmend, bebend, umfasst er meine Hüften und sagt: «Nichts hat sich je so gut angefühlt wie du jetzt gerade.»

Seine Worte lassen mich vor Glück strahlen, trotz der Tatsache, dass ich nur sehr wenig Verantwortung dafür trage, was er in diesem Moment empfindet. Es ist ja nicht so, als würde ich pflichtbewusst jeden Tag Beckenbodenübungen machen, um meine Vaginalmuskeln für sein maximales Vergnügen zu kräftigen. In Ermangelung einer Alternative sage ich: «Danke.»

Ein raues Lachen bricht aus seiner Brust. «Du bist der einzige Mensch, der mich in so einem Moment zum Lachen bringen kann.»

In die Dunkelheit lächelnd, sage ich es noch mal, in sein Ohr geflüstert: «Danke.»

Er lacht, während er mich küsst, und ich spüre sein Lächeln an meinem Lächeln. Ich schlinge die Arme um ihn, dabei frage ich mich, warum ich nicht den ganzen Raum erhelle, wenn ich so strahle.

Er bewegt sich mit einem langsamen, wogenden Wiegen seiner Hüften zwischen meinen Beinen, entzieht sich mir und kehrt wieder zurück wie Wellen ans Ufer. Es ist so sinnlich, dass ich mir wünsche, das Licht wäre an. Ich will ihn sehen, wie er sich an mir bewegt. Ich kann nicht anders, als mich der Bewegung entgegenzuheben, um so viel von ihm aufzunehmen, wie ich kann. Ich werde auf diese Weise nie zum Orgasmus kommen, aber mein Körper begehrt nun mal, was er begehrt. Er begehrt ihn.

Unsere Position verändert sich leicht, als er mich auf den

Rücken drängt und eine meiner Hände ergreift. Ich verstehe nicht, was er will, bis er sie zwischen unsere Hüften schiebt und flüstert: «Mach, dass es sich gut für dich anfühlt, Anna.»

Unbehagen durchzieht mich. Ich kann das Gefühl nicht abschütteln, dass es falsch ist. Protestierend sagte ich seinen Namen und verberge das Gesicht an seinem Hals.

«Damit ich nicht allein bin», sagt er, und da ist eine solche Verletzlichkeit in seiner Stimme, dass ich mich nicht länger wehren kann. Er bedeutet mir mehr als die Stimmen in meinem Kopf.

Hier in der Geborgenheit seiner Arme, hier im Dunkeln, berühre ich mich selbst. Und ich schreie auf, als ich mich um ihn herum zusammenziehe.

«Ja, genau so», flüstert er, dabei küsst er meine Schläfe, saugt an meinem Ohr, beißt mich in den Hals, leckt den Schmerz fort.

Ich tue es wieder, berühre mich genau so, wie ich es brauche, und kann den Laut nicht unterdrücken, der aus meiner Kehle aufsteigt. Lust konzentriert sich tief und heftig, unwiderstehlich.

«Mehr», ermutigt er mich, während er sich nun in mir bewegt, sich schneller, heftiger zurückzieht und wiederkehrt.

Ich kann nicht aufhören. Vielleicht ist es das, was ich immer gebraucht habe, ohne es wirklich zu wissen: mich selbst zu lieben, ohne Scham und ohne Hemmungen.

Er lobt mich mit keuchenden Worten, sagt mir, dass er stolz auf mich ist, sagt mir, was ich mit ihm mache. Er fragt mich, ob es gut ist, wo er es doch wissen muss. Ich stöhne ununterbrochen, während ich höher und höher steige, die

Hüften hebe, um jedem seiner Stöße entgegenzukommen, mich unkontrolliert um ihn zusammenkrampfe.

«Bist du fast da?», fragt er zwischen abgehackten Atemzügen. «Ich bin kurz davor. Ich weiß nicht, ob ...»

Ich ziehe seinen Kopf zu mir herunter, damit ich ihn küssen kann, und er stöhnt und erwidert meinen Kuss. Er packt meinen Hintern mit beiden Händen und zieht mich enger an sich, während er schneller in mich stößt. Es ist dieser Hauch von Verzweiflung in seinen Bewegungen, der mir den Rest gibt.

All meine Muskeln ziehen sich zusammen, als ich mich versteife und ihm entgegenwölbe. Gleichzeitig spüre ich, wie ich mich bebend weiter öffne, weicher werde, erzittere. Ich will ihm sagen, dass ich mit ihm komme, ich will ihm sagen, was geschieht, aber alles, was ich sagen kann, ist sein Name.

Ich rufe seinen Namen, als ich den Gipfel erreiche. Ich rufe seinen Namen, als ich mich zuckend um ihn zusammenziehe, während rohe Laute über meine Lippen kommen. Ich rufe seinen Namen, als ich mich völlig auflöse.

KAPITEL 28

Quan

Nichts ist schöner als Anna, die um mich herum explodiert und dabei immer wieder meinen Namen ruft. Nichts auf der ganzen Welt.

Sie versucht, mich zu küssen, sich mit mir zu bewegen, aber ihre Kontraktionen sind zu heftig. Sie hat jegliche Koordination verloren, und ich liebe es.

Ich bin unmittelbar davor zu kommen, aber ich halte mich zurück und werde langsamer, damit ich es hinauszögern kann. Ich werde der Beste sein, den sie je hatte. Das brauche ich. Sie wird diese Nacht niemals vergessen.

Als der feste Griff ihrer Muskeln um meinen Schwanz nachlässt und sie mit einem Seufzen die Hand zwischen uns herauszieht, zwinge ich mich aufzuhören. Ich beiße die Zähne zusammen, ziehe mich aus der warmen Umklammerung ihres Körpers zurück und drehe sie um, sodass sie auf ihren Knien ist. Mein Name ist eine Frage auf ihren Lippen, und ich beruhige sie mit Küssen auf ihren Hals, ihre Schulter. Ich streichle mit der flachen Hand an ihrem Rücken auf und ab, bevor ich ihre Hüften neige, mich in Position bringe und langsam wieder in sie eindringe.

Das Gefühl, wie sie mich Zentimeter um Zentimeter in sich aufnimmt, der Klang ihres leisen Stöhnens, ist beinahe mehr, als ich ertragen kann, und entgegen jeder Wahrscheinlichkeit werde ich noch härter. Ein Prickeln läuft meine Kopfhaut und meinen Rücken entlang, und alles, was ich bin, konzentriert sich tief in mir, schreit danach, in sie zu strömen. Es ist pure Verzweiflung, pures Verlangen, aber ich weigere mich nachzugeben. Ich streiche an ihrem Arm hinunter zu ihrer Hand und führe sie zwischen ihre Beine, während ich ihren Hals küsse, und fordere sie stumm auf, sich selbst zu berühren.

«Ich weiß nicht, ob ich noch mal kann», sagt sie. «Ich bin schon ...»

«Versuch es einfach?», flüstere ich, dabei streichle ich an ihren Seiten entlang, massiere die perfekten Kurven ihres Hinterns, während ich gegen den Drang, mich zu bewegen, ankämpfe. «Wenn es zu viel ist, hörst du auf.»

Das Geräusch ihrer Finger, die über ihre Klitoris gleiten, dringt zur selben Zeit an meine Ohren, als sie aufkeucht und sich wie ein Schraubstock um meinen Schwanz zusammenzieht, was mich unwillkürlich die Bauchmuskeln anspannen und mit den Hüften zucken lässt. Es fühlt sich so verdammt gut an, dass ich nicht widerstehen kann und es wiederhole.

«Ist es zu viel?», frage ich. Ich versuche stillzuhalten, aber meine Hüften bewegen sich ohne meine Erlaubnis und stoßen in einem gleichmäßigen Rhythmus in sie.

«Nein», keucht sie mit vor Dringlichkeit hoher Stimme.

Sie wiegt sich heftig, um jedem meiner Stöße entgegenzukommen, und unsere Körper prallen laut gegeneinander, während ihre leisen Schreie schneller und schneller aufeinanderfolgen. Als sie nach mir greift und mich über ihre Schulter hinweg wild küsst und bei jedem Atemzug an meinem Mund stöhnt, weiß ich, dass sie kurz davor ist zu kommen, und das gibt mir ein unglaublich tiefes Gefühl von Genugtuung.

Ich umfasse ihre Brüste und reibe über die straffen Spitzen ihrer Nippel, und ihr Körper spannt sich an, als wäre sie vom Blitz getroffen worden. Ihr Atem stockt. Sie bebt in meinen Armen, so angespannt, dass sie eine Haaresbreite davon entfernt ist zu zerreißen. Ich küsse sie weiter, reize ihre Brustwarzen weiter, stoße weiter unablässig in sie, denn das macht man, wenn etwas funktioniert – man macht weiter damit. Ich mache weiter, bis ich beinahe den Verstand verliere, so sehr will ich kommen.

Und dann geschieht es. Sie schreit auf. Sie kommt heftig, als ließe sie die Anspannung eines ganzen Lebens los, und es erfüllt mich mit euphorischem Stolz. Ich bin vielleicht nicht mehr ganz, ich bin vielleicht nicht perfekt, aber ich kann das sein, was Anna braucht.

Ich halte sie fest im Arm, während sie über die Klippe stürzt, und lasse dann los. Ich falle mit ihr.

KAPITEL 29

Anna

Früh am Montagmorgen sitzen Quan und ich in seinem Auto vor dem Haus meiner Eltern. Es ist 7:56 Uhr. Eine gute Tochter, ein guter Mensch, würde hineinrennen und für ihre Mom übernehmen, ihr diese zusätzlichen vier Minuten schenken.

Ich, ich will meine vier Minuten.

Mein freies Wochenende hätte mir die Energie geben sollen, wieder richtig anzupacken. Stattdessen habe ich den größten Teil meines Urlaubs verschlafen – das meiste vom Samstag und dann auch noch den halben Sonntag –, und wenn ich wach war, war meine Zeit mit Quan locker und entspannt.

Gestern sind wir zum Brunch ins Pancake House in der Nähe meiner Wohnung gegangen, und wir haben Selfies mit Bergen von schicken Pancakes im Vordergrund gemacht. Danach habe ich ihm meine Lieblingsorte in der Stadt gezeigt – das Café mit dem besten Espresso, die Kunstgalerie, in der es keinen stört, wenn man sein Mittagessen auf den Bänken isst und die Kunstwerke bewundert, den Park, der jeden Monat andere moderne Skulpturen präsentiert. Alles in Laufnähe der Davies Symphony Hall, schließlich ist meine Welt klein, aber Quan verlor keine Bemerkung darüber. Er hat mich nie nach meiner Musik gefragt. Dafür bin ich ihm dankbar. Als wir nach Hause kamen, bin ich prompt auf dem Sofa eingeschlafen und erst spätabends wieder aufgewacht. Ich war ausgehungert, aber immer noch erschöpft, also ist Quan losgezogen, um Essen zu holen, und wir haben uns erneut die Dokumentation *Mein Lehrer, der Krake* angesehen, während wir aßen. Dann haben wir gekuschelt, was zu Küssen führte, was zu Berühren führte, was zu meinem Schlafzimmer und einer weiteren Nacht mit dem herrlichsten Sex führte.

Aber sogar nach alledem fühle ich mich nicht ausgeruht oder wiederhergestellt. Da ist ein Knoten in meinem Magen und Furcht in meinem Herzen.

Ich will nicht in dieses Haus gehen.

«Kommst du klar?», fragt Quan.

Ohne nachzudenken, setze ich ein Lächeln auf. «Ja.» Das könnte die Wahrheit sein, also ist es nicht ganz eine Lüge. Aber es fühlt sich wie eine an, und ich korrigiere mich. «Vielleicht. Ich weiß es nicht.»

Er betrachtet mich einen Moment lang, dann sagt er: «Ich mache mir Sorgen, dass das hier nicht gut für dich ist. Könnt ihr euch nicht irgendwie Hilfe holen? An Geld mangelt es euch eindeutig nicht, also ...»

«Es muss ich sein. Es muss die Familie sein», sage ich fest.

«Okay, ja. Das verstehe ich. Aber dir geht es nicht gut. Anna, ich glaube, du warst das ganze Wochenende nur acht Stunden lang wach.»

Ich zucke zusammen und sage: «Das tut mir leid. Das war nicht nett von mir, wo wir doch Zeit zusammen verbringen sollten.»

Er stößt ein frustriertes Seufzen aus. «Ich beklage mich nicht. Ich mache mir *Sorgen*.»

Ich sacke zurück in meinen Sitz und starre aus dem Fenster zum Haus. «Es gibt nichts, was wir dagegen tun können. Es ist für alle hart, und ich muss die Zähne zusammenbeißen, genau wie alle anderen auch.»

Er setzt zu einer Erwiderung an, aber die Uhrzeit springt auf 8:00 Uhr. Ich nehme meine Sachen und sage: «Ich muss gehen. Schreibst du mir, wenn du in der Arbeit angekommen bist?»

«Ja, mache ich», antwortet er mit resignierter Stimme.

Ich lehne mich über die Mittelkonsole und küsse ihn auf die Wange. Ich sollte mich beeilen und ins Haus laufen, aber ich lasse mir Zeit. Einen Moment lang lehne ich meine Stirn an seine Schläfe. «Du wirst mir fehlen.»

Irgendwo finde ich die Motivation, mich von ihm zu lösen, aus dem Auto zu steigen und den von Tau feuchten Rasen zu überqueren. Mit einem letzten Winken in seine Richtung betrete ich das Haus.

Als ich die Tür hinter mir schließe, legt sich das Gewicht dieses Ortes schwer auf meine Schultern. Sonnenlicht strömt durch die vielen Fenster herein, dennoch *fühlt* es sich dunkel an. Ich ziehe meine Schuhe aus und laufe durch den kalten Marmorflur zur Küche, wo ich meine Sachen auf einen der Barhocker vor den Kücheninseln werfe, bevor ich zum Zimmer meines Dads weitergehe.

Der Geruch steigt mir in die Nase, noch bevor ich überhaupt die Tür erreiche, und ich huste, um meine Nasennebenhöhlen freizubekommen. Es hilft nicht. Sobald ich einen weiteren Atemzug nehme, überzieht der Geruch meine Nasenschleimhaut und Kehle. Als ich das Zimmer betrete, hat mir meine Mom den Rücken zugewandt, während sie damit beschäftigt ist, meinem Dad die Windel zu wechseln.

Er liegt auf der Seite, ebenfalls mit dem Rücken zu mir – und mit anderen Teilen, von denen ich mir, als ich jünger war, nie vorgestellt hätte, sie je zu Gesicht zu bekommen.

«Hi, *Ma, Ba*», sage ich fröhlich und munter, als wäre ich überglücklich, hier zu sein, so wie es mir beigebracht wurde.

«Komm, hilf mir, ihn umzudrehen», sagt meine Mom anstelle von Hallo.

Ich gehe zur anderen Seite des Bettes und lächle, als ich sehe, dass die Augen meines Dads offen sind. Er stöhnt nicht. Das muss ein gutes Zeichen sein. Ich berühre leicht seinen Arm. «Hi, Daddy.»

Sein Körper schwankt, als meine Mom ihn auf der anderen Seite abwischt, und er kneift die Augen zu und verzieht das Gesicht. Er hat keine körperlichen Schmerzen. Meine Mom ist effizient, aber sie ist sanft. Doch ich verstehe, was los ist.

Er hasst das hier.

Und so geht es wieder weiter. Ich helfe dabei, seine Windeln zu wechseln, obwohl ich weiß, dass ihn diese Handlung beschämt. Als wir fertig sind, verschwindet meine Mom, und ich füttere ihn, obwohl ich weiß, dass er nicht essen will. Mir wird bewusst, dass wir gleich sind, wir beide. Keiner von uns kann sprechen. Unser beider Leben wird von anderen diktiert.

In der Woche darauf verkündet Priscilla, dass sie für zwei Wochen zurück nach New York City fliegen muss. Einen Tag später bricht sie auf.

Dann sind es nur noch meine Mom und ich.

Und mein Dad, natürlich.

Wir alle sind in diesem riesigen, hallenden Haus gefangen. Wir sind zusammen, aber jeder von uns ist schmerzlich allein.

Die Tage werden unglaublich lang und grau, und ich verfalle in eine Art Taubheit, während ich mechanisch meine Tätigkeiten abspule. Allmählich fangen Fehler an, sich einzuschleichen.

Meine normalerweise zuverlässigen Musikerhände beginnen, Dinge fallen zu lassen. Eine Spritze voller Flüssignahrung. Einen Eimer warmes Wasser beim Waschen. Eine Dose Hautcreme. Meine räumliche Wahrnehmung verschlechtert sich katastrophal, und mein Körper sieht langsam aus wie ein zerdrückter Pfirsich, weil ich immer häufiger irgendwo dagegenlaufe. Meine Konzentrationsfähigkeit verschwindet. Ich vergesse Dinge. Ich schweife mitten im Satz ab. Ich laufe frontal gegen geschlossene Türen.

Meinen Dad zu pflegen wird sogar noch anstrengender, weil ich mir Sorgen mache, dass ich entweder vergesse, ihm seine Medikamente zu geben, oder ihm versehentlich die doppelte Dosis verabreiche. Ich lege großen Wert darauf, alles aufzuschreiben, aber was, wenn ich etwas aufgeschrieben und dann vergessen habe, es tatsächlich zu tun? Ich arrangiere die Spritzen und Messbecher zu Beginn jeden Tages so, dass ich direkt sehe, ob ich eine Mahlzeit oder eine Medikamentendosis verabreicht habe. Meine Mom hasst es, weil es unordentlich aussieht, aber sie toleriert es mir zuliebe.

Textnachrichten und Anrufe von Quan machen meine Tage erträglich. Fotos von Rose' Katze helfen auch. Sie hat ihr vor Kurzem einen fürchterlichen Haarschnitt verpasst, der sie wie einen Stegosaurus aussehen lässt, und ihr hasserfüllter Blick ist sehr fotogen. Rose und Suzie erkundigen sich gelegentlich nach mir, fragen, wie es mir geht. Sie sorgen sich um mich und schicken mir lieb gemeinte Plattitüden wie *Oh, tut mir so leid, dass du es so schwer hast* oder *Ich wünschte, ich könnte dir irgendwie helfen*, aber ich weiß, dass sie nicht verstehen, was ich durchmache. Niemand tut das, nicht einmal Quan oder meine Mom oder Priscilla.

Das hier ist schwer für mich wegen eines mir eigenen Fehlers, und ja, ich glaube, es ist ein Fehler. Ein Versagen. Ich will die Art von Mensch sein, die darin Sinn findet, für andere zu sorgen. Diese Art von Mensch ist *gut*. Sie sind Helden, die meinen ganzen Respekt haben.

Ich bin einfach nur nicht diese Art von Mensch.

Das Leiden meines Vaters setzt mir auf eine Weise zu, die ich nicht erklären kann. Sein Schmerz, die Art, wie er in seinem Bett, seinem Leben gefangen ist, die Tatsache, dass er das alles gar nicht will. Zu wissen, dass das möglicherweise jahrelang so weitergehen kann. Zu wissen, dass alles, was ich tue, es nur noch schlimmer macht. Zu wissen, dass es hoffnungslos ist.

Gegen Ende der zwei Wochen arbeitet mein Verstand beinahe nonstop an dem Versuch herauszufinden, wie ich dem hier entkommen kann. Meine Karriere kann ich nicht als Vorwand benutzen. Ich spiele nur in höllischen Dauerschleifen. Vielleicht, wenn ich einen kleinen Unfall hätte und mir ein Bein brechen würde? Nein, ich könnte auch noch helfen, wenn ich in einem Rollstuhl sitzen würde. Das würde alles nur noch schwieriger machen. Ich würde mir schon beide Hände brechen müssen, und dazu kann ich mich nicht durchringen. Wenn sie nicht richtig verheilen, kann ich womöglich nie wieder spielen, und was, wenn dann dieser unvorstellbare Tag käme, an dem die Musik wieder zu mir spricht? Was würde ich dann tun? Wäre mein Leben dann überhaupt noch lebenswert?

Was ich wirklich gern hätte, ist eine Lobotomie. Ich will nichts mehr fühlen. Ich würde jegliche Freude in meinem Leben aufgeben, damit ich mich nicht mehr so fühlen muss, wie ich mich jetzt fühle. Ich würde es, ohne mit der Wimper zu zucken, tun, wenn ich sicher sein könnte, dass ich hinterher immer noch in der Lage wäre, meine Pflichten zu erfüllen. Das hier durchzuziehen ist alles, was zählt.

Ich lebe ohnehin schon nur noch für die Stunden, in denen ich schlafe. Acht kostbare Stunden, bevor alles wieder von vorne losgeht. Aber oft wache ich mitten in der Nacht auf und weine, während ich mit geballten Fäusten zur Decke hochstarre und stumm schreie: *Ich will das nicht. Ich will das nicht. Ich will das nicht.*

Gäste kommen zu Besuch, einschließlich Julian und seiner Mom, und ich lächle sie an, wie es von mir erwartet wird. Meine Mom liebt es, Gäste im Zimmer meines Dads zu empfangen, während ich im Hintergrund arbeite. Dann lobt sie mich, sagt ihren Freunden, dass ich meine Karriere für meinen Dad auf Eis gelegt habe, wie aufopfernd ich bin, was für eine großartige Tochter ich bin.

Normalerweise würde ich ihre Anerkennung wie himmlisches Manna in mich aufsaugen, aber unter diesen Umständen kann ich es nicht. Wenn sie nur wüssten ...

Was sie sehen, ist nicht, wer ich bin. Es ist die Maske, die sie lieben, die Maske, die mich erstickt.

Julians Mom ist die Beeindruckteste von allen, und als

er anfängt, mir immer öfter zu schreiben, glaube ich, dass das ihr Werk ist. Sie möchte mich als Schwiegertochter – während eines Besuchs nimmt sie mich beiseite und sagt mir das persönlich. Ich lächle und sage ihr, damit würde ein Traum wahr werden. Was könnte ich sonst sagen?

Eine zynische Stimme in meinem Kopf flüstert, dass sie vermutlich will, dass ich sie und ihren Mann eines Tages auf dieselbe Weise pflege. Der Gedanke erfüllt mich mit kaltem Entsetzen. Ich glaube nicht, dass ich es überleben würde, das noch mal zu machen.

Am Ende von Julians jüngstem Besuch bleibt er noch bei mir im Zimmer meines Dads, während meine Mom seine Mom und eine kleine Gruppe aus ihrer Kirchengemeinde hinausbegleitet.

Ich drehe gerade Dad auf die andere Seite und stütze ihn mit Kissen, damit er es bequem hat, als Julian sagt: «Du bist wirklich gut darin. Es hat mich überrascht, das zu sehen.»

«Danke», gelingt es mir zu sagen, dabei lasse ich meine Stimme leicht klingen und schenke ihm ein rasches Lächeln. Es ist ein Kompliment. Ich sollte mich geschmeichelt geben. Aber es ist nicht, was ich fühle.

Mir ist nach Schreien zumute.

Als es aussieht, als wäre mein Dad angemessen gelagert, gehe ich auf der Tabelle nachsehen, ob ich alles aufgezeichnet habe. Dann zähle ich die Spritzen und Messbehälter, um mir sicher zu sein, dass ich nichts vergessen oder doppelte Dosen verabreicht habe.

Während ich gezwungen bin, mit meinem zerstreuten Gehirn nachzurechnen, tritt Julian von hinten an mich heran. Er fährt mit den Händen an meinen Armen entlang und lehnt sich vor, um meinen Nacken zu küssen. Ein Schauer läuft mir über die Haut. Aber nicht von der guten Sorte. Ich will das nicht. Ich mag das nicht. Nicht von ihm.

Aber ich weiche ihm nicht aus. Ich sage nichts.

Was *kann* ich denn sagen?

Alles, was ich gesagt habe, seit ich in dieses Haus zurückgekehrt bin, ist Ja und Ja und Ja und Ja und Ja.

«Kannst du dir eins der nächsten Wochenenden freinehmen?», fragt er. «Es ist lange her, seit wir zusammen waren, nur wir zwei.»

Ich halte still und wähle meine Worte sehr sorgfältig, um ihn nicht zu verärgern: «Ich hätte ein schlechtes Gefühl dabei, die Pflege meines Dads nur meiner Mom und Priscilla zu überlassen.»

«Priscilla hat ihn dir und deiner Mom überlassen», erinnert er mich.

«Sie hatte keine andere Wahl. Es gab wichtige Sachen, die sie erledigen musste. Sie macht keinen Urlaub.» Ich bin diejenige, die einen Urlaub hatte, mit Quan, und ich schulde es Priscilla hierzubleiben, wenn sie mich braucht.

«Wann können wir dann zusammen sein?», fragt er. Sein Atem ist heiß und feucht an meinem Hals, und ich kämpfe gegen den Drang an, angewidert vor ihm zurückzuweichen.

«Wenn es meinem Dad besser geht», sage ich, obwohl ich weiß, dass es ihm nie besser gehen wird.

Julian tritt von mir fort, und in seiner Stimme ist ein schroffer Unterton, als er fragt: «Bist du wütend auf mich? Weil ich eine offene Beziehung wollte?»

Ich drehe mich um und schüttle den Kopf. «Ich bin nicht wütend auf dich.» Das ist die Wahrheit. Ich bin nicht wütend. Nicht mehr. Ich habe es hinter mir gelassen. Aber ich weiß nicht, wie ich ihm das sagen soll. Er wird verärgert sein. Seine Mom wird verärgert sein. Das wird meine Mom verärgern, was wiederum Priscilla verärgern wird, und dann fangen sie an, mich unter Druck zu setzen, mich zu drängen. Sie werden dafür sorgen, dass ich mich immer schlechter und immer kleiner fühle, nur weil sie glauben, besser als ich zu wissen, was das Beste für mich ist. Damit kann ich mich nicht auseinandersetzen. Nicht jetzt.

Bitte nicht jetzt.

Ich bin in die Dunkelheit gestürzt, und ich sehe keinen Ausweg. Aber ich kämpfe. Ich bemühe mich. Ich bemühe mich, so angestrengt ich kann, das Richtige zu tun, das zu sein, was andere brauchen. Ich habe nicht mehr zu geben. Ich wünschte, das hätte ich.

«Ich habe etwas herausgefunden, während wir getrennt waren», sagt er.

«Was hast du herausgefunden?», frage ich pflichtbewusst.

«Ich habe mich mit vielen Frauen getroffen. Ich gebe zu, dass ich eine Menge Sex hatte. Manchmal war es fantastisch – ich meine, *wirklich* fantastisch», sagt er mit einem in Erinnerungen schwelgenden Lächeln. Ich hasse ihn für dieses Lächeln. «Manchmal nicht so fantastisch. Aber ich bereue nichts davon. Weil es mir geholfen hat zu erkennen, dass es nur Sex war. Keine dieser Frauen war wie du, Anna.»

Er streicht mir das Haar hinter die Ohren, und das Gefühl, dass jemand anderes mein Haar berührt, jagt mir einen unangenehmen Schauer durch den Körper, den ich ignoriere, so wie ich es soll.

«Ich möchte jemanden in meinem Leben, der für mich da ist, egal, was passiert, selbst wenn ich krank und bettlägerig bin. Du siehst die Dinge immer auf meine Weise. Du setzt mich an erste Stelle. Du drängst mich nicht, Dinge zu tun, die ich nicht will. Mit dir zusammen zu sein ist *unkompliziert*. Weißt du, wie besonders das ist? Ich möchte, dass wir wieder zusammen sind, nur wir zwei. Keine Experimente mehr. Ich weiß, was ich will», sagt er.

Ich zwinge mich zu lächeln. Es fühlt sich zuckend und falsch an, aber er scheint nicht zu bemerken, dass es nicht meine beste Leistung ist. Er streichelt mir übers Haar, als wäre ich sein Lieblingshaustier, und ich spanne meine Muskeln an und ertrage es, während seine Worte mich innerlich vor stummer Wut explodieren lassen.

Als wir zusammen waren, habe ich die Dinge *nicht* immer auf seine Weise gesehen. Ich habe *so getan*. Ich habe ihn an erste Stelle gesetzt, sogar noch vor mich selbst, und nachdem ich mit jemandem zusammen war, dem wirklich etwas an mir liegt, sehe ich, wie falsch das war. Ich habe nie für mich selbst gekämpft, und das war ihm nur recht, weil er in unserer Beziehung alles bekam, was er wollte. So wie es aussieht, will er mehr davon.

Es hat einmal eine Zeit gegeben, in der ich dachte, das wäre, was ich wollte. Aber das tue ich nicht. Ich will das überhaupt nicht.

Und ich weiß nicht, wie ich das sagen soll. Ich kann nicht diejenige sein, die das hier beendet. Meine Familie wäre so wütend auf mich.

Aber *wenn* er es beendet ...

«Ich habe mich mit jemandem getroffen», sage ich mit plötzlich trockenem Mund. «Während wir getrennt waren.»

Er versteift sich abrupt und starrt mich blinzelnd an, als könnte er es nicht glauben. «Wirklich?»

Nun nervös, befeuchte ich meine Lippen. Aber eine offene Beziehung funktioniert in beide Richtungen. Es wäre nicht fair, von mir zu erwarten, dass ich zu Hause sitze, während er Sex mit jeder Frau hat, die ihm über den Weg läuft. Trotzdem versuche ich, mein Fehlverhalten zu minimieren, indem ich sage: «Nur mit einem.»

«Kenne ich ihn?», fragt er und verzieht leicht spöttisch das Gesicht.

«Nein.»

Das scheint ihn ein wenig zu besänftigen. «Habt ihr ... War es *gut*? Hat es dir *gefallen*?» Seine Stimme hat etwas Höhnisches an sich, als er seine Fragen stellt, und ich bekomme den deutlichen Eindruck, dass er es für unmöglich hält, es könnte mir «gefallen» haben.

Ich hebe das Kinn, und obwohl meine Stimme nicht laut ist, sage ich trotzdem: «Ja, hat es.»

Seine Miene verfinstert sich einen Moment lang, bevor sie sich wieder aufklärt. «Ich nehme an, das habe ich verdient.»

«Hast du.»

«Nun, ich hoffe, er hatte Spaß, solange er konnte. Denn jetzt ist es vorbei», sagt er, packt meine Arme und zieht mich an seinen Körper. «Ich bin der, den du liebst.»

Er versucht, mich zu küssen, aber ich drehe mich weg, sodass seine Lippen auf meiner Wange landen.

«Mein Dad sieht uns», sage ich.

«Er wird sich für uns freuen», erwidert Julian.

Als er noch mal versucht, mich zu küssen, steckt meine Mom ihren Kopf zur Tür herein. «Deine Mom sagt, es ist Zeit zu gehen.» Ihre Miene ist betont ausdruckslos, obwohl sie gesehen haben muss, was sie gerade unterbrochen hat.

Er grinst sie an, als würden sie ein Geheimnis teilen, und küsst meine Schläfe, bevor er von mir forttritt. «Ich ruf dich später an, okay?»

«Okay», hauche ich.

Er verlässt das Zimmer und folgt meiner Mom den Flur entlang, und ich stehe da wie erstarrt. Wenn meine Mom nicht genau im richtigen Moment hereingekommen wäre, dann hätte ich mich wahrscheinlich von ihm küssen lassen. Ich hätte seinen Kuss vielleicht sogar erwidert. Nicht, weil ich es will, sondern weil ich das Gefühl habe, dass ich es muss – um alle glücklich zu machen.

Alle außer mich.

Mein Dad fängt an zu stöhnen, sein übliches Stöhnen in Es, und mein Herz wird schwer. Alles an mir wird schwer. Ich sehe auf die Uhr. Noch nicht Zeit für die Medizin. Ich trete an seine Seite und berühre seine Stirn. Sie fühlt sich kühl an. Kein Fieber. Ich überprüfe seine Lage, um zu sehen, ob irgendetwas nicht stimmt. Da ist nichts Offensichtliches.

«Was ist los, Daddy?», frage ich.

Er öffnet die Augen nicht, aber seine Stirn runzelt sich, und sein Stöhnen geht weiter. Ich kann nichts anderes tun als seine Hand halten, also tue ich das. Seine Hand bleibt schlaff. Er erwidert meinen Händedruck nicht. Das tut er nie.

Auf gewisse Weise ist er schon fort. Seit er den Schlaganfall hatte. Er lebt noch, aber ich habe ihn schon vor Monaten verloren. Vielleicht habe ich die ganze Zeit getrauert, ohne es zu merken.

Kann man leiden, ohne es zu wissen?

Als er einschläft und aufhört zu stöhnen, lässt die Anspannung in mir nach, aber ich höre immer noch diese Es-Töne in meinem Kopf. Sie wiederholen sich in einer endlosen Schleife.

Meine Mom betritt leise den Raum, überprüft die Tabelle, um zu sehen, ob ich alles richtig gemacht habe, dann setzt sie sich auf das Sofa neben dem Bett. «Gerade sind alle gegangen.» Als ich nichts sage, fügt sie hinzu: «Sie haben gut über dich gesprochen.»

Ich habe keine Energie für das hier, aber ich zwinge mich zu lächeln, als würde ich es ehrlich meinen, und sage: «Das ist nett von ihnen.»

«Besonders Chen Ayi.» Mom bezieht sich dabei auf Julians Mom. «Nach dem, was ich eben gesehen habe, ist es offensichtlich, dass ihr zwei wieder zusammen seid. Ich bin erleichtert. Dieser andere ...» Sie schüttelt den Kopf und rümpft die Nase.

«Quan ist wirklich gut zu mir», sage ich, weil ich das Gefühl habe, ihn verteidigen zu müssen.

«Natürlich ist er gut zu dir. Er weiß, wie glücklich er sich schätzen kann, dich zu haben. Schau dich an. Schau ihn an. Aber Julian ist auch gut für dich», erwidert sie.

Ich verstehe nicht, warum Quan sich glücklich schätzen können sollte, mich zu haben. Ich bin ein Wrack. Mein Leben ist ein Wrack. Ich war noch nicht mal in der Lage, ihm zu sagen, dass ich ihn liebe.

Aber ich glaube, das tue ich.

Ich glaube, ich habe mich hoffnungslos und unwiderruflich in ihn verliebt, so wie Seepferdchen und Anglerfische es tun.

«Du musst mit diesem Quan reden», sagt meine Mom. «Er ist kein schlechter Mensch. Er verdient es, dass du ihn mit Respekt behandelst. Sei freundlich, wenn du die Sache beendest.»

Tränen verschleiern meine Sicht, aber ich halte sie zurück. «Er macht mich glücklich, *Ma*.»

Meine Mom seufzt und steht auf, um an meine Seite zu treten. «Er ist nur eine Phase. Jungen wie ihn heiratet man nicht.»

«Er fühlt sich aber nicht wie eine Phase an.»

«Vertrau mir, okay?», bittet meine Mom. Ihre Stimme ist sanft, ihre Miene fürsorglich, und ich werde daran erinnert, dass sie mich liebt. Sie hat keinen Mach-Anna-traurig-Plan. Sie will, was das Beste für mich ist – außer es steht im Widerspruch zu dem, was das Beste für meinen Dad oder Priscilla ist. Dann habe ich geringere Priorität. Weil ich die Jüngste und ein Mädchen und nicht bemerkenswert bin. So ist das einfach. «Du bist noch jung. Du kennst deinen Wert noch nicht. Aber *ich*. Julian wird für dich sorgen, Anna. Das brauchst du. Du wusstest, was wir von deiner Karriere als Musikerin hielten, aber du hast dich trotzdem dafür entschieden. Jetzt musst du realistisch sein.»

«Ich bin in nichts anderem gut», erinnere ich sie.

Als meine Eltern mich damals für den Geigenunterricht angemeldet haben, hegten sie, glaube ich, die Hoffnung, ich wäre ein Wunderkind und würde es weit bringen. Als sich nie eine besondere Begabung zeigte, ließen sie mich weiter Stunden nehmen, weil es sich gut auf meinen College-Bewerbungen machen würde, ein «ausgewogenes Profil» vorweisen zu können.

So hat es für Priscilla funktioniert. Sie hat ein Geigensolo in der Carnegie Hall gespielt, als sie in der Highschool war, und das, gepaart mit ihren beispielhaften Schulnoten, hat sie nach Stanford gebracht, wo sie Wirtschaft studiert und dann ihren MBA gemacht hat. Alle waren entsetzt, als ich verkündete, dass ich, anstatt in Priscillas Fußstapfen zu treten, meine musikalische Ausbildung nutzen wollte, um eine richtige Musikerin zu werden.

«Du hast gar nichts anderes versucht», sagt meine Mom mit einem abfälligen Zug um den Mund. «Du hättest meine Buchhaltungsfirma übernehmen können. Ich hätte sie dir mit Freuden übergeben.»

«Ich bin *grauenhaft* in Mathe. Außerdem komme ich inzwischen gut zurecht», sage ich in der Hoffnung, ihr endlich bewiesen zu haben, dass meine einzige Rebellion wirklich die beste Entscheidung für mich war.

Meine Mom nagelt mich mit hartem Blick fest. «Du weißt, dass dein Erfolg nur vorübergehend ist. Bald schon wirst du wieder Mühe haben, deine Miete bezahlen zu können.»

Mir schnürt es die Kehle zu, und ich beiße mir auf die Innenseite meiner Lippe, um mich durch den körperlichen Schmerz von meinen Gefühlen abzulenken. Ich halte die Hand meines Dads fester, streichle mit dem Daumen über seine narbigen Knöchel. Er erwidert meinen Händedruck nicht.

«Du weißt, ich sage dir diese Dinge, damit es weniger wehtut, wenn du sie von anderen hörst», sagt meine Mom sanft.

Ich schlucke den schmerzhaften Kloß in meiner Kehle hinunter und nicke.

«Ich bin müde, also werde ich jetzt schlafen gehen.» Sie streichelt mein Haar, genau wie Julian es vorhin getan hat, und ich halte still und lasse sie, obwohl es sich anfühlt wie Ameisen, die über meine Kopfhaut kriechen. So zeigt sie mir Zuneigung. Als ich noch klein war, habe ich um mich geschlagen, wenn Leute – meine Großeltern, Tanten, Onkel et cetera – versucht haben, mich so zu berühren, und ich wurde dafür gescholten und bestraft. Es hat sie gekränkt und ihnen das Gefühl gegeben, zurückgewiesen zu werden, eine schreckliche Sünde, besonders von einem Kind gegenüber einem Erwachsenen, also habe ich aus Notwendigkeit gelernt, es mit zusammengebissenen Zähnen über mich ergehen zu lassen. Ich beiße auch jetzt meine Zähne zusammen. «Du bist ein gutes Mädchen, Anna. Was wir tun, ist schwer, aber du beklagst dich nicht. Du bist immer folgsam. Du machst mich stolz.»

Mit einem letzten Tätscheln meines Kopfs geht sie. Tränen schwimmen in meinen Augen, bevor sie auf den Handrücken meines Dads fallen. Ich wische sie mit dem Ärmel fort, aber sie fallen weiter.

Ich mache keinen einzigen Laut, während ich weine.

KAPITEL 30

Quan

ie schön, Sie endlich persönlich kennenzulernen»,
sage ich zu Paul Richard, dem Leiter der Abteilung für *Mergers and Acquisitions* von LVMH, während ich ihm die Hand schüttle.

«Gleichfalls.» Er wirft mir ein rasches, höfliches Lächeln zu, und nachdem er sein Sakko aufgeknöpft hat, setzt er sich mir am Tisch des Restaurants gegenüber.

Ich habe mich schon die ganze Woche auf dieses Treffen gefreut. Es ist unser letztes Meeting, bevor wir die Vertragsbedingungen finalisieren. Danach unterschreiben wir.

Michael Larsen Apparel wird ein Unternehmen der LVMH Moët Hennessy – Louis Vuitton SE.

Aber dieser Typ hier sendet merkwürdige Schwingungen aus. Ich weiß nicht genau, was es ist, aber irgendetwas stimmt nicht.

Ein Kellner bietet ihm an, sein Wasserglas zu füllen, doch er winkt ihn fort. «Nicht nötig, ich werde nicht lange bleiben.» Er richtet seine Aufmerksamkeit auf mich und sagt: «Sie haben wahrscheinlich viele Fragen, also lassen Sie mich Ihnen versichern, ja, wir wollen Michael Larsen und die Marke MLA zu einem Teil unseres Unternehmens machen. Wir stehen absolut dahinter. Und ich muss sagen, wie Sie die Firma bisher geführt haben, ist beeindruckend.»

«Danke», sage ich und denke, dass ich mich vielleicht in ihm getäuscht habe. «Es war wirklich ein Abenteuer, die Firma aufzubauen. Ich freue mich schon darauf, mit Ihrem Team zusammenzuarbeiten, während wir weiter wachsen.»

«Das wäre eine lehrreiche Erfahrung für Sie, da bin ich sicher», sagt Paul, und da ist es wieder. Diese merkwürdige Schwingung. «Besonders in Anbetracht Ihrer begrenzten Erfahrung.»

Ich setze mich aufrechter hin, als ein Gefühl von Beunruhigung an meinem Rückgrat emporschießt. «Das war bisher kein Problem für uns.»

Paul rückt demonstrativ den diamantenen Manschettenknopf seines blütenweißen Ärmels zurecht, bevor er sagt: «Kommen wir gleich zum Punkt. Sie sind nicht die richtige Person, um die Firma nach der Übernahme zu leiten. Wir werden einen CEO mit den entsprechenden Referenzen einsetzen, aber falls Sie interessiert sind, würden wir Sie gern das Sales-Team leiten lassen.»

Hitze steigt in mir hoch, bis ich das Brennen an meinem Hals unter dem Kragen von T-Shirt und Sakko spüre. «Uns wurde von Anfang an zugesichert, dass Michael und ich in unseren gegenwärtigen Positionen bleiben würden.»

«Michael wird definitiv bleiben», sagt Paul.

Und ich verstehe, was er nicht sagt: Michael ist unverzichtbar. Ich bin es nicht.

«Sie und Michael sind miteinander verwandt, ist das richtig?», fragt er.

«Ja.»

Mit stetem Blick sieht er mich an. «Es wäre leicht, das persönlich zu nehmen und den Deal auszuschlagen, aber Sie sollten sich fragen, ob das für Michael das Beste wäre. Ich kann Ihnen versichern: Falls Sie das tun, werden Sie nicht wieder von uns hören. Das ist ein einmaliges Angebot.» Bevor ich irgendetwas erwidern kann, steht er auf, knöpft sein Sakko zu und sieht mit einem Stirnrunzeln auf seine Uhr, als hätte unser Zwei-Sekunden-Meeting zu lang gedauert. «Ich werde die Anwälte mit den Verträgen pausieren lassen. Eine Woche sollte ausreichend Zeit für Sie sein, darüber nachzudenken. Sie haben meine Kontaktinformationen. Ich hoffe, ich höre Montag in einer Woche gute Nachrichten.»

Er geht, und ich bleibe alleine zurück. Zum ersten Mal in meinem Leben verstehe ich wirklich, was es bedeutet, «sein Gesicht zu verlieren». Der Kellner kommt und fragt, ob ich irgendetwas bestellen möchte, und ich kann ihm das Gesicht nicht zuwenden. Ich kann es gerade nicht ertragen, gesehen zu werden. Ich kann niemandem in die Augen sehen.

Ich habe noch nichts gegessen, und ich mag diesen Laden, aber ich werfe einen Zwanziger auf den Tisch und gehe mit gesenktem Kopf. Draußen marschiere ich den Bürgersteig entlang, bis ich mein Motorrad erreiche, und dann springe ich auf und gebe Gas. Ich weiß nicht, wo ich hinfahre, aber ich tue es schnell.

Während die Welt immer rascher an mir vorbeizischt, denke ich: *Scheiß auf den Kerl.* Michael und ich haben diese Firma gegründet – wir *beide*. Ich weiß, was ich getan, was ich erreicht habe. Ich bin nicht ersetzbar. Michael wird nicht zulassen, dass sie uns auseinanderreißen. Wir sind Partner. Wir bleiben zusammen. MLA kam bestens zurecht, bevor sie daherkamen. Wir werden auch ohne sie bestens zurechtkommen.

Ich würde lieber alles niederbrennen, als es diesem Idioten zu übergeben.

Michael würde es mit mir niederbrennen, wenn ich ihn darum bitte.

So nahe stehen wir uns. Näher als Brüder.

Aber ich würde ihn nie darum bitten, das zu tun.

Und ich würde ihn nie darum bitten, seine Träume aufzugeben. Nicht für mich.

Ich biege auf den Freeway und treibe mein Bike an seine Grenzen, während ich links und rechts Autos überhole. Ich könnte eine Strafe wegen Geschwindigkeitsübertretung kriegen – falls ein Cop es schafft, mich zu erwischen. Im Moment würde ich eine Jagd willkommen heißen.

Ich möchte Regeln brechen, Dinge zerstören, zusehen, wie schwarzer Rauch den Himmel verdunkelt. Es ist mir scheißegal, ob ich dabei verletzt werde. Vielleicht sehne ich mich sogar nach dem Geschmack von Schmerz. Als könnte er es mit diesem klaffenden Gefühl von Verrat aufnehmen.

Aber da gibt es jemanden, den *würde* es kümmern, wenn ich verletzt werde, jemanden, der es mag, wenn ich nicht zu schnell fahre und bei jedem Abbiegen blinke.

Mein Herzschlag pocht hinter meinen Augen, mein Blut rast, Wut tobt in meiner Brust, aber trotzdem, als ich an Anna denke, werde ich langsamer.

Als ich merke, dass ich auf der 101 Richtung Süden unterwegs bin, überrascht es mich nicht, dass ich direkt zu ihr fahre. Mein Kompass zeigt immer zu ihr.

KAPITEL 31

Anna

Heute ist der Geburtstag meines Dads. Das bedeutet, ich soll spielen, und ich bin nicht ansatzweise bereit dafür. Ich habe überhaupt nicht geübt. Der heutige Abend dürfte also interessant werden. Meiner Prognose nach wird er nicht beinhalten, dass ich tatsächlich Violine spiele, aber ich habe noch nicht raus, wie ich das bewerkstelligen soll. Eine Blinddarmentzündung wäre praktisch.

Priscilla ist letzte Woche wieder zurückgekommen, aber das bedeutet nicht, dass es irgendwie leichter geworden ist. Ihre New-York-Reise muss nicht gut gelaufen sein, denn sie ist übellaunig und bissig zu allen außer Dad, den sie immer mehr wie ein Neugeborenes behandelt. Sie spricht mit ihm in Babysprache, bedeckt sein ganzes Gesicht mit Küsschen und kneift ihn in die Wangen, während sie ihm sagt, wie süß er ist. Ich glaube nicht, dass mein Dad das schätzt. Genau genommen bin ich mir ziemlich sicher, dass er es hasst. Er ist ein stolzer alter Mann, kein Kleinkind. Aber ich sage nichts.

Die Party ist für diesen Abend geplant, aber mein Onkel Tony ist schon seit dem frühen Vormittag hier. Er hat versucht, meinem Dad von der teuren Scheidung zu erzählen, die ein mit ihnen beiden befreundeter Arzt gerade durchmacht, weil er eine Affäre mit einer Dreißigjährigen hatte und sie geschwängert hat, aber mein Dad hat während der ganzen Geschichte gestöhnt/geschlafen. Danach hat Onkel Tony eine Lesebrille und ein Buch hervorgeholt: *Ringwelt* von Larry Niven. Er hat den größten Teil des Tages damit verbracht, leise am Bett meines Dads zu lesen.

Onkel Tony ist Mitte sechzig und damit das jüngste von Dads Geschwistern und das am wenigsten erfolgreichste. Er kann keinen Job länger als ein paar Monate lang halten und lebt zwischenzeitlich von Arbeitslosenhilfe und Almosen der Familie. Mein ganzes Leben lang haben meine Eltern Onkel Tony als Beispiel für Versagen benutzt, indem sie Dinge sagten wie: *Versuch nicht, Musik zu deinem Beruf zu machen, sonst wirst du wie Onkel Tony.* Aber er kommt meinen Dad jede Woche besuchen, ist unaufdringlich und erwartet nicht, unterhalten zu werden, und er bringt immer Ferrero Rocher mit. Ab und zu gibt er uns einen roten Umschlag mit kostbaren zerknitterten Zwanzigern drin, um zur Pflege seines Bruders etwas beizusteuern.

Ich kehre gerade mit einer neuen Packung Windeln aus der Garage zurück, als ich Priscilla vor der Tür von Dads Zimmer stehen und hineinschauen sehe.

«Ich weiß nicht, warum er sich überhaupt die Mühe macht herzukommen», sagt sie mit leiser Stimme, damit sie nicht ins Zimmer dringt.

«Er kommt, um Zeit mit Dad zu verbringen.» Das ist für mich offensichtlich.

Sie verzieht spöttisch das Gesicht. «Er ist so faul. Er könnte sich mehr anstrengen, Dad zum Reden zu animieren, oder ihm Videos zeigen oder mit ihren Freunden facetimen oder ihn massieren oder das Geschirr spülen. *Irgendwas.* Aber alles, was er tut, ist dazusitzen.»

«Manchmal ist es wirklich schwer, einfach nur da zu sein», sage ich leise. Ich glaube, er macht, soviel er kann, und ich erwarte nicht mehr von ihm. Ich kann nicht verstehen, warum sie auf andere herabschaut, wenn sie ihr Bestes geben.

Ihre Lippen und Nasenlöcher verziehen sich vor Abscheu, als sie mich von der Seite ansieht. «Kein Wunder, dass du das sagst. Du interagierst auch nicht mit Dad, und du bist in letzter Zeit so schlampig, dass du ebenso gut wegbleiben könntest.»

Bei der Schärfe ihrer Worte bleibt mir die Luft weg, aber es ist der Ausdruck auf ihrem Gesicht, der mir einen solchen Stich versetzt, dass es mich auf eine Weise verletzt, die ich nicht beschreiben kann. *Ich* bin diejenige, die sie so ansieht, *ich* bin diejenige, die sie abstoßend findet, und dabei gebe ich alles, was ich habe. Ich kämpfe angestrengt, nicht zu zerbrechen.

Sie weiß es nur nicht.

«Es ist schwer, diese Dinge zu tun, wenn er nicht reden *will* oder Videos sehen oder mit Leuten facetimen. Er will, dass das alles aufhört», sage ich im Versuch, es ihr begreiflich zu machen.

Die verächtlichen Falten auf ihrem Gesicht vertiefen sich. «Will *er* das? Oder *du*?»

«Ich will es, wenn er es will», gestehe ich mit einem kaum hörbaren Flüstern. Ich bin es so müde, dass er leidet, so müde, alles nur noch schlimmer für ihn zu machen. *So müde.*

Ihre Augen werden groß wie Untertassen, und ich weiß, dass ich sie schockiert, sie entsetzt habe.

Ohne ein Wort reißt sie mir die Packung Windeln aus

der Hand, rauscht ins Zimmer und schenkt Onkel Tony ein breites Lächeln, während sie ihm für die Pralinen dankt. Er nickt ihr erfreut zu und widmet sich wieder seinem Buch.

Ich drücke mich eine Weile im Türrahmen herum und warte darauf, dass sie mir Befehle erteilt, wie sie es immer tut. Wenn sie mich herumkommandiert, dann sollte alles immer noch okay sein. Aber das tut sie nicht.

Sie tut so, als wäre ich gar nicht da.

Ich drehe mich um und entferne mich vom Zimmer. Ich muss allein sein und herausfinden, was ich tun soll, wie ich das in Ordnung bringen kann. Sie ist meine Schwester. Ich brauche es, dass sie mich liebt. Ich *brauche* es.

Ich hätte nichts sagen sollen, das weiß ich. Aber das mache ich schon so lange, dass es sich anfühlt, als würden sich die Worte aufstauen, darauf drängen herauszukommen, fordern, gehört zu werden. *Bitte, bitte*, will ich schreien, *bitte versteh mich.*

Hör auf, mich zu verurteilen.

Akzeptier mich.

Am anderen Ende des Flurs öffnet meine Mom die Eingangstür und lässt eine ganze Truppe Leute herein – auswärtige Verwandte und ihre Familien und eine Handvoll ihrer Freunde aus der Kirche. Sie lächeln, tauschen Begrüßungen aus und reichen ihr rote Umschläge, die sie zur sicheren Verwahrung in ihre Tasche steckt. Alle wollen auf irgendeine Weise zur Pflege meines Dads beitragen, und Geld ist die einfachste Weise, das zu tun.

Ich versuche, in ein Badezimmer zu schlüpfen und mich zu verstecken, aber es ist zu spät. Ich wurde entdeckt.

«Anna, komm und sag Hallo», ruft meine Mom und winkt mich zu sich.

Mein Gesicht ist heiß, und ich bin den Tränen nahe, aber ich setze ein Lächeln auf. Ich denke daran, darauf zu achten, dass sich Fältchen um meine Augenwinkel bilden. Unbeholfen bringe ich die Begrüßungen hinter mich. Ich bin schrecklich darin, mir Gesichter zu merken, und im Kantonesischen gibt es verschiedene Bezeichnungen für Onkel und Tante, abhängig davon, ob mütterlicher- oder väterlicherseits, wie alt sie im Vergleich zu meinen Eltern sind und ob angeheiratet oder nicht. Am Ende muss meine Mom mir alle neu vorstellen, und ich wiederhole wie ein Papagei die Anreden, die sie mir vorsagt, nur mit grauenhafter Aussprache, was die Leute zum Lachen bringt. Meine Mom lacht mit ihnen, aber ihr Gesicht hat einen scharfen Zug an sich, der mir verrät, dass sie mein Versagen beschämend findet.

Als das alles vorbei ist, hämmert mein Herz, und mein Kopf tut weh. Ich brauche einen ruhigen Ort. Ich brauche Zeit. Als ich gerade die Haustür schließen will, kommen Julian und seine Mom die Eingangsstufen herauf. Ich habe sie nicht eingeladen, also müssen Priscilla und meine Mom das getan haben. Ich wünschte wirklich, sie hätten es nicht getan. Es ist anstrengend, in seiner Gegenwart zu sein, und ich fühle mich, als kratzte ich schon am Bodensatz meiner Ressourcen.

Betäubt bemerke ich, dass er heute gut aussieht. Nun ja, er sieht immer gut aus, aber heute sieht er besonders gut aus. Er trägt gut sitzende helle Stoffhosen, ein weißes Hemd ohne Krawatte und ein marineblaues Sakko, und seine Frisur sitzt großartig. Die kinnlangen Haare sehen aus, als wären sie professionell über eine Rundbürste geföhnt und dann geglättet worden, aber ich weiß, dass er schon so aus dem Bett rollt. Julian hat in vielerlei Hinsicht Glück.

Meine Gesichtsmuskeln wollen nicht reagieren, aber ich zwinge sie mit bloßer Willenskraft mitzuspielen. Ich sage die richtigen Dinge mit der richtigen Menge Begeisterung. Ich umarme Julian und seine Mom und führe sie in den Garten, wo Caterer ein großes weißes Zelt und ein Dutzend runde Esstische auf dem Rasen aufgestellt haben. Die Sonne hat gerade erst angefangen unterzugehen, deshalb ist der Himmel immer noch hell und die Beleuchtung durch die aufgehängten Lichterketten subtil. Die Blumengestecke sind wunderschön – frische Hortensien in leuchtenden Blau- und Magenta-Schattierungen –, und es gibt eine lange Buffet-Tafel mit Essen aus dem Lieblingsrestaurant meines Dads. In der hinteren Ecke baut ein Barkeeper eine Bar auf.

So sieht es aus, wenn Priscilla eine Veranstaltung organisiert. Alles ist perfekt.

Für andere Leute.

Für mich ist es eine Belastungsprobe. Mit jeder Minute kommen mehr Gäste. Die Tische füllen sich. Der Lärmpegel steigt. Alles wird immer geschäftiger. Ich schüttle die Hände von unbekannten Leuten und umarme bekannte. Ich mache Small Talk und treibe dabei mein Gehirn an seine Grenzen. Mit sorgfältiger Aufmerksamkeit folge ich jeder Unterhaltung, überlege so schnell wie möglich, was die Leute wohl hören wollen, und sage es dann auf die richtige Art, was Gesichtsausdruck, Stimmmodulation und Gestik betrifft. Ich bin eine Marionette, mir überdeutlich aller Fäden bewusst, die ich ziehen muss, um eine überzeugende Vorstellung abzuliefern.

Die ganze Zeit über werfen meine Cousins am anderen Ende des Gartens einen Football hin und her. Ein Baby weint, und seine Mommy versucht, es abzulenken, indem sie auf den Football zeigt. Bienen summen zwischen den Kamelien. Die Luft riecht nach Gras, Blumen, chinesischem Essen, Alkohol und dem Rauch vom Grill des Nachbarn.

Ich habe meine Haut nicht ausreichend mit Feuchtigkeitscreme gepflegt, und als ich zu schwitzen beginne, brennt mein Gesicht. Meine Hand wird klamm, und Julian lässt sie los, damit er sich die Handfläche an der Hose abwischen kann.

«Ich weiß nicht, ob du das bist oder ich», sagt er mit einem Lachen. «Ich bin ein bisschen nervös heute Abend.»

«Warum?», frage ich, weil das für ihn ungewöhnlich ist.

Seine Brust dehnt sich, als er tief Luft holt, und anstatt die Frage zu beantworten, sagt er: «Möchtest du was trinken? Ich könnte einen Drink gebrauchen.»

«Sicher.» Nun, da er es erwähnt, klingt es nach einer fantastischen Idee, meine überreizten Sinne mit gewaltigen Mengen Alkohol zu betäuben. Vielleicht trinke ich eine ganze Flasche für mich allein.

Ich folge ihm zur Bar, und während er uns zwei Gläser Rotwein bestellt, komme ich nicht umhin zu bemerken, wie attraktiv er ist. Aber dasselbe könnte ich über ein Gemälde von Monet sagen, und ich habe nicht das brennende Bedürfnis, eines zu besitzen. Julian ist für mich nicht Vivaldi. Er fasziniert mich nicht. Er ist nicht mein sicherer Rückzugsort.

Es gibt nur einen solchen Mann für mich, und der ist nicht hier. Ich wünschte, er wäre es. Gleichzeitig bin ich froh, dass er es nicht ist. Ich bin mir ziemlich sicher, meine Mom will ihn nicht in ihrem Haus haben. Priscilla respektiert ihn überhaupt nicht. Der Rest meiner Familie würde ihn wahrscheinlich auf den ersten Blick nicht leiden können.

Während Julian mir ein Weinglas reicht und dem Barkeeper Trinkgeld gibt, verstummt die Menge. Priscilla rollt unseren Dad in seinem Rollstuhl heraus. Er trägt eine Strickmütze auf dem Kopf und eine schwarze Strickjacke verkehrt herum über seinem Krankenhausnachthemd. Eine Fleecedecke ist über seine Beine gebreitet und ordentlich unter seinen Füßen festgesteckt. Sein Kopf ist mit Kissen gestützt, trotzdem kippt er leicht zur Seite, während er benommen blinzelnd auf seine Umgebung starrt.

«Ich danke euch allen fürs Kommen. Dad ist so glücklich, dass ihr hier seid, um seinen achtzigsten Geburtstag mit ihm zu feiern», sagt Priscilla stolz.

Die Leute klatschen und drängen sich um ihn, und es setzt ein gleichmäßiges Brummen von Unterhaltungen ein, als jeder versucht, ein Familienfoto mit ihm zu machen. Ich sehe meine Mom in der Mitte des Gedränges, in Schale geworfen und geschminkt, angeregt mit den Gästen plaudernd, vollkommen in ihrem Element. Diese Party, wird mir bewusst, ist nicht für meinen Dad. Er scheint eingeschlafen zu sein.

«Wo ist Priscilla hin?», fragt Julian.

Ich sehe mich um, und als ich sie nirgends entdecke, sage ich: «Sie ist wahrscheinlich ‹frische Luft schnappen› gegangen.»

Sein Mund verzieht sich, als würde er etwas schmecken, das er nicht mag. «Ich schätze, dann warte ich, bis sie wieder da ist.»

«Warten worauf?»

Er lächelt mich nur an und schüttelt den Kopf, bevor er an seinem Weinglas nippt. «Meine Mom meinte, sie hat mit dir geredet.»

Ich bin mir nicht sicher, wovon er spricht, aber ich nicke. «Es ist wirklich nett von ihr, so oft zu Besuch zu kommen.» Das scheint mir die richtige Erwiderung zu sein.

Er wirft mir einen skeptischen Blick zu, bevor er einen weiteren Schluck Wein trinkt. «Du hast ihr gesagt, dass du sie sehr gern als Schwiegermutter hättest.»

Ein schlechtes Gefühl beschleicht mich. Als würde ich von all den kleinen Lügen, die ich erzählt habe, um es den Leuten recht zu machen, eingeholt werden, und jetzt kommt ein Moment der Abrechnung auf mich zu. Irgendwann werde ich mich mit allem auseinandersetzen und harte Entscheidungen treffen müssen. Aber das kann ich nicht heute. Nicht hier und jetzt, nicht, während alle zusehen.

«Ja. Ich mag sie sehr», sage ich. Meine Wangen sind schon müde vom vielen Lächeln heute, trotzdem lächle ich erneut für ihn.

«Du weißt, was das bedeutet, richtig?», fragt er, dabei streckt er die Hand aus, um mir das Haar hinters Ohr zu streichen.

Ich gebe mein Bestes, nicht zusammenzuzucken, während die Nervenenden in meiner Kopfhaut gegen seine Berührung protestieren. Mein Lächeln bleibt an Ort und Stelle, aber mein Herz schlägt so schnell, dass mir schwindlig ist. Ich kann mich nicht an seine Frage erinnern, aber ich weiß, wie ich antworten soll. «Ja.»

Ein breites Lächeln bricht auf seinem Gesicht aus, und ich weiß, dass ich das Richtige gesagt habe. Ich bin erleichtert und panisch zugleich.

KAPITEL 32

Quan

Die Straße, in der Annas Eltern wohnen, ist so voll, dass ich einen Block entfernt parken und zu Fuß gehen muss. Irgendjemand feiert eine Party.

Normalerweise würde mich das nicht stören. Ich vertrete mir gern die Beine und mag die Vorstellung, dass Leute sich amüsieren. Aber heute Abend kann ich nur daran denken, wie dringend ich Anna sehen muss. Ich fühle mich beschissen, und es gibt jetzt nur eine einzige Sache, die das besser machen kann. Sie.

Ich brauche sie in meinen Armen. Ich brauche es, sie einzuatmen.

Als ich mich jedoch ihrem Haus nähere, sehe ich, dass die Auffahrt mit Autos zugeparkt ist. Die Party ist *hier*.

Zwei Dinge werden mir gleichzeitig bewusst: Erstens, das muss die Geburtstagsparty für ihren Dad sein. Zweitens, sie hat mich nicht eingeladen.

Das fühlt sich definitiv wie ein Schlag in die Magengrube an, aber ich rede mir ein, dass es okay ist. Ich verstehe es. Ich muss mich mehr anstrengen, ihre Familie für mich zu gewinnen. Aber wie zum Teufel soll ich das machen, wenn sie mich zu solchen Sachen nicht einlädt? Ich sollte da drin sein und den alten Leuten Honig ums Maul schmieren, mich mit jedem, der spielt, zum Golf verabreden und mich mit ihren Cousins anfreunden. Vor allem sollte ich an Annas Seite sein.

Aber das bin ich nicht. Ich bin hier draußen, während sie da drin ist.

Vor dem Haus ihrer Nachbarn bleibe ich stehen und überlege kurz, wie ein Hund mit eingezogenem Schwanz wieder abzuziehen, aber da höre ich ihre Schwester.

«Danke, dass du mir geholfen hast, meinen Dad in den Rollstuhl zu setzen, Faith.» Es sind Bäume und Büsche im Weg, deshalb kann ich sie nicht deutlich sehen. Ich erhasche nur einen flüchtigen Blick auf ihr Profil, als sie eine Zigarette zum Mund führt. Der Rauch zieht direkt in meine Richtung, und ich unterdrücke ein Husten.

«Kein Problem», antwortet Faith, die vollständig vor meinen Blicken verborgen ist. «Mit diesem Patientenlifter war es ganz leicht. So einen habe ich vor heute noch nie gesehen.»

«Leicht, ja, aber man braucht definitiv zwei Leute. Anna wollte ich nicht fragen. Sie stellt sich in letzter Zeit so dumm an, dass sie ihn womöglich fallen gelassen hätte», sagt Priscilla, und ihre Stimme hat eine bissige Schärfe an sich, bei der ich mich unwillkürlich versteife. Ich muss die Zähne zusammenbeißen, um mich davon abzuhalten, Anna zu verteidigen.

«Du bist so hart zu ihr», sagt Faith, und dafür würde ich sie vor Dankbarkeit am liebsten umarmen.

«Vielleicht bin ich das, ich erwarte nun mal viel von anderen. Aber denkst du, ich bin nicht auch hart zu mir selbst?», fragt Priscilla.

«Ich weiß, dass du zu dir selbst am allerhärtesten bist.»

Priscillas Hand hebt sich, und das Ende ihrer Zigarette

glüht rot auf, als sie daran zieht. Eine frische Rauchwolke weht in meine Richtung. «Ich habe meinen Job gekündigt, als ich in New York war.»

«*Was? Warum?* Ich dachte, du liebst deinen Job.»

«Ich bin seit drei Jahren für eine Beförderung überfällig, und sie haben sie einfach diesem neuen Typen gegeben, der meine Projekte übernommen hat, während ich hier war. Ich musste nach New York fliegen, um *seine* Probleme auszubügeln, und dann befördern sie ihn statt mich. Scheiß auf die. Vielleicht werde ich sie verklagen.»

«Das ist ja schrecklich», sagt Faith. «Ich kann mir das gar nicht vorstellen, zu all dem anderen, was du gerade durchmachst. Hast du je daran gedacht, vielleicht mal einen Psychotherapeuten zu besuchen?»

Priscilla lacht bitter. «Ja, klar. Anna ist zur Therapie gegangen, und jetzt denkt sie, sie ist Autistin. Was für ein Blödsinn. Das ist nichts für mich, nein danke.»

Es folgt eine Pause, bevor Faith nachdenklich fragt: «Möglicherweise ist Anna Autistin?»

Priscilla gibt einen spöttischen Laut von sich. «Nein.»

«Na, ich weiß nicht. Sie war so ein merkwürdiges Kind, so still. Ich glaube nicht, dass sie auch nur eine einzige Freundin hatte, als –»

«Ich hör mir das nicht länger an», faucht Priscilla.

«Ach, komm schon, denkst du nicht –» Etwas aus Glas fällt zu Boden und zerspringt klirrend direkt in meinem Blickfeld auf dem Gehweg. «Scheiße.»

Anstatt abzuhauen, um nicht gesehen zu werden – zum Teufel damit –, trete ich vor. «Brauchen Sie Hilfe damit?»

Priscilla und diese Faith, die ich noch nie gesehen habe, fahren erschrocken zusammen.

«Tut mir leid. Ich wollte Sie nicht erschrecken», sage ich.

«Sie müssen Quan sein», stellt Faith fest, während sich ein breites Grinsen über ihr Gesicht legt. «Ich habe gehofft, Sie kennenzulernen. Ich bin Faith.» Sie tritt auf mich zu, als wollte sie mir die Hand schütteln, doch Glas knirscht unter ihrem Schuh.

«Schön, Sie kennenzulernen», erwidere ich, während ich einen Schritt vorwärts mache und in die Hocke gehe, um die Glasscherben aufzusammeln. Die Champagnerflöte ist noch größtenteils ganz, also lege ich alle Scherben hinein. Als ich damit fertig bin, ist nichts mehr übrig als ein nasser Fleck vom Champagner.

Priscilla nimmt mir das Glas mit einem Lächeln ab, das nicht ganz ihre Augen erreicht. «Danke, Quan. Sie müssen gekommen sein, um Anna zu sehen.»

Bevor ich das bestätigen und mich dafür entschuldigen kann, uneingeladen aufgetaucht zu sein, nimmt Faith begeistert meinen Arm. «Sie ist hinten im Garten. Sie wird sich so freuen, Sie zu sehen. Kommen Sie, ich bringe Sie hin.»

Priscilla sieht aus, als wollte sie etwas sagen, aber am Ende wirft sie mir lediglich ein angewidertes Lächeln zu, während Faith mich um die Seite des Hauses herumführt, vorbei an den Mülltonnen, in die Priscilla das zerbrochene Glas wirft, und in den Garten.

Ich kann die Leute hören, bevor ich sie sehe, lachend, plaudernd, hustend, schreiend (irgendwo ist ein sehr stinkiges kleines Kind). Als wir um die Ecke biegen, brauche ich eine Sekunde, um den Anblick zu verarbeiten. Es sieht aus, als würden sie eine Hochzeit feiern, keinen Geburtstag.

«Mal sehen. Wo steckt sie?», sagt Faith, während ihr Blick über die Menge fliegt.

Jemand sagt: «Da ist Priscilla», und gleich darauf winkt ihre Mom sie zu einem Tisch auf der gegenüberliegenden Seite des Zelts, wo ihr Dad in einem Rollstuhl sitzt.

«Ich muss gehen. Sie können sich gern zu essen und trinken nehmen. Die Bar ist gleich da drüben», sagt Priscilla und zeigt auf einen Platz in der Nähe, wo eine kurze Schlange auf Drinks wartet, bevor sie sich abwendet.

Ich will mich gerade bei ihr bedanken, als ein lautes Klimpern die Aufmerksamkeit aller auf einen gutaussehenden Mann zieht, der mit einer Gabel gegen sein Weinglas schlägt. «Entschuldigung, dürfte ich einen Moment eure Aufmerksamkeit haben», ruft er.

Anna steht neben ihm. Sie trägt ein schlichtes schwarzes Kleid, und ihr Haar ist offen. Sie ist das Schönste, was ich je gesehen habe.

Ich mache einen Schritt auf sie zu, als der Typ seine Gabel weglegt und ihre Hand nimmt.

Ein Freund von ihr?

Nein, die Körpersprache dieses Kerls sagt nicht «Freund». Mir gefällt die Körpersprache dieses Kerls *ganz und gar* nicht, nicht, solange er die Hand *meiner* Freundin hält.

«Zuerst möcht ich Xin Bobo alles Gute zum Geburtstag wünschen», sagt er, während er sein Weinglas in Richtung von Annas Vater erhebt.

Am Tisch von Priscilla und Annas Dad streichelt Annas Mom die Schulter ihres Mannes, bevor sie anmutig lächelt und ihre Champagnerflöte erhebt.

«*Zhu Xin Bobo shengri kuaile*», sagt der Typ, bevor er von seinem Glas trinkt, zusammen mit allen anderen im Zelt. «Und da wir gerade alle hier versammelt sind, möchte ich gerne eine Neuigkeit mit euch teilen.»

Ich erstarre. Meine Füße fühlen sich an, als würden sie plötzlich tausend Pfund wiegen. Das kann nicht sein, wonach es aussieht.

«Wer ist dieser Typ?», frage ich Faith mit einem leisen Flüstern.

Sie schaut mich mit großen Augen an, nimmt die Hand vom Mund und sagt: «Julian.»

Mein Herz hört auf zu schlagen, während ich Annas Gesicht anstarre und versuche, die Situation zu deuten. Sie lächelt zu diesem Stück Scheiße hoch, hängt regelrecht an seinen Lippen. Ihre Wangen sind gerötet, ihre Augen funkeln. So verdammt schön.

«Anna und ich werden heiraten», verkündet Julian.

KAPITEL 33

Anna

Wir haben noch keinen Termin festgelegt, aber lieber früher als später, damit die wichtigen Personen in unserem Leben daran teilhaben können. Ist es nicht so, Anna?»

Eine unangemessen lange Zeitspanne vergeht, in der ich nichts anderes tun kann, als Julian anzustarren und zu lächeln. Das ist die einzige äußere Reaktion, die sich akzeptabel anfühlt, wenn alle mich beobachten.

Innerlich breche ich zusammen.

Er hat gesagt, wir *werden heiraten*. Wie ist das möglich? Er hat mir nie einen Antrag gemacht. Wenn er das getan hätte, hätte ich Nein gesagt. Ich liebe ihn nicht. Im Augenblick hasse ich ihn vielleicht sogar.

Worte stauen sich in meinem Mund auf, verlangen, ausgesprochen zu werden. Dinge wie *Nein, das hast du falsch verstanden* oder *Wir werden niemals heiraten, und das tut mir nicht leid.*

Aber ich sehe, wie meine Mom die Hände an die Brust drückt, während ihr Freudentränen übers Gesicht laufen. Priscilla wischt sich die eigenen Tränen fort, während sie sich aufgeregt zum Ohr unseres Dads hinunterbeugt, zweifellos, um ihm von meiner bevorstehenden Vermählung zu erzählen. Julians Mom lächelt mich an, als wäre das der glücklichste Moment ihres Lebens.

Und ich kann es nicht tun. Nicht vor Publikum.

Später, sage ich mir. *Ich werde es später tun.* Wenn es ruhig ist, wenn keine Leute überall um uns herum sind, wenn ich Zeit gehabt habe, wenn ich wieder zu Atem gekommen bin, wenn mein Kopf sich nicht mehr anfühlt, als würde er explodieren.

Ich finde meine Stimme wieder, und ich sage: «Ja.»

Beifall bricht aus, lautes Pfeifen. Silberbesteck klirrt gegen Gläser, und Julian lächelt mich an und sieht aus, als hätte ich ihm den Mond geschenkt. Als er sich zu mir herunterbeugt, um mich zu küssen, entdecke ich am Rand meines Blickfelds ein bekanntes Gesicht.

Quan.

Er ist hier. Er hat das mit angesehen. Er sieht aus, als hätte ihm gerade jemand das Herz aus dem Leib gerissen.

Julians Lippen berühren meine, und ich erstarre. Ich küsse ihn nicht zurück. Ich kann es nicht.

Was habe ich getan?

Er scheint nicht zu bemerken, dass ich seinen Kuss nicht erwidert habe, als er sich zurückzieht und mir mit seinem Glas zuprostet.

«Auf uns», sagt er.

Ich stoße mit ihm an und lege den Kopf in den Nacken, um zu trinken. Was könnte ich jetzt sonst auch tun? Ich schlucke, obwohl der Wein in meinem Mund wie Essig schmeckt.

Als ich das Glas wieder absetze, suchen meine Augen sofort nach Quan. Aber er ist fort.

Nackte, unverfälschte Panik schießt durch mich hindurch. Ich kann ihn nicht so gehen lassen. Ich muss es erklären. Ich muss es ihm begreiflich machen.

«Ich bin gleich wieder da», sage ich zu Julian und eile hastig zur Vorderseite des Hauses.

Ich sehe ihn weder auf dem Rasen noch auf der Auffahrt, also renne ich zum Bürgersteig. Es wird allmählich dunkel draußen, aber ich sehe ihn. Da ist er, er geht schnell, geht von mir fort.

«Quan», rufe ich, während ich ihm hinterherjage.

Anstatt sich zu mir umzudrehen, geht er schneller. «Ich kann das jetzt nicht, Anna.»

«Es ist nicht, was du denkst.»

Er geht weiter, also renne ich hinter ihm her. Als ich nach seiner Hand greife, reißt er seinen Arm los, als hätte ich ihn verbrannt, und es fühlt sich wie ein Schlag ins Gesicht für mich an.

«Quan –»

Abrupt fährt er zu mir herum. «Ich kann das jetzt wirklich nicht. Ich bin nicht –» Er holt tief Luft. Seine Hände an seinen Seiten ballen sich zu Fäusten. «Ich kann nicht klar denken. Ich will nichts sagen, das ... Ich will dich nicht verletzen.»

«Es tut mir leid», stoße ich aus. «Ich werde ihn nicht heiraten. Das konnte ich nur nicht sagen, während alle zusehen. Außerdem, meine Mom und seine Mom wollen das so sehr, und ich ... ich ... ich ...»

«Ich habe auch zugesehen, und ich habe gesehen, wie meine Freundin ihrer ganzen Familie verkündet, dass sie einen anderen heiratet. Hast du irgendeine Ahnung, wie sich das anfühlt?», fragt er.

«Ich weiß, das war falsch von mir. Es tut mir wirklich leid. Ich werde das in Ordnung bringen», sage ich flehend zu ihm. Ich habe nicht selbst die Kontrolle über mein Leben. Das muss er doch wissen.

«Dann bring es gleich in Ordnung», verlangt er. «Ich werde zusammen mit dir reingehen, und du kannst eine neue Ankündigung machen. Sag ihnen, dass ich derjenige bin, mit dem du zusammen bist. *Ich.*»

Ich weiß nicht, was ich sagen soll. Ich kann nicht tun, worum er mich bittet. Alle wollen, dass Julian und ich zusammen sind. Ich muss eine andere Möglichkeit finden, mich ihren Wünschen zu widersetzen, etwas Stilles und Kluges. Ich weiß noch nicht, wie ich das hinkriegen soll, aber ich bin ziemlich sicher, es beinhaltet, Julian dazu zu bringen, es abzublasen. Dann können sie mich nicht unter Druck setzen. Dann können sie mich nicht dazu zwingen, Ja zu sagen.

«Oder kannst du nur im Dunkeln mit mir zusammen sein? Schämst du dich für mich, Anna?», fragt er mit rauer Stimme.

«Nein!»

«Warum verhältst du dich dann so? Warum kannst du dich nicht für mich einsetzen?»

Es schnürt mir die Kehle zu, und ich schüttle verzweifelt den Kopf. Wie kann er von mir erwarten, mich für ihn einzusetzen, wenn ich mich nicht mal für mich selbst einsetzen kann? Das darf ich nicht. Warum sieht er das nicht?

Als ich ihm nicht antworte, wird seine Miene schwer vor Enttäuschung. «Das hier funktioniert nicht. Ich kann das nicht mehr.»

Mein Herz verkrampft sich mit einem Adrenalinstoß, und meine Sinne schalten auf Alarmstufe Rot. «Du kannst was nicht mehr?»

«Das mit uns. Du brichst mir das Herz, Anna.»

Ich ertrage die Traurigkeit in seinen Augen nicht, deshalb sehe ich hinunter auf meine Füße und versuche mein

Bestes, keinen Laut von mir zu geben, während meine Tränen fallen. Ich hasse, dass ich den Menschen verletze, den ich liebe. Ich hasse, dass es *nichts* gibt, was ich dagegen tun kann. Ich hasse, wie gefangen ich in meinem Leben bin. Ich kann nicht gewinnen. Ich werde nie in der Lage sein, es allen recht zu machen.

«Ich werde jetzt gehen», sagt er.

Alles in mir rebelliert bei seinen Worten, und ich balle den Stoff meines Kleids in den Fingern, während ich den Drang bekämpfe, die Hand nach ihm auszustrecken und ihn aufzuhalten. Da ist jetzt eine unsichtbare Barriere um ihn herum, und ich darf nicht hinein.

«Ich will nicht, dass du gehst», sage ich, und es fühlt sich an, als kämen die Worte direkt aus meiner Seele, so wahr sind sie.

Anstatt zu antworten, dreht er sich um und marschiert weiter den Gehweg entlang zu seinem Motorrad. Ohne ein einziges Mal zu mir zurückzublicken, setzt er seinen Helm auf, steigt auf, startet den Motor und fährt davon.

Ich sehe ihm nach, bis er fort ist, und selbst danach starre ich auf die Kreuzung, wo er abgebogen und aus meinem Sichtfeld verschwunden ist. Das war's. Zwischen uns ist es jetzt aus. Er hat mit mir Schluss gemacht. Ich bin nicht bereit für eine Zukunft, in der ich ihn nie wiedersehen werde. Ja, ich habe immer noch meine Familie. Aber was habe ich jetzt noch, worauf ich mich freuen kann? Wo ist mein sicherer Zufluchtsort jetzt?

Er ist nur ein Mann. Ich sollte mich nicht so leer fühlen, weil er fort ist. Aber ich weiß, ich habe etwas Wichtiges, etwas Wesentliches verloren. Weil ich nicht nur ihn verloren habe. Ich habe auch die Person verloren, die ich bin, wenn ich mit ihm zusammen bin – die Person hinter der Maske.

Ich habe *mich selbst* verloren.

«Anna, bist du hier draußen?», höre ich Faith hinter mir rufen.

Ich kann mich nicht dazu aufraffen, mich zu bewegen oder ihr zu sagen, wo ich bin. Ich will nicht gefunden werden. Es ist still hier draußen, und ich will allein sein.

Aber Schritte kommen in meine Richtung, und bald darauf sagt sie: «Da bist du ja. Geht es dir gut?»

Müde bis ins Mark sehe ich sie über meine Schulter hinweg an und nicke.

«Priscilla sagt, es ist Zeit, Violine zu spielen», meint sie zögernd.

Meine Kehle ist beinahe zu eng, um zu sprechen, aber ich bringe hervor: «Okay.»

«Du siehst so traurig aus, Anna. Ist was passiert?»

Ich habe nicht die Energie, auf ihre Frage zu antworten, also schüttle ich den Kopf und gehe stumm zum Haus. Als ich die Haustür öffne, sage ich: «Ich geh meine Violine holen.»

Sie wirft mir ein unsicheres Lächeln zu und kehrt zurück zur Party.

Meine Füße fühlen sich unglaublich schwer an, als ich nach oben in mein Zimmer gehe, wo mein Geigenkasten auf dem Fußboden unter einem Haufen schmutziger Wäsche liegt. Ich knie mich auf den Boden, schiebe alles von dem Instrumentenkoffer herunter, und nach einer kleinen Pause öffne ich ihn. Da ist meine Violine.

Es ist keine Stradivari, und sie ist keine Millionen wert, aber sie gehört mir. Sie ist gut. Ich weiß, wie sie klingt, wie sie sich anfühlt, wie schwer sie ist, sogar, wie sie riecht. Sie ist ein Teil von mir. Ich streichle mit den Fingern über die Saiten und erinnere ich mich an all die Prüfungen und Triumphe, die wir gemeinsam durchgestanden haben. Vorspieltermine, Premieren, mein Entdecken von Max Richters Neukomposition von Vivaldis *Vier Jahreszeiten*, meine Besessenheit von seiner Neukomposition, die Darbietung, die mich auf YouTube gebracht hat, der höllische Teufelskreis dieses Stücks, das ich nicht zu Ende bringen kann ...

Es ist eine Schande, dass ich diese Violine heute Abend kaputt machen muss.

Aber ich sehe keine andere Möglichkeit. Ich kann nicht spielen. Wenn ich es versuche, werde ich mich nur vor meinen schärfsten Kritikern blamieren – meiner Familie. Die psychischen Probleme, die ich habe, verdienen weder ihren Respekt noch einen flüchtigen Versuch von Verständnis. In ihren Augen muss ich das Problem identifizieren, eine Lösung finden und weitermachen. So einfach sollte das sein.

Also tue ich das jetzt, nur nicht auf die Weise, die sie bevorzugen würden.

Ich nehme meine Violine aus dem Kasten, dabei koste ich aus, wie vertraut ihre Kurven sich in meine Hände schmiegen, und drücke sie an meine Brust. *Es tut mir leid, meine Freundin*, flüstere ich in der Sicherheit meines Geistes. *Ich werde dich hinterher wieder in Ordnung bringen.*

Nachdem ich den Bogen gespannt habe, trage ich Kolophonium auf. Das ist nicht nötig. Ich werde heute Abend nicht spielen. Aber es ist Teil des Rituals. Es muss getan werden.

Dann verlasse ich mein ehemaliges Kinderzimmer und

gehe den Flur entlang zum oberen Treppenansatz. Ich packe meine Violine fest am Hals, wappne mein Herz und bereite mich darauf vor, sie mit so viel Kraft, wie ich aufbringen kann, die Treppe hinunterzuwerfen. Sie ist ein robustes Instrument, und ich darf sie nicht einfach nur ankratzen. Sie muss so beschädigt sein, dass man nicht mehr darauf spielen kann. Das ist der ganze Sinn der Sache.

Ich zähle im Kopf bis drei, werfe sie und sehe zu, wie sie durch die Luft segelt. Da ist ein Moment, in dem ich denke, dass sie einfach von der Treppe abprallen und ohne einen Kratzer auf dem Boden landen wird und dass ich sie immer wieder werfen muss, vielleicht ein paarmal auf ihr herumhüpfen, als wär sie ein Trampolin, bevor sie ausreichenden Schaden nimmt. Aber meine Violine tut das Unerwartete, als sie auf den Marmorboden trifft.

Sie zerschellt in winzige Stücke.

Aufkeuchend lasse ich den Bogen fallen, renne die Treppe hinunter und fege die Bruchstücke fieberhaft mit den Fingern zusammen. Der Hals ist glatt entzweigebrochen, und der Korpus besteht nur noch aus zersplitterten Holzstücken. Sie sieht überhaupt nicht mehr nach einem Instrument aus. Eine der Saiten ist gerissen. Die anderen liegen schlaff und leblos auf dem Marmor am Fuß der Treppe, zusammen mit Wirbeln und dem Steg und unidentifizierbaren Splittern.

Das kann ich unmöglich wieder in Ordnung bringen.

Diese Violine wird nie wieder singen.

Unkontrollierbare Schluchzer quellen aus meinem Mund. Ich kann sie nicht aufhalten. Ich kann sie nicht zum Schweigen bringen. Der Schmerz in mir muss jetzt gehört werden. Er kann nicht mehr stumm bleiben.

«Anna, Priscilla sagt, du sollst –»

Als ich hochblicke, sehe ich, wie Faith die Szene mit offenem Mund in sich aufnimmt. Ich versuche nicht, ihr die Lüge aufzutischen, die ich vorbereitet hatte, dass ich das Instrument «aus Versehen» fallen gelassen habe.

Meine Violine ist tot. Ich habe sie mit meinen eigenen Händen getötet.

Ich habe ein schönes, unschuldiges Ding genommen und es ermordet. Weil ich mich nicht dazu durchringen konnte, Nein zu sagen.

Ich habe alles Gute in meinem Leben zerstört.

Weil ich nicht Nein sagen kann.

Weil ich immer noch versuche, etwas zu sein, das ich nicht bin.

«Ich bin gleich wieder da», sagt Faith, bevor sie hinauseilt.

Ich weine beinahe hysterisch und versuche, meine Violine wieder zusammenzusetzen wie ein 3D-Puzzle, als Faith mit Priscilla im Schlepptau zurückkommt.

«O mein Gott», sagt Priscilla, als sie den Schaden begutachtet. Sie betrachtet mich einen angespannten Moment lang, bevor sie eine Art inneren Kampf zu verlieren scheint und mit resignierter Stimme fortfährt: «Hör auf damit. Du kannst sie nicht wieder heil machen, und du ziehst dir nur Splitter zu. Entspann dich, okay? Das ist nicht das Ende der Welt. Mom wollte dir sowieso eine neue kaufen. Ich habe schon mit ein paar Händlern gesprochen.»

«Ihr wolltet mir eine neue Violine kaufen?» Die Geigentrümmer fallen aus meinen Fingern auf den Boden.

«Ja, ich glaube, ich habe die richtige gefunden. Wir verhandeln gerade über den Preis», sagt sie.

Ich weiß, ich sollte dankbar sein, dass sie mich nicht mehr ignoriert. Ich sollte Danke für die Violine sagen.

Aber es fühlt sich an, als hätte jemand eine Zündschnur in mir angesteckt. Ich brenne, bin kurz davor zu explodieren.

Ich kann mir nicht verkneifen zu fragen: «Ihr wolltet sie kaufen, ohne mich zu fragen, was ich davon halte?»

«Mom wollte, dass es eine Überraschung wird. Außerdem wollte sie dich so oder so nicht involvieren. Sie wusste, dass du dein Herz an die teuerste hängst, und so macht man kein gutes Geschäft. Keine Sorge, ich habe die ausprobiert, die mir gefällt, und sie liegt gut in der Hand. Du wirst gut mit ihr zurechtkommen, und du weißt, dass ich einen guten Geschmack habe», sagt Priscilla, als würde ich mich wegen nichts aufregen und müsste Vernunft annehmen.

Aber die richtige Violine für einen Violinisten zu finden ist eine heikle Angelegenheit. Es müssen nicht nur Größe und Gewicht stimmen, es muss auch die einzigartige Stimme des Instruments im Einklang mit dem Ohr des Musikers sein. Niemand kann das hören außer *mir*.

Am allerwichtigsten, ich *wollte* keine neue Violine. Ich mochte meine alte, die, die jetzt nur noch aus Trümmern besteht. Wenn alles nach Plan gelaufen wäre, dann hätten sie meine alte einfach ersetzt und von mir erwartet, dass ich trotzdem spiele, ohne Rücksicht auf meine Wünsche.

Und ich hätte es getan. Noch dazu mit einem Lächeln auf dem Gesicht.

Weil ich nicht Nein sagen kann.

Priscilla reibt sich müde die Stirn. «Was machen wir denn jetzt? Damit kannst du heute Abend nicht spielen.»

«Hast du noch deine alte Violine aus der Highschool?», fragt Faith hilfsbereit.

Priscillas Augen weiten sich, und sie grinst, als wäre eben die Sonne aufgegangen. «*Ja*. Sie ist oben in meinem Schrank. Du bist ein *Engel*. Danke.» Sie drückt Faith einen Schmatz mitten auf die Lippen und springt munter die Treppe hoch.

Sich lachend mit dem Arm über den Mund wischend, rennt Faith in die Küche, um einen Plastikbehälter zu holen, dann geht sie neben mir in die Hocke, um mir mit dem Schlamassel zu helfen. «Das Timing ist perfekt, nicht wahr? Priscilla hat mir von der Violine erzählt, die sie für dich besorgen. Sie ist aus Italien und sehr alt. Aber das ist alles, was ich verrate.»

Ich sehe hinunter auf die Trümmer der Violine auf dem Boden, zu überfordert, um einen klaren Gedanken fassen zu können. Alles ist falsch. *Alles.* Ich klacke immer wieder meine Zähne aufeinander, in dem Versuch, zur Normalität zurückzukehren, aber es hilft nicht. Dieser wilde Schmerz in mir will nicht weggehen.

Dieser Tag, dieser unendliche Tag. Warum ist er noch nicht vorbei? Ich brauche, dass er jetzt vorbei ist.

Jetzt sofort.

Jetzt. Sofort. JETZT. SOFORT.

Priscilla eilt mit einem Geigenkoffer in den Händen die Treppe herunter und hält ihn mir hin, als wäre er ein Hauptgewinn. «Da. Stimm sie und komm dann raus. Alle warten schon auf dich.»

Ich umklammere die Überreste meiner Violine, bis sich die spitzen Kanten in meine Haut bohren. «Ich kann nicht spielen», presse ich hervor.

Priscilla stößt einen genervten Seufzer aus und verdreht die Augen zum Himmel. «Doch, das kannst du.»

«Ich kann nicht spielen», wiederhole ich.

«Du bist so frustrierend», zischt Priscilla mit zusammengebissenen Zähnen. «Du musst es für Dad tun. Es ist sein
Geburtstag.»

«Was ist hier los?», fragt meine Mom, bevor sie am anderen Ende des Flurs auftaucht und auf uns zukommt, gefolgt
von Julian und einer Handvoll neugieriger Verwandter.

«Sie weigert sich zu spielen. Sie hat ihre Violine fallen
gelassen, also habe ich ihr meine alte gegeben. Aber sie will
es trotzdem nicht tun», erklärt Priscilla.

«Ich kann nicht spielen», wiederhole ich erneut. «Ich
habe dir gesagt, warum, aber du –»

«Willst du wissen, wie du mit deiner Nervosität fertig-
wirst? Du stimmst deine Violine, du gehst mit ihr auf die
Bühne, und du spielst dein Lied, eine Note nach der anderen, bis du fertig bist. Das ist alles. Du tust es einfach», sagt
sie. Sie lächelt sogar, als wäre es witzig, dass ich etwas so Offensichtliches nicht verstehe. Nachdem sie ihre alte Violine
aus ihrem verstaubten Kasten genommen hat, hält sie sie
mir hin. «Geh da raus und tu es, Anna.»

Das ist das Ende für mich. Ich werde keinen inneren Krieg
gegen mich selbst führen. Denn es ist *nicht* so einfach, wie
sie sagt. Nicht für mich. Und sie will nicht mal versuchen, es
zu verstehen. Sie will einfach nur, dass ich tue, was sie sagt,
wie ich es immer tue.

«Nein.» Ich sage es fest und bestimmt, obwohl es sich
fremdartig auf meiner Zunge anfühlt.

Einen Herzschlag lang, zwei, sieht sie mich an, als wider-
setzte sich das, was gerade passiert ist, jedem Verständnis.
Dann zischt sie: «Du bist ein verzogenes kleines –»

«Ich werde es nicht tun», sage ich mit erhobener Stimme,
damit sie mir zuhören *muss*.

Bei meiner öffentlichen Demonstration von Respektlosigkeit schreckt Priscilla sichtlich zurück, und meine Mom stößt ein scharfes, missbilligendes «Anna» aus.

«Seht ihr, womit ich zu kämpfen habe?», schreit Priscilla.

«Du willst nicht für *Ba* spielen?», fragt meine Mom, offenkundig fassungslos bei der Vorstellung. «Du musst sein Lied für ihn spielen. Das könnte deine letzte Gelegenheit sein.» Ihre Miene bricht vor Schmerz in sich zusammen, und Tränen schimmern in ihren Augen.

Ich sollte nicht noch mehr leiden können, als ich es schon tue, aber es fühlt sich an, als würde ich ihren Schmerz in mich aufsaugen und zu meinem eigenen hinzufügen. Es ist unerträglich. Ich kann das alles nicht mehr in mir zurückhalten. Ich fühle mich, als würde mein Brustkorb aufbrechen, als ich sage: «Meine letzte Gelegenheit war vor Monaten. Jetzt hört er mich nicht mehr. Er will nichts von alledem. Wir quälen ihn, weil wir ihn nicht gehen lassen können.»

«Sag nicht ‹wir›. *Du* hast dieses Problem nicht. *Du* bist es leid, dich um ihn zu kümmern. *Du willst, dass er stirbt.*» Priscilla zeigt mit einem Finger auf mich, während wieder dieser verächtliche Ausdruck ihr Gesicht verzerrt.

Nach Luft schnappend, schlägt sich meine Mom die Hand vor den Mund und starrt mich entsetzt an. Alle anderen starren mich genauso an. Scham und Erniedrigung überwältigen mich.

«Ich habe mich angestrengt, sosehr ich nur kann, aber es ist nicht genug», sage ich mit erstickter Stimme. «Ich kann so nicht weitermachen. Ich bin körperlich und geistig am Ende. *Ich brauche Hilfe.* Können wir uns bitte Hilfe holen, damit wir nicht mehr alles allein machen müssen? Warum müssen wir das ganz allein machen?»

«Weißt du, was?», sagt Priscilla. «Wenn du so ‹am Ende›
bist, warum packst du dann nicht einfach deine Sachen und
verschwindest? Du hast sowieso nichts geleistet, und ich
muss ständig hinter dir her sein. Du machst es mir leichter,
wenn du wieder in deine Wohnung zurückgehst und dort
auf deinem Arsch sitzt.»

Ihre Worte fühlen sich an wie die schlimmste Art von
Verrat, und wilder Schmerz durchzuckt mich. Ich habe ihr
gesagt, dass ich am Ende bin und Hilfe brauche, und sie hat
mir die Worte im Mund umgedreht. Da ist keinerlei Anerkennung für das, was ich getan habe, oder wie angestrengt
ich mich bemüht habe, für alle da zu sein, sie eingeschlos-
sen. Das bedeutet ihr nichts.

Warum habe ich mich dann die ganze Zeit so gequält?

Ich stopfe die Überreste meiner Violine in den Plastikbehälter und renne die Treppe hoch in mein Zimmer, um
meine Sachen zu packen. Ich muss hier raus.

«Hey, bist du, äh, okay?», fragt Julian von der Tür aus.

«ES GEHT MIR GUT.» Ich habe das nicht beabsichtigt,
aber meine Worte kommen als Schrei heraus.

Er sieht mich an, als würde er mich nicht wiedererkennen. Diese Seite von mir hat er noch nic gesehen. Niemand
hat das, nicht, seit ich gelernt habe, eine Maske aufzusetzen. Aber jetzt ist meine Maske ebenso zerschmettert wie
meine Violine. Ich habe Mist gebaut. Ich habe Widerworte
gegeben. Ich habe Nein gesagt. Die Leute haben gehört, was
ich Schreckliches zu Priscilla gesagt habe.

Du willst, dass er stirbt.

Das habe ich nicht gesagt. Nie. Aber er ist doch schon fort.

Ich bin nicht mehr gut.

Ich kann nicht mehr geliebt werden.

Ich wische die Tränen weg, die mir unablässig übers Gesicht laufen, und stopfe, so schnell ich kann, meine Kleider, saubere und schmutzige, in meine Tasche. Dann gehe ich ins Bad und hole meine Toilettenartikel. Während ich mit Gewalt den Reißverschluss meiner Reisetasche zuziehe, erklingt ein klimperndes Geräusch, als Julian seine Schlüssel aus der Tasche zieht.

«Ich fahre dich nach Hause», sagt er.

Der Gedanke, jetzt eine Stunde lang mit ihm in einem Auto gefangen zu sein, ist unerträglich. Damit kann ich mich unmöglich auseinandersetzen. «Ich muss allein sein. Danke, aber nein danke», sage ich mit dem, was von meiner Beherrschung noch übrig ist.

Und da ist dieses Wort wieder. Ich fühle mich, als hätte ich nichts Gutes mehr in meinem Leben, aber wenigstens kann ich jetzt *Nein* sagen.

Er sieht mich an, als wäre ich lächerlich. «Anna, wir wohnen fünf Minuten voneinander entfernt, und wir werden *heiraten*. Ich kann dich nicht allein von hier weggehen lassen.»

«Ich will nicht, dass du mich fährst.» Die Worte kommen energisch, aber ein wenig undeutlich heraus. Ich verliere die Fähigkeit zu sprechen, weil ich durch diese ganze Reizüberflutung anfange zusammenzubrechen, das kann ich spüren. «Und ich will dich nicht heiraten. Du hast mich nicht mal gefragt, sondern es einfach meiner ganzen Familie verkündet.»

«Ich habe gefragt. Du hast gewusst, was ich meine», sagt er, als wäre das offensichtlich.

«Nein, das war nicht völlig klar. Und ich will nicht mehr mit dir zusammen sein. Ich mache Schluss mit dir, Julian.»

Geschockt zuckt er zurück. «Was zum Teufel? Das ist eine totale Überreaktion. Sei doch vernünftig, Anna.»

Es gibt vieles, was ich ihm sagen möchte, zum Beispiel, wie man jemandem einen Antrag macht, damit derjenige weiß, dass es passiert, oder dass man nicht seine Mom vorschickt, um zu fragen, oder dass man sich mit seinem Partner abspricht, bevor man eine Verlobung verkündet. Aber mir geht allmählich die Energie aus, und meine Zunge will sich nicht bewegen.

Am Ende ist alles, was ich tun kann, ihm direkt in die Augen zu sehen und zu sagen: «Nein.»

Ich werfe mir den Riemen meiner Tasche über die Schulter und gehe. Alle sind zur Party zurückgekehrt, deshalb schaffe ich es ohne Zwischenfall zur Tür hinaus. Von da aus gehe ich zum nächstgelegenen Park und rufe mir ein Taxi zurück nach San Francisco.

KAPITEL 34

Quan

Ich breche jedes Tempolimit, als ich von Anna wegfahre. Es ist mir egal, ob ich einen Unfall baue. Vielleicht will ein Teil von mir sogar, dass das passiert.

Ich habe alles verloren. Meinen Job, meine Freundin, meine verdammte Männlichkeit, alles ist weg, und ich weiß nicht, wie ich mit dem Wrack fertigwerden soll, das übrig geblieben ist. Dem Wrack, das ich bin.

Vor fünf Jahren hätte nichts mein Selbstvertrauen dermaßen erschüttern können. Ich ging stolz meinen eigenen Weg, überzog mich mit Tattoos und zeigte der Welt den Mittelfinger. Aber der Erfolg hat mich verführt. *Die Leute* haben mich verführt. Und seitdem kämpfe ich darum, der Mann zu sein, für den sie mich halten, ohne dass ich es auch nur bemerkt hätte.

Aber dieser Kampf ist jetzt vorbei. Ich habe nichts mehr zu bieten. Keinen Ruhm, kein Vermögen, keine Zukunft. Als ich zu Anna gerast bin, um sie zu sehen, brauchte ich die Versicherung, dass diese Dinge nicht wichtig sind, dass *ich*, der Mensch, der ich bin, genug bin. Ich habe sie nicht bekommen.

Als ich die Stadt erreiche, fahre ich direkt zum Schnapsladen. Mein Plan ist, zehn Flaschen Fusel zu kaufen, mich tagelang in meiner Wohnung zu verkriechen und zu trinken, bis mir das Gehirn im Schädel herumschwappt. Aber als ich an einer roten Ampel stehen bleibe, entdecke ich mein Fitnessstudio. Durch die Fenster kann ich einen Haufen Leute auf den Laufbändern sehen – einen alten Kerl, eine scharfe Braut, ein paar reiche Ladys in neonfarbenen Yoga-Outfits und einen muskelbepackten Typen, der an Rambo erinnert. Sie laufen, schwitzen, völlig versunken in der körperlichen Anstrengung. Gerade als die Ampel grün wird, bemerke ich das leere Laufband an der Wand, und innerhalb eines Sekundenbruchteils treffe ich eine Entscheidung und fahre rechts ran.

Drinnen ziehe ich die Sportklamotten an, die ich in meinem gemieteten Schließfach aufbewahre, und nehme dieses letzte Laufband in Beschlag. Die Trainer – nette Jungs, ich kenne sie alle, weil ich schon ewig herkomme – versuchen, mit mir zu quatschen, aber als ich die Geschwindigkeit hochdrehe und zu rennen anfange, kapieren sie und lassen mich in Ruhe. Ich will nicht reden. Ich will nicht Musik hören. Ich will nicht fernsehen. Ich will nur laufen.

Also tue ich das. Stundenlang.

Wenn ich mich dabei ertappe, dass ich an Anna oder meinen Job denke, ziehe ich das Tempo an, als könnte ich allem entkommen, wenn ich nur schnell genug bin. Das funktioniert eine Weile, aber ich kann nicht ewig mit voller Power rennen. Irgendwann lässt meine Kraft nach, und ich werde so langsam, dass Gedanken sich wieder anschleichen können. Die Ereignisse des Tages spielen sich erneut in meinem Kopf ab. Zu erfahren, dass aus dem Deal mit LVMH nichts wird, außer ich trete zurück. Anna diesen Typen anlächeln zu sehen, während er ihre Verlobung verkündet. Zu sehen, wie er sie küsst.

Tränen drohen, mir übers Gesicht zu rinnen, und ich wische mir über die Augen, als würde Schweiß darin brennen, und drehe die Geschwindigkeit wieder auf die höchste Stufe. Ich renne und renne und renne. Bis ich nicht mehr kann. Und dann schleppe ich mich nach Hause, schlafe, esse und mache den ganzen Kreislauf am Samstag noch mal.

Am Sonntagmorgen ist mein ganzer Körper wund. Aber nicht wund genug. Ich brauche eine längere, zermürbendere Laufstrecke, etwas, das mich an meine Grenzen bringt und mich wirklich den Kopf freibekommen lässt.

Während ich mich mit Energieriegeln und kalorienreichem Gesundheitsfraß vollpumpe und mein Knie mit Eis kühle, sehe ich mir YouTube-Videos von Leuten an, die in nur einem Tag durch den Grand Canyon laufen. Offenbar nennt man das «Rim to rim to rim» oder «R2R2R», weil man von einem Rand zum anderen und wieder zurück läuft, insgesamt an die siebzig Kilometer. Alle Videos warnen Läufer, dass das nichts für schwache Nerven ist, haufenweise Planung erfordert, man dabei draufgehen könnte, bla, bla, bla. Ich bin im Moment nicht gerade psychisch stabil, also kommt mir das wie die beste Idee vor, die ich je hatte. Spontan buche ich mir ein Ticket für den nächsten Flug nach Phoenix, Arizona, reserviere einen Mietwagen und ergattere durch eine Last-Minute-Absage ein Zimmer in einem Hotel nah am südlichen Rand des Canyons, dann fahre ich zum Flughafen und plane unterwegs meine Route und Wasser-Logistik.

Was habe ich denn zu verlieren?

Nicht das Geringste.

Als ich ein paar Stunden später in Arizona ankomme, kaufe ich mir alles, was ich brauche, zum Beispiel einen

Trinkrucksack, leichte Kleiderschichten, Trekking-Nahrung und Energieriegel, Sunblocker und Lippenbalsam, ein Baseball-Cap, eine Stirnlampe et cetera, und dann mache ich die lange Fahrt zum Grand Canyon Village, checke in mein Hotelzimmer ein und gehe früh ins Bett.

Mein Wecker weckt mich um zwei Uhr morgens, und ich bin um drei Uhr am Ausgangspunkt. Es ist immer noch dunkel draußen, ich weiß, dass ich töricht bin, dass ich mich besser hätte vorbereiten sollen, aber ich wage mich vorwärts, ohne zu zögern.

Ich will nur laufen.

Und ich bin entschlossen, einen neuen Rekord aufzustellen.

Der Ausblick, der sich mir bietet, als der Himmel heller wird, ist atemberaubend.

Majestätische Felswände fallen steil zur Erde ab, sie schimmern in allen Schattierungen des Sonnenaufgangs, scheinbar unberührbar von Zeit und Mensch. Ich fühle mich auf die beste Weise winzig. Meine Probleme wirken unbedeutend, mein Schmerz trivial.

Es geht gleichmäßig bergab, während ich durch Milliarden von Jahren an Felsen in die Tiefen des Canyons hinablaufe, und ich schaffe es in etwas weniger als drei Stunden zum Halfway Point auf der anderen Seite, fühle mich gut und stark und gekräftigt. Noch nie habe ich so frische Luft geatmet oder mich so mit der Natur verbunden gefühlt. Mein Knie tut kaum weh. Das hier ist genau das, was ich gebraucht habe.

Aber als ich den Rückweg antrete, ändern sich die Dinge. Die Luft wird heißer, schwerer. Mein Knie protestiert. Es kommen keine Wasserauffüllstationen mehr, also spare ich mir meinen Vorrat auf. Anfangs ist das noch okay, aber als die Sonne Kilometer um Kilometer auf mich niederbrennt, fängt der Durst an, mir zuzusetzen. Meine Energie schwindet. Ich fange an, mich schwindlig zu fühlen. Wenn ich weitermachen will, *muss* ich mein Wasser trinken.

Nachdem ich es den ganzen Tag auf dem Rücken herumgetragen habe, ist es warm, und das Mundstück meines Trinkrucksacks schmeckt nach Schweiß, aber es ist genau das, was mein Körper braucht. Ich versuche, langsam zu trinken, aber egal, wie viel ich trinke, es ist nicht genug. Ich leere meinen Wasservorrat, unmittelbar bevor der Weg steiler wird.

Aber ich liege bis jetzt wirklich gut in der Zeit. Wenn ich diese Geschwindigkeit auf der letzten Etappe, der härtesten Etappe, beibehalten kann, dann besteht immer noch eine Chance, dass ich einen Rekord aufstelle. Ich *muss* diesen Rekord aufstellen. Ich muss allen zeigen, aus welchem Holz ich geschnitzt bin. Diesem Kerl mit den Diamant-Manschettenknöpfen, Anna, diesem Arschloch Julian, der denkt, er wird sie heiraten, ihrer Familie, meiner Familie. Vor allem *mir*. Ich muss mir selbst beweisen, dass ich das hier schaffe. Ich muss gewinnen.

Alles, was ich an diesem Punkt noch habe, bin ich. Ich muss genug sein.

Also treibe ich mich an, schneller zu laufen.

Der Weg wird noch steiler. Laut meiner Recherche vor diesem Trip kämpfe ich nun gegen einen Höhenunterschied von eintausendfünfhundert Metern. Das klingt einschüchternd, aber ich habe Intervalltraining gemacht. Ich weiß, ich schaffe das.

Wenn es nicht tausend Grad draußen hätte und ich voll hydriert wäre und nicht schon knapp fünfzig Kilometer gelaufen wäre.

Der Himmel verdunkelt sich, als ein Gewitter aufzieht, aber die Hitze nimmt nicht ab. Stattdessen wird die Luft dicker, wie in einer Sauna, und ich fühle mich, als trüge ich das Gewicht der Welt auf den Schultern, während ich eine endlose Treppe hinauflaufe, eine Treppe, die direkt in die Wolken führt. Trotzdem kämpfe ich mich immer weiter, einen Schritt nach dem anderen, ignoriere Schwindel, Erschöpfung und den stärker werdenden Schmerz in meinem Knie. Und wenn ich den Himmel selbst erklimmen muss, dann werde ich das verdammt noch mal tun.

Eine dramatische Landschaft umgibt mich, aber ich bin zu fertig, um sie zu würdigen. Ich bin allein, also kann ich sie definitiv mit niemandem teilen. Vage, irgendwo in meinem Hinterkopf, bin ich mir bewusst, dass ich diese Erfahrung vergeude. Aber ich bin geblendet von dem Bedürfnis zu gewinnen, den Rekord einzustellen, das kalte, tröstliche Wissen zu erlangen, dass ich nicht nur genug bin, sondern besser, der Beste.

Ich bin unverzichtbar, verdammt. Ich bin es wert, dass man für mich eintritt. Mein Körper ist nicht mehr, was er einmal war, aber seht nur, was er zustande bringt.

Plötzlich verkrampft sich mein Oberschenkelmuskel, und beinahe stolpere ich und stürze über den Rand des Wegs und in den Canyon. Ich fange mich gerade noch, und die Faust gegen meinen Oberschenkel gepresst, versuche ich weiterzumachen, obwohl es wehtut wie Sau. Der Muskel verkrampft sich stärker, und ich breche an die Felswand gelehnt zusammen. Stöhnend beiße ich die Zähne zusammen und bin mir schmerzlich jeder verstreichenden Sekunde bewusst, während ich meinen Oberschenkel dehne, bis sich der Muskel lockert. Als ich versuche aufzutreten, droht er sich sofort wieder zu verkrampfen, also gönne ich mir eine Rast. Mir bleibt keine andere Wahl.

Ich habe kein Wasser mehr, aber vielleicht hilft etwas zu essen. Ich nehme einen Energieriegel aus meinem Rucksack, zerkaue ihn in meinem trockenen Mund zu einer zähen erdnussbutterklumpigen Masse und würge ihn hinunter. Er liegt mir schwer im Magen, und nach ein paar Minuten kommt alles wieder hoch. Während ich mich hinter einen Busch übergebe, öffnet der Himmel seine Schleusen, und Regen prasselt in einem heftigen Guss auf mich herunter. Innerhalb weniger Augenblicke ist es eiskalt, und ich zittere ununterbrochen, während ich mir einen Parka anziehe.

Das hier ist die wahre Herausforderung daran, den Grand Canyon zu durchlaufen. Man kämpft nicht nur gegen seinen Geist und seinen Körper und die Strecke. Man kämpft gegen die Natur selbst, die Hitze, die Kälte, den erbarmungslosen Regen.

Entschlossenheit regt sich in mir. Es wird knapp, aber ich kann den Rekord immer noch aufstellen. Dann ist es eben gefährlich und dämlich, im Regen zu laufen, na und? Ohne Risiko keine Belohnung.

Ich stoße mich von der Felswand ab und zwinge mich weiterzuhumpeln. Alles tut weh, mein verkrampfter Oberschenkel, mein Knie, meine Lunge. Ich kann durch den Regen kaum etwas sehen, aber ich mache weiter.

Bis ich ausrutsche. Diesmal stürze ich tatsächlich. Direkt

über den Rand. Aber ich habe irrsinnig viel Glück. Ich falle nicht weit. Ich falle in ein weiches Bett aus nassem Gras. Ich bin zerkratzt, blute aber nicht wirklich. Nichts ist angeknackst oder gebrochen – nur mein Stolz. Und mein Herz.

Anna wäre so aufgebracht, wenn sie mich so sehen würde. Noch aufgebrachter wäre sie, wenn sie wüsste, warum ich mir das hier antue.

An sie zu denken lässt meine Augen brennen, und ich bin zu müde, um gegen die Tränen anzukämpfen. Ich lasse zu, dass sie sich mit den Regentropfen vermischen, die mir aufs Gesicht fallen.

Sosehr ich auch leide, ich bereue nicht, sie so geliebt zu haben, wie ich es getan habe – wie ich es immer noch tue. Bei unserer Beziehung war ich mit ganzem Herzen dabei, bis klar wurde, dass das bei ihr nicht so war. Bei MLA habe ich auch alles gegeben. Die Firma könnte pleitegehen oder ohne mich erfolgreich sein, und ich wäre immer noch stolz. Ich habe meinen Teil dazu beigetragen, so gut ich nur konnte. Nichts kann mir das wegnehmen.

Nicht das Rennen zu gewinnen ist, was wichtig ist.

Es ist genau dieser Moment hier, in dem ich im Dreck liege und in den dunklen Himmel hinaufstarre, während mir der Regen in die Augen fällt.

Es ist, mich dem Schmerz, dem Versagen zu stellen, mich mir selbst zu stellen und einen Weg zu finden, es bis zum Ende zu schaffen.

Ich ruhe mein Knie und meinen Oberschenkel aus, um den überanstrengten Muskeln Zeit zu geben, sich zu erholen, und als ich die Wasserpfütze bemerke, die sich auf einem Teil meines Parkas bildet, hebe ich den wasserfesten Stoff an und trinke alles.

Der Regen schwächt sich zu einem Tröpfeln ab, dann zu einem feinen Nieseln, bevor er vollständig aufhört, und ich stehe auf und kämpfe mich zurück auf den Weg. Ich brauche nicht auf die Uhr zu sehen, um zu wissen, dass keine Chance mehr besteht, einen Rekord aufzustellen. Ich kann heute ohnehin nicht mehr laufen, nicht verantwortungsvoll. Wenn ich das Bewusstsein verliere und von wilden Tieren gefressen werde oder in ein Krankenhaus geflogen werden muss, zählt das nicht als zu Ende gelaufen.

Ich finde einen langen Stock und benutze ihn, um mein Bein zu entlasten, während ich diese nie enden wollende Treppe zu den Wolken hochhumple. Als die Sonne untergeht, glüht der Canyon rot, als stünde er in Flammen, und ich vergesse zu atmen, als ich den Ausblick auf mich wirken lasse. Ich wünschte, jemand wäre hier, um ihn mit mir zu teilen. Das nächste Mal werde ich das hier richtig machen. Ich werde besser für die Höhenunterschiede trainieren, ich werde mehr Wasser mitnehmen, ich werde jemanden bitten, mit mir zu kommen.

Der Ausgangspunkt der Strecke kommt in Sicht, und obwohl ich keinen neuen Rekord aufgestellt habe, empfinde ich das überwältigende Gefühl, etwas erreicht zu haben. Es war nicht schön. Ich habe mich übergeben, bin gestürzt, ich habe geweint wie ein kleines Kind. Aber ich habe es geschafft. Ich habe es zu Ende gebracht.

Ich habe meinen Teil geleistet. Ich werde weiter meinen Teil leisten.

Ich fühle mich endlich wieder wie ich selbst.

Am Tag nach meinem R2R2R-Lauf kehre ich nach San Francisco zurück. Es hat keinen Sinn zu bleiben. Es ist ja nicht so, als würde ich diesen Lauf zum Spaß noch einmal machen. Mein Körper verkraftet das nicht. Ich fühle mich, als wäre ich von einem Lastwagen überfahren und dann von einem Rudel wütender Gorillas verprügelt worden.

Gerade sehe ich mir Karten des Grand Canyon auf meinem Handy an, während ich mein Knie kühle und Ibuprofen einwerfe wie Bonbons, als meine Sprechanlage summt. Ich habe Besuch.

Sofort frage ich mich, ob es Anna ist, obwohl es mir vorkommt, als hätte ich sie in einem anderen Leben gekannt. Es ist unmöglich, dass wir wieder zusammenkommen. Ich werde nicht ihren geheimen Liebhaber spielen oder irgend so einen Mist, während sie sich weiter mit diesem Arschloch trifft. Aber meinem dummen Herzen ist das egal. Es hüpft herum wie ein aufgeregtes Hündchen, weil ich sie vielleicht wiedersehe.

Mit knirschenden Gelenken schleppe ich mich zur Sprechanlage und erlaube mir kein Zaudern, bevor ich den Knopf drücke. «Hallo?»

«Lass mich rein. Wir müssen reden», sagt eine vertraute Männerstimme – Michael. Definitiv nicht Anna. Ja, ich bin enttäuscht, aber ich wusste, dass dieses Gespräch mit Michael kommen würde. Ich hatte Zeit, zu einer Entscheidung zu kommen, und habe meinen Frieden damit geschlossen.

Ohne ein Wort drücke ich den Knopf, um ihn ins Gebäude zu lassen, schließe die Tür zu meiner Wohnung auf und humple zurück zu meinem Sofa, damit ich weiter mein Knie kühlen kann.

Wenige Minuten später ertönt meine Türklingel, und wie

erwartet versucht Michael direkt, die Klinke zu drücken. Als er die Tür unverschlossen vorfindet, kommt er rein und ins Wohnzimmer, um sich neben mich aufs Sofa zu setzen.

«Hey», sage ich und sehe von meinen Karten hoch. «Was gibt's?»

«Ernsthaft? ‹Was gibt's?›», fragt Michael. «Wo zum Teufel bist du gewesen? Die Akquisition ist in vollem Gange, und du mailst mir aus heiterem Himmel: ‹Nehme mir frei, um laufen zu gehen, bin Mittwoch wieder zurück›? Ich hab hundertmal versucht, dich anzurufen.»

«Tut mir leid, im Grand Canyon gab es keinen Empfang.»

Michael wirft mir einen Blick zu, als wollte er mich umbringen.

«Ich nehme an, du möchtest über die neue Bedingung des LVMH-Deals reden», sage ich.

«Warum hast du es mir nicht gesagt? Ich musste es von einem unserer Anwälte erfahren. Er war regelrecht panisch», sagt Michael.

«Da gibt es nichts, weswegen man panisch werden müsste», sage ich ruhig. Ich kann nicht behaupten, dass mir die Entscheidung von LVMH nichts ausmacht, aber sie zerreißt mich nicht mehr.

Michael fährt sich mit den Fingern durchs zerzauste Haar und stößt einen Seufzer der Erleichterung aus. «Ich wusste, du würdest eine Lösung finden.»

Angesichts des Vertrauens, das er in mich hat, muss ich lächeln. Er ist ein guter Freund.

«Also, was hast du gemacht? Wie umgehen wir das Ganze?», fragt er.

«Wir umgehen es nicht. Ich werde zurücktreten», erwidere ich. Er öffnet den Mund, wobei er aussieht, als würde er gleich irgendeine Art von Wutanfall bekommen, also füge ich hinzu: «Am Anfang war ich sauer deswegen. So hatte ich mir das nicht erträumt, okay? Ich wollte, dass es du und ich sind bis zum Schluss. Aber das ergibt keinen Sinn. Das ist eine großartige Gelegenheit, und ich möchte, dass du es so weit bringst wie nur irgend möglich.»

«Du redest, als wärst du schon gegangen», sagt Michael ungläubig.

«Nun, bin ich nicht. Ich bleibe noch, bis alles an den Neuen übergeben wurde, wer immer das auch ist. Wahrscheinlich irgendein netter alter Kerl mit weißen Haaren und einem Haus in den Hamptons. Aber danach werde ich die Firma verlassen, ja.» Es wäre beschissen, degradiert zu werden und Anweisungen von dem Kerl entgegennehmen zu müssen, der meinen alten Job übernommen hat. Dazu wird es nicht kommen. Lieber würde ich Toiletten schrubben. Vielleicht steige ich ins Restaurant-Gewerbe ein. Ich könnte mir vorstellen, so was in der Art zu machen.

«Wenn das der Fall ist, dann schlagen wir den Deal aus», sagt er.

Ich stoße einen langen Atemzug aus. «Ich wusste, dass du das sagen würdest, aber du musst das rational angehen. Die werden uns beiden nicht nur mordsmäßig viel Kohle geben, sie werden auch –»

«Nein.» Er steht von der Couch auf und marschiert aufgebracht in meinem Wohnzimmer auf und ab, während er sich die Haare rauft und mir bei jedem Schritt immer ärgerlichere Blicke zuwirft. «Wenn du auch nur eine einzige Sekunde lang glaubst, ich würde zulassen, dass sie dich rauswerfen, dann hast du verdammt noch mal absolut keine Ahnung.»

Ich nehme den Eisbeutel von meinem Knie und stehe auf, damit wir das ausdiskutieren können. «Hör mal ...»

«Setz dich wieder hin und leg diesen Eisbeutel wieder auf dein Knie. Du hast dich fast totgelaufen, nicht wahr?»

«Es geht mir gut.» Aber ich setze mich trotzdem hin und lege den Eisbeutel auf mein Knie. «Kannst du mal aufhören, deswegen so eine Drama-Queen zu sein? Das ist die richtige Entscheidung. Ich *will*, dass du mit der Akquisition weitermachst.»

Er sieht mich an, als würde ich Unsinn reden. «Ich mag zwei Dinge an der Arbeit bei MLA. Erstens», er hebt einen Finger, «darf ich Designerkleidung für Kinder entwerfen, und zweitens», er hebt einen zweiten Finger, «darf ich mit diesem tollen CEO zusammenarbeiten, der zufällig auch mein bester Freund ist. Wenn ich dich verliere, dann verliert mein Job automatisch die Hälfte von seinem Reiz. Das werde ich nicht zulassen. Das ist unsere Firma. Wir sagen, wo es langgeht. Das bedeutet, du bleibst.»

Ich schüttle den Kopf, frustriert, weil er nicht auf mich hören will, aber insgeheim auch stolz. Deswegen ist er mein bester Freund. Doch das ist auch der Grund, weshalb ich nicht damit leben könnte, wenn er diese Gelegenheit ausschlägt. «Das ist aber nicht das Beste für die Firma. Du musst einen Schritt zurücktreten und die Sache mit etwas Abstand betrachten. Mit den internationalen Vertriebskanälen –»

«Ich werde mir das nicht anhören.» Michael steht auf und marschiert zur Tür. «Ich rede mit unseren Anwälten und sage ihnen, dass wir den Stecker ziehen.»

Bevor ich protestieren kann, rauscht er hinaus und schlägt die Tür hinter sich zu.

Ich stoße einen resignierten Seufzer aus, dann greife ich, obwohl das ein dreckiger Trick ist, zum Telefon und rufe seine Frau an.

Sie hebt beim fünften Klingeln ab. «Hallo?»

«Hey, ich bin's, Quan. Michael hat sich gerade auf den Weg nach Hause gemacht», sage ich.

«Oh, okay. Danke fürs Bescheidgeben.»

«Hat er dir gesagt, dass LVMH die Übernahme nicht durchziehen wird, außer ich trete zurück?», frage ich.

«Das hat er, ja.»

«Nun, er versucht die Übernahme zu verhindern, obwohl ich bereit bin zurückzutreten. Das darfst du ihn nicht tun lassen, Stella», sage ich.

«Du willst deinen Anteil der Übernahmesumme?», fragt sie.

«Nein. Darum geht es nicht.» Wenn jemand anderes als sie diese Frage gestellt hätte, wäre ich beleidigt, aber ich weiß, sie denkt sich nichts dabei. Sie möchte es einfach nur wissen. «Ich will, dass die Firma eine globale Marke wird. Ich will, dass Michael groß rauskommt. Die Akquisition ist die richtige Entscheidung.»

«Da bin ich anderer Meinung», entgegnet sie in sachlichem Tonfall. «Deine Unternehmensführung macht die Hälfte dessen aus, was die Firma so erfolgreich gemacht hat. Du bist ungezwungen und effektiv, und du hast eine gute Beziehung zu euren Angestellten. Ein anderer CEO könnte sie nicht dazu bringen, sich so hinter ihn zu stellen, wie sie es bei dir tun. Auch eure Geschäftspartner mögen dich sehr. Ich glaube nicht, dass sie mit MLA zusammenarbeiten wollen würden, wenn jemand anderes am Ruder ist. Außerdem, hast du die Zeitschriftenartikel über MLA vergessen? Die Presse liebt es, dich und Michael zusammen zu präsentieren.»

Ich lasse den Kopf nach hinten in die Couchkissen fallen und stöhne entnervt. «Ich weiß nicht, warum sie immer wieder darauf bestehen, mich in diese Artikel mit hineinzuziehen.»

«Du bist Teil der Unternehmensmarke, Quan», sagt sie schlicht. «Ich war sehr enttäuscht, als ich gehört habe, dass LVMH deinen Rücktritt will. Da war mir klar, dass sie in MLAs Fall nicht wissen, was sie tun, und wahrscheinlich etwas Besonderes kaputt machen, wenn sie die Chance dazu bekommen. Bitte verlang nicht von mir, Michael zu überreden, die Akquisition durchzuziehen. Er wäre todtraurig, und außerdem ist es nicht das Beste für die Firma. Ich kann deine Entscheidung nicht unterstützen.»

Hin- und hergerissen zwischen Versuchung und Pflichtgefühl, presse ich eine Hand an meine Stirn. Als Ökonometrikerin betrachtet Stella Probleme nicht durch eine emotionale Brille. Ich war überzeugt, dass sie mich für verzichtbar halten würde.

Aber das tut sie nicht.

Stattdessen sagt sie genau das, was ich hören wollte.

Ich war bereit, zurückzutreten und das Richtige zu tun. Jetzt weiß ich nicht mehr, was ich tun soll.

«Du lässt es so vernünftig klingen, diese Gelegenheit auszuschlagen», sage ich.

«Weil es das ist.» Ein Piepsen erklingt in der Leitung, und sie fügt hinzu: «Das ist er. Ich muss auflegen. Bye, Quan.»

«Bye, Stella.»

Frustriert werfe ich mein Telefon auf die Couch. Ich war bereit, die Sache hinter mir zu lassen und meine Energie auf etwas anderes zu konzentrieren. Ich werde nicht mein Leben mit dem Versuch vergeuden, mich vor eingebildeten Arschlöchern mit Diamant-Manschettenknöpfen zu beweisen. Ich brauche mich vor *niemandem* zu beweisen. Damit bin ich fertig.

Aber wie es aussieht, gibt es für mich da, wo ich aktuell bin, noch etwas zu tun. Ich bin mit meinem Teil der Arbeit noch nicht fertig.

KAPITEL 35

Anna

$\mathcal{D}$ie folgenden Tage verstreichen in einem merkwürdig verschwommenen Nebel. Ich habe das Gefühl, dass ich fast die ganze Zeit schlafe, aber es ist kein guter Schlaf, nach dem ich mich regeneriert und ausgeruht fühle. Er ist bruchstückhaft, eine Stunde hier, zwei Stunden da, und ich wälze mich den größten Teil der Nacht umher und schwitze meinen Pyjama durch.

Eigentlich sollte ich meinen Dad pflegen, aber ich bin jetzt eine Ausgestoßene. Ich kann nicht ins Haus zurückkehren. Ironischerweise ist es eine Erleichterung, fort zu sein von Priscilla, meiner Mom, meinem Dad, diesem Zimmer und dem Stöhnen in Es. Aber ich werde unablässig von Schuld und einem tiefen Gefühl von Zurückweisung gequält. Ich bin nicht besser dran als zuvor. Vielleicht sogar schlimmer. Essen schmeckt nicht. Ich kann mich nicht genug konzentrieren, um zu lesen. Ich kann mich nicht in die Musik flüchten.

Ich vermisse Quan.

Wenn ich wach bin, schaue ich Dokumentationen, damit mir David Attenboroughs Stimme Gesellschaft leistet, oder ich sehe mir Fotos von Quan und mir auf meinem Handy an. Ich erlaube mir nicht, ihm zu schreiben oder ihn anzurufen, obwohl ich es möchte. Ich habe ihm wehgetan.

Ich habe mich von meiner Angst vor der Meinung anderer beherrschen lassen.

Und was hat es mir genützt?

Mein Leben liegt jetzt in Schutt und Asche. Aber das liegt daran, dass es von Anfang an auf Lügen gebaut war – *meinen* Lügen. Vielleicht wäre das auf jeden Fall irgendwann passiert. Vielleicht *musste* es passieren. Ich bringe es nicht über mich, mich bei meiner Familie dafür zu entschuldigen, dass ich für mich eingetreten bin, als sie mehr von mir verlangten, als ich geben konnte.

Falls es jemanden gibt, bei dem ich mich entschuldigen muss, dann ist es Quan. Die Worte habe ich am Abend der Party gesagt: «Es tut mir leid.» Aber ich konnte es nicht wiedergutmachen. Ich konnte mich nicht vor allen zu ihm bekennen, wie er es verdient hat, und das werde ich für immer bereuen. Wenn ich die Zeit zurückdrehen könnte, würde ich voller Stolz allen sagen, dass er mir gehört.

Nur dass er mir nicht mehr gehört.

Aber ich *kann* ihm eine bessere Entschuldigung geben. Je mehr ich darüber nachdenke, desto sicherer bin ich mir, dass ich es tun muss. Ich fixiere mich darauf, bis mich eines Tages – ich bin mir nicht mal sicher, welcher Tag es ist, aber ein Blick auf mein Handy sagt, es ist Sonntag – das Bedürfnis zu handeln unter die Dusche treibt, wo ich mir den Dreck von zwei Wochen vom Körper schrubbe.

Als ich sauber bin und frische Kleider angezogen habe, gehe ich die fünfzehn Minuten zu Fuß zu Quans Wohnung. Es ist ein klobiges Gebäude mit acht Stockwerken, in dem ich bisher nur ein einziges Mal war, in der Tiefgarage an dem Abend, als Dad ins Krankenhaus eingeliefert wurde. Ich habe seine Wohnung nie von innen gesehen. Wahrscheinlich gibt es eine Liste mit Eigenschaften von schlechten Freundinnen, auf der das draufsteht.

Ich versuche gerade, den Mut aufzubringen, ihn anzurufen und zu bitten, mich ins Gebäude zu lassen, als ein Typ in verschwitzten Sportklamotten die Eingangstür aufmacht und mich verdutzt ansieht.

«Du bist Anna», sagt er.

«Kenne ich Sie?» Ich bin nicht gut darin, mir Gesichter zu merken, aber seines ist hübsch genug, dass ich das Gefühl habe, ich wüsste es, wenn ich ihm schon mal begegnet wäre.

«Nein, wir sind uns nie begegnet, aber ich habe Fotos von dir gesehen. Ich bin Michael.» Er versucht nicht, mir die Hand zu schütteln, aber er schenkt mir ein zurückhaltendes Lächeln. «Bist du hier, um Quan zu besuchen?»

Verlegen ziehe ich den Kopf ein. «Ja.»

«Warum?», fragt er.

Ich winde mich einen unangenehmen Moment lang, bevor ich antworte: «Ich muss mich bei ihm entschuldigen.»

Nach einem kurzen Zögern lächelt er mich an und tritt beiseite, um mir die Tür aufzuhalten. «Da du nicht so aussiehst, als würdest du dich hier auskennen: Er wohnt in 8C. Klopf an. Die Türklingel hört er nie.»

«Danke», sage ich aufrichtig, während ich hineinhusche.

Die Fahrt im Aufzug ist kurz, aber sie fühlt sich lang an, weil mein Herz so heftig schlägt. Ich weiß, was ich tun muss, um ihm zu zeigen, was ich empfinde, und das ist furchteinflößend. Aber wenn es funktioniert, wenn es etwas bewirkt, dann ist es das wert.

Als ich die Tür mit dem Schild 8C erreiche, ziehe ich mein Kleid glatt, streiche mir die Haare hinter die Ohren und hebe das Kinn, bevor ich anklopfe. Dreimal, als würde ich es ernst meinen.

Weil ich es wirklich ernst meine.

Ich mache es nicht einfach mechanisch. Niemand setzt mich unter Druck. Niemand drängt mich dazu. Ich habe an die Tür geklopft, weil *ich* es wollte. Ich stehe hier, weil *ich* genau hier sein will.

Ich bin es, Anna. Und es gibt etwas, das ich sagen muss.

KAPITEL 36

Quan

*I*ch stehe gerade unter der Dusche und genieße die Erschöpfung in meinen Muskeln und das Brennen des heißen Wasserstrahls auf meiner Haut, nachdem ich mit Michael joggen war – ich habe ihm den R2R2R-Lauf schmackhaft gemacht, und wir planen, ihn gemeinsam zu machen, sobald wir beide bereit dafür sind –, als ich das Klopfen an meiner Tür höre. Mit einem Stöhnen drehe ich das Wasser ab, bevor ich mir ein Handtuch um die Hüften wickle. Michael muss seine Schlüssel hier liegen gelassen haben oder so was.

Als ich die Tür öffne, bin ich absolut nicht darauf vorbereitet, Anna dort stehen zu sehen. Ihre Gesichtsfarbe ist seltsam, beinahe ausgewaschen. Ich kann sehen, dass sie nervös ist. Aber da ist ein grimmiges Funkeln in ihren Augen und ein sturer Zug um ihr Kinn. Sie sieht aus wie in ihrem YouTube-Video, unmittelbar bevor sie den ersten Ton auf ihrer Violine spielt. Sie ist absolut wunderschön. Volle zwei Sekunden lang bleibt mir die Luft weg.

«Ich wollte mit dir reden, falls das okay ist», sagt sie. «Um mich zu entschuldigen.»

Dieses Wort, *entschuldigen*, bringt alles wieder zurück, und ich umklammere den Türgriff fester, während mein Bedürfnis, sie weiter anzusehen, mit meinem Bedürfnis, aus Selbstschutz die Tür zu schließen, ringt. «Du hast dich bereits entschuldigt. Du musst es nicht noch mal machen.»

«Bedeutet das, du hast mir verziehen und nimmst mich zurück?», fragt sie in hoffnungsvollem Tonfall. Ihr Lächeln ist hell, aber ihre Augen bleiben dunkel, unsicher.

«Anna ...»

Sie schaut über meine Schulter in meine Wohnung. «Darf ich reinkommen?»

Ich zeige auf das Handtuch um meine Hüfte und versuche, sie sanft abzuweisen, indem ich sage: «Jetzt ist gerade kein guter Zeitpunkt. Ich war mitten ...» Sie sackt in sich zusammen, und ihre Augen werden glasig, während sie ein wenig zurückweicht, und ich kann nicht anders, ich halte die Tür weit auf. «Komm rein.»

Sofort hellt sich ihre Miene auf, und sie geht an mir vorbei und betritt meine Wohnung. Es ist das erste Mal, dass sie hier ist, wird mir bewusst. Ich weiß nicht, wie ich mich dabei fühle, während sie alles betrachtet. Es ist einigermaßen ordentlich, weil ich endlich eine Putzfrau hierhatte, und die Wohnung war bei meinem Einzug bereits fertig möbliert, mit schlichten Sofas und Deko und Zeug. Nichts davon repräsentiert mich, aber es ist hell und luftig, besonders tagsüber.

«Es ist schön hier. Danke, dass du mich reingebeten hast», sagt sie, dabei ist sie so verdammt höflich, dass es zehnmal unbehaglicher ist, als es sein sollte. Wir haben Schluss gemacht, aber wir sind doch immer noch *wir*.

Dann verstummt sie, und mein Blick fällt auf ihre Hände, mit denen sie die Riemen ihrer Handtasche malträtiert. Ich habe das Gefühl, sie irgendwie trösten, sie beruhigen zu müssen, deshalb verschränke ich die Finger hinter dem Rücken, damit ich nicht irgendetwas Dummes tue, wie sie zu umarmen. Meine Arme zucken schon beim bloßen Gedanken daran. Sie sehnen sich danach, sie zu halten.

Gewaltsam rufe ich mir in Erinnerung, dass es zwischen uns aus ist. Kein Kerl mit Selbstachtung würde nach dem, was sie getan hat, wieder mit ihr zusammenkommen.

«Es tut mir leid», sagt sie plötzlich. «Es tut mir so leid, was ich getan habe. Das ist passiert, weil ich Probleme habe, meine Meinung zu sagen, besonders in der Öffentlichkeit, und besonders, wenn es um meine Familie geht. Ich weiß, das ist eine grauenhafte Entschuldigung, aber es ist die Wahrheit. Und ich bin fest entschlossen, mich zu ändern. Ich verspreche dir, dass ich so etwas nie wieder tun werde, wenn es dich betrifft – falls ich die Chance dazu bekomme. Ich werde eine Grenze um dich ziehen, und ich werde dich beschützen und mich für dich einsetzen und meine Meinung sagen, wenn es darauf ankommt. Du wirst bei mir sicher sein. Und dasselbe werde ich für mich tun. Weil ich auch zähle.»

Ihre Worte, der Ausdruck auf ihrem Gesicht, ihre Körpersprache, das alles fleht mich an nachzugeben. Ein Teil von mir will es. Aber ein größerer Teil von mir erinnert sich nur allzu gut daran, wie es sich angefühlt hat, als sie zuließ, dass ein anderer Kerl verkündete, sie würden heiraten, und sie vor ihrer ganzen Familie küsste, ein Kerl, von dem sie mir gesagt hatte, dass sie mit ihm Schluss machen würde. «Ich weiß, du meinst ernst, was du sagst. Wenigstens tust du das im Moment. Aber, Anna, wenn es so weit ist, vertraue ich nicht darauf, dass du es tatsächlich tust. Ich glaube es einfach nicht. Du *schämst* dich für mich. Weil ich nicht wie dieser beschissene Julian bin.»

Sie zieht scharf den Atem ein. «Ich schäme mich *nicht* für dich», sagt sie energisch, während ihr Tränen übers Gesicht laufen. «Ich will nicht, dass du wie Julian bist. Ich will, dass du genau so bist, wie du bist. Ich *liebe* dich. Ich weiß nicht, wie ich diese letzten Monate ohne dich durchgestanden hätte. Jeder Tag in diesem Haus war die Hölle für mich, meinen Dad leiden zu sehen, mitanzusehen, wie er sein Leben hasst, und ihn trotzdem weiter am Leben zu erhalten. Das hat mich nach und nach zerstört, bis es beinahe nichts mehr gab, wofür ich leben wollte. Ich wurde aufgefressen von Traurigkeit und Schmerz und Hoffnungslosigkeit und jeder Art von Selbsthass, die es gibt. Aber du warst mein Lichtblick. Du hast mir da durchgeholfen. Das einzig Gute, was mein gebrochenes Herz fühlen kann, ist Liebe für dich.»

Ihre Worte treffen mich so hart, dass ich mich wie betäubt fühle. Ich weiß, dass sie die Wahrheit sagt. Ich kann es in ihrer Stimme hören, und es passt zu dem, was ich mit eigenen Augen gesehen habe. Ich mache mehrere Schritte auf sie zu, bevor ich merke, was ich tue, und mich bremse. «Ich wusste nicht, wie schlimm es war», flüstere ich und ignoriere den zweiten Teil dessen, was sie gesagt hat. Ich weiß nicht, wie ich auf ihr Liebesgeständnis reagieren soll. Es ist das, was ich hören wollte, aber ich habe Angst, dass es keine Zukunft für uns gibt.

Sie schaut weg und wischt sich mit dem Handrücken übers Gesicht. «Ich wusste nicht, wie ich darüber reden sollte. Gute Menschen empfinden nicht so, wenn es darum geht, diejenigen zu pflegen, die sie lieben. Ich sollte mich ... glücklich fühlen, gebraucht, solche Sachen.»

«Der Fall deines Dads ist anders», betone ich. «Ich verurteile dich nicht dafür, dass du so empfindest.»

«Meine Familie schon», erwidert sie, und dabei verzieht sich ihr Gesicht vor so heftigem Schmerz, dass ich einen weiteren Schritt auf sie zu mache. «Aber ich werde lernen, mich nicht mehr darum zu kümmern, was sie denken, was *irgendjemand* denkt. Das muss ich. Weil ich so nicht weitermachen kann.»

Dann lässt sie ihre Handtasche zu Boden fallen und strafft die Schultern, während sie mich voller Entschlossenheit ansieht.

«Ich kann dich nicht dazu zwingen, mir zu vertrauen, aber ich kann dir zeigen, wie sehr ich *dir* vertraue», sagt sie, bevor sie den Reißverschluss ihres Kleides aufzieht.

«Was machst du ...?»

Sie zieht sich das Kleid über den Kopf und lässt es achtlos zu Boden fallen, und mir bleibt die Zunge im Hals stecken. Ich kann nicht erraten, was sie vorhat. Das würde Denken erfordern. Also sehe ich einfach nur zu, wie sie hinter sich greift, ihren BH öffnet und ihn von ihren Schultern fallen lässt. Sich auf die Unterlippe beißend, ergreift sie den Bund ihres Höschens, schiebt es hinunter zu den Knöcheln und kickt es beiseite.

Gierig sauge ich den Anblick ihres nackten Körpers auf, ihrer Brüste und dunklen Brustwarzen, der leichten Wölbung ihres Bauchs, des Schwungs ihrer Hüften, der Wolke wilder Locken zwischen ihren köstlichen Schenkeln. Ich habe noch nie so viel von ihr gesehen. Weil wir nur im Dunkeln Sex hatten.

Schnell atmend und sichtlich zitternd, schaut sie sich in meiner Wohnung um, bis sie findet, was sie sucht, und darauf zugeht. Mein Schlafzimmer. Meine Beine folgen ihr, ohne dass ich es ihnen befehle, und ich sehe völlig benommen zu, wie sie die Jalousien an allen Fenstern hochzieht, sich auf mein ungemachtes Bett setzt und zurückrutscht, bis sie den Kopf auf mein Kissen legen kann.

Sie schließt die Augen und dreht die Wange zum Kissen, während sie tief einatmet, als saugte sie meinen Geruch ein. «Du wolltest, dass ich dir sage ... oder zeige ... was mir gefällt», sagt sie. «Es ist schwer für mich, also bitte ... hab Geduld mit mir.»

«Du musst das nicht tun. Ich wollte nie ...»

«Ich will es aber», sagt sie, und obwohl sie nervös ist, sind ihre Worte fest vor Gewissheit.

Unruhig rutscht sie auf meinen weißen Laken herum, ballt die Decke in den Händen, und schließlich, als kostete es sie allen Mut, den sie besitzt, spreizt sie die Beine für mich. Zuerst nur ein wenig, aber dann immer weiter. Damit ich sehen kann. Jede Falte, jede Linie, jede Farbe, jedes Geheimnis ist vor mir entblößt, und ich werde trunken von dem Anblick.

Während sie mich unter halb gesenkten Wimpern hervor beobachtet, schiebt sie eine Hand über ihren Bauch hinunter, aber bevor sie sich selbst berührt, verliert sie den Mut, kneift die Augen zu und schluckt so heftig, dass ich es hören kann.

«Es gibt eine bestimmte Weise, wie ich berührt werden muss», sagt sie. «Es muss auf diese Weise sein, sonst kann ich nicht entspannen und mich fallen lassen.»

Nach einer Weile, die sich wie eine Ewigkeit anfühlt, legen sich ihre Fingerspitzen auf ihre Klitoris, und ich sehe gebannt zu, wie sie sich selbst streichelt. Ihr Atem wird schneller, und ihre Hüften heben sich, und ich habe noch nie etwas Erotischeres gesehen.

«Es ist ein Muster», höre ich mich selbst sagen, während ich mich an den Fuß des Bettes setze, unfähig, mich fernzuhalten. Natürlich ist da ein Muster. Sie ist Anna. Aber es ist nicht kompliziert. Es ist äußerst simpel. Es hat eine Symmetrie an sich, mit Kreisen im Uhrzeigersinn und einer gleichen Anzahl von Kreisen gegen den Uhrzeigersinn. Ich möchte sie so dringend auf diese Weise berühren, dass es sich wie ein Ziehen in meinem Körper anfühlt.

Ihr Gesicht nimmt eine tiefrote Farbe an, doch sie nickt. «Ich weiß, es ist sonderbar, aber ...»

«Was du brauchst, könnte nie sonderbar sein. Es ist einfach, was es ist», sage ich. «Was brauchst du noch?»

Ich sollte nicht fragen. Ich weiß immer noch nicht, wo uns das hinführen soll. Aber ich kann nicht anders. Ich muss es wissen.

«Weißt du das nicht?», haucht sie.

«Nein, ich weiß es nicht.»

«Ich brauche es, dass du mich berührst und küsst, damit ich nicht allein dabei bin», sagt sie, und es scheint, als hielte sie den Atem an, während sie auf meine Antwort wartet.

Ein ausgewachsener Kampf tobt in mir. Ich will tun, worum sie mich bittet. Es gibt nichts, was ich mehr will.

Sie ist *nackt*.

In. Meinem. Bett.

Aber das würde bedeuten, dass ich bereit bin, ihr zu verzeihen, und riskiere, wieder von ihr verletzt zu werden.

Ich zögere zu lange, und sie schlägt die Hand vor den Mund, um ein Schluchzen zu unterdrücken. Sie dreht ihr Gesicht von mir fort, aber sie ist nicht schnell genug. Ich sehe ihre Verzweiflung, und es ist wie ein Stich in meinen Solarplexus. Als sie hastig versucht, aus dem Bett zu steigen, ziehe ich sie an mich, bevor ihre Füße den Boden berühren können.

«Das ist schon okay», sagt sie mit rauer Stimme. «Ich verstehe. Ich hab's verbockt. Ich verdiene es nicht ...»

Ich küsse sie. Nur einmal. Ich kann das immer noch als Fehler hinstellen, sagen, dass ich es in der Hitze des Augenblicks getan habe. Ich kann das mit uns immer noch beenden. Aber dann küsse ich sie erneut, und ihr Mund ist so unglaublich perfekt, dass ich nicht anders kann, als sie noch einmal zu küssen, tiefer. Sobald ich sie koste, weiß ich, dass es vorbei für mich ist. Ich kann das hier nicht aufgeben. Ich verstehe jetzt, was sie durchgemacht hat. Sie ist endlich offen zu mir, genau wie ich es von Anfang an gefordert habe. Es fällt ihr schwer, aber sie versucht es trotzdem, und das bedeutet mir alles. Ich verzeihe ihr. Ich werde alles für sie riskieren. Ich küsse sie mit allem, was ich in mir habe. Vielleicht bin ich zu grob, aber sie heißt mich willkommen. Sie erwidert meinen Kuss, als wäre sie ohne mich ausgehungert.

Als ich ihren Mund freigebe und mich an ihrem Hals entlangküsse, erbebt sie und fragt: «Küsst du mich, weil du Mitleid mit mir hast?»

Ich beiße sie in den Hals und lasse meine Hand zwischen ihre Beine gleiten. Ich berühre sie auf die Weise, die sie mir gezeigt hat. «Denkst du, ich tue das hier, wenn ich mit jemandem Mitleid habe?»

Ihre Schultern krümmen sich vorwärts, und ihre Hüften drängen gegen meine Hand. Sie öffnet den Mund zu einem lautlosen Aufkeuchen.

«Mache ich das richtig so?», frage ich, obwohl ich glaube, es zu wissen. Sie ist unglaublich feucht an meinen Fingern. «Ist das gut?»

Anstatt zu antworten, zieht sie mich zu einem langen Kuss zu sich herunter. Ihre Hüften wiegen sich kreisend an meiner Hand, während sie über meine Lippen leckt, an meiner Zunge saugt, kleine lüsterne Laute von sich gibt, die mich um den Verstand bringen. Sie berührt mich hungrig, mein Gesicht, meine Kopfhaut, meine Schultern. Ihre Nägel kratzen über meinen Rücken, hart, aber nicht genug, um die Haut zu verletzen, und jeder Muskel in meinem Körper spannt sich an. Der Instinkt, sie aufs Bett zu drücken und in sie zu stoßen, ist beinahe überwältigend.

Das Einzige, was mich davon abhält, ist die Helligkeit im Zimmer. Wenn wir früher zusammen waren, war die Dunkelheit nicht nur für sie. Sie hat auch mich beschützt.

Als sie über dem Handtuch meinen Hintern packt, kommt der Stoff gefährlich ins Rutschen, und es gelingt mir gerade noch, ihn mit der freien Hand zu erwischen, bevor er fällt.

Sie scheint den Konflikt nicht zu bemerken, der in meinem Inneren tobt. Ihre Bewegungen sind jetzt drängend, drängend, aber frustriert. Das kann ich in der Art spüren, wie sie mich berührt, wie sie nach etwas sucht, versucht, etwas zu sagen.

«Sag es mir.»

Sie küsst mich heftiger, während sie in meinen Armen zittert. Ich spüre den Druck ihrer Nägel an meinen Schultern, spüre ihre feuchte Erregung an meiner Hand, die Anspannung in ihrem Körper. Sie ist kurz davor. Aber unfähig, sich fallen zu lassen.

«Was brauchst du?», frage ich sie. Ich bin bereit, jede sexuelle Spielart auszuprobieren, solange es sie und mich zusammen beinhaltet. Ich muss nur wissen, was es ist, um es ihr zu geben.

«Ich brauche ...» Sie verbirgt ihr Gesicht an meinem Hals, ohne zu Ende zu sprechen.

Ich flüstere ihr ins Ohr. «Anale Stimulation?»

«Nein», sagt sie überrascht. «Ich brauche ...» Aber sie drückt ihr Gesicht fester an meinen Hals. «Warum ist das so schwer?»

«Sollen wir die Jalousien schließen? Damit es wie vorher ist?» Es ist falsch, aber ich will, dass sie Ja sagt.

Sie schaut zu mir hoch, und Tränen sammeln sich in ihren Augen, als sie den Kopf schüttelt. «Ich *will* das hier im Hellen tun. Ich will in der Lage sein, dir zu sagen, wenn ich ... aber ich ... ich habe immer noch solche Angst ...» Ihr Kinn bebt, aber sie holt einen unsicheren Atemzug, während ein entschlossenes Licht in ihren Augen funkelt. «Ich brauche ...» Sie holt einen weiteren Atemzug. «Ich brauche ...» Sie schlingt die Arme um meinen Hals und umarmt mich einen langen, bebenden Moment lang.

«Ich verspreche, ich bin einverstanden damit», sage ich.

Sie küsst meinen Kiefer und flüstert mir ins Ohr: «Ich brauche, dass du mich fickst.»

Ihre Worte jagen eine Schockwelle durch mich hindurch – *dieses* Wort ganz besonders, weil ich weiß, wie schwer es ihr fällt, es auszusprechen. Hitze zuckt über meine Haut, bevor mich eine merkwürdige Art von Überempfindsamkeit erfasst. Es fühlt sich an, als hätte alles auf jetzt, auf genau diesen Moment hingeführt.

Ich löse mich von ihr und greife nach dem Handtuch um meine Hüften. Sie hat sich mir vollständig geöffnet. Ich muss dasselbe tun. Dieser kaputte Körper, in dem ich stecke, ist nicht mehr, was er einmal war, aber er ist alles, was ich habe. Er hat mich in die Hölle und wieder zurück gebracht. Ich kann mich nicht länger dafür schämen.

Die Augen fest auf ihr Gesicht geheftet, entblöße ich mich vor ihr.

KAPITEL 37

Anna

Tattoos und schlanke Muskeln und männliche Konturen. Quans Körper ist wunderschön.

Seine Erregung ragt stolz empor, und das bereitet mir auf einer elementaren Ebene Genugtuung. Das ist eine Reaktion auf *mich*. *Ich* bin diejenige, die er begehrt. Der andere Teil von ihm, der Teil, der ihm solche Gehemmtheit verursacht, sieht mehr oder weniger genauso aus wie andere, die ich im echten Leben und auf Fotos gesehen habe. Vielleicht ist er bei ihm ein wenig ungleichmäßiger. Aber ich akzeptiere es, genau wie ich ihn akzeptiere. Genau wie ich meine unvollkommene Violine akzeptiert habe.

Mit dieser Situation hatte ich nicht gerechnet. Ich habe nicht versucht, ihn dazu zu bringen, das zu tun, allerdings hätte mir klar sein müssen, dass das die natürliche Konsequenz dessen ist, worum ich ihn gebeten habe.

Sein Vertrauen ehrt mich und macht mich demütig. Es bringt mich dazu, ihn noch mehr zu lieben.

«Darf ich dich anfassen?», frage ich und strecke die Hand nach ihm aus, halte jedoch inne, bevor ich zu nahe komme.

«Immer», antwortet er.

Als er meine Hand in seine nimmt, erwarte ich, dass er meine Finger um sein Glied legt. Aber stattdessen führt er mich zu einer kleinen erhabenen Linie in seiner Leistengegend, einer der Stellen an seinem Körper, die nicht von Tattoos bedeckt sind.

«Das ist die einzige sichtbare Narbe, die von der Operation geblieben ist», sagt er.

Ich fahre mit den Fingerspitzen über die fünf Zentimeter lange Narbe. Es ist schwer zu glauben, dass etwas so Kleines so große Auswirkung haben kann. Wegen diesem Schnitt, wegen dieser Operation ist er jetzt hier bei mir.

Ich beuge mich hinunter und drücke meine Lippen auf die Narbe. Ich möchte ihn wissen lassen, dass ich nicht angewidert bin, dass ich dankbar bin für diese Narbe, dass ich sie liebe, dass ich alles an ihm liebe. Ich streichle mit der Wange an der festen Länge seines Schafts entlang, sodass er Zeuge meiner Zuneigung wird, dann wiederhole ich es mit der anderen Wange. Er ist weich wie Samt, aber brennend heiß. Ich drücke einen keuschen Kuss auf die Spitze.

«Anna, das musst du nicht tun», sagt er mit rauer Stimme. «Ich weiß, du magst keine ...»

«Das ist kein Blowjob. Ich küsse dich nur», sage ich, aber dann teilen sich meine Lippen, und ich fahre mit der Zunge über ihn. Sobald ich einmal so weit gegangen bin, ist es das Natürlichste auf der Welt, ihn in den Mund zu nehmen.

Er zuckt zusammen, als hätte ich ihm einen elektrischen Schlag versetzt. Seine Brust dehnt sich aus. Seine Bauchmuskeln spannen sich an, was die auf seine Haut tätowierten Wellen wogen lässt wie echte Wellen auf dem Meer. Aber als er mein Gesicht berührt, sind seine Finger unerträglich sanft.

Während ich an ihm sauge, seine Spitze mit meiner Zunge necke, bevor ich ihn tiefer in mich aufnehme, lässt er mich nicht aus den Augen. Ich bereite ihm Vergnügen, aber wir tun das hier gemeinsam. Keiner von uns ist allein. Ich bin nicht einfach nur Beiwerk für seine Masturbation.

Und anders als bei den anderen Malen, wenn ich das hier getan habe, stelle ich fest, dass es mir gefällt. Seine heiseren Laute erregen mich. Die kaum gezügelte Kraft in seinem Körper erregt mich. Jede seiner Reaktionen erregt mich.

Er hat mir nicht den Kopf runtergedrückt und mich benutzt, weil er wusste, dass ich nicht Nein sagen kann. Er hat mich entscheiden lassen. Und deswegen konnte ich mich dafür entscheiden zu geben. Das verändert die Sache komplett.

Ich zähle nicht die Sekunden, während ich ihn mit meinem Mund verwöhne. Ich hoffe nicht, dass er schnell fertig ist, damit ich etwas anderes tun kann.

Stattdessen labe ich meine Sinne an ihm, werde trunken davon, wie er sich anfühlt, von seinem Geschmack, seinem sauberen Geruch, seinem Anblick, dem Geräusch seines stoßweise gehenden Atems. Etwas in mir erwacht. Ich werde feuchter zwischen den Beinen, und ein Gefühl von Leere dehnt sich aus, bis es geradezu schmerzt. Als er sich aus meinem Mund zurückzieht, mit einem harten Kuss von meinen Lippen Besitz ergreift und mich dabei rückwärts aufs Bett drückt, während er sich über mich legt, bin ich beinahe blind vor Verlangen.

Er streichelt mit den Fingerspitzen meine Klitoris. Genau, wie ich es brauche. Ganz genau so. Weil ich es ihm gezeigt habe. Und ich schreie auf, als ich mich seiner Berührung entgegenwölbe. Ich schwebe unmittelbar am Abgrund, aber da ist etwas, das ich brauche, etwas, wovon er mir beigebracht hat, mich danach zu sehnen. Ich ziehe ihn enger an mich, ich versuche, Worte über meine Lippen zu zwingen, *dieses* Wort.

Aber er versteht. Er bringt sich zwischen meinen Beinen in Position, und wir sehen beide zu, wie die Spitze seines Glieds in mich eindringt, langsam hineindrängt, während seine Finger mich weiter berühren. Das Gefühl, als sich mein Körper weitet, um ihn aufzunehmen, dieses Ausgefülltsein, raubt mir den Atem. Ich will diesen Moment auskosten, mir jedes winzige Detail einprägen. Als er sich zurückzieht und erneut in mich stößt, den perfekten Rhythmus findet, mich an all den richtigen Stellen auf all die richtigen Weisen berührt, klammere ich mich hilflos an ihn. Ich bin gefangen von der Intensität auf seinem Gesicht und dem fließenden Spiel seiner Muskeln, während er mich nimmt, während er mich *fickt*.

Die Dunkelheit hat mir das genommen. Meine Angst hat mir das genommen.

Die Lust steigert sich, und jeder Teil von mir spannt sich an. Ich küsse ihn fieberhaft, weil ich diese zusätzliche Verbindung zu ihm brauche, während ich höher und höher steige, während ich einen zeitlosen Moment lang über dem Abgrund schwebe. Als die Kontraktionen mich durchzucken, küsse ich ihn immer noch, bei jedem Atemzug leise aufschreiend.

Der Blick, mit dem er mich ansieht, als ich unter ihm erbebe, ist dunkel vor Befriedigung und Lust, und doch voll Zärtlichkeit, voll Liebe, und ich weiß, dass ich völlig geborgen bin bei ihm, hier im hellen Tageslicht.

Seine Bewegungen werden hastiger, sein Gesichtsausdruck grenzt an Schmerz, und mit einem Laut des Kapitulierens stößt er tief in mich, um uns eng miteinander zu verbinden, während unsere Herzen im Einklang schlagen. Ich halte ihn, und ich küsse ihn sanft, und ich lächle, während ich ihm «Ich liebe dich» ins Ohr flüstere.

Wir verbringen Stunden faul in seinem Bett, teilen Bettgeflüster und lächeln einander an, während Sonnenschein unsere nackte Haut bedeckt. Er erzählt mir die Geschichten hinter seinen Tattoos, während ich sie mit den Fingerspitzen nachzeichne. Ich erzähle ihm von meinen liebsten vom Meer inspirierten klassischen Musikstücken, Wagners Ouvertüre zum *Fliegenden Holländer* und Debussys *La Mer*, wie sie Momente seliger Ruhe und explosiver Gewalt auf den Punkt bringen. Wie üblich führt mich das Reden über Musik wieder zu Vivaldis *Vier Jahreszeiten*, und ich muss die unvergleichliche Intensität seines *Sommers* und *Winters* erwähnen, wie sie die herrlichsten und schönsten Stürme heraufbeschwören. Er lacht bei meiner Beschreibung, aber er tut es liebevoll. Er sagt, Stürme sind toll, außer man wird zufällig von einem überrascht. Er sagt außerdem, meine Leidenschaft für Musik ist eines seiner liebsten Dinge an mir, und er ist sicher, dass ich wieder spielen werde, wenn ich so weit bin. Ich hoffe, er hat recht.

Als der Hunger uns aus dem Bett und auf der Suche nach Abendessen in die Stadt treibt, halten wir Händchen und schmiegen uns eng aneinander, um möglichst viel Kontakt zwischen unseren Körpern bemüht, als bräuchten wir diese Rückversicherung, nach allem, was passiert ist. Ich habe Appetit auf Nudeln – die sind mein absolutes Lieblingsgericht –, also fahren wir quer durch die Stadt nach Chinatown, wo es die besten Nudeln weit und breit gibt. Wir holen uns beide dampfende Schalen mit scharfer taiwanesischer Rindfleisch-Nudelsuppe, und als wir fertig sind, sind unsere Bäuche voll, unsere Nasennebenhöhlen frei, unsere Zungen taub, und wir sind high von durch die Chilis freigesetzten Schmerz-Endorphinen.

Ich bin schläfrig, also fährt Quan mich zu mir nach Hause. Wir schauen vielleicht irgendwelche Dokumentationen, ich kann mich nicht erinnern. Aber es wird viel gekuschelt, weil ich es nicht ertragen kann, von ihm getrennt zu sein, und ich glaube, ihm geht es genauso. Wir küssen uns, aber nicht auf erregende Weise. Wir küssen uns, um unsere Zuneigung auszudrücken. Ich schlafe auf seiner Brust ein, von der Gleichmäßigkeit seines Herzschlags in den Schlaf gewiegt.

Es ist, nach allen Maßstäben, die wichtig sind, ein absolut perfekter Abend.

Als ich also am nächsten Morgen von einem Anruf meiner Mom geweckt werde, empfinde ich ein seltsames Gefühl von Unausweichlichkeit. Noch bevor ich rangehe, weiß ich, dass es schlechte Nachrichten sind.

Sie bestätigt es, indem sie sagt: «Dein Vater ist gerade gestorben.»

TEIL DREI

DANACH

KAPITEL 38

Anna

Nachdem ich aufgelegt habe, fühle ich … nichts. Zumindest scheint es anfangs so. Ich bin ruhig. Ich weine nicht. Ich merke, dass ich durstig bin, und ich bin in der Lage, mir ein Glas Wasser zu holen und es zu trinken, ohne mich dabei zu verschlucken. Aber alles um mich herum hat etwas Unwirkliches an sich. Das Wasser, das ich trinke, schmeckt ein bisschen komisch, metallisch vielleicht. Das Glas fühlt sich eigenartig schwer in meinen Fingern an. War es schon immer so fest? Während ich das Glas ansehe, bemerke ich, dass die Oberfläche des Wassers ganz leicht zittert.

Quan umarmt mich, und ich sinke gegen ihn, während ich versuche, mir aus allem einen Reim zu machen.

Es ist vorbei. Mein Dad leidet nicht mehr.

Ich glaube, das ist, was er wollte.

Aber er ist jetzt wirklich fort.

Keine heimlichen Süßigkeiten im Auto mehr. Kein gemeinsames Hören altmodischer Musik, die im Kassettendeck feststeckt. Kein Besuchen meiner Konzerte. Kein irgendwas.

Der Verlust erfasst mich, aber er ist gedämpft, vielleicht weil ich inzwischen schon so oft um ihn getrauert habe. Wie oft im Krankenhaus? Wie oft, seit wir ihn nach Hause geholt haben? Mein Herz ist diesen Weg so oft gegangen, dass er breit ausgetreten ist, und es fällt schwer, neue Spuren zu erkennen, besonders wenn ein unglaubliches Gefühl von Versagen alles überschattet.

Ich habe es nicht bis zum Ende geschafft. Wenn ich gewusst hätte, dass es nur noch zwei Wochen sind, vielleicht hätte ich dann nicht so ein erdrückendes Gefühl von Aussichtslosigkeit empfunden. Vielleicht hätte ich die Nerven behalten und wäre weniger geistesabwesend und funktionsfähiger gewesen. Vielleicht hätte ich eine Möglichkeit gefunden, auf der Party für ihn zu spielen, da es wirklich meine letzte Gelegenheit war. Vielleicht würde meine Familie mich immer noch für die Person halten, die ich so lange vorgegeben habe zu sein – nicht perfekt in ihren Augen, aber immer noch gut genug.

Ich bin nicht sicher, ob ich willkommen bin, aber ich fahre nach Hause, um zu helfen, wobei auch immer ich kann. Quan bietet mir an, mich abzusetzen und später wieder abzuholen, doch ich bitte ihn, mit mir reinzukommen.

Wir gehen Hand in Hand zur Vordertür meines Elternhauses, und nachdem ich eingetreten bin, halte ich seine Hand weiter, während wir den Marmorflur entlanggehen. Das Haus ist heute kälter denn je, und das Licht, das durch die Fenster hereinfällt, ist grau, trüb.

Wir finden Priscilla im Zimmer meines Dads, wo das Krankenhausbett schonungslos leer ist. Sein Zimmer ist das Hauptschlafzimmer des Hauses, und ohne die Gegenwart meines Dads, um es auszufüllen, fühlt es sich nun zehnmal so groß an. Priscilla sortiert die Medikamente unseres Dads in Ziplock-Beutel und Plastikdosen, und sie lässt sich durch nichts anmerken, dass sie unsere Anwesenheit registriert hat. Sie sieht schrecklich aus. Ihre Augen sind geschwollen, ihre ist Haut fahl, und ich glaube, sie hat in den letzten zwei Wochen abgenommen. Sie ist dünn wie ein Skelett. Ich kann sogar Falten auf ihrem Gesicht sehen. Das ist das erste Mal, dass man ihr die vollen fünfzehn Jahre ansieht, die sie älter als ich ist, und ich hasse es.

Also schlucke ich meinen Stolz und meinen eigenen Schmerz hinunter und gehe zu ihr. «Hi, *Je je.*»

«In deinem Zimmer ist eine Kiste mit Sachen, die du hier vergessen hast», sagt sie auf ihre schroffe Weise.

«Ich werde sie holen, danke.»

Anstatt zu antworten, fährt sie damit fort, die Medikamente zu sortieren, zufrieden damit, mich zu ignorieren.

«Brauchst du ... Hilfe dabei?», frage ich.

Sie wirft mir einen steinernen Blick zu und sagt: «Nein», bevor sie sich wieder ihrer Arbeit widmet. Nur sind ihre Hände jetzt unsicher, und sie lässt ein Tablettenfläschchen auf den Boden fallen.

Ich hebe es auf und stelle es vor ihr auf den Tisch. «Kannst du mich ansehen? Damit wir reden können? Bitte?»

Sie hebt das Kinn und schenkt mir ihre Aufmerksamkeit, aber sie spricht nicht. Sie wartet.

«Es tut mir leid.» Es fällt mir schwer, logisch zu begreifen, was ich so Falsches getan habe. Ich habe die Wahrheit gesagt. Ich bin für mich eingetreten. *Warum ist das schlecht?* Aber wenn ich sie verletzt habe, bereue ich das und will es in Zukunft wirklich besser machen. «Ich wollte dir nicht wehtun. Ich habe nur ...»

«Du hast mir vorgeworfen, ich würde ihn quälen, weil ich nicht loslassen konnte», sagt sie und zeigt wütend mit dem Finger auf mich, während ihr Tränen in die Augen steigen. «Du hättest mich unterstützen müssen. Das machen

Schwestern so. Stattdessen hast du mich respektlos behandelt. Vor allen andern. Du hast mich verraten.»

Sie berührt mich nicht, dennoch zuckt mein ganzer Körper zusammen, jedes Mal, wenn sie mit dem Finger in meine Richtung sticht. «Ich wollte dich nicht verraten. Ich habe gesagt, *wir alle* quälen ihn.»

«Das war nicht meine Entscheidung. Ich habe nur versucht, das Richtige zu tun.» Priscilla schlägt die Hände vors Gesicht, während ihr dünner Körper bebt, und das zerbricht mich. «Du hättest es verstehen müssen. Wir hätten das gemeinsam durchstehen sollen.»

Mein Herz krampft sich zusammen, und ich umarme sie, dabei sage ich alles, was mir einfällt, um es besser zu machen. «Es tut mir leid, dass ich dir wehgetan habe. Es tut mir leid. Es tut mir so leid.»

Schließlich taut sie auf und erwidert meine Umarmung, und ich fühle mich, als hätte ich wieder eine Schwester. Ich fühle mich, als würde vielleicht alles in Ordnung kommen.

Aber als wir uns schließlich voneinander lösen, wischt sie sich die Tränen fort und verhält sich, als wären wir fertig. In ihren Augen habe ich etwas falsch gemacht, also habe ich mich entschuldigt. Fall abgeschlossen. Ich liebe sie. Ich will ihr keinen Kummer bereiten. Aber etwas Wichtiges fehlt.

Ich warte, und immer noch geschieht es nicht. Gefühle schwellen in meiner Brust an, wollen tobend herausgelassen werden, und ich kann sie nicht mehr hinunterschlucken.

Ich habe versprochen, eine Grenze zu ziehen. Um Quan. Und um mich. Weil ich auch zähle.

Wenn ich nicht für mich eintrete, macht es auch sonst niemand.

Ich muss das hier tun.

«Willst du dich nicht bei mir entschuldigen?», frage ich.

Mit schmalen Augen sieht sie mich an. «Wofür?»

«Dafür, dass du mir wehgetan hast. Dafür, dass du mich so behandelt hast, wie du es getan hast. Ich habe dir gesagt, dass ich am Ende bin. Physisch und psychisch. Aber ich bin trotzdem geblieben. Was denkst du, für *wen* ich geblieben bin? Und trotzdem hast du auf mich herabgeblickt, weil ich deine Maßstäbe nicht erfüllen konnte. Es war dir egal, dass ich mein Bestes gegeben habe. Du –»

«Wenn deine beste Arbeit beschissene Arbeit ist, *dann ist sie immer noch beschissen*», schreit sie.

«Warum konnten wir uns dann nicht Hilfe holen?», frage ich jetzt ungeniert weinend. «Er brauchte zu viel Pflege, Pflege, die er nicht mal *wollte*. Das hier war zu viel für uns.»

«Du meinst, es war zu viel für *dich*», stößt Priscilla zwischen zusammengebissenen Zähnen hervor, wobei sie erneut auf mich zeigt. «Für mich war es nicht zu viel.»

Das tut weh, aber die Wahrheit darin bewirkt, dass sich eine eigenartige Ruhe über mich legt. Ich spüre, dass Quan zu mir kommt. Zweifellos ist er aufgebracht wegen der Dinge, die Priscilla gesagt hat, und will mich verteidigen, aber ich bedeute ihm, sich rauszuhalten. Ich muss das hier selbst regeln.

«Ich bin anders als du», sage ich Priscilla.

«Redest du von deiner ‹Diagnose›?», fragt sie sarkastisch, dabei setzt sie das Wort *Diagnose* mit den Fingern in Anführungszeichen.

«Ich weiß nicht, ob sie irgendwas damit zu tun hat. Vielleicht ja. Aber du musst aufhören, von mir zu erwarten, genau wie du zu sein.»

Priscilla verdreht die Augen. «Glaub mir. Das erwarte ich nicht.»

«Warum verurteilst du mich dann ständig und setzt mich unter Druck, mich zu ändern? Warum kannst du mich nicht so akzeptieren, wie ich bin?»

«So funktioniert Familie nicht», stößt sie zwischen den Zähnen hervor. «Ich *darf* dich verurteilen und dir Druck machen, weil ich das Beste für dich will.»

«Im Moment wäre das Beste für mich eine Entschuldigung von dir.» Ich brauche es, dass sie mich genug liebt, um anzuerkennen, wenn sie mich verletzt hat, und versucht, es nicht wieder zu tun. Ich brauche es, dass sie *versucht*, mich zu verstehen. Ich brauche es, dass sie mein Anderssein akzeptiert. Mich hinter einer Maske zu verstecken, um es anderen recht zu machen, um es *ihr* recht zu machen, hat mich zerstört, und ich kann so nicht mehr leben.

Ihre Lippen werden schmal und kräuseln sich. «Ich kann mich nicht entschuldigen, wenn ich. Nichts. Falsch. Gemacht. Habe. *Du* warst diejenige, die das getan hat.»

«Interessiert es dich nicht, warum?» Ich habe das Gefühl, zusammenzubrechen und zu Boden zu stürzen.

«Ich will deine Ausreden nicht, Anna», sagt sie genervt.

Ich will sie korrigieren und ihr sagen, dass es Gründe sind, keine Ausreden, aber ich tue es nicht. Es hat keinen Sinn, damit weiterzumachen. Das sehe ich jetzt.

Ich muss mich entscheiden. Ich kann meine Zeit für den Versuch nutzen, sie dazu zu bringen, mich zu akzeptieren, entweder indem ich mich ihrem Willen beuge oder sie meinem unterwerfe, oder ich kann mich selbst akzeptieren und mich auf andere Dinge konzentrieren. Womit will ich mein Leben verbringen?

Ich wende mich von ihr ab und bemerke, dass Quan meine Schwester mit zusammengebissenen Zähnen und geballten Fäusten ansieht. Er ist wütend, aber als er seine Aufmerksamkeit auf mich richtet, steht Traurigkeit in seinem Gesicht. Sie versteht es nicht. Aber er schon.

Ich greife nach seiner Hand und verlasse das Zimmer. Draußen im Flur sieht er mich an und flüstert: «Ich bin stolz auf dich.»

Bevor ich antworten kann, erscheint meine Mom mit Priscillas Violinkoffer im Arm. «Gib *Je je* Zeit», sagt sie.

Ich will nicht mit ihr streiten, aber ich will auch keine Versprechen geben, die ich nicht halten werde, also sage ich nichts.

Ihr Blick landet auf Quan, auf unseren verschränkten Händen, und ich denke, dass sie eine Bemerkung darüber machen wird, dass wir zusammen sind. Ich denke, dass sie ihr Missfallen zum Ausdruck bringen und fragen wird, wo Julian ist. Aber das tut sie nicht. Stattdessen reicht sie Quan den Violinkoffer.

«Ihre ist kaputtgegangen. Sie ist zu stur, um die hier zu nehmen, aber behalten Sie sie, für den Fall, dass sie spielen will, okay?», bittet sie ihn.

«Das werde ich.» Quan lächelt sie an, sein wunderschönes Lächeln, das seine Augen strahlen lässt und sein Gesicht verwandelt, und ich glaube, das ist der Moment, in dem meine Mom es sieht – warum ich ihn liebe. Da ist so viel aufrichtige Fürsorge und Güte in ihm.

«Geht es dir gut, *Ma*?», frage ich.

Sie sieht erschöpft aus, aber sie nickt. «Wir wussten, dass der Tag kommen würde. Außer vielleicht Priscilla. Sie wirft sich vor, nicht genug getan zu haben.»

Die Worte meiner Mom lassen mich stutzen. Mir gefällt der Gedanke nicht, dass Priscilla sich selbst die Schuld gibt, wenn sie alles getan hat, was sie konnte, alles, was irgendjemand konnte, eigentlich. Aber ich schätze, es kann nicht anders sein, wenn jemand so unglaublich hohe Maßstäbe und eine so eingeschränkte Empathiefähigkeit hat. So jemand ist brutal zu anderen und am brutalsten zu sich selbst.

Eine unerwartete Erkenntnis überkommt mich: Ich bin froh, dass ich nicht Priscilla bin.

«Brauchen Sie Hilfe bei irgendetwas?», fragt Quan, während er sich in Moms makellosem Haus nach etwas umsieht, das seine Aufmerksamkeit brauchen könnte.

«Nein, nein», erwidert meine Mom, aber sie schenkt ihm ein kleines müdes Lächeln. «Da ist die Beerdigung, aber die muss ich planen. Es ist besser, wenn ihr zwei nach Hause geht. Priscilla ist ...» Sie scheint nicht das richtige Wort finden zu können, also schüttelt sie nur den Kopf. Für mich fügt sie hinzu: «Es wäre schön, wenn du bei der Zeremonie spielst.»

Heiße Tränen steigen mir in die Augen. Nicht das schon wieder. «*Ma*, ich glaube nicht, dass ich ...»

«Denk einfach drüber nach. Das ist alles», sagt sie rasch, während sie uns zur Vordertür drängt. «Geh heim. Ruh dich aus. Iss was. Du siehst dünn aus. Ich gebe dir über unsere Pläne Bescheid.»

Als ich gehe, zieht sie mich beiseite und überrascht mich, indem sie mich umarmt. Sie tadelt mich nicht. Sie bittet mich um nichts. Sie sagt überhaupt nichts. Sie lässt mich einfach wissen, dass ich ihr wichtig bin. Das ist alles, was ich je wollte.

KAPITEL 39

Anna

Ich würde gern sagen, dass ich nach der Beerdigung ein paar Wochen getrauert und dann mit meinem alten Leben da weitergemacht habe, wo ich aufgehört hatte. Ich würde gern sagen, dass es nun, da ich gelernt habe, für mich einzutreten und damit aufzuhören, es allen recht zu machen, leicht ist, die kreative Blockade in Bezug auf meine Musik zu überwinden. Ich würde auch gern sagen, dass Priscilla und ich uns versöhnt haben.

Aber wenn ich diese Dinge sagen würde, würde ich lügen.

Sobald die Beerdigung vorbei ist, reißt ein imaginärer Faden in meinem Geist, und ich breche seelisch zusammen. Ich habe inzwischen gelernt, dass man das autistischen Burnout nennt. Ich kann mich an die Wochen unmittelbar nach der Beerdigung überhaupt nicht erinnern. Es ist, als hätte ich sie nie erlebt. Die frühesten Tage nach der Beerdigung, an die ich mich erinnern kann, sind Monate später, und sie beinhalten, dass ich leer vor mich hinstarre oder immer wieder dieselben Dokumentationen ansehe, während mein Körper praktisch mit der Couch verwächst. Ich tue nichts Produktives. Ich bekomme keine auch nur annähernd komplexen Aufgaben mehr auf die Reihe, wie zum Beispiel die Post zu holen oder Rechnungen zu bezahlen oder auch nur online meinen Kontostand abzufragen. Ich schaffe es nur durch die wundersame Erfindung von Daueraufträgen, nicht aus der Wohnung geworfen zu werden. Emotional bin ich höchst instabil. Ich wechsle zwischen heftiger Melancholie, Wut (auf Priscilla) und dann Erschöpfung von eben erwähnter Melancholie und Wut. Ich weine ... eine Menge.

Rose und Suzie schicken mir Nachrichten, aber ich antworte selten. Ich habe nicht die Energie dafür. Es bedeutet mir etwas, dass sie sich um mich sorgen. Ich weiß sie zu schätzen. Aber ich muss das hier allein durchstehen und später meinen Weg zu ihnen zurückfinden.

Auch Jennifer erkundigt sich nach mir, aber ich habe auch nicht die Energie, ihr zu antworten. Therapie kann mir nicht helfen, wenn ich so bin.

KAPITEL 40

Quan

*N*ach ein paar Monaten ziehe ich bei Anna ein. Ich wohne praktisch ohnehin schon dort, also macht es keinen Sinn, eine eigene Wohnung zu behalten. Weil ich es kann und möchte, übernehme ich die Miete. Sie übernimmt die Nebenkosten. Das funktioniert für uns beide.

Es geht ihr immer noch nicht gut, das merke ich, aber wir arbeiten uns langsam dadurch. Ich habe den Eindruck, dass sie sich Stück für Stück erholt. Wenn ich von der Arbeit nach Hause komme, freut sie sich immer, mich zu sehen. Sie fragt mich nach meinem Tag und hört zu, während ich ihr albernes Zeug erzähle, das sonst niemanden interessiert, wie zum Beispiel von der Möwe, die ich beim Joggen während der Mittagspause gesehen habe und die einem Typen das Essen direkt aus der Hand geklaut hat, oder der Taube, die versucht, sich in dem Nest vor meinem Bürofenster auf ihre Jungen zu setzen, obwohl sie schon fast so groß sind wie sie selbst.

Ich bin auch tagsüber für sie da, während ich weg bin, indem ich ihr Textnachrichten mit Herzen oder lustigen Memes von Kraken und anderen Tieren schicke. Wenn wir zusammen sind, halte ich sie oft im Arm und kuschle mit ihr, weil ich spüre, dass sie es braucht, sich geliebt zu fühlen. Aber wir haben nicht viel Sex. Es ist irgendwie schwer, in Stimmung zu kommen, wenn deine Freundin nach acht Uhr abends kaum noch die Augen offen halten kann und regelmäßig mitten in der Nacht weinend aufwacht. Ich kümmere mich einfach um diese Sache unter der Dusche. Ich meine, es ist mir nicht *lieber*, mir unter der Dusche einen runterzuholen, anstatt Sex mit der Frau zu haben, die ich liebe, aber ich bin damit zufrieden, zu warten, bis sie bereit ist.

KAPITEL 41

Anna

Ich brauche lange, um an den Punkt zu kommen, an dem ich mich geistig stark genug fühle, um wieder Musik zu machen. Monate. Etliche lange Monate. Aber dann kann ich an nichts anderes mehr denken, als mir eine neue Violine zu besorgen. Ich rühre Priscillas altes Instrument nicht an. Lieber würde ich mir alle möglichen schrecklichen Dinge antun.

Natürlich ist das der Moment, in dem meine Mom beschließt, bei meiner Wohnung vorbeizuschauen. Ich bin verblüfft, als ich eines Nachmittags über die Sprechanlage ihre Stimme höre. «Anna, ich bin's.»

Ich bin sogar noch verblüffter, als ich den Türöffner drücke und sie kurz darauf in einer weißen Hose, cremefarbener Seidenbluse und einem kunstvoll um ihren Hals geschlungenen Hermès-Schal vor meiner Wohnung steht. Sie sieht lässig, aber stylisch aus, doch sie ist gealtert, seit mein Dad gestorben ist. Die neuen Falten um ihre Augen machen mich traurig. Priscilla muss inzwischen nach New York zurückgekehrt sein. Das bedeutet, sie lebt ganz allein in diesem riesigen Haus. Sie muss einsam sein.

«Hi, *Ma*. Äh, komm rein. Tut mir leid, dass es so unordentlich ist.» Wenn ich gewusst hätte, dass sie kommt, hätte ich ein wenig aufgeräumt. So hatte ich nur Zeit, mein schmutziges Geschirr vom Kaffeetisch in die Spüle zu stellen und die Kissen und Decken auf meiner Couch wahllos aufzuschütteln. Mein Bett ist nicht gemacht. Der Wäschekorb quillt über. Mein Bad ist eine Katastrophe. Ich bete, dass sie nicht in die Küche geht.

Sie setzt sich geziert auf meinen Armsessel und sieht sich um, dabei bleibt ihr Blick extralange an dem Paar Herrenlaufschuhe in der Ecke neben einer offenen, mit sauberer Sportkleidung vollgestopften Sporttasche hängen. Da ist ein kleiner Stapel Bücher über Wirtschaftsmanagement auf dem Beistelltisch neben ihr, und sie überfliegt interessiert die Titel. «Dein Quan ist bei dir eingezogen?»

Ich sitze auf dem Sofa und sehe hinunter auf meine Knie. «Ja.»

«Bist du glücklich mit ihm?», fragt sie, und wie sie es sagt, habe ich das Gefühl, dass sie es ehrlich wissen will.

Ich kann das kleine Lächeln nicht verhindern, das sich auf meine Lippen legt. «Ja.» Ich bin mir nicht sicher, ob ich ohne ihn zurzeit die Nerven behalten könnte. Auch so schon fehlt er mir die ganze Zeit über, wenn er in der Arbeit ist. Wenn er mir tagsüber Nachrichten schickt, macht mich das widerlich glücklich.

«Deine Musik? Wie geht es damit?», fragt meine Mom. «Wie kommst du mit *Je jes* Violine zurecht?»

Ich wende die Augen ab und schüttle den Kopf.

«So eigensinnig, Anna», sagt sie mit müder Stimme. «Hier, ich möchte dir die hier kaufen.»

Sie nimmt ihr Handy aus der Tasche und zeigt mir eine E-Mail, die Priscilla ihr von einem Händler für Musikinstrumente weitergeleitet hat. Am Ende der Mail ist das Foto einer eleganten Guarneri. Guarneri war ein italienischer

Geigenbauer im siebzehnten Jahrhundert, der mit Stradivari, dem Schöpfer der berühmten Stradivari-Geigen, konkurrierte. Die teuerste Violine der Welt ist eine Guarneri. Das hier ist natürlich nicht *diese* Guarneri. Dem Händler zufolge hat diese Guarneri bei zahlreichen Gelegenheiten ernsten Schaden genommen und umfangreiche Reparaturen hinter sich, das spiegelt sich in ihrem Preis wider. Aber sie kostet immer noch so viel wie ein Haus.

«*Ma*, die ist zu schön. Ich kann nicht ...»

Sie gibt einen spöttischen Laut von sich. «Sie ist nicht zu schön für meine Tochter. Priscilla sagt, sie klingt sehr gut. Sie wird dir gefallen.»

Ein unangenehmes Gefühl kriecht mir über die Haut, und ich gebe meiner Mom das Handy zurück. In sanftem, gemessenem Tonfall und mit der Haltung, die ich in ihrer Gegenwart gelernt habe, sage ich: «Ich freue mich, dass du mir diese Geige kaufen willst. Das bedeutet mir viel. Danke. Aber ...»

«Du willst sie nicht spielen, wenn Priscilla sie für dich ausgesucht hat», bemerkt meine Mom und sieht und versteht mich dabei auf eine Weise, zu der ich sie nicht für fähig gehalten habe. «Ich war dabei, ich habe gehört, was sie gesagt hat, das war nicht nett. Aber vergib ihr endlich. Lass es gut sein. Lass die Dinge wieder so werden, wie sie früher waren. Sie hat mir gesagt, es macht sie traurig, dass sie dich und *Ba* zugleich verliert.»

Ich zucke zurück, als ein Gefühl von Ungerechtigkeit mich erfasst. «Wie vergibt man jemandem, wenn der sich nicht entschuldigen will? Es ist Monate her. Sie hätte mich jederzeit anrufen können, mir schreiben oder vorbeikommen. Aber das hat sie nicht. Das wird sie nicht.»

Meine Mom macht eine wegwerfende Handbewegung. «Du kennst doch *Je je*.»

«Ja, das tue ich. Sie denkt, es ist okay, mich so zu behandeln. Und aus ihrem Verhalten kann ich schließen, dass sie das auch weiterhin tun wird. *Das ist nicht fair mir gegenüber*», sage ich und versuche dabei nicht mal zu verbergen, wie wütend mich das macht. Ich lasse meine Maske vollständig fallen.

Ich erwarte, dass meine Mom mich ausschimpft, ihr gegenüber «frech» geworden zu sein, nicht auf sie zu hören, aber stattdessen sagt sie: «Du musst es aus ihrer Perspektive betrachten.»

«Was ist mit *meiner*? Ich bin nicht unvernünftig. Es ist ja nicht so, als würde ich von ihr verlangen, sich einen Arm abzuschneiden.» Ich verlange von ihr, mir auf Augenhöhe zu begegnen.

«Du reißt unsere Familie entzwei, und es sind nur noch drei von uns übrig», sagt meine Mom und fleht mich mit den Augen an nachzugeben, weil Priscilla es nicht tun wird. «Ich möchte, dass wir *zusammen* sind. Diese Weihnachten möchte ich, dass wir einen schönen Urlaub miteinander machen. Du könntest deinen Quan mitbringen. *Ba* hätte das so gewollt.»

«Ich glaube nicht, dass er das gewollt hätte, wenn er gewusst hätte, wie schwer es für mich ist, so zu sein, wie Priscilla es will, wie ihr alle es wollt», sage ich leise. «Ich habe versucht, anders zu sein, mich für dich zu verändern, aber es funktioniert nicht. Es tut mir nur weh. Ich ... Ich ...» Ich überlege, ihr von meiner Diagnose und der Hölle, die ich durchmache, zu erzählen, aber ich erinnere mich daran, wie Priscilla reagiert hat. Es ist hoffnungslos.

«Du bist Autistin», sagt meine Mom.

Überraschung lässt mich erstarren. Ich kann nicht sprechen. Ich kann nicht mal blinzeln.

«Faith hat es mir erzählt. Das kommt wahrscheinlich von der Seite deines Vaters. Wie Onkel Tony», brummelt sie, und aus irgendeinem Grund lässt mich das für einen Moment laut auflachen. «Ich habe etwas darüber gelesen. Ich glaube, ich sehe es jetzt.»

Sie legt ihre Hände auf meine, aber dann zögert sie, als wäre sie nicht sicher, ob sie mich noch berühren darf. Ich drehe meine Hände um und halte ihre fest, um ihr ohne Worte zu sagen, dass es in Ordnung ist.

«Ich weiß nicht, was ich tun soll», gesteht sie. «Ich habe das Gefühl, dich gar nicht mehr zu kennen.»

«Ich weiß auch nicht, was wir tun sollen», sage ich. «Aber vielleicht können wir noch mal neu anfangen.»

Sie drückt meine Hände und nickt. «Du warst schwierig, als du klein warst, sehr schwierig, und es tut mir leid, dass ich nicht wusste, wie ... was ... Ich dachte, ich tue das Richtige für dich.»

«Das ist okay, *Ma*», höre ich mich selbst sagen. Ein Teil von mir kann nicht glauben, dass diese Unterhaltung tatsächlich stattfindet, aber ihre Hände fühlen sich sehr real in meinen an.

Sie mustert mich mit einem suchenden Blick. «Lange bevor ich hierhergekommen bin, um deinen Dad zu heiraten, während der Kulturrevolution in China, wurde ich in ein Umerziehungslager geschickt, wo ich auf den Feldern gearbeitet und gehungert habe. Wusstest du das?» Als ich betäubt den Kopf schüttle, fährt sie fort. «Unsere Familie war nicht sicher, weil *Gung Gung* ein reicher Landbesitzer war.

Ich war nicht sicher. Das ist es, was ich von ihnen gelernt habe – es ist nicht *sicher*, anders zu sein.» Unter Tränen und sich an mich klammernd wie an einen Rettungsring, sagt sie: «Ich habe dich gedrängt, dich zu verändern, weil ich wollte, dass du sicher bist. Verstehst du das?»

Meine Kehle schnürt sich zu, aber es gelingt mir zu sagen: «Ich glaube, ich verstehe.» Ein alter Knoten der Verbitterung löst sich in meinem Herzen. Ich habe es gebraucht, das zu hören. «Wie kommt es, dass du mir das nie erzählt hast?»

Sie stößt einen langen, müden Seufzer aus. «Ich habe es Priscilla erzählt. Ich wollte dich nicht mit der Hässlichkeit der Vergangenheit belasten. Ich mache mir solche Sorgen um dich, Anna.»

«Ich *möchte* solche Dinge wissen.»

«Irgendwann werde ich dir mehr darüber erzählen. Aber jetzt ...» Sie seufzt wieder. «Jetzt muss ich mit deiner Schwester reden. Sie musste sich Zeit dafür in ihrem Terminkalender reservieren, ist das zu glauben? So beschäftigt ist sie in ihrem neuen Job. Eine Hundert-Stunden-Woche, bis die Fusion durch ist oder so was. Ich werde ihr sagen, sie soll es mit einer Therapie versuchen. Ich gehe einmal die Woche hin.»

Mir fällt die Kinnlade runter.

Sie lacht, bevor sie meine Hand tätschelt und aufsteht. «Ich muss gehen. Vielleicht gönne ich mir einen Cappuccino und ein Stück Kuchen im Park, während ich mit ihr rede. Es sind die kleinen Dinge, die das Leben lebenswert machen.»

Ich begleite sie zur Tür, und bevor sie geht, umarmt sie mich fest. Sie trägt ihr übliches Parfüm, aber der Duft ist sehr leicht. Sie berührt meine Haare nicht. Das sind kleine Veränderungen, aber ich nehme an, sie hat sie für mich gemacht. Sie hat sich wirklich Informationen angelesen. Ich kann nicht in Worte fassen, wie viel mir das bedeutet.

«Ich liebe dich, Anna», flüstert sie bestimmt. «Egal, was passiert, ich hoffe, das weißt du. Streite mit deiner Schwester, wenn du musst, aber *ich* bleibe in deinem Leben. Rede mit mir, sag mir, wenn etwas nicht richtig ist, und ich werde mein Bestes geben. Ich darf dich nicht verlieren.»

Ich bin zu überwältigt, um irgendetwas zu sagen, deshalb nicke ich und umarme sie fester, dabei tränke ich ihren Schal mit Tränen.

Als sie schließlich geht, blicke ich ihr nach, bis sie die Treppe hinunter verschwindet, und dann gehe ich zum Balkon und sehe zu, wie sie in das alte Mercedes-Cabrio meines Dads steigt und wegfährt. Ich stelle mir vor, dass sie die Kassette hört, die im Kassettendeck feststeckt.

Unvermittelt trifft mich die bittersüße Ironie dieser Situation. Ich habe meinen Dad und meine Schwester verloren, aber irgendwie hat mir das meine Mom geschenkt.

KAPITEL 42

Anna

Weil ich die Vorstellung ablehne, dass die besten Violinen bereits gemacht wurden, dass nichts aus der Gegenwart oder Zukunft es mit der Vergangenheit aufnehmen kann, entscheide ich mich dafür, eine von einem modernen Geigenbauer mit Sitz in Chicago gefertigte Violine zu kaufen. Sie kostet zum Glück nicht so viel wie ein Haus, aber sie ist auch nicht billig. Ich gebe den größten Teil meiner Ersparnisse für sie aus. Aber sie ist jeden Penny wert. Ihre Stimme ist süß und hell und quälend schön, und ich verliebe mich augenblicklich in sie, als ich sie ausprobiere, indem ich meine erste unbeholfene Tonleiter seit fast einem Jahr spiele.

Sobald ich sie nach Hause bringe, bin ich entschlossen, das Richter-Stück zu bezwingen. Ich habe mir so viel Zeit genommen. Ich sollte gut ausgeruht und mit neuer Perspektive zur Musik zurückkehren. Ich schwöre, dass ich das Richter-Stück innerhalb eines Monats meistern werde. Damals, vor meinem Internet-Ruhm, habe ich weniger Zeit gebraucht, um ein Musikstück flüssig spielen zu lernen. Ich sollte in der Lage sein, das zu schaffen, besonders mit dieser neuen Violine.

Aber so funktioniert das nicht. Ich tappe sofort in dieselbe geistige Falle wie zuvor, nur dass es jetzt noch schlimmer ist. Ich spiele den ganzen Tag in grauenhaften, endlosen

Schleifen, und wenn ich aufhöre, um mich auszuruhen, ist mein Verstand auf eine Weise angeschlagen und erschöpft, wie ich es noch nie erlebt habe. Trotzdem bin ich fest entschlossen, mich durchzukämpfen. Ich sage mir, dass ich das hier zu Ende bringen werde, selbst wenn es das Letzte ist, was ich tue.

Am Ende treibe ich mich so hart an, dass ich noch schlimmer ausbrenne als zuvor. Ich verliere Tage und Wochen. Ich verliere Funktionalität. Diesmal kommen zu Trauer und Wut auch noch Angst und Verzweiflung hinzu. Das Richter-Stück hält mich gefangen, ruiniert mein Leben. Ich will frei sein. Warum kann ich nicht frei sein?

Und wenn ich mich nicht freispielen kann, dann bedeutet das ...

Von da aus stürze ich in pure Dunkelheit.

Aber da ist ein Licht, das mich davon abhält, zu weit zu fallen. Dieses Licht ist Quan. Wenn ich mitten in der Nacht aufstehe, angewidert und leise schluchzend und versucht, so versucht, mich auf die einzige Weise zu befreien, von der ich glaube, dass sie mir noch offensteht, spürt er, dass etwas nicht stimmt. Er wacht auf. Er hält mich. Er fragt mich, was los ist.

Ich weiß, dass er mir glauben wird. Ich weiß, er wird nicht auf mich herabsehen und mir sagen, ich soll mich zusammenreißen. Also erzähle ich ihm die hässliche Wahrheit meiner Gedanken und Fantasien, und er weint, während er mich hin- und herwiegt.

KAPITEL 43

Anna

Auf Quans Drängen hin fange ich wieder an, zu Jennifer zu gehen. Sie überweist mich an einen Psychiater. Ich bekomme Medikamente, die mir das Leben retten.

Ich fange an, mich ... optimistisch zu fühlen. Es gibt Tage, an denen ich mich sogar *gut* fühle. Aber die Medikamente können meine kreative Blockade nicht beseitigen. Wenn ich die Violine in die Hand nehme, spiele ich immer noch im Kreis, also lege ich sie weg. Ich verstehe jetzt, dass ich noch nicht wieder gesund genug bin, um zu spielen. Ich muss meinem Verstand Zeit geben.

Ich habe Schwierigkeiten, mich genug zu konzentrieren, um mehr als nur ein paar Seiten zu lesen, deshalb finde ich meinen Weg zur Poesie. Ein Gedicht kann gerade mal zwei Zeilen lang sein, manchmal sogar nur eine einzige, aber es steckt eine ganze Idee darin, eine ganze Geschichte. Das ist perfekt für jemanden wie mich. Schnell verliebe ich mich in das Werk von Rupi Kaur, lese hier eine Seite, dort eine Seite, während ich meinem Tag nachgehe, manchmal während ich beim Ansehen von Dokumentationen immer wieder einnicke, besonders bei der Episode «Das Kap» von David Attenboroughs Doku-Serie *Unbekanntes Afrika*. Ich sehe sie mir immer wieder wegen der zwei Minuten langen Szene an, in der sich die Schmetterlinge über dem baumlosen Gipfel von Mount Mabu in Mosambik paaren. Ich bin fasziniert von den lebhaften Farben und Mustern ihrer schillernden Flügel und der schwindelerregenden Anzahl flatternder Schmetterlinge am blauen Himmel. Es sieht aus wie eine völlig andere Welt als die, in der ich lebe, eine, von der ich nur träumen kann.

Als Quan mein neues Interesse entdeckt, überrascht er mich, indem er einen Schmetterlingsgarten auf meinem winzigen Balkon anlegt. Er stellt Töpfe mit Knolliger Seidenpflanze auf und lässt Passionsblumen am Geländer emporranken. Als der Frühling in den Sommer übergeht, blühen meine Pflanzen in leuchtenden Farben, und die Schmetterlinge kommen. Es ist genau wie in Mosambik.

Ich sitze stundenlang auf meinem Balkon, aale mich in sanften Strahlen von Sonnenlicht und sehe zu, wie die Schmetterlinge um mich herumtanzen. Sie sind nicht scheu oder haben Angst vor mir. Kolibris versuchen, mit ihnen um den Nektar zu konkurrieren, und ich lache, wenn sich meine kleinen Schmetterlinge gegen ihre größeren Gegner zur Wehr setzen und gewinnen. Raupen schlüpfen aus winzigen Eiern und fressen sich gierig in sauberen Reihen durch jedes Seidenpflanzenblatt, wie Leute, die schreibmaschinenartig Maiskolben abnagen. Ich gebe ihnen allen Namen. Chompy, Biggolo und Chewbacca, um nur einige zu nennen, und ich bringe Stein nach draußen, damit er uns Gesellschaft leisten kann. Aber ich achte sorgfältig darauf, ihn nicht unter die Pflanzen zu legen, und dafür ist er dankbar. Er mag es nicht, wenn seine neuen Freunde auf ihn kacken.

Zusammen beobachten wir, wie die Monarchfalter-Raupen sich in grüne Puppen verwandeln, dunkler werden und dann herausbrechen, um Flügel in atemberaubendem Orange und Schwarz zu enthüllen. Später im Jahr besucht eine andere Schmetterlingsart meine Passionsblumen. Der Agraulis vanillae wird manchmal auch Passionsblumenfalter genannt. Außen sind seine Flügel schlicht braun und perlweiß, aber wenn er sie öffnet, sind sie wunderschön orangefarben. Die Raupen des Passionsblumenfalters sind nicht so hübsch wie die meiner Monarchfalter. Sie sind dunkel und stachlig, beinahe giftig aussehend, und ihre Puppen tarnen sich so, dass sie genau wie vertrocknete Blätter aussehen. Aber wenn ich eine anstupse, dann wackelt sie und windet sich, sehr lebendig.

Sie sieht tot aus, aber sie ist nur in einer Übergangsphase.

Ich frage mich, ob das eine Metapher für mich ist. Mache ich auch eine Metamorphose durch und verwandle mich in etwas Besseres?

KAPITEL 44

Anna

Es geht langsam, aber ich fühle, dass ich allmählich gesund werde. Ich komme mit meinen Rechnungen hinterher, bezahle Mahngebühren, richte Daueraufträge ein, wo ich nur kann. Ich putze meine Wohnung. Wie sich herausstellt, soll dieser dekorative schwarze Ring um mein Waschbecken im Bad gar nicht da sein. (Es ist Schimmel.) Ich mache die Wäsche. Ich fange an, meine Sportklamotten für ihren eigentlichen Zweck zu nutzen, aber nichts Drastisches. Ich jogge zehn Minuten am Tag und steigere die Dauer nach und nach. Ab und zu besuchen Quan und ich meine Mom, aber wir können nicht unangemeldet vorbeischauen. Die Chancen, dass sie zu Hause ist, stehen derzeit schlecht. Sie arbeitet nicht mehr so viel wie früher, aber sie verbringt den Großteil ihrer Zeit auf Reisen mit ihren Freundinnen. Im Moment planen sie einen Trip nach Budapest.

Als die Jahreszeit erneut wechselt, erlebe ich eine merkwürdige Art von Rastlosigkeit. Ich brauche eine Weile, um zu erkennen, dass ich Musik hören will. Aber keine klassische Musik. Ich will etwas völlig anderes. Ich will … Jazz. Wochenlang höre ich so viel Jazz, wie ich finden kann, alles von Louis Armstrong über John Coltrane bis hin zu modernen Künstlern wie Joey Alexander, und endlich, endlich, *end-*

lich, werde ich durch ihre Musikalität inspiriert. Endlich *will* ich spielen.

Das ist der Moment, in dem ich mir schließlich wieder erlaube, meine Violine in die Hand zu nehmen, aber ich tue es vorsichtig. Ich taste mich behutsam heran, erlaube mir anfangs nur, Tonleitern zu spielen. Ich entdecke meine Freude an Mustern neu. Ich baue die Schwielen an meinen Fingerkuppen wieder auf. Ich spiele einfache Lieder aus meiner Kindheit, um zu sehen, ob ich es kann.

KAPITEL 45

Quan

Heute, über ein Jahr nachdem wir das Angebot von LVMH abgelehnt haben, treffen Michael und ich uns mit ihrem neuen Head of Acquisitions. Offenbar haben mehrere Frauen Paul Richard sexuelle Belästigung vorgeworfen, und das Unternehmen hat ihn ersetzt.

«Ich freue mich so, Sie beide persönlich kennenzulernen», sagt Angélique Ikande breit lächelnd, als sie zuerst mir und dann Michael die Hand schüttelt. Mit ihrem weißen Hosenanzug und der stattlichen Körpergröße sieht sie wie eine Business-Wonder-Woman aus.

«Gleichfalls», sage ich, während ich ihr bedeute, sich zu uns an den Restauranttisch zu setzen.

Sie faltet ihren hochgewachsenen Körper auf einen Stuhl und bittet die Kellnerin um ein Glas Sauvignon Blanc, bevor sie uns einen Moment lang nachdenklich mustert. «Ich möchte, dass Sie wissen, dass ich meinen Vorgänger für einen kompletten Vollidioten halte.»

Michael bricht in Gelächter aus, und ich kann mir ein Grinsen nicht verkneifen, als ich mein Glas hebe und auf ihre Aussage trinke. Ich habe mich gefragt, welchen Zweck dieses Meeting haben könnte, aber Michael und ich haben uns nicht erlaubt, laut darüber nachzudenken. Paul Richard hat einen wirklich schlechten Nachgeschmack bei uns hinterlassen, und keiner von uns ist schon darüber hinweg. Angélique dagegen ist völlig anders. Sie ist nicht hochnäsig. Alles an ihr schreit Kompetenz und Ehrlichkeit. Es ist schwer, sie nicht zu mögen.

«Sie wissen das vielleicht nicht», sagt sie, «aber der MLA-Deal war mein Projekt, und Paul hat in letzter Minute seine Nase reingesteckt. Im Namen von LVMH möchte ich mich aufrichtig für sein Handeln entschuldigen. Aber das ist nicht der einzige Grund, warum ich hier bin. Das Erste, was ich als neuer Head of Acquisitions tun will, ist, zu Ende zu bringen, was ich angefangen habe. Ich würde nichts lieber tun, als MLA unter den Unternehmensschirm von LVMH zu bringen – und das bedeutet, Sie *beide*. Um Sie wissen zu lassen, wie ernst es mir damit ist, erhöhe ich unser ursprüngliches Angebot um zwanzig Prozent.»

In Anbetracht dessen, was das ursprüngliche Angebot war, sind zwanzig Prozent eine Menge Geld. Ich werfe einen Blick zu Michael, um seine Reaktion abzuschätzen, und lächle, als ich feststelle, dass er dasselbe bei mir tut.

«Wir werden das miteinander besprechen müssen», sage ich.

«Natürlich», erwidert sie.

Halb rechne ich damit, dass sie aufsteht und geht wie Paul Richard, aber sie macht es sich bequem und isst tatsächlich mit uns zu Mittag. Sie fragt uns über unsere Sommer-Linie aus. Sie hält sich über unsere Social-Media-Kanäle auf dem Laufenden und ist begeistert über die Publicity, die wir in jüngster Zeit bekommen. Um zu demonstrieren, wie sehr sie Michaels Entwürfe liebt, zeigt sie uns Fotos ihrer Kinder auf ihrem Handy. Ich weiß nicht, ob sie das absichtlich getan hat oder nicht, aber es sieht so aus, als trügen ihre Kids ausschließlich MLA, und ich kann sehen, dass Michael das gefällt. Das ist der schnellste Weg zu meinem Herzen.

Als das Mittagessen vorbei ist, schütteln wir uns die Hände und gehen mit dem Versprechen auseinander, uns bald wieder zu melden.

«Also?», fragt Michael, während er uns zurück zu unserem Gebäude fährt. «Was denkst du?»

«Ich denke, sie ist bereit, das Angebot um fünfundzwanzig Prozent zu erhöhen, vielleicht dreißig», sage ich in neutralem Ton, obwohl mein Herz so heftig schlägt, dass ich das Gefühl habe, es bricht mir durch die Rippen.

Michael trägt eine Sonnenbrille, deshalb kann ich seine Augen nicht sehen, aber ich weiß trotzdem, was er denkt, als er mich ansieht und dann seine Aufmerksamkeit wieder auf die Straße richtet. «Das war nicht, was ich gefragt habe.»

Ich zucke mit den Schultern und spiele den Coolen, aber ein Grinsen stiehlt sich auf meinen Mund.

Er muss es sehen, denn er schlägt mir hart gegen die Schulter. «Arschloch, da hättest du mich fast drangekriegt. Du willst es tun, stimmt's? Diesmal wird es wirklich passieren. Wenn wir es wollen.»

«Okay, ja. Ich will es tun. Sie kriegt uns. Außerdem könnte sie unsere beste Kundin sein.» Ich nehme mein Handy raus, um zwanghaft meine Mails zu checken, während ich hinzufüge: «Trotzdem muss ich das schwarz auf weiß sehen, bevor ...»

Ganz oben in meinem Posteingang ist eine neue Mail von Ikande, A. Es ist eine Datei angehängt. Als ich sie öffne, sehe ich, dass es der Vertrag ist, den wir mit Paul Richard ausgearbeitet haben, nur dass er nun klar und deutlich präzisiert: GEMÄSS DIESEM VERTRAG BLEIBT QUAN DIEP

CHIEF EXECUTIVE OFFICER VON MICHAEL LARSEN AP-
PAREL & CO, TOCHTERUNTERNEHMEN VON LVMH MOËT
HENNESSY LOUIS VUITTON.

«Was?», fragt Michael.

«Sie hat uns gerade den Vertrag gemailt», antworte ich.
«Er ist genau, wie sie gesagt hat.»

«Scheiße. Das wird jetzt wirklich passieren.» Michael
schluckt, und sein Gesicht wird leicht grünlich, während
er das Lenkrad umklammert, als könnte er in Ohnmacht
fallen.

«Tief durchatmen. Fahr rechts ran und lass mich fahren.
Anna bringt mich um, wenn ich einen Autounfall habe.»

«Es geht mir gut, es geht mir gut», sagt er, während er
sich wieder unter Kontrolle bringt. «Bist du sicher, dass
du das tun willst? Wir *müssen* es nicht. Aber wir sollten es
ernsthaft in –»

«Ja, ich will es. Ich lasse nicht zu, dass uns unser Groll in
die Quere kommt. Wir sind bereit. Wir werden der Hammer
sein.» Das spüre ich instinktiv, und ich weiß, dass wir das
durchziehen werden. Wir werden eine Unmenge von Kindern in supersüße Klamotten stecken, und wir werden den
Spaß unseres Lebens dabei haben.

Michael grinst so heftig, dass er ein wenig beängstigend
aussieht, aber vermutlich sehe ich genauso aus.

Als ich wenige Stunden später in unserer Wohnung ankomme, kann ich es nicht erwarten, Anna von der Neuigkeit
zu erzählen. Aber ich bekomme nicht die übliche überfall-
artige Umarmung von ihr. Soweit ich das beurteilen kann,
ist sie nicht mal zu Hause, was mir augenblicklich Sorgen
macht.

Ich ziehe meine Schuhe aus und wage mich in die Wohnung, und da, auf dem Küchentisch, steht ein selbstgebackener Kuchen mit brennenden Kerzen drauf.

«Happy Birthday.» Anna springt aus der Küche, hebt ihre Violine ans Kinn und spielt zum allerersten Mal vor mir, ein breites Lächeln auf dem Gesicht.

Ich brauche ein paar Sekunden, aber sogar so unmusikalisch, wie ich es bin, erkenne ich, dass es *Happy Birthday to You* ist – wahrscheinlich die kunstvollste Version davon, die je gespielt wurde. So viel ist heute passiert, dass ich meinen Geburtstag ganz vergessen habe. Aber Anna hat ihn nicht vergessen.

Unvermittelt trifft mich die Bedeutung dessen, was sie gerade tut, die Tatsache, dass das hier das erste Mal ist, dass sie für mich spielt. Wenn ich nicht schon verliebt in sie wäre, dann würde ich ihr jetzt verfallen.

Als das Lied endet, legt sie ihre Violine weg und lächelt mich verlegen an, und ich drücke sie in einer heftigen Umarmung an mich und küsse sie. «Das ist verdammt noch mal der beste Geburtstag aller Zeiten. Du hast das ganze Lied gespielt. Ich bin so stolz auf dich. Ich liebe, liebe, liebe dich.»

Sie wischt mit den Daumen die Feuchtigkeit von meinen Wangen und küsst mich langsamer und tiefer. «Ich liebe dich.»

Ihre Hände gleiten an meiner Brust hinunter zum Bund meiner Hose, und mein Reißverschluss geht auf.

«Bist du sicher?», frage ich, obwohl ich bete, dass sie Ja sagt. Ich will sie so sehr, dass ich die Wände hochgehen könnte. «Wir müssen nicht ...»

«Geburtstagssex», sagt sie, dabei streift sie sich das Kleid über den Kopf und zieht mich zum Schlafzimmer.

Es ist für uns beide so lange her, dass der Geburtstagssex nur fünf Minuten dauert, aber ihr könnt euren Arsch drauf verwetten, dass diese fünf Minuten geradezu monumental sind. Hinterher erzähle ich ihr von LVMH, und sie quietscht vor Begeisterung. Dann haben wir Kuchen zum Abendessen. Uns wird schlecht davon, und wir essen Reste vom Vortag, um unsere Mägen zu beruhigen, und lachen dabei bei jedem Bissen. Wirklich der beste Geburtstag aller Zeiten.

KAPITEL 46

Anna

Ich beschließe, dass es Zeit ist, zum Richter-Stück zurückzukehren. Aber diesmal rede ich mir vorher ernsthaft ins Gewissen. Ich sehe jetzt ein, dass es nie wieder so sein kann, wie es einmal war. Es war dumm von mir, zu glauben, ich könnte einen magischen Schlüssel finden, der die Zeit zurückdreht. In Wahrheit wird Kunst für mich nie wieder so mühelos sein, wie sie einmal war; das kann sie nicht mehr, jetzt, wo die Leute Erwartungen an mich haben. Ich kann nichts anderes tun, als vorwärtszugehen, und dafür muss ich aufhören, Perfektion nachzujagen. Sie existiert nicht. Ich kann es nie allen recht machen. Es ist schon schwer genug, es nur mir allein recht zu machen. Stattdessen muss ich mein Augenmerk darauf legen, das zu geben, was ich habe, nicht das, was die Leute wollen. Denn das ist alles, was ich geben *kann*. Ich versuche, kein Masking zu betreiben, wenn ich es verhindern kann.

Ich fange zum letzten Mal mit dem Richter-Stück an. Das Üben ist zäh und anstrengend. Ich mache viele Fehler und gehe zurück, um zu korrigieren, was ich kann, aber ich gehe nicht bis *ganz* zurück – außer dieses eine Mal, das ich bedauere. Ich höre die Stimmen in meinem Kopf, die mich kritisieren, mich verurteilen. Oftmals sind sie stärker als ich, und ich beende das Üben mit einem Gefühl der Niedergeschlagenheit. Aber ich mache trotzdem weiter. Der Kampf gegen den Drang, neu anzufangen, nach Perfektion zu streben, die Stimmen auszutricksen, ist anstrengend, und an den meisten Tagen schaffe ich nur ein paar Stunden, bevor ich weiß, dass mein Hirn genug hat. Aber das zu lernen ist notwendig für mich. Wenn ich aufmerksam auf meine schwindende Widerstandskraft achte, kann ich verhindern, krank zu werden. Ein langsames Ich ist besser als ein krankes Ich.

Auf diese Weise schaffe ich es bis zum Ende des Richter-Stücks. Als ich es Quan erzähle, köpft er eine Flasche Champagner und feiert mit mir, obwohl ich für das Album und die bevorstehende Tour immer noch viele andere Stücke vorzubereiten habe. Aber eins nach dem anderen werde ich auch die schaffen. Ich gehe ins Studio, und ich nehme sie auf, dabei speichere ich meine Interpretationen unablässig im Digitalformat ab, obwohl sie nicht hundertprozentig makellos sind.

Es wird nie leichter. Ich kämpfe jedes Mal, wenn ich den Bogen an die Saiten setze, aber ich bleibe mir selbst treu.

Ich spiele aus meinem Herzen.

EPILOG

Anna

Heute ist der Tag.

Ich spiele vor Publikum.

Seit der Beerdigung meines Dads sind mehr als zwei Jahre vergangen. So lange habe ich gebraucht, um zu kämpfen und gesund zu werden. Ich bin oft verzweifelt und habe geglaubt, dass ich es nie schaffen werde.

Aber hier bin ich, hinter der Bühne.

Das Publikum ist klein, nur fünfzig Leute, doch ich bin so nervös, dass es ebenso gut Tausende sein könnten. Aber das hier sind meine Leute, die wenigen Auserwählten, die aus allen Ecken des Landes (manche noch weiter) gekommen sind, um mich zu hören. Sie ehren mich mit dem kostbaren Geschenk ihrer Zeit. Sosehr ich mich für mich selbst durch diese Stücke gekämpft habe, ich habe auch für sie gekämpft. Ich schätze diese kleine Gruppe Menschen, die mich verstehen, sehr.

Ich hoffe, meine Kunst weckt Gefühle in ihnen. Ich hoffe, sie bringt sie zum Nachdenken. Ich hoffe, sie hat eine Wirkung.

Ich bekomme das Zeichen, dass es so weit ist, und ich schlucke meine Nervosität hinunter und gehe mit meiner Violine auf die Bühne.

Die Lichter sind hell, und ich unterdrücke den Impuls,

zu ihnen hochzusehen. Dort, in der ersten Reihe, ist mein Schatz Quan. Er strahlt mich an, einen Strauß roter Rosen auf dem Schoß, und ich bin so überwältigt vor Liebe für ihn, dass es sich anfühlt, als würde mir gleich die Brust explodieren. Neben ihm ist meine Mom. Sie trägt ein Abendkleid und ihren besten Schmuck und sitzt stolz bei einer Gruppe ihrer vornehmen Freunde. Auf Quans anderer Seite sind zwei Gesichter, die ich im echten Leben noch nie gesehen habe, die ich aber sofort wiedererkenne. Rose und Suzie, meine guten Freundinnen, die versucht haben, für mich da zu sein, und es mir nicht übel genommen haben, dass ich auf Tauchstation ging, als mein Leben zu schwer wurde. Ich freue mich schon darauf, nach dieser Vorstellung mit ihnen essen zu gehen.

Die Gruppe ist klein, aber sie ist gut. Sie ist alles, was ich brauche.

Ich bin emotional und fühle mich durch und durch lebendig, als ich die Violine ans Kinn hebe und den Bogen auf den Saiten ansetze.

Ich spiele.

ANMERKUNG DER AUTORIN

Dieses Buch ist Fiktion, aber zur Hälfte auch meine Memoiren. Bis heute ist es das persönlichste Buch, das ich geschrieben habe. Deshalb ist es in der Ich-Form verfasst anstatt in der dritten Person wie meine anderen Bücher. Die Worte kamen leichter heraus, wenn ich «ich» statt «sie» schrieb. Aber durch die persönliche Natur dieses Buchs war es unglaublich schwer, die Geschichte zu Papier zu bringen. Annas Anstrengungen waren meine. Ihr Schmerz war meiner. Ihre Scham war meine. Und ich habe sie jedes Mal wieder neu durchlebt, wenn ich mich hingesetzt habe, um zu schreiben. Alles in allem, aus Gründen, die von einer Schreibblockade bis zu einem autistischen Burn-out reichen, habe ich über drei Jahre gebraucht, um es fertigzustellen, aber ungeachtet dessen, wie dieses Buch aufgenommen wird, bin ich stolz darauf, dass ich es geschafft habe, und stolz auf die Geschichte, die ich erzählt habe. Diese Anmerkung zu schreiben ist ein gewichtiges Ereignis für mich.

Zugleich allerdings ist es auch bittersüß. Ich habe die Anmerkung zu *Love Challenge* im Krankenhaus geschrieben, während ich dort meiner Mom Gesellschaft leistete, die mit Komplikationen ihrer Lungenkrebsbehandlung kämpfte. Selbst so krank, wie sie war, versuchte sie, mit mir zu reden, eine Verbindung zu mir zu haben. Sie hat jede Minute genutzt. Aber dieser Abend war auch das letzte Mal, dass sie wirklich «sie selbst» war. Danach wurde sie von ihrer Krankheit aufgezehrt. Aus Liebe holte meine Familie sie aus dem Krankenhaus und brachte sie nach Hause, wo meine Geschwister und ich sie rund um die Uhr pflegten. Als die Krankheit meiner Mom sich verschlimmerte, litt ich an Selbstmordgedanken. Ich erzähle dies nicht, um Mitleid zu erwecken. Ich erzähle dies, weil ich möchte, dass die Leute wissen, wie real und ernst Burn-out bei Pflegenden und Betreuenden ist. Es ist ein Glück, dass ich noch lebe.

Ich habe das Gefühl, es gibt einen notwendigen Diskurs über Pflege, der von der Gesellschaft aber nicht geführt wird. Das ist nichts, worüber die Leute offen reden können. Niemand will als jemand betrachtet werden, der «sich beklagt», und niemand will einem lieben Menschen das Gefühl geben, eine Last zu sein. Aber die Wahrheit ist, Pflege ist hart. Nicht jeder ist dafür geschaffen. Ich bin es ganz sicher nicht, und das hat nichts damit zu tun, dass ich an einer Autismus-Spektrum-Störung leide. Es gibt viele Autisten, die in der Medizin und Pflege und anderen Gesundheitsberufen arbeiten und daraus Sinn und Zufriedenheit ziehen. Aber sogar diejenigen, die diese Arbeit lieben, können durch den schweren körperlichen, geistigen und emotionalen Tribut, den sie ihnen abverlangt, ausbrennen, wie wir es bei denjenigen an vorderster Front gesehen haben, die sich um Patienten mit schweren COVID-19-Erkrankungen gekümmert haben.

Als Gesellschaft müssen wir Mitgefühl für alle Menschen haben, die von Krankheit und Behinderung betroffen sind – jene, die Pflege erhalten, ebenso wie jene, die Pflege leisten.

Wir alle zählen, und niemand sollte das Gefühl haben, nicht um Hilfe bitten zu können, wenn er sie braucht. Wenn jemand sagt, dass er leidet, bitte hört ihm zu. Bitte nehmt ihn ernst. Bitte seid gütig. Wenn ihr selbst leidet, bitte seid gütig zu euch selbst.

Telefonseelsorge Deutschland: 0800–1110111

DANKSAGUNG

Danke, liebe Leser, dass ihr auf dieses Buch gewartet habt! Aus Gründen, die ihr vermutlich erraten könnt, nachdem ihr *Heart Story* gelesen habt, war ich nicht in der Lage, das Buch rechtzeitig fertigzuschreiben, um es zum geplanten Termin im letzten Jahr zu veröffentlichen. Es tut mir leid, wenn ich für Enttäuschung gesorgt habe – aber ich bin auch auf widersinnige Weise glücklich, dass jemand meine Bücher genug mag, um enttäuscht zu *sein*, wenn sie nicht pünktlich veröffentlicht werden. Ich hoffe, es war das Warten wert.

Ich habe *lange* an diesem Buch geschrieben, deshalb gibt es viele Leute, denen ich individuell oder namentlich danken muss. Zuallererst danke, danke, danke an meinen Mann. Ohne deine Unterstützung hätte ich es ernsthaft nicht bis hierher geschafft. Du hast mich wiederaufgerichtet, wenn ich gefallen bin (was oft geschah – tut mir leid). Du hast dir von mir über dieses Buch die Ohren vollquatschen lassen, obwohl ich sicher bin, dass es dich gelangweilt hat. Du hast mich umarmt, gefüttert, das pandemiebedingte Homeschooling unserer Kinder übernommen, damit ich schreiben konnte, und unseren winzigen Garten mit Seidenpflanzen und Passionsblumen übersät, damit ich die Schmetterlinge beobachten konnte. Ich liebe dich von ganzem Herzen.

Danke an meine kleine Schwester 7. Ich bin so froh, dass Mom und Dad dich unbeabsichtigterweise während dieses Bermuda-Urlaubs gezeugt haben, damit ich meine beste Freundin mein ganzes Leben lang an meiner Seite haben kann (außer dieses eine Jahr, einen Monat und einen Tag, die ich allein gelebt habe, bevor du geboren wurdest). Danke für die Abendessen, Donuts, den Schmetterlingskäfig und die Millionen aufmerksamer Dinge, die du tust. Vor allem danke, dass du *du* bist. Ich hab dich lieb, Em.

Als Nächstes muss ich meinen Schriftstellerfreundinnen dafür danken, dass sie während dieses ganzen Prozesses für mich da waren: Roselle Lim, du bist witzig und weise und gütig. Fotos von deiner Katze machen mein Leben lebenswert, lol. Suzanne Park, du inspirierst mich. Wie du all das schaffst, was du tust, und trotzdem noch eine so fürsorgliche Freundin bist, ist überwältigend. A. R. Lucas, du bist so wertvoll für mich. Du sagst mir die harten Wahrheiten, die ich hören muss, aber immer mit Freundlichkeit und Mitgefühl. Gwynne Jackson, ich bin dankbar für all die Male, in denen du mir urteilsfrei zugehört hast, während ich dir mein Herz ausschüttete. Mit dir zu reden ist wie eine dicke Umarmung. Rachel Simon, ich bin so froh, dass wir einander im Lauf der letzten Jahre kennenlernen konnten. Deine Freundschaft, Ehrlichkeit und Aufmerksamkeit bedeuten mir eine Menge. Mazey Eddings, deine lebhafte Persönlichkeit hat dieses letzte Jahr viel erträglicher gemacht. Chloe Liese, ich habe solchen Respekt vor dir und deiner Arbeit. Du machst diese Welt besser. Meine Mentorin Brighton Walsh, ohne deine Hilfe hätte ich nicht das Selbstvertrauen gehabt, dieses Manuskript meiner Lektorin zu geben. Danke, wie immer, für deinen Rat.

Als ich solche Schwierigkeiten hatte, dieses Buch zu schreiben, riet mir Julia Quinn, ich solle mir Zeit geben, ein Jahr freinehmen, wenn ich kann, und mich meine Liebe zum Schreiben langsam neu entdecken lassen. Das war genau der Rat, den ich brauchte, aber darüber hinaus fühlte ich mich gesehen und verstanden und unaussprechlich gerührt, dass jemand wie sie überhaupt mit mir sprechen würde. Es war nur eine Kleinigkeit für sie, aber sie hat mein Leben positiv beeinflusst. DANKE, JQ!!!

Später kontaktierte ich ein weiteres meiner Idole aus dem Romance-Genre, Jayne Ann Krentz, und fragte sie, wie sie es schafft, die Regale mit so vielen wunderbaren Büchern zu füllen, und auch sie hat mir hilfreichen Rat gegeben. Von ihr habe ich gelernt, dass ich mir vertrauen muss, wenn ich schreibe, und wenn es wiederkehrende Themen in meinen Büchern gibt, dann ist das okay. Ich muss mich nicht bei jedem Buch neu erfinden, damit ich frisch und neu sein kann. Genau genommen könnten diese wiederkehrenden Themen genau die Elemente sein, die Leserinnen und Leser dazu inspirieren, eine Verbindung zu meinem Werk aufzubauen. Ich brauchte es, diese Dinge zu hören, und ich habe sie mir zu Herzen genommen, als ich dieses Buch verfasst habe. DANKE, JAK!!!

Vielen Dank an Rebecca Ong, Nancy Huynh und Mit-Wuxia-Fan Yimin Lai für ihre Hilfe bei der Repräsentation chinesischstämmiger Amerikaner in diesem Buch. Es war mir ein Privileg, euch zu interviewen. Es tut mir leid, dass ich so nervig war und euch zu den ungewöhnlichsten Tageszeiten mit willkürlichen Fragen belästigt habe.

Danke an meine alte Taekwondo-Freundin vom College, nun Herzchirurgin, Dr. Burg, dafür, dass du den Kontakt mit deinem Kollegen, dem Urologen, hergestellt hast, damit ich ihm alle möglichen Fragen über Hodenkrebs und Orchiektomie stellen konnte. Danke, Dr. Witten, das Sie Ihre Zeit und Expertise mit mir geteilt haben.

Danke, Kaija Rayne, dass du dieses Manuskript kurzfristig gelesen und mir Feedback gegeben hast. Das weiß ich wirklich zu schätzen.

Danke an meine Agentin Kim Lionetti dafür, dass du getan hast, was du konntest, um mich während meiner Reise mit diesem Buch zu unterstützen, obwohl dein Leben ebenfalls herausfordernd war.

Zu guter Letzt danke an das Team bei Berkley – Cindy Hwang, Jessica Brock, Fareeda Bullert und andere – dafür, dass ihr so verständnisvoll und geduldig mit mir wart. Ich beabsichtige, von jetzt an wieder eine professionelle, ihre Deadlines einhaltende Autorin zu sein. Ich bin mehr als dankbar dafür, dass ihr so nett wart, als ich nichts hinbekam, und ich freue mich darauf, bei kommenden Projekten mit euch zusammenzuarbeiten.

Lyssa Kay Adams
The Secret Book Club – Ein fast perfekter Liebesroman

What happens at Book Club
stays at Book Club

Die Ehe von Profisportler Gavin steckt
in der Krise. Genau genommen ist sie
sogar vorbei, wenn es nach seiner Frau
Thea geht. Und das darf nicht sein. Thea
ist die Liebe seines Lebens! Und er
versteht, verdammt noch mal, nicht, was
überhaupt passiert ist. Eigentlich müsste
SIE sich bei IHM entschuldigen!
Gavin ist ratlos und verzweifelt –

400 Seiten

bis einer seiner Freunde ihn mit zu einem Treffen nimmt. Einem
Treffen des Secret Book Club. Hier lesen und diskutieren Männer
heimlich Liebesromane, um ihre Frauen besser zu verstehen. Gavin
hält das für Schwachsinn. Wie sollen Liebesschnulzen ihm helfen, seine
Ehe zu retten? Doch die Lektüre überrascht ihn. Und Thea steht eine
noch viel größere Überraschung bevor!

Der Auftakt einer hinreißenden Romance-Serie.

Weitere Informationen finden Sie unter **rowohlt.de**

Olivia Dade
The Stories we write

Charmant, eitel und einfach gestrickt.
So kennt die Öffentlichkeit Marcus
Caster-Rupp, den Star der weltweiten Hit-
serie «Gods of the Gates». Niemand
ahnt, dass er privat mit seiner Legasthenie
kämpft – und der Tatsache, dass er
die Entwicklung der Serie hasst. Seinen
Frust schreibt er sich anonym auf einem
Fan-Fiction-Forum von der Seele. Doch
sollte das irgendjemand herausfinden, ist
er in Hollywood erledigt.

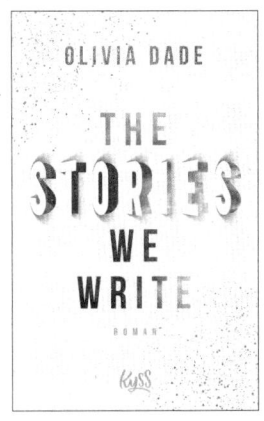

480 Seiten

April Whittier ist ein Hardcore-«Gods
of the Gates»-Fan, schreibt Fan-Fiction und kreiert eigene Kostüme
zu der Show. Bisher hat sie das nie jemandem erzählt, aber sie will sich
nicht mehr verstecken. Und so postet sie ein Foto von sich in einem
Kostüm auf Twitter. Nur leider lassen die Trolle nicht lange auf sich
warten, und es hagelt bösartige Kommentare wegen Aprils Plus-Size-
Figur.
Doch dann geschieht das Unglaubliche. Marcus Caster-Rupp schaltet
sich ein, verteidigt sie und lädt sie auf ein Date ein. DER Marcus
Caster-Rupp. Und ihr Date hat ungeahnte Folgen ...

Band 1 der Fandom-Trilogie – erscheint am 17.05.2022.

Weitere Informationen finden Sie unter **rowohlt.de**